W0461643

Carrie Ryan
John Parke Davis

Map of Magic

Die Karte der geheimen Wünsche

Aus dem Amerikanischen
von Wolfram Ströle

FISCHER Taschenbuch

Alle Bände der Serie ›Map of Magic‹:

Band 1 – Die Karte der geheimen Wünsche
Band 2 – Das Mysterium der sinkenden Stadt
Band 3 – Das Rätsel des leuchtenden Orakels
Band 4 – Die Prophezeiung des magischen Stroms

MIX
Papier aus verantwortungsvollen Quellen
FSC® C083411

2. Auflage: Oktober 2018

Erschienen bei FISCHER Kinder- und Jugendtaschenbuch
Frankfurt am Main, April 2018

Dieses Werk wurde vermittelt durch die Literarische Agentur
Thomas Schlück GmbH, Garbsen.
Die amerikanische Originalausgabe erschien 2014
unter dem Titel ›The Map to Everywhere‹ bei Little, Brown, New York
© 2014 by Carrie Ryan und John Parke Davis

Erstmals 2014 erschienen unter dem Titel
»Die Weltensegler. Die phantastische Suche
nach der Überallkarte« bei FISCHER Sauerländer.
Für die deutschsprachige Ausgabe:
© S. Fischer Verlag GmbH, Frankfurt am Main 2015
Lektorat: Regine Teufel
Satz: Dörlemann Satz, Lemförde
Druck und Bindung: CPI books GmbH, Leck
Printed in Germany
ISBN 978-3-7335-0018-4

Für Jason,
ohne den der große Strom nicht leuchten würde
– JPD

Für meinen Dad,
der meine Phantasien ertragen hat
– CR

Inhaltsverzeichnis

Kapitel 1
Der Geist aus dem Pfützenweg 15

Kapitel 2
Das Piratenschiff auf dem Parkplatz 28

Kapitel 3
Diebe in der Pastetenbäckerei 43

Kapitel 4
Die Seepocken bitte nicht berühren 57

Kapitel 5
Wachehalten und andere erfolglose Tätigkeiten 66

Kapitel 6
Marrill wachsen Federn 78

Kapitel 7
Tot ist tot ist tot 87

Kapitel 8
Ardent erklärt alles (ziemlich schlecht) 98

Kapitel 9
Der Meisterstreich eines Meisterdiebes 108

Kapitel 10
Was machst *du* denn hier? 117

Kapitel 11
Ein Tentalo umsonst 127

Kapitel 12
Zauberei, Tattoos und mehr 135

Kapitel 13
Jemand, der sich an dich erinnert 146

Kapitel 14
Abenteuer in Khaznot Quay 152

Kapitel 15
Jetzt musst du rennen 162

Kapitel 16
Ein merkwürdiger Fremdenführer 170

Kapitel 17
Die Windrose 183

Kapitel 18
Der blinde Passagier 193

Kapitel 19
Keine Spuren 203

Kapitel 20
Krake gegen Krake 213

Kapitel 21
Fin spricht mit einem Baum 225

Kapitel 22
Gerüchte und Geheimnisse 233

Kapitel 23
Giftiges Feuer 245

Kapitel 24
Teamwork 255

Kapitel 25
Der Plapperhain 263

Kapitel 26
Ein unerwarteter Sieg 276

Kapitel 27
Die weinenden Bäume 287

Kapitel 28
Schlapp 296

Kapitel 29
Es sinkt das Schiff 307

Kapitel 30
Die meressianische Prophezeiung 316

Kapitel 31
Eine Wüste aus Eis und Schatten 329

Kapitel 32
Eis auf der Zunge 342

Kapitel 33
Der Griesgram 353

Kapitel 34
Dinge fallen auseinander 365

Kapitel 35
Eine Frage des Maßstabs 374

Kapitel 36
Ein Schiff aus Eisen mit einer
Mannschaft aus Schatten 385

Kapitel 37
Die Karte zeigt den Weg 397

Kapitel 38
Der Schlüssel öffnet das Tor 405

Kapitel 39
Die Prophezeiung 417

Kapitel 40
Die Überallkarte 427

Kapitel 41
Ausblick auf künftige Ereignisse 437

Kapitel 42
Wohin du gehen musst 448

Kapitel 43
Wo du sein musst 459

Kapitel 44
Das Freundschaftszeichen 463

Epilog 469

Kantsys Waisenanstalt am Hafen

Personalbogen – bitte nicht aufessen!

NAME DES WAISEN: VNU NNU

ALTER: vier (ungefähr)

GESCHLECHT: x MÄNNLICH _ WEIBLICH _ PLANTIMAL _ UNBESTIMMT

HAARE/FELL/SCHUPPEN: schwarz

AUGEN: 2

ART (BEI BEDARF ZUSÄTZLICHE BLÄTTER BEIFÜGEN): Mensch

HAT DER WAISE KRALLEN, HÖRNER, STACHELN ODER SCHARFE KANTEN? _ JA x NEIN

IST DER WAISE MAGISCH VERANLAGT ODER IN DIESER RICHTUNG VORBELASTET: x JA _ NEIN

WENN JA, BITTE ERLÄUTERUNG:

Bleibt nicht im Gedächtnis haften, fällt nicht auf. »Unscheinbar«, aber so sehr, dass Magie im Spiel sein muss. Man vergisst ihn, sobald er das Zimmer verlassen hat. Habe schon dreimal vergessen, warum ich diesen Bericht überhaupt schreibe – der Junge steht in diesem Moment vor mir, damit ich den blöden Bogen endlich fertigkriege und nicht gleich wieder abschweife. Ursprung des Leidens unbekannt.

(FORTSETZUNG AUF SEITE 2)

SEITE 2

GESCHICHTE DES WAISEN:

Vor zwei Tagen hatte die Anstalt Besuch von einer merkwürdigen Dame. Die Dame hat sich als Nichta Richtigename ins Gästebuch eingetragen, als Geburtsort gab sie die ausländisch klingende Hafenstadt Gansweitweck an, eingetroffen ist sie um Punkt 10.00 Uhr mit Kind, gegangen eine Stunde und drei Minuten später ohne dasselbe. Dem weiteren Eintrag zufolge hat Nichta Richtigename die Waisenanstalt exakt eine Stunde besichtigt. Laut Mr Gubbens, unserem obersten Waisenhirten, ist sie in dieser Zeit allein durch die Anstalt gelaufen und hat an niemanden gerichtet und aus keinem ersichtlichen Grund laut die Anstaltsregeln vor sich hin gesagt. Die verbleibenden drei Minuten ihres Besuchs sind nicht dokumentiert.

Kurz darauf wurde in einem der Stockbettzimmer eine zusätzliche Garnitur Jungenkleider aufgefunden. Gerüchte über einen kuschelbedürftigen, hungrigen Geist, der Essen aus der Küche stehle, machten die Runde. Entsprechende Ermittlungen führten zur Auffindung eines Kindes, das Mrs Canaly Parsnickle, der Erzieherin der Drei- bis Sechsjährigen, zur Betreuung übergeben wurde.

Der Junge befindet sich gegenwärtig in Obhut von Mrs Parsnickle, die sich offenbar als Einzige längere Zeit an ihn erinnern kann. Solange sie ihn nicht vergisst, wird es ihm bestimmt gutgehen.

Kapitel 1

Der Geist aus dem Pfützenweg

Fin duckte sich hinter ein Regal mit schwarzgebrannten Aromatropfen und ignorierte krampfhaft den Gestank nach Rattenfell und Brokkolisaft, der aus den schmuddeligen Flaschen drang. Erst zehn Minuten zuvor hatte der Besitzer des heruntergekommenen kleinen Ladens, ein fies aussehendes, graugeschupptes Monster namens Haifischzahn, ihn hereingelassen, damit er sich vor Ladenschluss noch ein wenig umsehen konnte. Anschließend hatte Haifischzahn ihn sofort vergessen.

Es gab viele Einbrecher, dachte Fin mit einem Grinsen, aber nur wenige *Aus*brecher.

Während Haifischzahn den Riegel an der Ladentür vorschob, blieb Fin in seinem Versteck – er war zwar unscheinbar, aber nicht unsichtbar. Mit den Augen folgte er Haifischzahn ins Nebenzimmer, wo der alte Gauner sich schlafen legte. Anschließend wartete er noch, bis es draußen in den verwinkelten Gassen von Khaznot Quay vollends dunkel war und die Windböen, die unablässig pfeifend vom Berg zur Bucht niederfuhren, ihre abendliche Lautstärke erreicht hatten.

Jetzt war es so weit.

Vorsichtig richtete Fin sich auf, rieb sich die taub gewordenen Beine und schlich an den mit allem möglichen Trödel gefüllten Regalen entlang zu der alten Vitrine hinter dem Ladentisch. Das Objekt seiner Begierde war nicht zu übersehen: eine goldene Brosche mit einem Smaragd, der hinter der verschmierten Glasscheibe blitzte und funkelte wie die Sonne. Aufgeregt leckte Fin sich die Lippen.

Mit einem Finger tastete er nach den versteckten Drähten an der Vitrinentür und fuhr an ihnen entlang zu den Gegenständen, mit denen die Tür gesichert war: einem Handfänger und einigen Säurespritzen. Standardware – sie zu deaktivieren war kinderleicht.

»So was von läppisch, Haifischzahn«, murmelte Fin. Er löste die Fallen mit einem leisen Ploppen ab und hebelte das Türschloss auf. »Lass dir für das nächste Mal etwas Schwierigeres einfallen.« Grinsend streckte er die Hand nach dem Türgriff aus. Er würde mit der Brosche über alle Berge sein, noch bevor der alte Vollhonk richtig schlief.

Die Hoffnung erlosch in dem Augenblick, als er die Türflügel aufzog. Ein schrilles Quietschen zerriss die Luft. Fin erstarrte. Die perfekte Aktion, zunichtegemacht durch ein rostiges Scharnier!

Der alte Haifischzahn kam aus seinem Schlafzimmer gerannt. »Wer kriegt diesmal die Fresse poliert?«, brüllte er und schwang einen dicken Prügel.

»Danke für das Angebot!«, rief Fin und riss die Brosche aus der Vitrine. Haifischzahn stürzte sich auf ihn, aber ein guter Dieb reagiert instinktiv – und Fin war der beste. Im selben Moment, in dem der Prügel durch die Luft sauste, sprang Fin auf den Ladentisch. Der Prügel krachte in die Vitrine, und Glassplitter flogen in alle Richtungen.

Junge und Schuppentier starrten sich an und warteten darauf, wer den ersten Zug machen würde. Fin hatte sich geduckt und hielt die Arme vor sich, bereit, jederzeit wegzurennen. Haifischzahn durchbohrte ihn mit Augen wie schwarzen Löchern. Darunter mahlten seine mit schartigen Zähnen besetzten Kiefer.

Dann griff er mit einem wütenden Knurren erneut an. Fin täuschte einen Ausfallschritt nach links vor, sprang auf den Boden und rannte zum Ausgang. »Zu langsam!«, schrie er, als das alte Monster ihm schwerfällig hinterherpolterte und dabei kaputte Ohrflöten und verrostete Sonnentrichter aus den Regalen fegte.

Fin drehte sich nicht um. Er riss den Türriegel zurück und stürzte in die Nacht hinaus. Der Laden lag in einem kurzen Tunnel, gebildet von zwei vornübergeneigten Häusern, die wahrscheinlich eines Tages genau zur selben Zeit in dieselbe Gasse stürzen würden. Nur zwei Wege führten nach draußen. Fin nahm aufs Geratewohl einen und rannte los.

»Elendes Junggemüse!«, brüllte Haifischzahn und nahm die Verfolgung auf.

Das Trampeln seiner Füße war von dem Heulen des Windes im Hintergrund deutlich zu unterscheiden. Fin schluckte. Er wusste, dass er schneller rennen konnte als die meisten, er hatte es oft genug tun müssen. Wer allerdings so viel Dreck am Stecken hatte wie Haifischzahn, hatte ebenfalls einige Übung im Weglaufen. Es war nur eine Frage der Zeit, bis er Fin vom Haiköder in Haifutter verwandeln würde.

Zum Glück hatte Fin für solche Situationen Plan B. Es war für einen Dieb ein großer Vorteil, wenn man sich nicht an ihn erinnerte. Das Gedächtnis der Leute ließ zwar nicht ganz so schnell nach, wenn sie ihn dabei erwischten, wie er, äh, zum Beispiel Schmuck aus einer abgeschlossenen Vitrine klaute, aber eins hatte sich in seinem Leben als unumstößliche Tatsache herausgestellt: Auch sie vergaßen ihn.

Er bog flink in eine Nebengasse und drückte sich in den nächsten Hauseingang. Schon kam Haifischzahn schlingernd um die Ecke und stürmte an ihm vorbei. Nach einigen Schritten blieb er stehen, sah sich suchend um und hob witternd die Nase.

Fin setzte sein unschuldigstes Gesicht auf, trat hinter ihn und zupfte ihn am Ärmel. »Suchen Sie das Mädchen, das gerade mit einer Halskette hier durchkam?«

Haifischzahn fuhr herum. »Was? Ein Mädchen? Nein …« Er brach ab und strich sich mit der Hand nachdenklich über das grobgeschuppte Kinn. Der Wind, der über ihre Köpfe hinwegfuhr, ließ das Licht der Laternen in seinen kohlschwarzen Augen tanzen. »Könnte schwören, dass es ein Junge war … ich habe ihn deutlich gesehen … aber jetzt, wo ich darüber nachdenke, erinnere ich mich eigentlich doch nicht so genau …«

Fin zuckte gelangweilt mit den Schultern, wie er es in solchen Situationen immer tat. »Na ja, hier kam jedenfalls ein Mädchen durch. Dunkelrote Haare, etwas kleiner als ich?«

Haifischzahn legte den Kopf schief. »Dunkelrote Haare, doch, das klingt vertraut. Und klein war sie auch …«

»Dann war sie es!«, rief Fin. »Kam eben hier durchgesaust wie der Wirbelwind und rannte in diese Gasse hinein.« Er streckte den Arm aus. »Schätze, sie wollte ins Hafenviertel.«

Haifischzahn nickte. »Danke, mein Junge.« Er grinste höhnisch. »Glaub nicht, dass du die je wiedersiehst.« Er trabte in der Richtung weiter, in die Fin gezeigt hatte, und schwang seinen Stock durch die Nacht.

»Bestimmt nicht«, kicherte Fin, als Haifischzahn ihn nicht mehr hören konnte. Er wartete noch ein paar Minuten, bis er ganz sicher war, dass der alte Gauner ihn vergessen hatte. Dann zog er die Hand aus der Tasche. Darin lag neben der funkelnden Smaragdbrosche die samtene Geldbörse, die er Haifischzahn vom Gürtel gezogen hatte.

Mit dem Daumen strich er über die Oberfläche der Brosche. Der Meisterdieb von Khaznot Quay hatte wieder einmal erfolgreich zugeschlagen. Pfeifend schlenderte er weiter und zählte dabei die Münzen in der Börse. Wie sich herausstellte, hatte der alte Haifisch an diesem Tag saftig verdient!

Fin gelangte zur Seufzerhöhe, dem Stadtteil, in dem sich die Behausungen der Armen an den steilsten Teil der Bergflanke klammerten. Er bog um einige scharfe Ecken und eilte ein paar steile Gassen hinauf, bis er in ein modriges Gässchen namens Pfützenweg gelangte. Sein Ziel war das siebzehnte Haus auf der rechten Seite, ein klappriges Gebäude am äußersten Rand der Klippe. Vom Dach ragte ein hoher Turm auf, der im Wind schwankte und jeden Moment in die Bucht darunter zu stürzen drohte.

Fin ging langsamer und hörte auf zu pfeifen. Niemand hatte das Licht für ihn brennen lassen oder daran gedacht, die Tür nicht abzusperren. Aber er hatte auch gar nichts anderes erwartet. Hier war sein einziges Zuhause, seit er vor fünf Jahren mit gerade mal sieben die Waisenanstalt verlassen hatte. Doch niemand wusste es, nicht einmal Mr und Mrs Parsnickle, die ebenfalls hier wohnten.

Er nahm ihnen das allerdings nicht übel.

Mit der Leichtigkeit jahrelanger Übung sprang er von der Eingangstreppe zur Regenrinne hoch und hangelte sich daran zum Küchenfenster. Er sorgte immer dafür, dass es gut geölt war, und es ließ sich auch jetzt geräuschlos öffnen. Gleich hinter dem Fenster stand der alte Brotkasten, in dem die Parsnickles ihr Geld aufbewahrten.

Vorsichtig hob Fin den Deckel an, blickte hinein und schüttelte den Kopf. Leer. Die Parsnickles waren zu freigebig. Wenn er nichts dagegen tat, gaben sie den letzten Driller dafür aus, dass ein Fremder etwas zu essen bekam, und mussten dann selbst hungern.

Er schüttete den Inhalt der Börse in den Kasten und legte die Brosche obendrauf. Mrs Parsnickle hatte sie erst am Morgen bei Haifischzahn verpfändet, für eine Summe, die selbst für den alten Gauner unverschämt niedrig war. Anschließend hatte sie im nächsten Geschäft Schuhe für die Drei- bis Sechsjährigen der Waisenanstalt gekauft.

Fin hatte nicht die geringsten Skrupel gehabt, die Brosche zurückzustehlen. Für Mrs Parsnickle hätte er, wenn es möglich gewesen wäre, die ganze Welt gestohlen, so viel hatte sie ihm, dem damals Drei- bis Sechsjährigen, bedeutet. Mit Ausnahme seiner Mutter war Mrs Parsnickle die einzige Person, die sich tatsächlich an ihn erinnert und deshalb ein ganz besonderes Verhältnis zu ihm gehabt hatte. Es war nicht ihre Schuld, dass sie ihn schließlich auch vergessen hatte. Irgendwann taten das alle.

Und Fin wusste ja, dass sie nur Augen für die Drei- bis Sechsjährigen hatte. An ihn hatte sie sich vermutlich nur deshalb erinnert, weil die Kleinen ihr so am Herzen lagen. Und eines Tages war er eben zu alt gewesen.

Wenigstens hatte es auch Vorteile, von allen vergessen zu werden. Fin musste lächeln. Es war jetzt schon das dritte Mal in diesem Monat, dass er die Brosche von Haifischzahn zurückgeholt hatte! Obwohl die arme Mrs Parsnickle immer an ihrem Verstand zweifelte, wenn sie die Brosche im Brotkasten entdeckte.

Ein warmes Gefühl breitete sich in Fins Brust aus. Er legte den Deckel wieder auf den Kasten, zog das Fenster von außen zu und kletterte am Fallrohr zum Dachturm hinauf. Dabei mied er morsche Vorsprünge, und wenn der Wind zu stark wurde, hielt er sich besonders gut fest. Oben angekommen, schlüpfte er durch ein kaputtes Fenster. Erleichtert seufzte er auf. Es war schön, wieder zu Hause zu sein.

Mit eingezogenem Kopf stakste er durch das vertraute Chaos auf dem Boden. In Bergen von Wolkenfängernetzen hingen von selbst zurückkehrende Bälle, alte Landkarten und der ganze andere Kram, den er über die Jahre zusammengeklaut, aber nie wirklich verwendet hatte. Die Dinge bezeugten sein Talent als Dieb. Der deutlichste Beleg dafür war allerdings sein Schlafplatz.

Obwohl ihm niemand zusah, zog er die leere Samtbörse von Haifischzahn mit einer dramatischen Geste aus der Tasche. »Die Letzte!«, rief er und warf sie auf den Haufen von Samtbörsen, der ihm als Bett diente. Dann ließ er sich mit dem Gesicht voraus selbst darauf fallen. Was für ein Triumph! Sein Meisterwerk war vollendet.

In nur drei Jahren hatte er 462 Taschen um 462 Geldbörsen erleichtert. Der weiche Samt kitzelte ihn an Handflächen und Armen, und es machte ihm auch gar nichts aus, als aus einer Börse eine Kakerlake kroch. Seit er unter dem Dach wohnte, mochte er Käfer. Und Kakerlaken bissen wenigstens nicht wie die Zwickerlinge in den ledernen Geldbörsen, auf denen er früher geschlafen hatte.

»Das war ein guter Tag«, sagte er leise und rollte auf den Rücken. Er malte sich noch aus, wie überrascht und froh Mrs Parsnickle sein würde, wenn sie am nächsten Morgen die Brosche fand, dann schlief er ein.

»EIN GEIST, HIIIIIIIIILFE!« Mr Parsnickles Geschrei drang durch die losen Bodendielen der Dachkammer und gellte Fin in den Ohren. Draußen heulte wie gewöhnlich der Morgenwind, doch selbst der konnte Mr Parsnickles Hilferufe nicht übertönen. Sie waren Fins morgendlicher Weckruf. Wahrscheinlich hatte der Alte den fehlenden Käse bemerkt, den Fin gestern als Abendessen stibitzt hatte.

Finn rollte vorsichtig von seinem provisorischen Bett herunter und steckte einige herausgefallene Börsen in den Haufen zurück. Er zog den Kopf ein, um nicht gegen einen Balken zu knallen, und schlängelte sich durch die Dachkammer. Auf der Klapptür, dem Zugang zum

Haus darunter, stand eine mit Saphiren und Opalen besetzte Statue. Fin schob sie zur Seite und öffnete die Tür. Mit einem gedämpften Plumps landete er in der kleinen Kammer, die die Parsnickles nie renoviert hatten (oder zumindest nicht mehr, seit der »Geist« die dazu benötigten Werkzeuge von Mr Parsnickle versteckt hatte), und stieg lautlos die Treppe hinunter.

»Du meine Güte, Arler«, sagte Mrs Parsnickle gerade, als Fin auf dem Flur zur Küche angelangt war, »ich habe heute keine Zeit für den Quatsch mit dem Geist! Ich bin sowieso schon spät dran, und wenn ich mich nicht beeile, haben die Sechser die Fünfer schon in die Trockenkörbe am Badeteich gesteckt.«

Beim Gedanken an den Gestank des Badeteichs schüttelte es Fin. Wenigstens brauchte er den nicht mehr zu ertragen.

»Aber der Käse, Canaly, der Käse!«, jammerte Mr Parsnickle vom Ende des Flurs. »Der verflixte Geist hat den Käse versteckt!«

Fin schlich sich näher. In einem Spiegel sah er Mrs Parsnickle, die gerade den Dutt aus blaugrauen Haaren über ihrem schmalen Gesicht zurechtrückte, und daneben das große, rote Gesicht von Mr Parsnickle. Die feisten Wangen um seine weißen Stoßzähne zitterten.

»Du bist mir ein unmöglicher Ork!« Mrs Parsnickle lachte, und die beiden begannen sich abzuküssen. Fin würgte. Erwachsene waren so widerlich.

Er spähte um den Türpfosten. Wenige Meter vor ihm durchstöberte Mr Parsnickle den Vorratsschrank und holte einen Brotlaib und ein Stück Krötenbutter heraus, die Fin von allen Dingen am wenigsten mochte. Mrs Parsnickle schnappte sich rasch eine Scheibe Brot, gerade noch rechtzeitig, bevor Mr Parsnickle den zähen, grauen Schleim draufstreichen konnte, und ging zur Tür. Fin wollte schon an ihr vorbei in die Küche schlüpfen und den knusprigen Brotkanten klauen, da blieb Mrs Parsnickle zögernd stehen.

»Arler?« Sie bückte sich und hob etwas von den morschen Bodendielen auf. Als sie sich wieder aufrichtete, hielt sie ein sorgfältig zusammengefaltetes weißes Blatt Papier zwischen ihren dünnen Pinzettenfingern.

»Was denn?«, fragte Mr Parsnickle und bestrich eine weitere Scheibe Brot mit der klebrigen Masse. Er steckte sich die Scheibe zur Hälfte in den Mund und blickte seiner Frau über die Schulter.

»Sieht aus wie ein Brief«, verkündete Mrs Parsnickle.

Fin lehnte sich weiter in die Küche vor, als er es unter anderen Umständen getan hätte. Die Bewohner dieses Viertels bekamen in der Regel nie Briefe. Gelegentlich schickte die Anstalt eine Nachricht mit der Froschpost, oder ein Plapperkurier brachte eine Nachricht von Mr Parsnickles Verwandten an der Küste-die-man-besser-nicht-besucht. Aber nie einen richtigen Brief.

Mrs Parsnickle las mit gerunzelten Brauen. »Ist an einen gewissen M-Dieb adressiert.«

»Meisterdieb!«, platzte Fin heraus, bevor er es sich verkneifen konnte. Der Brief war für ihn!

Mr Parsnickle machte einen solchen Satz, dass er mit dem Kopf gegen die Decke stieß. Morsches Holz und Mörtel regneten auf ihn herunter. Mrs Parsnickle drückte den Brief an die Brust. Ihre Augen waren so groß wie Monde im Hochsommer.

Einen Moment lang sagte niemand etwas. Fin hätte sich ohrfeigen können. Er sah bestimmt merkwürdig aus, wie er da halb in der Tür hing – mit seinem schwarzen Haarschopf, der olivfarbenen Haut und den schmutzstarrenden Kleidern, die vor Dreck standen. Unwillkürlich ging er ein paar Schritte in die Küche hinein.

Mr Parsnickle löste das Rätsel. »Ein Landstreicher!«, rief er, griff nach einem Besen mit einem dicken Stiel und schwang ihn wie eine Keule über dem Kopf.

Fin hielt erschrocken an. »Mrs Parsnickle?«, sagte er leise, obwohl er wusste, dass es zwecklos war. »Ich bin's, Fin.«

Mrs Parsnickle musterte ihn mit schräggelegtem Kopf und misstrauisch zusammengekniffenen Augen. Verzweifelt suchte er in ihrem Gesicht nach einem Hinweis darauf, dass sie sich an ihn erinnerte. Ihr Mund öffnete sich. Fin schöpfte Hoffnung, und sein Herz begann schneller zu schlagen.

»T-tut mir leid, junger Mann«, stotterte sie. »Kennen wir uns?«

Die Hoffnung erlosch, und Fin seufzte. Natürlich

nicht. Mr Parsnickle richtete die Borsten des Besens auf ihn und machte eine langsame Kehrbewegung in Richtung Tür.

Er musste verschwinden. Wieder einmal.

Mit hängenden Schultern wandte er sich zum Gehen. Heute Morgen musste er also ohne Frühstück auskommen. Etwas anderes war ihm allerdings noch wichtiger als ein mit Krötenbutter bestrichener Kanten Brot. An der Tür drehte er sich zu Mrs Parsnickle um. Sie sah ihn immer noch verständnislos und ein wenig ängstlich an.

»Tut mir leid«, sagte er leise.

Ihre Augenlider zuckten, und sie runzelte die Stirn. »In fremde Häuser einzubrechen, gehört sich nicht«, erklärte sie empört. Mr Parsnickle hinter ihr schnaubte und hielt den Besen in Bereitschaft.

Fin zuckte mit den Schultern. »Ich meine nicht das«, sagte er. »Sondern das!« Er sprang mit einer schnellen Bewegung an ihr hoch und riss ihr den Brief aus der Hand.

Mr Parsnickle schwang brüllend den Besen und schlug zu. Der Besen verfehlte Fin nur um wenige Zentimeter und knallte auf den Boden.

»Vielen Dank auch!«, rief er und rannte los, durch die Tür nach draußen, in die enge Gasse. Die Pflastersteine unter seinen Füßen taten weh. Das war knapp gewesen.

Aber die Parsnickles würden ihn bald vergessen, und kein Schloss konnte ihn aus dem Haus aussperren. Und am wichtigsten war, dass er den Brief hatte. *Seinen* Brief.

Kapitel 2

Das Piratenschiff auf dem Parkplatz

»Von einem Dinosaurier stammt er jedenfalls nicht«, sagte Marrill. Sie drehte den alten, verwitterten Knochen in der Hand hin und her und wischte sich mit dem Handrücken über die nasse Stirn. Drei siebenjährige Jungen blickten erwartungsvoll zu ihr auf. Die Sonne brannte heiß vom Himmel Arizonas herunter, und die Sohlen ihrer Flipflops schienen zu schmelzen. »Ich tippe auf eine Kuh«, fügte sie hinzu.

Schlagartig hörten die Jungen auf zu lächeln und runzelten die Stirn.

»Woher willst du das wissen?«, fragte der Älteste, Tim (oder Ted?). Sie standen auf der berühmten archäologischen Grabungsstätte der Hatch-Drillinge, besser bekannt als leerer Parkplatz am hintersten Ende des Viertels mitten im Nirgendwo.

Die Drillinge hatten sich an Marrill gewandt, weil die sich mit solchen Dingen auskannte. Schließlich hatte sie im vergangenen Jahr zusammen mit ihren Eltern drei Monate auf einer Ausgrabung in Peru verbracht. Dort hatten sie die Überreste eines Vogels zutage gefördert, der so groß war, dass er ganze Pferde als Snack hätte verspeisen können. Ihr Dad hatte darüber eine Dokumentation geschrieben, ihre Mom hatte Marrill mit einem Schnabel in der Hand fotografiert, der so groß war wie ihr Kopf. Das Foto hing inzwischen schon in einem Museum des Smithsonian.

»Weil es nur ein Knochen ist«, sagte sie sachlich. »Der von einem Dinosaurier wäre versteinert.«

Sie erwiderte den Blick des jüngsten Hatch, Tom (oder Tim?). Er hatte die Unterlippe vorgeschoben, und die Enttäuschung stand ihm überdeutlich ins Gesicht geschrieben. Seine Brüder machten ähnliche Gesichter.

Marrill bekam Gewissensbisse. Die drei hatten auf eine große Entdeckung gehofft, und sie hatte ihnen die Freude mit der langweiligen Wirklichkeit verdorben. Sie kannte dieses Gefühl nur zu gut. Aber dank der Berufe ihrer Eltern erlebte sie ständig coole Abenteuer und würde bald zum nächsten aufbrechen. Die Hatch-Jungs dagegen mussten sich selbst eins erfinden, und jetzt hatte sie ihnen auch noch das kaputtgemacht.

Marrill betrachtete den Knochen genauer und schürzte die Lippen. »Allerdings, wenn ich mir das genau überlege ...« Sie verstummte und schüttelte den Kopf. »Nein, unmöglich.«

»Was denn?«, fragte der Jüngste der drei. Seine Miene hatte sich im Nu aufgehellt.

»Na ja …« Marrill hockte sich hin und strich abwesend mit den Fingern über den Boden. »Als ich letztes Jahr in Peru war, hörte ich so ein Gerücht, dass an allen möglichen Orten Überreste von Drachen auftauchen würden. Ein so kleiner Knochen müsste natürlich zu einem Drachenbaby gehören, aber …«

Der mittlere Hatch (Marrill war sich ziemlich sicher, dass er Tim hieß) runzelte die Stirn. »Drachen gibt es doch gar nicht.«

»Da ist das peruanische Drachenforschungszentrum aber anderer Meinung«, erwiderte Marrill mit einem Schulterzucken. »Obwohl man natürlich noch weitere Knochen finden müsste, um das zu beweisen …« Sie warf den Knochen Ted (Tom?) zu, stand auf und wandte sich zum Gehen. Als sie noch einmal über die Schulter blickte, sah sie, wie die drei sich über den Knochen beugten und aufgeregt diskutierten.

Grinsend bog sie in die Straße ein, in der ihre Großtante gewohnt hatte. Als sie das Haus sah, blieb sie abrupt stehen. Das Verkaufsschild, das wochenlang im Garten gestanden hatte, war verschwunden.

Marrills Herz begann aufgeregt zu klopfen. Seit dem Tod ihrer Großtante vor einigen Monaten hingen sie hier in Phoenix fest. Ihre Eltern hatten die letzte Expedition abgebrochen, um den Nachlass zu regeln. Inzwischen war nur noch das Haus übrig. Marrill hatte täglich gehofft, dass am unteren Rand des Maklerschilds endlich ein kleines weißes »Verkauft«-Schild hängen würde. Und war täglich aufs Neue enttäuscht worden.

Bis heute.

In wilder Begeisterung stürzte sie ins Haus. Sie blieb auch gar nicht stehen, um das kalte Gebläse der Klimaanlage auszukosten. Stattdessen rannte sie geradewegs in ihr Zimmer, kroch unter das Bett, schob heruntergefallene Stifte und halbvolle Skizzenbücher zur Seite und zog die alte Schuhschachtel heraus, die sie dort versteckt hatte. Von diesem Augenblick hatte sie schon den ganzen Sommer geträumt. Endlich würden sie sich wieder auf die Reise machen, und sie hatte auch schon das perfekte Ziel gefunden!

»Endlich ziehen wir wieder los!«, rief sie und stürmte mit der Schachtel in der Hand in die Küche. Ihre Eltern saßen an dem alten Holztisch vor Stapeln von Papier. Auf einem Stapel lag Merrills einäugiger Kater Karnelius und schlug träge mit seiner orangenen Pfote nach einem zerknitterten Umschlag.

»Als wir hier eingezogen sind, habt ihr gesagt, ich solle mir schon mal ein Ziel für die nächste Reise überlegen«, platzte Marrill heraus, noch bevor ihre Eltern etwas sagen konnten. »Und wisst ihr was? Ich habe das perfekte Ziel gefunden!« Sie kippte die Schachtel aus. Hochglanzbilder, Karten und Broschüren übersäten den Tisch.

Marrill senkte die Stimme wie ein Fernsehmoderator. »Meine Damen und Herren, liebe Katze, hiermit präsentiere ich Ihnen das …« Sie machte eine dramatische Pause, dann hielt sie das Poster eines Mädchens hoch, das ein einarmiges Schimpansenbaby auf dem Arm hielt. »… Tierpflegeheim mit Hotel und Hüpfburg von Banton Park!«

Ihre Eltern starrten sie wie vom Donner gerührt an und brachten kein Wort heraus. Marrill machte eine Pause und genoss ihr staunendes Schweigen. Sie verstand, wie ihnen zumute war – sie konnte sich ja selbst kein besseres Ziel vorstellen. Ihr Herz schlug bedingungslos für herrenlose, in Not geratene Tiere. In Frankreich hatte sie ein zweibeiniges Frettchen gesundgepflegt, in Costa Rica eine taube Baumkröte und in Paraguay einen schwanzlosen Sittich. Besagtes Tierpflegeheim erstreckte sich über eine ganze Insel und hatte sich ausschließlich der Hilfe für in Not geratene Tiere verschrieben. Marrill grinste so breit, dass sie das Gefühl hatte, ihr Gesicht müsste gleich auseinanderfallen.

Ihr Vater sah ihre Mutter an, und ihre Mutter blickte auf die im Schoß gefalteten Hände hinunter. Die beiden wirkten niedergeschlagen. Marrills Herz setzte einen Schlag aus. Ihr Vater räusperte sich.

»Marrill«, sagte er.

Sie kannte diesen Ton. Er klang nach Entschuldigungen und strengen Erklärungen, nach Dingen, die sie jetzt nicht hören wollte.

»Augenblick!«, rief sie, in der Hoffnung, dass sie,

wenn sie sofort weiterredete, das Unheil vielleicht noch abwenden konnte. »Man beachte, dass die Tiergehege alle günstig im Park gelegen sind. Man kann also zu jeder Tages- und Nachtzeit nach draußen gehen und nach Belieben einen bedürftigen Elefanten, ein Känguru, ein Faultier oder eine Giraffe besuchen, alles Tiere, die sich nach der Liebe und Zuwendung sehnen, die nur ein zwölfjähriges Mädchen ihnen geben kann. Nicht zu vergessen weitere Annehmlichkeiten wie der Eisautomat und die Wasserrutsche und …«

Ihre Stimme begann zu zittern und verstummte. Die Eltern sahen sie mit gequälten Gesichtern an, und sie machte sich auf das Schlimmste gefasst.

»Marrill.« Ihr Vater räusperte sich wieder und rückte die Nickelbrille zurecht, die er auf einer Tauschbörse in Rumänien erstanden hatte. »Wir müssen dir etwas sagen.«

Er stand auf und legte ihr die Arme auf die Schultern. Dann sprach er die Worte aus, die sie seit fünf Jahren fürchtete, seit damals, als sie hilflos schluchzend am Krankenhausbett gestanden hatte.

»Deine Mutter ist wieder krank, Schatz.«

Marrill war, als wäre sie in die sengende Hitze Arizonas hinausgetreten und bekäme keine Luft mehr. Schweigen breitete sich im Zimmer aus. Sie sah erst ihren Vater an, dann ihre Mutter. Warum widersprach ihre Mutter nicht, sondern schwieg?

Panik stieg in Marrill auf. Das durfte nicht sein. Ihre

Mutter war ihre beste Freundin, mit der sie alles teilte. Die Vorstellung, ihre Mutter könnte wieder krank sein, war unerträglich.

Sie schüttelte den Kopf. »Nein«, flüsterte sie. Sie wich vor ihrem Vater zurück, und seine Arme glitten von ihren Schultern, fielen schlaff nach unten.

Doch dann sah sie es. Die Wangen ihrer Mutter waren ein wenig blasser, die Lippen ein wenig dünner und ihre Bewegungen langsamer. Die Schüssel mit dem Müsli vom Morgen stand unberührt neben der Spüle. All das war Marrill bisher nicht aufgefallen. Sie hatte es nicht wahrhaben wollen.

Sie drehte sich um und schlug die Hände vor das Gesicht, als könnte sie dadurch verhindern, dass Angst und Kummer sie überwältigten. Sie hasste dieses Gefühl, nicht zu wissen, was sie sagen oder tun sollte.

»Ich werde schon wieder gesund, Liebes.« Ihre Mutter stand auf, kam um den Tisch und zog Marrill fest an sich. Alles, was Marrill an ihrer Mutter so vertraut war, hüllte sie ein: der Klang ihrer Stimme, ihr Geruch, der Rhythmus ihrer Atemzüge, Dinge, die Marrill seit ihrer Geburt kannte und die genauso ein Teil von ihr waren wie ihre DNA.

»Es ist nur ein kleiner Rückfall«, erklärte ihre Mutter. Sie hatte die Lippen in Marrills Haare gedrückt. »Deshalb brauchen wir eine Weile einen Arzt in der Nähe.« Sie trat zurück und sah Marrill an. »Ich werde wieder gesund, und dann brechen wir auf, versprochen.«

»Aber ich verstehe das nicht«, sagte Marrill und überlegte krampfhaft. »Das Verkaufsschild ist weg. Das bedeutet doch, dass wir umziehen.«

Ihr Vater räusperte sich. »Das bedeutet, dass wir bleiben. Wir behalten das Haus. Es gehört jetzt uns.«

In Marrills Brust zog sich alles zusammen. Sie wollte gleichmäßig weiteratmen, konnte aber nicht, so heftig schlug ihr Herz gegen die Rippen. Seit ihre Mutter vor fünf Jahren im Krankenhaus gewesen war, hatte sie schon einige Rückfälle gehabt, aber deshalb waren sie trotzdem gereist, und ihre Mutter hatte sich eben ein wenig geschont.

»Ich habe eine Stelle in der Stadt angenommen«, fuhr ihr Vater fort. »Und wir haben dich in der hiesigen Schule angemeldet. Du sollst eine Prüfung machen, weil du bisher zu Hause unterrichtet worden bist. Die wollen sichergehen, dass du in der Klasse mithalten kannst, aber keine Sorge, das kannst du ganz bestimmt. Und es gibt hier ein gutes Krankenhaus. Die Ärztin hat schon gesagt, sie glaubt, dass deine Mutter sich erholt, wenn sie etwas mehr Ruhe hat. Jetzt soll sie sich erst mal schonen und nicht aufregen, und deshalb bleiben wir vorerst hier.«

Marrill starrte ihren Vater ungläubig an. »Wir behalten das Haus? Ich soll in die Schule gehen? Aber …« Sie hatten nie ein Haus besessen. Seit Marrill sich erinnern konnte, hatten sie nie länger als ein halbes Jahr am selben Ort gewohnt, und auch das nur, als ihre Mutter das erste Mal krank gewesen war. Ihre Eltern hatten immer gemeint, ein fester Wohnsitz würde sie »einengen«. Marrill wusste plötzlich, was sie damit gemeint hatten.

Ein Haus bedeutete Sesshaftigkeit. Man blieb an einem Ort, erlebte keine Abenteuer mehr.

Demnach musste ihre Mutter ernsthaft krank sein.

Marrill schluckte ihre Tränen hinunter, drehte sich wortlos um und rannte aus der Küche. Karnelius sprang vom Tisch, stieß dabei einen Papierstapel um und lief ihr hinterher.

In ihrem Zimmer angekommen, blieb Marrill stehen und betrachtete ihre Zeichnungen und die Fotos ihrer Mutter, die sie an die Wand geklebt hatte. Sie zeigten Motive aus der ganzen Welt. Auf einem Foto tat ihr Vater so, als müsste er den Schiefen Turm von Pisa stützen, auf einem andern ritt die siebenjährige Marrill auf einer Ziege einen Berg im indonesischen Regenwald hinauf. In Australien hatte sie eine Zeichnung von einer Wombatmutter gemacht, die ein Junges hielt.

Am meisten liebte sie aber das Bild von sich selbst und ihrer Mutter, wie sie Hand in Hand von einer Klippe in das klare blaue Wasser darunter sprangen. Marrill erinnerte sich so lebhaft daran, als würde sie wieder auf der Klippe stehen. Starr vor Angst hatte sie auf das Wasser tief unter ihr hinuntergeblickt. Ihre Mutter hatte ihr beruhigende Worte ins Ohr geflüstert und versichert, alles würde gutgehen. Und sie hatte recht behalten – es war ein tolles Erlebnis gewesen.

Sie spürte eine Hand auf der Schulter. »Das Wasser war ganz schön kalt.« Ihre Mutter lachte leise. Sie wusste genau, welches Bild Marrill ansah. Genauso wie sie immer wusste, was Marrill dachte, und immer die richtigen Worte fand.

Marrill kämpfte mit den Tränen, die sie die ganze Zeit unterdrückt hatte. »Ich hatte eine solche Angst.«

»Aber du bist gesprungen.« Ihre Mutter drückte ihr die Schulter. »Manche Erlebnisse machen einem zuerst Angst. Aber oft sind sie hinterher die schönsten.«

Marrill drehte sich zu ihrer Mutter um, hielt den Blick aber weiter auf ihre Hände gesenkt und zupfte mit den Fingern am Saum ihres T-Shirts. Dann brach es aus ihr heraus: »Aber jetzt ist alles anders. Nichts wird mehr sein wie früher.«

Ihre Mutter hockte sich vor sie, legte die Hände an ihre Wangen und hob ihr Gesicht an. Heiße Tränen traten Marrill in die Augen, aber ihre Mutter wischte sie mit den Daumen weg.

»Wir müssen nur eine Zeitlang ein bisschen besser aufpassen, Liebes, das ist alles. Ich verspreche dir, dass du noch viele Abenteuer erleben wirst, ob mit mir oder ohne mich.«

Marrill spürte einen Knoten im Magen. »Aber ich will keine Abenteuer ohne dich erleben. Warum auch? Ihr habt doch beide gesagt, du würdest wieder gesund!«

»Das werde ich auch.« Ihre Mutter küsste sie auf die Stirn. »Ich will noch ganz lange leben.« Sie lächelte das strahlende Lächeln, bei dem Merrill immer ganz warm ums Herz wurde. »Aber bis dahin musst du eben ein paar Abenteuer für mich erleben, von denen du mir dann erzählen kannst. Abgemacht?«

Marrill nickte und schniefte. Ihre Mutter umarmte sie, stand auf und wandte sich zum Gehen. In der Tür blieb sie stehen. »Vielleicht ist es hier in Phoenix gar nicht so schlimm«, sagte sie. »Denk dran – in einer neuen Situation hat man zwei Möglichkeiten. Man kann davonlaufen oder ins kalte Wasser springen.« Sie lächelte wieder, diesmal nur verhalten. »Vielleicht macht es ja auch Spaß, zur Abwechslung ein ganz normales Kind zu sein, wenn du dich darauf einlässt.« Und damit ging sie.

Marrill sah Karnelius an, der auf dem Bettrand saß. »Ich will aber kein normales Kind sein«, murmelte sie. Ein Brennen stieg in ihrer Kehle auf, und sie versuchte es hinunterzuschlucken. Sie wusste nicht, was sie fühlen sollte: Angst um ihre Mutter, Angst vor der Zukunft, Enttäuschung, weil das nächste Abenteuer ausfallen musste, oder ein schlechtes Gewissen, weil sie überhaupt an etwas anderes dachte als an ihre Mutter.

Sie fühlte sich auf einmal in ihrem Zimmer eingesperrt und musste nach draußen. Hastig legte sie ihrem Kater das Laufgeschirr um, verabschiedete sich von ihren Eltern mit einem raschen Tschüs und ging, ohne auf eine Antwort zu warten, nach draußen.

Karnelius lief neben ihr her. Sein eines Auge hatte er gegen die grelle Wüstensonne zusammengekniffen.

Im nächsten Moment hatten sie das verwahrloste Stück Erde überquert, das als Vorgarten diente, und gingen die Straße entlang, die aus dem leeren Viertel hinausführte. Trockener Sand setzte sich zwischen Marrills Zehen und an den Innenseiten ihrer Knie fest. Sie konnte nur noch an ihre Mutter denken.

Die Zeit verstrich wie im Flug, und unversehens waren sie schon die ein, zwei Kilometer bis zu dem verlassenen Einkaufszentrum gegangen, das einmal den Rand des jetzt toten Viertels gebildet hatte.

Marrill war so sehr mit ihren Sorgen beschäftigt, dass sie das zerknitterte Stück Papier nicht bemerkte, das neben ihr über den Boden flatterte. Ganz im Unterschied zu Karnelius. Der rannte ihm plötzlich nach und schlüpfte dabei aus seinem Halsband.

»Komm sofort zurück!«, rief Marrill. »Wenn du mich zwingst, bei dieser Hitze zu rennen, mache ich Handschuhe aus dir, ich schwör's!«

Karnelius' orangefarbener Schwanz verschwand unter einem baufälligen Bretterzaun. Marrill ließ die Leine fallen und eilte ihm nach. Karnelius gehörte ihr, seit sie ihn als kleines Kätzchen gefunden hatte. Er war das erste Tier, das sie gerettet hatte, und von ihm hatte sie die wahre Liebe kennengelernt, die entsteht, wenn man ein Tier vor einer ungewissen Zukunft rettet. Zugleich war er das einzige Tier, das sie bei ihren vielen Umzügen immer hatte mitnehmen dürfen.

Und er war ihr einziger Freund.

Sie zwängte sich durch eine Lücke im Zaun, und ein Windstoß von hinten blies ihr die Haare über die Schultern. Auf der anderen Seite erstreckte sich der leere Parkplatz des Einkaufszentrums. Über dem heißen Asphalt stand flimmernd die Luft wie eine endlose Wasserfläche.

Bevor Marrill noch einen Schritt tun konnte, wirbelte der Wind das Papier, dem Karnelius nachjagte, in ihre Richtung. Karnelius drehte um, sprang und nagelte es mit den Krallen auf dem Gehweg fest. Den Schwanz hatte er wie einen Borstenpinsel aufgeplustert. Marrill hob Karnelius mit einer raschen Bewegung vom Boden auf. Der Kater wehrte sich und zerkratzte ihr so die Hand, dass Marrill vor Schmerz zusammenzuckte.

Sie drückte ihn an sich, um ihn zu beruhigen, und betrachtete dabei das Papier auf dem Boden. Es war alt und dick, an den Rändern eingerissen und vom Alter vergilbt und fleckig. Jemand hatte kunstvoll etwas mit Tinte darauf gezeichnet.

Da Marrill so etwas noch nie gesehen hatte, bückte sie sich tiefer. Vielleicht bekam sie hier ja eine Anregung für ihre eigenen Zeichnungen. Doch eine erneute Bö wehte ihr das Papier direkt vor der Nase weg. Marrill streckte die Hand danach aus und trat dabei vom Gehweg auf den Parkplatz.

Der Asphalt plätscherte.

Marrill erstarrte. Warmes Wasser schwappte ihr über die Zehen und spülte den dazwischen festgebackenen

Sand weg. »Was ist das denn?« Sie runzelte die Stirn. Eben war der Parkplatz noch trocken gewesen, jetzt stand er unter Wasser. Wie ein stiller See. Verzerrt durch die Hitze, schien er sich endlos in die Ferne zu erstrecken.

Die Wasseroberfläche reflektierte die Sonne und blendete Marrill. Verwirrt blickte sie um sich. Was hatte das zu bedeuten? Das Papier flog vor ihren Augen weiter und verschwand in der Ferne.

Und als sei das alles noch nicht seltsam genug, tauchte aus dem Nichts ein riesiges Schiff auf und hielt auf den Behindertenparkplätzen.

Marrill schrie unwillkürlich auf und wich erschrocken einige Schritte zurück. Ihre Füße platschten durch das seichte Wasser. Sie blinzelte, bestimmt bildete sie sich das nur ein.

Das Schiff sah aus wie ein Piratenschiff. Es hatte vier Masten mit vielen Segeln und einen Bugspriet, der so weit vorstand, dass er fast das kaputte Plastikschild eines leeren Ladens durchbohrte.

»Hm, damit habe ich nicht gerechnet«, sagte eine Stimme. Marrill hob ruckartig den Kopf und schirmte die Augen mit der Hand gegen die Sonne ab. Viele Meter über ihr war an einer Reling aus dunklem Holz der Kopf eines alten Mannes aufgetaucht. Er hatte ein kleines, rundes Gesicht mit vielen Falten und einen gewaltigen weißen Bart. Eine purpurrote Zipfelmütze fiel ihm schlaff über das Ohr.

Der Mann entdeckte Marrill und lehnte sich so weit über die Reling, dass sie schon fürchtete, er könnte herunterfallen. »He, du«, rief er. »Weißt du zufällig, was für ein Gewässer das ist? Was für ein Ufer? Welcher Arm des großen Stroms?«

Das war zu viel. In Marrills Kopf wirbelte alles durcheinander, und sie verstand nichts mehr. Vor ihren Augen verschwamm alles, und sie musste ihre ganze Kraft aufbieten, um nicht mit dem Gesicht voraus in den warmen See zu kippen. In den See, der eben noch ein Parkplatz in der Wüste gewesen war.

Kapitel 3

Diebe in der Pastetenbäckerei

Fin saß im Geschäftsviertel auf einem Dach und ließ die Füße baumeln. Ein Labyrinth aus Häusern zog sich den zerklüfteten Hang hinter ihm hinauf, als wollte es ihm über die Schulter spähen.

Selbst wenn er der Meisterdieb von Khaznot Quay war, so wusste das niemand. Niemand wusste, dass es hier überhaupt jemand wie einen Meisterdieb gab. Denn er vollbrachte zwar die größten Kunststücke, aber niemand erinnerte sich je an den Täter.

Bis heute.

M-Dieb, begann der Brief, *Haus Parsnickle, Pfützenweg Nr. 17.* Der Brief war an ihn adressiert. Fins Finger zitterten vor Erwartung, als er ihn öffnete.

Sehr geehrter Meisterdieb, stand da in ausladenden, schwungvollen Buchstaben. Fin hätte gern gewusst, wer so große Gedanken hatte, dass er für seine Worte so viel Platz brauchte. Er las weiter.

Der Weg zur Mutter führt durch dein Zuhause,

doch brauchst du jemand, der ihn weiß.

Ich werde dir die Richtung nennen,

doch zahlen musst du erst den Preis.

Im Hafen liegt ein Schiff, das niemals ankert,

und wartet, dass man es besteigt.

Mit Schätzen hochbeladen und größeren noch,

geheimen Schätzen, die es keinem zeigt.

Durch den gestirnten Himmel dring zur Kammer vor,

zerbrich den Safe und schaff zum Räubernest

Den Schlüssel. Als deinen Lohn

behalt für dich getrost den Rest.

Glaube mir, ich bin

jemand, der sich an dich erinnert.

Gleich nach der Unterschrift verunstaltete ein schwarzer Fleck das weiße Blatt, als sei dort Tinte aus der Feder des Verfassers getropft.

Fins Blick wanderte wieder zu dem einen Wort, bei dem ihm der Atem gestockt und er einen Stich in der Brust gespürt hatte. *Mutter.* Er schloss die Augen und kehrte in Gedanken zu jenem letzten Mal zurück, als er sie gesehen hatte.

Es war die einzige Erinnerung, die er an sie hatte.

Er konnte damals nicht älter als vier gewesen sein. Die Wellen, die sich am Bug des Schiffes brachen, hatten golden aufgeleuchtet, und die Lichter am Ufer hatten getanzt und sich an der dunklen Flanke eines großen Berges bis zum Nachthimmel hinaufgezogen.

»Khaznot Quay«, hatte seine Mutter gemurmelt. »Dein neues Zuhause.«

Natürlich kannte Fin Khaznot Quay inzwischen in- und auswendig. Schließlich hatte er seither sein Leben hier verbracht. Aber in jener Nacht, im Arm seiner Mutter und dicht an sie gedrückt, da hatte er Angst gehabt. Wie sie aussah, wusste er nicht mehr. Er erinnerte sich nur an die schwarzen Haare, die ihr über die Schultern gefallen waren, das Mondlicht in ihren Augen und die Umrisse einer sanft geschwungenen Nase.

Wie sicher er sich in ihren Armen gefühlt hatte!

Fin seufzte. Seine letzte Erinnerung war, wie seine Mutter zu einem Stern am Himmel hinaufgezeigt hatte, der heller funkelte als die anderen. »Was auch immer passiert«, hatte sie gesagt, »solange dieser Stern dort scheint, gibt es jemand, der an dich denkt.« Selbst in der Erinnerung war ihre Stimme so beruhigend wie ein warmes Feuer an einem kalten Tag.

Fin schniefte, wischte sich über die Augen und starrte den Brief mit der ausladenden Handschrift an. Dann las er ihn noch einmal. Er sollte also in ein Schiff einbrechen und einen Schlüssel stehlen. Der Rest der Beute sollte ihm gehören. Ein Diebstahl wie hundert andere, nur sehr ungenau beschrieben. Und noch schlechter gereimt.

Doch die Unterschrift ließ ihm keine Ruhe. *Jemand, der sich an dich erinnert.* Bevor er am vergangenen Abend eingeschlafen war, hatte er den Stern durch das Fenster seiner Kammer leuchten sehen, als Zeichen dafür, dass jemand an ihn dachte. Mit dem Brief hielt er den Beweis in den Händen – es erinnerte sich tatsächlich jemand an ihn. Und was die versprochene Belohnung anging … würde er tatsächlich den Weg nach Hause finden, zu seiner Mutter?

Versuchen wollte er es auf jeden Fall. Auch wenn sich das alles noch so seltsam anhörte.

Fin stand auf. Dass es unmittelbar vor ihm vier Stockwerke nach unten ging, machte ihm nichts aus. Er musste sich auf einen so wichtigen Auftrag unbedingt gründlich vorbereiten. Was er brauchte, waren Informationen. Und die fand ein Dieb in Khaznot Quay nur an einem Ort: in der Pastetenbäckerei von Ad und Tad.

Flink lief er über die Dächer und schwang sich von einer Regenrinne zur nächsten, bis er am höchsten Punkt des Viertels angelangt war. Dort quetschte sich unmittelbar unterhalb der Seufzerhöhe die alte Pastetenbäckerei an eine Klippe. Fin ließ sich an einem von Schlingpflanzen überwucherten Rankgitter in eine Gasse hinuntergleiten, die so steil und schmal war, dass die Bezeichnung Treppe zutreffender gewesen wäre, und stieg zu einem kleinen Platz hinauf, der direkt in den Laden von Ad und Tad mündete.

Der Raum war eng und hatte nur eine Tür. Über das Dach bliesen die heftigen Quay-Winde gegen die Felswand und erzeugten Wirbel, denen nur die besten Himmelssegler gewachsen waren. Kurz, es war ein denkbar schlechter Ort für einen Laden, als Treffpunkt für Diebe dagegen bestens geeignet.

Die Glocke über der Ladentür schepperte, als Fin eintrat.

stand auf einem Schild im Fenster, und Fin konnte dem nicht widersprechen.

Drinnen roch es statt nach frischen Zimtschnecken und dergleichen muffig und verbrannt. In den Regalen lagen Berge klebriger Brötchen mit einem schleimig grünen Überzug, daneben stapelten sich Plätzchen, dekoriert mit voll funktionsfähigen Augäpfeln. Und auf dem Tresen stand natürlich ein Tablett mit verpackten Süßigkeiten, den »berühmten Schokoknallern«, wie Ad und Tad sie nannten. Alle anderen sprachen nur von den »Kotzpillen«.

Die Diebe hatten den Ort ihres Verstecks sehr sorgfältig ausgesucht. Fin erinnerte sich nicht, hier je einen wirklichen Kunden gesehen zu haben.

Ad und Tad hoben die Köpfe und sahen ihn lächelnd und ohne einen Schimmer des Wiedererkennens an. »Kann ich helfen, junger Mann?«, fragte Ad. Sie war jung und von freundlichem Wesen, zumindest für die Verhältnisse hier in Khaznot Quay. Anders ausgedrückt, sie besaß noch fast alle Zähne und war in der Regel nicht bewaffnet.

»Heute keine Stinkmorcheln, Ad«, sagte Fin. »Nur eine Portion eurer leckeren Schleimfäden.« Er straffte beim Aussprechen der Parole die Schultern und hob das Kinn ein wenig an.

Tad nickte und zeigte mit einer Handbewegung auf den begehbaren Ofen im hinteren Teil des Ladens. »Natürlich, mein Junge«, sagte er. »Wir backen sie da drinnen immer frisch.«

Genau das war so großartig an diesem Laden, dachte Fin. Für die Betreiber der Pastetenbäckerei war ein Dieb, der nicht auffiel, ein guter Dieb. Dass sich niemand an Fin erinnerte, bedeutete für sie, dass er sein Handwerk beherrschte. Solange er die Parole kannte, war alles gut.

Er schlüpfte unter dem Tresen hindurch, ließ im Vorbeigehen ein paar Kotzpillen mitgehen (sie waren immer praktisch, wenn man vergiftet wurde) und ging zu dem schwarzen Ofen durch. Auf seine Berührung hin schwang die hintere Wand zur Seite. Dahinter kam das Versteck der Räuber zum Vorschein. Ein paar wacklige Stufen führten zu ihm hinunter.

In dem saalartigen Raum standen Holztische, um die herum Diebe saßen, die sich stritten, Witze rissen und zockten. Am hinteren Ende prasselte ein Feuer im Kamin. Hünen mit Armen wie Gorillas spielten Fang-den-Zahn mit stämmigen Straßenräubern, schuppenbesetzte Taschendiebe knackten Übungsschlösser, und Hochstapler tischten Trickbetrügern, die ihnen nur mit halbem Ohr zuhörten, die unglaublichsten Geschichten auf. Alle Anwesenden und die Tische und Stühle waren mit einer dünnen Mehlschicht bedeckt.

Fin lächelte entspannt. Es war schön, wieder hier zu sein.

Er schlenderte zu einem Tisch, an dem gerade Freibeuter mit einem Trupp von Wegelagerern anstießen.

Rau aussehende Gesellen, was Fin aber nicht weiter kümmerte. Hier in der Pastetenbäckerei war so ziemlich jeder Halunke willkommen. Stavik, der selbsternannte Piratenkönig von Khaznot Quay und unumstrittener Herrscher des Quartiers, zog allerdings bei Mördern die Grenze. Außerdem hatten sich auch Diebe und Piraten an bestimmte Umgangsformen zu halten.

»Tag, Leute«, sagte Fin und verschaffte sich dadurch für einen kurzen Moment Aufmerksamkeit. Er hob die Hand zum traditionellen Piratengruß, und zehn behandschuhte Hände antworteten ihm.

»Willkommen, Bruder Lichtscheu«, antwortete einer fröhlich. »Macht mal Platz, Kameraden.«

Fin unterdrückte seine Freude über die Gastfreundschaft, die natürlich nicht von Dauer sein würde. Der Platz, den die anderen ihm machten, war schon fast wieder geschlossen, bevor er sich setzen konnte. Trotzdem war ein solcher kurzer Moment der Zuwendung mehr, als Fin anderswo bekam.

Unter normalen Umständen hätte er den Gesprächen der anderen gelauscht. Aber heute wollte er sich Informationen beschaffen. »Also«, sagte er, »wie ist das mit dem Schiff, das niemals ankert und bei uns im Hafen liegt?«

Neun Augenpaare musterten ihn erstaunt. Ein unangenehmer Schauer überlief Fin, doch dann sprach der zehnte Mann: »Zum Henker, es wurde vom Eisernen Schiff so übel zugerichtet, dass es in den Hafen einlaufen musste!«

Ein anderer Pirat lachte laut. »Du Vollhonk, das Eiserne Schiff ist doch nur eine Legende.«

»Lach nicht, es stimmt!«, fiel ein Dritter ein. »Wer

sonst könnte ein Schiff so übel zurichten?« Der Pirat beugte sich vor. Seine Augen hatten angefangen, irre zu flattern. »Das Eiserne Schiff erscheint nur bei schwerstem Unwetter, heißt es, wenn die Blitze rot leuchten. Ein Schiff aus Eisen gegossen, mit einer Besatzung von Schatten. Der Kapitän ist angeblich der Geist eines großen Königs der Zauberer, Dämonen und Piraten. Und er hungert nach Seelen.« Wie bei einer Zusammenkunft von Piraten üblich, schnaubte die Hälfte seiner Kumpane verächtlich, während die andere zögernd zustimmte.

»König der Zauberer, Dämonen und Piraten, verstehe«, sagte Fin. »Aber was ist mit dem Schiff bei uns im Hafen ... dem, das nicht aus Eisen ist?«

Ein bärtiger Schmuggler knallte seinen Humpen auf den Tisch. »Das ist ein anderer Fall. Seine Fracht scheint so kostbar zu sein, dass es nirgends vor Anker geht, sondern draußen auf dem großen Strom bleibt, wo niemand ihm zu nahe kommen kann. Stavik hat es mal versucht, aber selbst er musste aufgeben ...« Der Mann verstummte und schüttelte den Kopf. »Wahrscheinlich ist es in ein Unwetter geraten und muss repariert werden. Khaznot Quay war vermutlich der nächste Hafen, den es anlaufen konnte. Bestimmt hatte der Kapitän des Eisernen Schiffes seine Hand im Spiel, wenn ein solches Schiff in einem Hafen wie unserem hier festmacht.«

Fin nickte. »Es muss also repariert werden, das

leuchtet mir ein. Wie sieht es denn aus? Und wird es streng bewacht?« Er räusperte sich. »Ich frage nur für einen Freund.«

»Du kannst es nicht übersehen«, sagte der erste Pirat. »Ein so sonderbares Schiff ist mir noch nie vor Augen gekommen. Und was die Besatzung angeht, äh ...« Er beugte sich vor und senkte die Stimme. »Da musst du Stavik fragen.«

Die anderen am Tisch schluckten. »Das würde ich lieber nicht«, murmelte einer.

Fin grinste. »Macht euch wegen mir keine Sorgen«, sagte er und stand auf. Nicht, dass die anderen sich Sorgen gemacht hätten. Er hatte die Worte kaum ausgesprochen, da hatten sie schon vergessen, dass er überhaupt neben ihnen gesessen hatte. »Mit Stavik komme ich schon zurecht«, fügte er leiser hinzu.

Er schlenderte erhobenen Hauptes zum hinteren Ende des Raums. Dort saß der Piratenkönig auf seinem Thron, einem prächtigen, aus den Galionsfiguren der gekaperten Schiffe gezimmerten Sessel. Stavik war hager und knochig, wie ein Gerüst aus straff gespannten Drahtseilen. Seine Haut bestand fast nur aus Narben, die er auch ganz offen zeigte.

Er trug eine schlichte, anliegende Weste und dazu passende, anliegende Hosen aus Drachenleder. Gerüchten zufolge war er ein so guter Dieb, dass er dem Drachen das Leder bei lebendigem Leibe aus der Haut geschnitten hatte, ohne dass der es bemerkte. Kein

Wunder, dass er bei den anderen Dieben gefürchtet war.

Fin dagegen mochte ihn sogar. Stavik hatte ihn fast alles gelehrt, was er über das Stehlen wusste, auch wenn der Piratenkönig sich nicht daran erinnerte.

Damals, mit sieben Jahren, hatte Fin monatelang gebraucht, um die richtige Mischung aus Angeberei und Ehrerbietung zu finden, mit der er sich eine Audienz bei Stavik verschaffen konnte. Wahrscheinlich hatte er an den Schultern immer noch blaue Flecken, so oft war er hinausgestoßen worden auf die Straße. Doch war er täglich zurückgekehrt, für die Diebe jedes Mal wieder ein völlig Fremder. Und jedes Mal hatte er ein wenig dazugelernt, bis Stavik eines Tages gesagt hatte: »Lasst ihn bleiben, der Bengel gefällt mir.« Und sich bereiterklärt hatte, Fin einige Tricks zu zeigen.

Seitdem war Fin immer wieder gekommen, wobei er sich jedes Mal neu vorstellen musste, bis er so ungefähr alles wusste, was er von Stavik lernen konnte. Auch jetzt kam er noch von Zeit zu Zeit, um eine alte Lektion aufzufrischen. Er verbrachte gerne Zeit mit dem alten Piraten.

Mit stolzgeschwellter Brust, aber gesenktem Blick marschierte er geradewegs auf den Thron zu und blieb im letzten Moment stehen, bevor eine mächtige Pranke auf seiner Schulter landen konnte. »Lasst ihn«, sagte Stavik mit einer Stimme, die so schartig war wie die Klinge eines rostigen Rasiermessers. »Der Junge gefällt mir. Weiß sich zu verkaufen, kennt aber seinen Platz. Fügt sich gut ein. Habe ihn bisher nicht bemerkt. Gute Anlagen für einen Dieb.« Er beäugte Fin. »Wer zum Henker bist du?«

»Nur ein Lehrling«, antwortete Fin. Lange Erfahrung hatte ihn gelehrt, dass ihm sowieso niemand geglaubt hätte, dass er in seinem Alter schon ein Meisterdieb war. »Mein Boss sagte, ich soll den Einbruch in der *Bank zum blinden Käfer* erwähnen oder die Plünderung der *Lachsalve*.« Er durchsuchte hastig seine Taschen und zog als Beweis eine rote Münze mit dem Bild eines Käfers heraus.

Staviks Miene blieb unbewegt, aber die hässliche rote Narbe an seinem Kinn zuckte, ein sicheres Anzeichen dafür, dass sein Interesse geweckt war. »Okay«, sagte er schließlich, »gut. Hinter was ist er diesmal her?«

»Ich ... äh, ich meine, *er* braucht nähere Informationen über das sonderbare Schiff im Hafen.«

»Alles klar«, sagte Stavik. »Jemand muss es endlich ausrauben.« Es verstand sich natürlich von selbst, dass er einen Anteil an der Beute beanspruchte. Fin nickte eifrig. Wenn es stimmte, was in dem Brief stand, blieb trotzdem noch genug für ihn übrig.

Stavik ließ den Blick von einer Seite zur anderen wandern und senkte die Stimme. »Das Schiff gehört dem meressianischen Orden. Schon gehört?«

Fin schüttelte den Kopf. »Dachte ich mir«, fuhr Stavik fort. »Das ist eine Art Sekte, die vor ein paar hundert Jahren gegründet wurde. Ihre Mitglieder haben jahrzehntelang aufgeschrieben, was ein Orakel von sich gab. Es ging um eine Weissagung und die Zukunft und was auch immer. Warnungen vor dem Weltende und so Zeug.«

Er hob die Schultern. »Jedenfalls bekamen sie irgendwann Streit mit ihrem Orakel, der Mann ging, und die Sekte geriet mehr oder weniger in Vergessenheit. Einige Unverdrossene machten aber angeblich weiter und wollten verhindern, dass die Weissagung des Irren sich erfüllt. Sie sammeln seither alles, was irgendwie damit zu tun hat. Reliquien, Antiquitäten und alle möglichen Wertgegenstände.«

Sein Mund zog sich zu einem Grinsen auseinander. »Das sind einige hundert Jahre Beute, falls du nicht so gut rechnen kannst. Und alles auf dem Schiff. Deshalb bleibt es die ganze Zeit draußen auf dem großen Strom.«

»Aber jetzt, wo es hier ist …« Fin grinste ebenfalls.

»Bilde dir bloß nichts ein«, sagte Stavik. »Diese Leute wissen, wie sie ihren Trödel schützen. Ich habe mal einen Versuch gemacht, ging aber daneben. Und das war natürlich draußen auf dem Strom. Hier im Hafen sind sie wahrscheinlich noch nervöser. Soviel ich weiß, haben sie als Hafenwachen Profis angeheuert, die sich nicht ablenken lassen. Und wer die überlistet, bekommt es mit einem Haufen weiterer Wachen zu tun, die auf dem Schiff selbst patrouillieren. Haben auch ein paar unangenehme Fallen. Dein Mann muss wirklich gut sein.«

»Ist er«, sagte Fin stolz. Er schmiedete bereits fieberhaft Pläne.

»Das will ich ihm auch geraten haben«, sagte Stavik. »Er ist nicht der Erste, der das versucht.« Er lehnte sich zurück und verknotete die Finger. »Mehr weiß ich dazu nicht.«

Fin nickte, verbeugte sich hastig und wandte sich zum Gehen. Er wollte zur Tat schreiten.

»He, Bengel«, rief Stavik ihm nach. Fin drehte sich um. »Wenn dein Boss da wirklich reinkommt, soll er mir was Schönes mitbringen. Dafür zeige ich dir dann, wie man ein Schloss mit einer Messerspitze knackt.«

Natürlich hatte Stavik Fin diesen Trick schon gezeigt, vor drei Jahren. Und seitdem noch fünfmal.

»Sehr gern«, sagte Fin.

Kapitel 4

Die Seepocken bitte nicht berühren

Turmhoch ragte das Schiff auf dem Parkplatz vor Marrill auf, und sie kam sich im Vergleich dazu winzig vor. Einerseits war sie neugierig und hätte es gerne berührt, um festzustellen, ob es wirklich existierte. Andererseits wollte sie instinktiv so weit wie möglich davor weglaufen.

Sie sah sich um und wünschte, ihr Dad wäre hier oder ihre Mom. Sie hätten gewusst, was zu tun war. Sogar die Hatch-Brüder hätten ihr zumindest sagen können, ob sie sich das Schiff nur einbildete. Aber da war niemand, nur Karnelius, das Wasser um ihre Füße und das Piratenschiff. An den Seiten konnte sie einige in Reihen angeordnete Fenster erkennen, die aber alle mit Läden verschlossen oder mit Salz verkrustet waren. Der einzige Anwesende außer ihr war der alte Mann, der sich über die Reling beugte und sie erwartungsvoll ansah.

»Ich glaube, sie ist taub«, sagte er zu einer weiteren,

unsichtbaren Person. »Oder sie hat sich gerade selbst durch ein Double ersetzt, das sie aus einer Bauchnabelfussel gemacht hat. In diesem Fall hätten wir Glück. Ich bin ziemlich sicher, dass ich schon mal hier gewesen bin.«

Der Mann redete offenbar von ihr. Marrill starrte verwirrt zu ihm hinauf. Sie hätte jetzt eigentlich etwas sagen müssen, aber sie wusste nicht, was. »Äh … hallo?« Sie schluckte unbehaglich. »Ich habe Sie nicht verstanden. Was ist das eigentlich für ein … äh, na ja …«

Das Gesicht mit dem weißen Bart wandte sich wieder ihr zu. »Ist nicht taub. Und auch keine Fussel«, berichtete er seinem unsichtbaren Gefährten. Er klang enttäuscht. »Was für dich natürlich gut ist!«, fügte er an Marrill gerichtet hinzu. Sie sah ihn verständnislos an. »Jedenfalls wissen wir nicht mehr genau, wo wir sind, wie du dir vielleicht schon gedacht hast. Könntest du uns freundlicherweise sagen, in welchen Arm des großen Stroms wir uns hier verirrt haben?«

Marrill hatte keine Ahnung, wovon er redete. Hier war überall Wüste – das nächste fließende Gewässer war kilometerweit entfernt. Außer man zählte den so überraschend aufgetauchten See mit, was sie nicht tat, weil … ja, weil es ihn eigentlich gar nicht geben durfte.

Nur dass es ihn eben doch gab und sie mittendrin stand. Kleine Wellen leckten an ihren Knöcheln, und wenn sie den Kopf in die richtige Richtung neigte, konnte sie unter der Wasseroberfläche noch die Markierungen des Parkplatzes erkennen.

Sie blinzelte und versuchte, sich an die Frage zu erinnern. »Was für ein Arm von was?«, fragte sie schließlich ratlos.

»Sie weiß auch nicht, wo wir sind«, rief der Alte über die Schulter.

»Das habe ich auch nicht erwartet«, antwortete eine Stimme.

Marrill öffnete den Mund. Sie hatte so viele Fragen, dass sie nicht wusste, wo anfangen. Bevor sie noch etwas sagen konnte, verschwand der Alte.

Marrill schüttelte den Kopf. »Du weißt wahrscheinlich auch nicht, was hier los ist«, sagte sie zu Karnelius. Der Kater blickte mit seinem heilen Katzenauge böse zu ihr auf. Er hatte sich mordsmäßig aufgeplustert und fauchte bedrohlich.

Marrill hatte keinerlei Vorstellung, wie sie sich in dieser Situation verhalten sollte. Da fiel ihr ein, was ihre Mutter über das Ins-kalte-Wasser-Springen gesagt hatte, so wenig geheuer es ihr zunächst auch war. Sie holte tief Luft, straffte sich und watete ein paar Schritte auf das Schiff zu. Dann legte sie den Kopf in den Nacken und rief: »Mr ...« Sie zögerte. »Äh, hallo?«

Der Alte tauchte wieder auf. »Du bist immer noch da?« Er runzelte die Stirn. »Oder umgekehrt, wir sind immer noch da. Hm, merkwürdig.« Er trommelte mit den Fingern auf die Reling.

»Echt cooler Trick, mit dem Schiff einfach so aus dem Nichts aufzutauchen«, redete Marrill drauflos. »Seid ihr Magier oder so was?«

»Zauberer wäre zutreffender«, sagte der Alte. »Aber gute Frage. Gegenfrage: Du hast hier nicht zufällig den Teil einer Landkarte gesehen?«

Wieder hatte Marrill keine Ahnung, wovon er sprach. »Was?«

»Sag ihr, so ein Fetzen Papier«, rief die unsichtbare Stimme.

Der Alte presste verärgert die Lippen aufeinander und wandte sich wieder an Marrill. »So ein Pergament? Hast du das hier irgendwo gesehen?«

Marrill kratzte sich mit dem Zeh des linken Fußes an der Wade des rechten Beins, an der das Wasser sie kitzelte. »Ich ...« Sie konnte keinen klaren Gedanken fassen. »Moment, Zauberer, sagten Sie?«

Sein Lachen klang, wie eine Wolke schmeckt, locker und leicht und ein wenig feucht. Was insofern merkwürdig war, als sie bisher noch nie über den Geschmack einer Wolke nachgedacht hatte. Und es passte zu einem Zauberer. Ein kleiner Schauer überlief sie.

»Vollkommen richtig!« Der Alte nickte. »Aber zurück zu meiner Frage wegen der Karte – hast du sie gesehen?«

»Äh ...« Marrill bettete Karnelius in ihren Armen um und zuckte ein wenig zusammen, weil die Kratzer auf ihrer Hand immer noch weh taten. Vielleicht verstand sie ja mehr, wenn sie einfach auf den Alten einging. Zumindest hatte sie dann etwas, das sie beim Abendessen ihrer Mutter erzählen konnte.

Bisher hatte sie noch nicht viele Informationen aus ihm herausbekommen. Sie überlegte kurz, wie sie weiter vorgehen sollte. Dann hatte sie eine Idee. »Ich mache Ihnen einen Vorschlag«, rief sie hinauf. »Wenn ich eine Frage von Ihnen beantworte, beantworten Sie dann eine Frage von mir?«

»Ja!«, rief der Alte. »Okay, ich habe mich an die Abmachung gehalten. Jetzt musst du mir antworten.«

»Moment, was?«, fragte Marrill und rieb sich den Nacken, der vom Hinaufschauen schon ganz steif war. Dann fiel bei ihr der Groschen. Der Alte hatte tatsächlich soeben eine Frage von ihr beantwortet. Sie stampfte mit dem Fuß auf, spritzte sich aber nur selbst nass. »Das ist unfair!«, rief sie.

»Unfair?« Der Alte überlegte. »Könnte sein, aber es war dein Vorschlag. Und wenn man mit Zauberern spricht, muss man sich präzise ausdrücken. Du willst ja auch nicht Knetgummi im Geldbeutel haben, wenn du dir eigentlich Geld gewünscht hast. So ein Klumpen Knete macht eine Riesenschweinerei.«

Er verstummte gedankenverloren. Dann schüttelte er den Kopf und sah wieder Marrill an. »Also, hast du hier irgendwo einen Fetzen Papier gesehen?«

Marrill kniff die Augen zusammen. Da tat sie so, als unterhalte sie sich ganz normal, obwohl an diesem Tag nichts auch nur entfernt normal war. Sie überlegte kurz und grinste.

»Ja, habe ich«, antwortete sie knapp. Der Alte blickte erwartungsvoll zu ihr herunter. »Damit haben wir beide eine Frage beantwortet«, sagte sie triumphierend. »Wir könnten ja noch mal jeder eine beantworten. Mir fällt bestimmt eine für Sie ein.«

Von irgendwo hinter dem Alten kam Lachen. »Jetzt hat sie dich reingelegt, Ardent«, bemerkte die unsichtbare Stimme. Marrill musste ein Kichern unterdrücken.

»Stimmt!«, rief der Alte, der offenbar Ardent hieß. »Also einverstanden, mein Fräulein, aber diesmal beginne ich. Wohin hat der Wind das Papier denn geweht?«

»Als ich es zuletzt sah, in diese Richtung«, sagte Marrill und zeigte mit dem Kinn auf den See, der sich glitzernd hinter dem Schiff erstreckte.

Der Alte folgte ihrem Blick. Dann erwachte er plötzlich zum Leben. »Coll!«, befahl er seinem Gefährten, »du musst umdrehen. Oder beidrehen oder wie immer ihr Seeleute das heutzutage nennt.«

Aus den Eingeweiden des Schiffs kam ein tiefes Rumpeln, und es begann sich ächzend im seichten Wasser zu drehen. Vom Rumpf breiteten sich Wellen in alle Richtungen aus, klatschten gegen Marrill und warfen sie fast um. Dann blieb das Schiff knirschend stehen, und Marrill hörte die unsichtbare Stimme – die von Coll – rufen: »Entschuldigung! Der Strom ist hier sehr flach und eine Strömung kaum noch vorhanden. Wir hängen fest, aber es geht gleich weiter.«

Marrill verlagerte Karnelius' Gewicht, um einen Arm freizubekommen. »Halt!«, rief sie und winkte, um den Alten auf sich aufmerksam zu machen. »Sie sind mir noch eine Antwort schuldig! Woher kommen Sie?«

Der Alte blickte lächelnd zu ihr herunter. »Natürlich vom Piratenstrom, woher sonst!« Und damit verschwand er.

»Halt!«, rief Marrill wieder. »Was heißt das denn?« Das Schiff ruckelte, und wieder spritzten Wellen bis zum Saum ihrer kurzen Hose hinauf und klatschten gegen die Ladenfront hinter ihr. »Hallo?«, rief sie zu der leeren Reling hinauf.

Sie watete näher heran und zog die Füße dabei über den Asphalt, um sicherzugehen, dass er nicht plötzlich abfiel. Was er aber nicht tat. Selbst in nächster Nähe des Schiffs reichte ihr das Wasser nur bis zu den Knien.

Marrill betrachtete den Rumpf und suchte nach einer Erklärung, wie ein so großes Schiff überhaupt durch so flaches Wasser fahren konnte. Das nasse Holz war bis zur Höhe ihrer Nase von Seepocken übersät, und plötzlich merkte sie, dass die Seepocken sie ansahen.

Marrill beugte sich vor. Grüne Wesen streckten sich aus türkis schillernden, wie mit Glitter überzogenen Schalen. Sie besaßen Augen und auch Federn. Entgeistert starrte Marrill sie an. Die kleinen Wesen antworteten darauf mit einem leisen Piepsen und verschwanden wieder in den Schalen, bis nur noch zart gekräuselte Manschetten zu sehen waren.

Marrill ging in Gedanken die Dutzende von Büchern über seltsame Tiere der Welt durch, die sie gelesen hatte. Von solchen Wesen hatte sie noch nie gehört.

Karnelius zog die Krallen aus ihrem T-Shirt, um einem der kleinen Wesen einen Hieb zu versetzen. Marrill riss ihn gerade noch zurück, bevor er Schaden anrichten konnte. »Böser Kater!«, schimpfte sie leise. Doch beim Anblick der schillernden Tierchen verspürte sie auf einmal selbst den unwiderstehlichen Drang, sie anzufassen.

Sie ballte die Hände zu Fäusten, um der Versuchung zu widerstehen, aber vergeblich. Es war alles viel zu merkwürdig. Vorsichtig streckte sie einen Finger aus und hielt ihn über eine gekräuselte Manschette, bis das dazugehörige Wesen laut quietschte und aus seiner Schale kroch.

»Hallo, mein Kleiner«, murmelte Marrill. Die Federn kitzelten sie auf der Haut, und sie kicherte.

»Ach du meine Güte«, sagte eine Stimme von oben, und Marrill zuckte zusammen. »Du hast es doch nicht angefasst?« Der Alte lehnte sich gefährlich weit über die Reling und starrte zu ihr herunter.

»Ich …« Sie versteckte die Hand hinter ihrem Rücken und überlegte kurz, ob sie lügen sollte. Etwas in der Miene des Mannes hielt sie davon ab. »Nur ganz kurz«, sagte sie.

»Ach du meine Güte«, sagte Ardent noch einmal und legte die Stirn in Falten.

Marrills Herz begann schneller zu schlagen. Sie hatte das unbehagliche Gefühl, einen schweren Fehler gemacht zu haben. »Warum? Was ist daran so schlimm?«

Der Mann räusperte sich. »Ach nichts«, sagte er mit einem nervösen Lächeln. »Du bist nicht zufällig gegen Gift allergisch?«

Kapitel 5

Wachehalten und andere erfolglose Tätigkeiten

Die meisten Leute fanden Wachehalten langweilig. Nicht so Ghatz. Ihm lag es im Blut. Sein Stammbaum reichte bis in die graue Vorzeit zurück. Damals hatte Ghatz der Ursprüngliche den letzten Eimer Honig des Reiches von Khesteresh gegen eine Armee wütender Bienen verteidigt. Sein Vater wiederum, Ghatz senior, hatte mutig die Brücke von Sankt Nimmerlein bewacht, die Khesteresh gegen die auf Echsen reitenden Plantimals der Langzahn-Königreiche sicherte. Und Ghatz selbst hatte früher die Schatzkammer von Khesteresh bewacht, bis sie von Plantimals geplündert wurde. Jetzt hielt er immer noch Wache, auch wenn Khesteresh längst nur noch aus Ruinen bestand, die mit Echsen verseucht waren.

Doch inzwischen arbeitete er für den meressianischen Orden. Der Orden hatte in letzter Minute einige bedeutende Überreste des Reiches vor dem Zugriff der

Tentakelfinger der Plantimals retten können. Ghatz war zwar dankbar dafür, doch sein Dienst war nicht mehr so herausfordernd wie in den alten Zeiten. Das Tempelschiff hielt sich meist weit draußen auf dem großen Strom versteckt, und auch wenn er unermüdlich auf dem Deck patrouillierte und auf jeden verdächtigen Fleck am Horizont mit einem Stirnrunzeln reagierte, konnte man kaum von richtigem Bewachen sprechen. Das heißt, bis kurze Zeit zuvor.

Die Sonne schien hell auf den Kai herunter, und Ghatz musste die Augen zusammenkneifen. Neben ihm stand kerzengerade und vollkommen bewegungslos sein Gefährte Hersch. Vor ihnen hingen die baufälligen Häuser von Khaznot Quay über die Kaimauern wie ein Haufen Gauner kurz vor dem Losschlagen. Khaznot Quay war ein Paradies für Diebe, ein Schmuggler- und Piratennest, das keine Moral und keine Skrupel kannte. Mit einem Wort, die größte Herausforderung für jeden Wächter. Ghatz war in höchster Alarmbereitschaft.

»Hallo!«, piepste ein Stimmchen neben ihm. Ghatz zuckte zusammen und senkte den Blick. Vor ihm stand ein schmächtiger kleiner Junge mit olivfarbener Haut und kohlschwarzen Haaren. Wie war er unbemerkt so nahe herangekommen? Ghatz räusperte sich, um seine Verlegenheit zu verbergen.

»Halt! Wer da?«, rief er und musterte den Jungen nach bester Wächtermanier scharf.

Der Junge zuckte die Schultern. »Nur ein Kind«, antwortete er. »Sie erinnern sich wahrscheinlich nicht an mich, oder?«

Ghatz wechselte einen Blick mit Hersch, der ebenfalls die Schultern zuckte. »Erinnern? An dich? Woher denn?«, fragte er.

»Egal«, sagte der Junge. Er sah die beiden mit einem breiten, unschuldigen Lächeln an, das sogar Ghatz beruhigte. Natürlich nicht so sehr, dass er weniger wachsam gewesen wäre. »Schon mal einen Soleschmetterling gesehen?«, fragte der Junge.

Eine sonderbare Bemerkung, fand Ghatz. Er blickte zum Himmel auf und rieb sich das Kinn. Hinter ihm verzweigten sich die Masten des Tempelschiffs zu Millionen ineinander verflochtener Äste, die von kleinen, blattähnlichen Segeln bedeckt waren. Die Segel erinnerten ihn immer an Schmetterlingsflügel, insbesondere an die Soleschmetterlinge von Khesteresh. Ihm war, als hätte er erst vor kurzem mit jemand darüber gesprochen.

»Lustig, dass du das sagst«, meinte er. »Ich habe die kleinen Dinger als Kind geliebt.« Er klopfte Hersch auf den Arm. »Hast du mal einen gesehen?«

Hersch erwiderte seinen Blick nur kurz und wandte sich sofort wieder ab. »Wir sind im Dienst«, flüsterte er. »Nein, habe ich nicht«, fügte er ein wenig verlegen hinzu. »Obwohl ich es immer wollte.«

»Dann haben Sie Glück«, sagte der Junge. Lächelnd zog er ein kleines Glas aus einer Tasche an seiner Hüfte und hielt es hoch. In dem Glas schwappte eine hellblaue Flüssigkeit hin und her. »Da drüben haben sie soeben welche aus einem Schiff ausgeladen, und ich konnte einen klauen.«

»Haben wir uns nicht erst vorhin mit jemand darüber unterhalten?«, fragte Hersch.

»Pssst!«, zischte Ghatz. Der Junge legte die Hand an den Deckel, und Ghatz beugte sich erwartungsvoll vor.

Der Junge ließ sich Zeit, wie ein geübter Alleinunterhalter. Er machte eine ruckartige Handbewegung, und der Deckel ging mit einem lauten Ploppen auf.

Ghatz und Hersch hielten unwillkürlich die Luft an. Nichts geschah.

»Ein wenig scheu, der kleine Kerl!« Der Junge kicherte. Im selben Moment gerann die Flüssigkeit und zog sich zusammen. Zuerst tauchte ein langes Bein auf, dann noch eins und noch eins. Ghatz zitterte förmlich vor Aufregung – es war wirklich ein Soleschmetterling! Der Schmetterling löste sich vom Boden des Glases, entfaltete leuchtend blaue Flügel und kroch auf den Rand. Er zitterte ein wenig im Wind.

»Nein, so was!«, sagte Hersch und beugte sich vor. »Der ist ja wunderschön ...« Er streckte einen Finger aus, um damit über die durchscheinenden Flügel des Schmetterlings zu streichen.

Ghatz schob den Finger zur Seite. »Vorsicht, Hersch«, rief er. »Sie bekommen leicht Angst. Wenn du ihn an der falschen Stelle berührst, löst er sich wieder in Salzwasser auf!«

Er nahm nur ganz entfernt aus den Augenwinkeln wahr, dass der Junge zustimmend nickte und dann plötzlich das Glas fallen ließ.

Der Schmetterling flog erschrocken auf und suchte nach einem anderen Sitzplatz. Ghatz wich ihm seitwärts nach hinten aus, Hersch rührte sich nicht. Der Schmetterling setzte sich auf seine Nase und strich ihm mit den Flügeln über die Wimpernspitzen.

»Keine ... Bewegung ...«, flüsterte Ghatz. Bei jedem Flügelschlag durchlief Hersch ein Zittern. Er verzerrte das Gesicht und riss panisch die Augen auf. Gleich würde was passieren. Ghatz hielt die Luft an, Hersch sah aus, als wollte er gleich in Tränen ausbrechen. Und dann konnte er nicht länger an sich halten. Er nieste.

Der Schmetterling explodierte vor Schreck und verwandelte sich in Salzwasser, das Hersch die Wangen hinunterlief. Ghatz kreischte. »Ich sagte doch, du sollst ihn nicht anfassen!«, rief er und schlug die Hände weg, mit denen Hersch sich abwischen wollte. »Lass ihn in Ruhe, sonst kommt er nie wieder heraus!«

»Ich habe doch nichts getan!«, protestierte Hersch. Seine Augen waren vom Salz rot und tränten. Ghatz umkreiste ihn, ausschließlich damit beschäftigt, den Schmetterling zu retten. Einen Moment lang vergaßen sie ihre Pflicht als Wächter vollkommen.

Und dieser Moment genügte Fin, um an ihnen vorbei auf das meressianische Schiff zu huschen. Die beiden würden sich ohnehin nicht an ihn erinnern.

Fin musste unwillkürlich lächeln. Er hatte den halben Vormittag mit den beiden plaudern müssen, um ihre Schwachstelle zu finden, aber allein schon der Anblick ihrer Gesichter war Belohnung genug gewesen!

Während er über den Landungssteg eilte, betrachtete er das meressianische Tempelschiff. Es bestand natürlich überwiegend aus Fadholz. Fadholz war als einziges Material so langweilig, dass es vom magischen Wasser des Piratenstroms nicht angegriffen und in etwas Verrücktes verwandelt wurde. Deshalb war es unentbehrlich. »Mit Hühnern kann man nicht fahren«, pflegten die Matrosen im Hafen unter beifälligem Nicken all derer zu sagen, die sich in Schiffen aus normalem Holz zu weit hinausgewagt hatten und aus deren Schiffen dann plötzlich Federn gewachsen waren.

Aber Fadholz war das einzige Fade an dem Schiff. Fin hatte als Anwohner des wichtigsten Schmugglerhafens am Piratenstrom schon einige sonderbare Fahrzeuge gesehen. Die meisten hatten aber durchaus Ähnlichkeit mit Schiffen gehabt. Jenes Schiff vor ihm sah dagegen mehr aus wie ein – Wäldchen.

Zunächst einmal war es rund, mehr wie eine flache Schüssel als wie ein normales Schiff. Dann waren die Masten willkürlich auf dem Deck verteilt, als wären sie aus den Planken gewachsen. Oben waren sie verzweigt, und an den einzelnen Ästen hingen wie bei einer dichten Baumkrone blattähnliche Segel. Außerdem waren sämtliche Holzoberflächen von der Wasserlinie bis zur

Mastspitze mit Schnitzereien bedeckt, die unbekannte Orte, Personen und Gegenstände abbildeten.

Die Schnitzereien waren Fin zwar nicht ganz geheuer, andererseits konnte man hervorragend daran hinaufklettern. Und Fin kletterte viel lieber, als sich an Wachposten vorbeizudrücken. Geschwind hangelte er sich über einen dicken, hässlichen Fisch, zog sich an einem Pferd mit dem Schwanz eines Pfauen hinauf und kroch durch das nächste Bullauge.

Von drinnen schlug ihm ein scharfer, würziger Geruch entgegen. Offenbar war er in der Schiffskantine gelandet. In dem Raum standen niedrige Tische und an den Wänden Regale mit Flaschen, die mit den verschiedensten Aromaflüssigkeiten gefüllt waren. In der Mitte hing blubbernd ein gewaltiger Kessel. Auf einem Schild darüber stand **Diebeseintopf**.

Fin schluckte. Sehr witzig, dachte er. Dann kam ihm ein boshafter Gedanke. Was immer da als Diebeseintopf in dem Kessel brodelte, diente der Besatzung als Mittagessen. Er durchsuchte seine Jackentaschen, bis er die Kotzpillen von Ad und Tad fand. Mit einem schadenfrohen Grinsen wickelte er einige aus und ließ sie in den Kessel fallen. »Jetzt ist es ein richtiger Diebeseintopf«, sagte er und kicherte.

Er wollte gerade durch die Tür schlüpfen, da hörte er draußen eine Stimme sagen: »Schickt die Arbeiter weg.« Er drückte sich an die Wand und hielt die Luft an, um möglichst kein Geräusch zu verursachen.

»Aber die Reparaturen sind noch nicht abgeschlossen«, erwiderte eine zweite Stimme. »Und es ist fast Essenszeit, deshalb …«

»Uns bleibt keine andere Wahl«, fiel die erste Stimme ihr ins Wort. Sie klang heiser und kratzig. »Gerüchten zufolge ist das Orakel schon in Khaznot Quay, und wir dürfen nicht riskieren, dass es an Bord kommt. Wir legen sofort ab.«

Fin schluckte wieder und drehte den Kopf, bis er in den Kochtöpfen, die in einer Reihe an der gegenüberliegenden Wand hingen, das Spiegelbild der beiden Sprecher sah. Die erste Stimme gehörte einem hochgewachsenen, dünnen Wesen, dessen Körper über und über mit bedrohlichen Stacheln besetzt war. Den forderte bestimmt niemand zum Wettkitzeln heraus, dachte Fin.

»Wir hätten hier überhaupt nicht vor Anker gehen sollen«, sagte der Wächter mit den Stacheln. »Die Taschendiebe der Stadt sehen seit Tagen sabbernd zu uns herüber, als wären wir ein Brathähnchen.«

»Wenigstens haben wir heute Nachmittag schönes Wetter«, sagte der zweite Wächter, ein Koloss mit einem Gesicht, das einem Stier ähnlicher sah als einem Menschen.

Der Stachlige schüttelte ungeduldig den Kopf. »Versteh bitte, wenn ich nicht darauf hoffe, dass das Orakel erst noch in aller Ruhe picknickt. An die Arbeit.« Er verschwand.

Der Typ mit dem Stiergesicht wollte ihm folgen, überlegte es sich dann aber anders und betrat die Kantine. »Nur ein Löffelchen als Vorspeise«, sagte er zu sich selber und eilte auf Zehenspitzen durch den Raum zum Kessel.

Fin drückte sich wieder an die Wand und rührte sich nicht. Das Stiergesicht hob eine Kelle aus der Brühe und schlürfte lange und geräuschvoll. Dann schmatzte es ein paarmal und wandte sich zum Gehen. An der Tür rülpste es laut und zufrieden und verschwand.

Das war knapp, dachte Fin und sackte gegen die Wand. Er wartete, bis sein Puls sich wieder beruhigt hatte, dann verließ er die Kantine ebenfalls. Am Ende eines anderen Gangs drückte er eine Tür auf und schob sich hindurch.

Er stand auf einem Laufsteg über einer offenen Halle, die so groß war, dass sie praktisch das gesamte Schiff ausfüllte. Auf dem Boden brannten Feuer in Räuchergefäßen und warfen einen orangeroten Schein auf die gewaltigen Pfeiler, die wie eine Verlängerung der Masten vom Deck bis zum Kiel hinunterreichten.

In der Mitte der Halle ragte die riesige Statue eines in weiße Gewänder gehüllten Mannes bis fast zur Decke auf. In der ausgestreckten Hand hielt er einen großen goldenen Kelch. Mehrere Stockwerke unter dem Kelch war ein Becken in den Boden eingelassen, darin glänzte Wasser im Schein der Feuer.

Doch etwas ganz anderes zog Fins Aufmerksamkeit auf sich: In der Halle standen Hunderte von Vitrinen, angefüllt mit unvorstellbaren Kostbarkeiten. Eine solche Ansammlung von Schätzen hatte Fin noch nie gesehen.

Bei ihrem Anblick liefen ihm die Augen über, er konnte sich nicht daran sattsehen. Es handelte sich ohne jeden Zweifel um die Schätze, von denen im Brief die Rede war. Aber er musste den Schlüssel finden. Und der war laut Brief zusammen mit den *wahren* Schätzen des Schiffes in einer Art Schatzkammer versteckt.

Fin ließ den Blick durch die Halle wandern und suchte nach einem Hinweis auf die Kammer oder den »gestirnten Himmel«, wie es im Brief geheißen hatte. Nichts. Was ihn auch nicht überraschte – wenn er die Kammer schon von seinem Platz aus gesehen hätte, wäre sie schließlich kein gutes Versteck gewesen. Wenn er wissen wollte, wo seine Mutter war, musste er in die Halle hinuntersteigen und sich auf die Suche machen. Er sah sich um und überlegte, wie er am schnellsten nach unten kam.

An den Wänden der Halle hing ein Gewirr von Stegen und Leitern, die nach oben und unten und zur Seite führten und sich überkreuzten. Darauf drängten sich, wie er erst jetzt bemerkte, purpurrot gekleidete Wächter. Und sie waren alle in seine Richtung unterwegs! Es war Essenszeit, und er stand zwischen den Meressianern und der Schiffskantine.

Er durfte keine Zeit verlieren, konnte aber auch nicht hier auf dem Steg weiterlaufen. Weil er keine andere

Möglichkeit sah, sprang er über das Seil, das als Geländer diente, in die Dunkelheit hinunter.

Von den drei Dingen, die jede Waise von Khaznot Quay beherrschen musste, war eins das Klettern. Wie oft hatte Fin schon kopfüber und mit schmerzenden Armen und Beinen an irgendeinem Torbogen gehangen und darauf gewartet, dass die Menge (oder die Stadtwache oder das wütende Opfer eines Diebstahls) weiterging. Er dankte stumm für die vielen schlechten Erinnerungen, während die Wächter hungrig an ihm vorbeiströmten, um ihren Eintopf zu genießen.

Fin grinste. Sie hatten ja keine Ahnung, was sie erwartete.

Sobald die Luft rein war, hangelte er sich vorsichtig von einem Steg zum nächsten und arbeitete sich langsam in die Tiefe. Das letzte Stück sprang er. Unmittelbar neben einer verschnörkelten Vitrine landete er und konnte der Versuchung nicht widerstehen, einen kurzen Blick hineinzuwerfen.

In der Vitrine lagen zwei überaus prächtige Messer mit silbernen Klingen und Perlmuttgriffen. Sie sahen aus, als seien sie hervorragend zum Klettern und Schlösseraufhebeln und überhaupt für die Arbeit eines Diebes geeignet. Eigentlich suchte er ja nach einem Schlüssel und nach geheimen Schätzen, aber er brauchte sowieso ein Geschenk für Stavik …

»Ich nehme sie einfach mit«, flüsterte er und suchte die Vitrine rasch nach einer Alarmanlage ab. Ein hauchdünner Draht führte durch ein kleines Loch im Boden zu einem mit dunkelrotem Dunst gefüllten Fläschchen. Niesdampf.

Stavik hatte recht, mit den Meressianern war nicht zu spaßen. Ein Dieb aus der Pastetenbäckerei hatte einmal Niesdampf ins Gesicht gesprüht bekommen. Er hatte bis dahin bei den anderen »Jack die Nase« geheißen. Danach hieß er überall nur noch »Jack ohne Nase«.

Behutsam löste Fin den Draht von dem Fläschchen, ließ das Ende lose herunterhängen und öffnete die Vitrine. Die Messer gehörten ihm. Grinsend steckte er sie in den Gürtel. Meisterhaft gemacht, dachte er, wie es sich für einen Meisterdieb gehört. Und jetzt zu den eigentlichen Schätzen.

Er drehte sich um und stieß gegen eine Wand. »Ups!«, sagte er und wich zurück.

»Erwischt«, knurrte die Wand.

Kapitel 6

Marrill wachsen Federn

»Allergisch gegen Gift?«, wiederholte Marrill die Worte des Alten. Ihr Mund war auf einmal wie ausgedörrt, und Übelkeit stieg in ihr auf. Sie starrte auf ihre Hände. Die Fingerspitze, mit der sie das seepockenartige Wesen berührt hatte, leuchtete grünlich, und der grünliche Schein breitete sich bereits über ihren Handteller in Richtung Handgelenk aus. Ihre Beine begannen zu zittern und schickten kleine Wellenringe über die Wasseroberfläche.

»Ach, das ist nicht so schlimm«, rief Ardent vom Deck des Schiffes zu ihr herunter. Marrill war da freilich anderer Ansicht. Sie streckte den Arm aus. Das Grün wanderte am Unterarm hinauf, und ihre Finger begannen zu kribbeln und irgendwie zu vibrieren. Karnelius fauchte.

»Aber bleib da stehen, nur für den Fall«, fügte Ardent hinzu. Er schwang ächzend ein Bein über die Reling und griff nach einer über den Bordrand hängenden

Strickleiter. Der Saum seines purpurroten Gewands flatterte im Wind. »Und egal, was du tust, denk nicht an Wörter mit U!«

Sofort konnte Marrill fast nur noch an Wörter mit U denken. Ganz ruhig, schärfte sie sich ein. Das Grün kroch noch schneller an ihrem Arm entlang. Es hatte schon fast den Ellbogen erreicht.

Sie biss sich auf die Lippen und zwang sich, ganz langsam zu atmen. »Ein«, flüsterte sie, »und aus.« Das Grün machte einen Satz, und sie schrie auf. Ihre Haut fühlte sich ganz anders an als sonst, schwer und dick, und sie spürte ein schmerzhaftes Brennen in den Knochen.

»Was passiert da?«, rief sie.

»Das hängt davon ab, zu wie viel Prozent du ein Mensch bist«, sagte der Alte und landete mit einem Platscher vor ihr. Er griff nach ihrem Arm. »Darf ich?«

Marrill nickte verwirrt, was hätte sie auch sonst tun sollen? Ihre Finger vibrierten, ihr Arm leuchtete, und sie musste ihre ganze Kraft darauf verwenden, stehen zu bleiben und Karnelius nicht fallen zu lassen. Der Kater hasste Wasser. Und wenn er auch noch ins Wasser fiel, war erst recht die Hölle los.

Das Grün breitete sich weiter aus, Ardent strich darüber. Die Berührung beruhigte Marrill ein wenig. Die Kratzer von Karnelius waren jetzt dramatisch schwarz und sonderten einen dicken, violetten Schleim ab. In Marrill krampfte sich alles zusammen, und sie musste den Blick abwenden.

»Deiner Reaktion nach bist zu jedenfalls zu einem überwiegenden Teil Mensch«, stellte Ardent fest. »Das ist doch gut zu wissen, nicht wahr?« Er lächelte mitfühlend.

»Was ist mit mir los?«, wimmerte Marrill und riskierte einen kurzen Blick auf ihren Arm. Aus ihrem Handgelenk schienen Federn zu sprießen. Sie kniff die Augen ganz fest zu. Ihr Vater hatte gesagt, sie müssten ihrer Mutter möglichst jede Aufregung ersparen. Eine Tochter, der plötzlich Federn wuchsen, bewirkte sicher das Gegenteil.

Wenn sie überhaupt überlebte und je wieder nach Hause zurückkehrte.

Der Alte drückte ihren Arm, und für einen kurzen Moment strich etwas Heißes über ihre Haut. Marrill musste an das Gefühl denken, das man hat, kurz bevor es blitzt, wenn sich einem die Haare im Nacken sträuben und man einen metallischen Geschmack im Mund hat. Karnelius begann zu zappeln.

Auch sie wand sich ein wenig, denn die Innenseite ihres Ellbogens kitzelte. Dann ... nichts mehr. Das Gefühl der Schwere, das Vibrieren, die Schmerzen – alles war verschwunden.

»Jetzt bist du wieder topfit«, sagte Ardent und stupste gegen ihre Finger. Marrill öffnete vorsichtig die Augen und starrte entgeistert auf ihren Arm. Die Haut sah wieder aus wie sonst – nirgends auch nur das kleinste Fleckchen Grün. Die Federn am Handgelenk waren verschwunden und mit ihnen auch die Kratzer von Karnelius, was noch seltsamer war.

Sie machte die Hand ein paarmal auf und zu. Alles fühlte sich vollkommen normal an. Und doch … unten im Wasser sah sie etwas an ihren Füßen aufleuchten. Sie bückte sich danach, zog es heraus und betrachtete es verblüfft. Sie hielt eine schlaffe, wassergetränkte Feder in der Hand.

Ardent kehrte bereits geräuschvoll platschend zu der Strickleiter zurück. Marrill folgte ihm hastig. »Wie haben Sie das gemacht?«, fragte sie.

»Ich habe doch gesagt, ich bin ein Zauberer«, rief er über die Schulter. Er begann die Strickleiter hinaufzuklettern. »Coll, stecken wir denn immer noch fest?«

Marrill runzelte die Stirn. Das war keine Erklärung. Weil es Zauberer überhaupt nicht gab. »Das verstehe ich nicht«, rief sie.

»Aber ich habe dich doch geheilt«, rief er zurück. »Mit Magie! Das ist mein Beruf. Also das Zaubern, nicht das Heilen. Obwohl, manchmal auch beides.« Er zog sich über die Reling und verschwand außer Sicht.

Marrill blickte wieder auf die Feder in ihrer Hand. Das war wirklich Zauberei, nichts anderes. Wenn sich nur ihre Haut grün verfärbt hätte und nur das Vibrieren und Brennen gewesen wäre, hätte sie es vielleicht noch als Sinnestäuschung abtun können, als negative Reaktion auf den natürlichen Abwehrmechanismus eines

Tieres oder als Vorspiegelung ihrer überhitzten Phantasie.

Aber das erklärte nicht das Verschwinden der Kratzer. Sie stammten noch aus der Zeit, bevor das Piratenschiff aufgetaucht war, und sie waren echt gewesen und richtig tief. Sogar geblutet hatten sie, Marrill sah sie in Gedanken noch vor sich. Doch jetzt wies nichts darauf hin, dass die Haut an dieser Stelle je verletzt gewesen wäre.

Ardent hatte sie irgendwie geheilt. Auch wenn es keinen Sinn ergab, es war die einzige Erklärung, die ihr einfiel. Und wenn er sie heilen konnte … wenn es wirklich stimmte, was Ardent gesagt hatte, und er ein Zauberer war – und waren die Kratzer nicht der Beweis? –, dann konnte er Menschen heilen. Und vielleicht nicht nur sie, sondern … auch ihre Mutter! Zumindest konnte er ihr entsprechende Anweisungen geben! Und dann brauchten sie nicht in Phoenix zu bleiben. Alles wäre in bester Ordnung, und sie könnten zu dritt auf Abenteuerreise gehen, genau wie früher.

Marrill hätte fast einen Luftsprung gemacht vor Freude. Dann hätte sie ihr altes Leben wieder. Und vor allem könnte ihre Mutter bei allem dabei sein!

Sie griff nach der Strickleiter. »He!«, rief sie. »Warten Sie! Ich habe noch eine Frage!« Es war nicht ganz leicht, mit nur einem Arm zu klettern, zumal im anderen eine Katze lag, die weder Wasser noch Höhen mochte. Sie drückte Karnelius fest an sich. Ein wenig außer Atem kam sie oben an und kletterte über die Reling.

Vor ihr erstreckte sich ein großes Deck, das vorne und hinten erhöht war, wie sie es von Schiffsmodellen kannte, und am Heck eine Kajüte hatte. Ardent befand sich bereits auf dem Weg nach hinten. Marrill eilte ihm nach.

»Sie sagten, Sie könnten Leute heilen?«, rief sie keuchend.

Der Zauberer, der gerade die schmale Treppe zum Achterdeck hinaufstieg, stieß vor Schreck einen spitzen Schrei aus. Wenigstens war sie nicht die Einzige, die hier Überraschungen erlebte.

»Oh! Ach so.« Er räusperte sich. »Du bist es. Das Mädchen von eben. Was … was für eine Überraschung. Ist das nicht eine Überraschung, Coll?«

Er drehte sich um, und hinter ihm wurde ein Junge sichtbar, der nur wenige Jahre älter war als Marrill und an dem riesigen Steuerrad des Schiffes lehnte. Er war groß und schlaksig, wie künstlich in die Länge gezogen, und bestand im Wesentlichen aus Ellbogen und Knien und einer sehr dunklen Haut. Marrill musterte ihn überrascht – aufgrund seiner Stimme hatte sie ihn für viel älter gehalten.

»Wir sind auf die Mitnahme von blinden Passagieren nicht so recht vorbereitet«, sagte Ardent und zupfte nachdenklich an seinem langen weißen Bart. »Ist dafür ein bestimmtes Verfahren vorgesehen?«

Colls Antwort bestand hauptsächlich aus einem Brummen. »Vielleicht einsperren?«

Bevor die beiden weiterreden konnten, trat Marrill vor den Zauberer. »Sie können andere heilen?« Der Gedanke kam ihr immer noch abwegig vor, und sie rechnete schon damit, dass die beiden sie auslachen würden. Doch das war nicht der Fall.

Stattdessen runzelte Ardent die Stirn. »Die Magie kann das«, antwortete er. »Wenn sie will«, fügte er kichernd hinzu.

»Und was können Sie alles heilen? Auch richtig schlimme Sachen?« Marrill suchte in Gedanken nach der schlimmsten denkbaren Verletzung. Wenn er die heilen konnte, konnte er alles heilen. »Wenn mir jemand den Arm abschlagen würde, könnten Sie den wieder dranmachen?«

»Hm«, brummte er, und sein Blick wanderte von ihrem linken zu ihrem rechten Arm. »Welchen denn?«

Sie sah ihn überrascht an. »Spielt das eine Rolle?« Ein Arm war schließlich ein Arm.

»Na, für dich schon, denke ich.«

»Aber könnten Sie ihn dranmachen?«, beharrte sie und hielt gespannt die Luft an.

»Womöglich«, sagte Ardent. »Natürlich bräuchten wir dazu den Arm. Und es hängt immer von den Gezeiten des großen Stroms ab und wie die Magie sich an dem betreffenden Tag anfühlt und oft auch von der semi-mesopherischen Verdichtung der …«

Marrill hörte ihm nicht mehr zu, weil sie eh nichts verstand. Was aber egal war. Sie hatte ihre Antwort bekommen: Er konnte ihre Mutter womöglich heilen.

»Ich muss sofort zurück«, fiel sie ihm ins Wort. »Und Sie müssen mitkommen.«

Der Alte starrte sie verständnislos an. »Wohin zurück?«

»Nach Hause.« Sie drehte sich um und wollte ihm die Straße auf der anderen Seite des verlassenen Parkplatzes zeigen, die zum Haus ihrer Großtante führte. Nur dass die Straße nicht mehr da war. Erschrocken eilte sie zur Reling, um besser sehen zu können. Ihr Herz hämmerte.

Verschwunden waren auch die Ladenfront mit den eingeworfenen Fenstern und vernagelten Türen und der rissige Asphalt des Parkplatzes. Um sie erstreckte sich nichts als Wasser, so weit der Blick reichte. Golden glitzerndes Wasser.

Karnelius miaute vorwurfsvoll, und sie merkte, dass sie ihn zu fest gedrückt hatte. Zum ersten Mal fühlte sie sich durch das flauschige Knäuel auf ihren Armen nicht getröstet.

»Moment«, flüsterte sie entgeistert. »Was ist jetzt los?« Sie schluckte. »Wo sind wir?«

Hinter ihr donnerte es gewaltig, und sie fuhr herum. Brodelnde schwarze Wolken kamen am Horizont auf sie zugejagt. Ardent schien das nicht zu kümmern. Breitbeinig stand er auf dem schlingernden Deck. Die auffrischende Brise schlug ihm das purpurrote Gewand um die Knöchel, und der Zipfel seiner Mütze flatterte wie ein Windsack.

Der Zauberer – denn das war er, wie sie jetzt endgültig wusste – breitete grinsend die Arme aus und rief mit einer Stimme, die den Donner noch übertönte: »Willkommen auf dem Piratenstrom!«

Kapitel 7

Tot ist tot ist tot

Fin blickte in die geblähten Nüstern eines Stiers. Darunter leuchteten in einem schwarzen, von Fell umrandeten Maul Zähne wie Grabsteine. Aus seiner Perspektive sah das Stiergesicht aus, als könnte es drei Fins zum Frühstück vertilgen und trotzdem noch Hunger auf das Mittagessen haben.

»Du bist ja ein schlauer Bengel«, grunzte das Stiergesicht und ließ seine mörderisch großen Knöchel knacken. »Ich sah die Vitrine aufgehen, aber dich habe ich gar nicht bemerkt.«

Fin hob die Hände. »Das ist bei mir auch ziemlich …« Ohne den Satz zu beenden, duckte er sich und schlüpfte zwischen den baumstammdicken Beinen des Wächters hindurch. Der konnte nur noch nach der Stelle schlagen, an der Fin eben noch gestanden hatte.

»Ein Dieb!«, brüllte er mit seiner tiefen Stimme. »Ein Dieb! Haltet ihn!«

Fin wusste, wann es Zeit war zu verschwinden. Er

rannte durch die Halle, schlängelte sich durch das Labyrinth aus Vitrinen und stürzte im Vorbeilaufen so viele davon um, wie er nur konnte, um seine Verfolger aufzuhalten. Glas und Holz splitterten, und unschätzbar wertvolle Kunstgegenstände rollten über den Boden.

Vor ihm ragte die Statue auf, hinter sich hörte Fin das Gebrüll und die Schritte des Stiergesichts. Bei jedem donnernden Schritt erzitterte der Boden unter seinen Füßen. Die Schritte kamen näher. Außerdem hatten die Wächter in der Kantine den Aufruhr offenbar mitbekommen. Sie eilten bereits über die Laufstege und stiegen die Leitern zum Hallenboden hinunter, um an der Verfolgungsjagd teilzunehmen.

Fin musste unbedingt den Schlüssel finden und dann fliehen. Er blickte nach links, doch von dort eilten ihm wütende Meressianer mit erhobenen Schwertern entgegen. Rechts dasselbe.

Rechts und links die Meressianer, hinter ihm das Stiergesicht und vor ihm die Statue. Diesmal konnte er nirgendwohin fliehen, sich nirgends verstecken und abwarten, bis man ihn vergessen hatte. Er musste sich seinen Verfolgern stellen.

Also vollführte Fin einen kleinen Schwenk und lief geradewegs auf eine Vitrine am Fuß der Statue zu. Das Stiergesicht folgte ihm brüllend. Fin spürte bereits seinen heißen Atem im Nacken. Bei der Vitrine angekommen, hechtete er über den Deckel. Genau in dem Moment, als sein Verfolger ihn packen wollte, riss er die Tür der Vitrine auf.

Purpurroter Nebel dampfte dem Wächter direkt in die geblähten Nüstern. Er taumelte rückwärts und schlug sich auf die Nase. Ein Schniefen ertönte, dann ein ohrenbetäubendes Schnauben, gefolgt von einem noch lauteren Niesen, das so stark war, dass Fin rückwärts gegen den Sockel der Statue flog.

Er machte die Augen fest zu. Ein warmer, klebriger Batzen traf ihn auf der Brust. »Igitt!«, ächzte er, und es schüttelte ihn vor Ekel. Als er die Augen wieder öffnen konnte, waren die Meressianer damit beschäftigt, in Panik hin und her zu springen und den Fäusten des unablässig niesenden und um sich schlagenden Stiergesichts auszuweichen.

»HATSCHI!«, nieste es und besprühte einige Wächter mit seinem Schleim, die daraufhin noch weiter zurückwichen.

»Geschieht dir nur recht, du Trottel.« Fin lachte. Zwischen ihm und dem rasenden Koloss hatten sich wütende Meressianer versammelt, so dass er vorerst in Sicherheit war.

»Niesdampf ... HATSCHI! ... wirkt ... HATSCHI! ... nicht ewig!«, keuchte das Stiergesicht.

Zum Glück musste die Wirkung nur so lange anhalten, bis er ein Versteck hatte, dachte Fin. Sobald die anderen ihn dann vergessen hätten, würde er nach dem Schlüssel suchen. Außerdem wollte er für sich und die

Parsnickles an Schätzen mitnehmen, was er nur tragen konnte.

Besonders viele Alternativen hatte er allerdings nicht, mit der Statue im Rücken und dem tobenden Stiergesicht vor sich. Im Grund blieb nur eine Richtung übrig: die nach oben.

Er zog die beiden neuerworbenen Messer aus dem Gürtel, drehte sich um, stieß eins in das weiße Gewand der Statue und begann zu klettern.

»Er steigt das Orakel hinauf!«, rief jemand erschrocken.

»Das darf er nicht!«, rief ein anderer.

»Sieht so aus, als dürfte ich es doch!«, gab Fin zurück und kletterte weiter. Der Stoff des Gewands war glatt, aber die Messer drangen tief ein und gaben ihm einen guten Halt.

Er kletterte gerade auf die Schultern der Statue, da erzitterte das Schiff auf einmal und begann so zu schlingern, dass ihm übel wurde. Sie verließen den Hafen!

Der Schweiß brach Fin aus. Bald würden sie den offenen Piratenstrom erreichen, und dann konnte er nirgendwohin fliehen.

Er war so hoch geklettert, dass er sich auf gleicher Höhe mit den obersten Stegen befand. Die dort versammelten Meressianer zeigten wütend in seine Richtung. Auf dem Bauch kroch er auf die ausgestreckten Arme der Statue hinaus. Vielleicht konnte er sich in dem goldenen Kelch verstecken, den die Statue in den Händen hielt, und dort warten, bis man ihn vergessen hatte. Doch als er dort ankam, musste er feststellen, dass das Gefäß aus einem einzigen, massiven Stück gefertigt war und keinen Hohlraum zum Verstecken hatte.

Er saß in der Klemme.

Niedergeschlagen senkte er den Kopf und sah zu dem Wasserbecken tief unter sich hinunter. Von dort blickte ihn das Spiegelbild der Statue an.

Doch etwas stimmte nicht damit. Das Spiegelbild wirkte merkwürdig gequält und überhaupt nicht ruhig und gelassen wie das Marmorgesicht über ihm. Dicke, schwarze Tränen rannen über das Gesicht im Wasser, das sich porzellanweiß von dem schwarzen Gewand abhob.

Fin stutzte und drehte sich um. Die Statue, die er hinaufgeklettert war, trug ein weißes Gewand, kein schwarzes. Er blickte wieder nach unten. Das Spiegelbild war das genaue Gegenteil davon, tiefschwarz und mit weißen Sprenkeln wie ein Himmel voller Sterne.

In seinem Kopf regte sich eine Erinnerung. Er steckte die Hand in die Tasche und zog mit einigen Verrenkungen den Brief heraus. *Durch den gestirnten Himmel dring zur Kammer vor*, stand dort.

»Na prima«, flüsterte er. Das Becken sah wohl aus wie ein gestirnter Himmel. Aber es lag fast zehn Meter unter ihm und war bestimmt nicht tiefer als eine Armlänge. Wenn er sprang, würde er sich das Genick brechen.

Ein Pfeil sauste an ihm vorbei. Fin hielt die Luft an. Die Meressianer fackelten nicht lange, deshalb musste auch er sich beeilen. Und bisher hatte gestimmt, was in dem Brief stand.

Behutsam faltete er ihn zusammen und steckte ihn wieder in die Tasche. Lautes Niesen und Geschrei hüllten ihn ein. Drunten legte ein purpurrot gekleideter Wächter den nächsten Pfeil an und hob den Bogen.

Fin holte tief Luft, bevor er es sich anders überlegen konnte, hielt er sich die Nase zu und sprang.

Mit einem harten Schlag kam er auf dem kalten Wasser auf. Zum Glück war das Becken tiefer, als es ausgesehen hatte. Er ruderte mit den Beinen und tauchte tiefer, in Richtung Beckengrund. Der Beckengrund kam, und Fin fiel hindurch, fiel einfach durch Luft.

Unsanft landete er auf festem Boden und konnte die Wucht des Aufpralls abfangen, indem er sich seitlich abrollte. Von den drei Dingen, die jede Waise von Khaznot Quay beherrschen musste, war das zweite das richtige Landen. In Khaznot Quay wehte ständig ein heftiger Wind, und man wusste nie, wann einen die nächste Bö packte und durch die Luft wirbelte, und genauso wenig wusste man, wo und wie sie einen wieder absetzte.

Unmittelbar vor einem Gesicht blieb Fin liegen. Es war das Gesicht einer zweiten Statue, die genauso aussah wie die erste, von der er abgesprungen war. Nur dass diese hier ein schwarzes Gewand trug und wie eine

Fledermaus mit den Füßen an der Decke und dem Kopf nach unten hing. Der Kopf berührte fast den Boden.

»Gespenstisch«, murmelte Fin. Er streckte einen Finger aus und fuhr damit der schwarzen Tränenspur von den Augen der Statue zum Kinn nach. Mit einem Schaudern legte er den Kopf in den Nacken und blickte nach oben. An der Decke schimmerte ein runder, mit Wasser gefüllter Ausschnitt, der einfach so in der Luft gehalten wurde. Das musste das Becken sein, durch das er eben gesprungen war. Fin lachte. Die Statue vor ihm war ein genaues Abbild der Statue über dem Wasser, eine Art dreidimensionales Spiegelbild.

Er hörte auf zu lachen, denn auf der anderen Seite des Wassers bewegte sich etwas. Die Meressianer, die ihn verfolgten, konnten jeden Moment hineinspringen. Er musste fliehen, aber zuerst noch jenen Schlüssel finden und die geheimen Schätze, die hier unten irgendwo versteckt sein mussten.

Fin sah sich um. Abgesehen von dem dämmrigen Schein, der durch das runde Becken herunterfiel, war es stockdunkel. Doch wenigstens dieses Problem konnte Fin lösen.

»Raus mit euch, Kameraden«, flüsterte er und zog aus einem Beutel an seinem Gürtel ein Fläschchen, in dem sich helle Punkte bewegten. Fin schraubte den Deckel auf. Zwanzig kleine gelbe Köpfe lugten über den Rand. Dann stiegen sie nacheinander in die Luft auf und breiteten sich in einer Spirale aus.

Mit Käfern zu leben, hatte seine Vorteile. Zum Beispiel lernte man dabei Glitzerwürmchen kennen. Glitzerwürmchen fraßen die Dunkelheit, sie waren deshalb Fins beste Freunde. Munter knabberten die kleinen Käfer an den Schatten vor ihm und rissen einen gezackten Tunnel durch die Nacht, durch den er sehen konnte.

Nur wenige Augenblicke später erkannte er seine Umgebung bereits in Umrissen: Der Raum war viel kleiner als die Halle darüber, die Wände waren mit seltsamen Fahnen und Statuen geschmückt. Die Fahnen waren über und über mit Buchstaben bedeckt, die einen einzigen, sich endlos wiederholenden Satz bildeten:

NEHMT EUCH IN ACHT.

Die Statuen wirkten bedrohlich, dachte Fin, man musste sich wirklich vor ihnen in Acht nehmen. Jede war eine Kopie der Statue im Wasserbecken – des weinenden Mannes oder des Orakels, wie die Meressianer ihn genannt hatten.

Ihm fiel ein, was Stavik gesagt hatte, dass das Orakel und die Meressianer sich nämlich wegen einer Weissagung zerstritten hätten. Da begriff er plötzlich, was mit der Warnung in Wirklichkeit gemeint war: Nicht die Betrachter sollten sich vor den Statuen in Acht nehmen, sondern die Meressianer vor dem Orakel.

»Merkwürdig«, flüsterte er. Die Statuen starrten ihn mit offenen Mündern an. So groß waren die Münder, dass sie ihn hätten auf einmal verschlingen können. Bei diesem Gedanken überlief Fin ein Schauder. Aber im Grunde gingen ihn die Statuen nichts an – er war hier, um etwas zu stehlen. Doch leider gab es hier weit und breit nichts zu holen. Das Ganze roch nach einer Pleite.

Verwirrt schüttelte Fin den Kopf. Ausgeschlossen. Der Brief hatte ihn hierhergeführt. Hier mussten die wahren Schätze versteckt sein.

Er sah eine Weile zu, wie die Glitzerwürmchen sich munter durch das Dunkel an der gegenüberliegenden Wand fraßen. Die Ecke eines kleinen Metallkastens wurde sichtbar. Fin bekam weiche Knie vor Erleichterung. Ein Safe! Er lief hin, tastete mit den Fingern über die Oberfläche, die noch im Dunkeln lag, und suchte nach dem Schloss.

Seine Hand stieß gegen etwas schmerzhaft Spitzes. Erschrocken zog er sie zurück. »Na los, ihr Käfer«, murmelte er und dachte an die wütenden Meressianer, die sich in diesem Moment vermutlich bereitmachten, ihm hinterherzutauchen.

Endlich landete ein neugieriges Glitzerwürmchen auf dem Griff des Kastens und begann zu fressen. Fin schob es behutsam an. Es sollte sich beeilen, damit er wusste, woraus der Griff bestand. Anscheinend aus Kristall. Aus einer Art Edelstein, kunstvoll geschliffen. Fin stieß den Käfer erneut an. Der hörte verärgert auf zu fressen. Nach einer Weile machte er jedoch weiter.

Fin hielt den Blick unverwandt auf den Griff gerichtet. Langsam wich das Dunkel, und er konnte einen spitzen, geschwungenen Arm erkennen. Dann noch einen und noch einen, insgesamt sechs Arme, die von einer goldenen Mitte ausgingen. Eine aus einem Edelstein geschnittene Sonne! Er streckte die Hand danach aus. Seine Finger fanden zwischen den Sonnenstrahlen Platz. Doch als er die Sonne drehen wollte, bewegte sie sich nicht.

»Für Faxen habe ich jetzt wirklich keine Zeit«, schimpfte er leise. Er zog eins der Messer heraus, die er für Stavik mitgenommen hatte, und schob es in den Spalt unter dem Griff. Dann hebelte er mit aller Kraft daran herum, bis der Griff mit einem ploppenden Geräusch absprang und der Deckel aufging. Fins Herz hämmerte erwartungsvoll.

Vom Kiel des Schiffs unter ihm kam ein Rumpeln. »Das bedeutet sicher nichts Gutes«, murmelte Fin.

Rasch schob er die Hände in den Safe. Doch seine Hoffnung, mit Taschen voller Kostbarkeiten von hier zu verschwinden, wurde enttäuscht – der Kasten war praktisch leer! Er enthielt nur zwei Gegenstände. Fin klaubte sie heraus und betrachtete sie: ein mit Wasser gefülltes Glasfläschchen und ein dicker, rubinroter Schlüssel.

Er hatte den Schlüssel gefunden!

Er ließ Schlüssel und Fläschchen in seine Diebestasche fallen. Dann steckte er auch noch den sonnenförmigen Griff ein. Er wollte schließlich mitnehmen, was er konnte. Der Griff schien außerdem nicht ganz wertlos zu sein.

In diesem Augenblick brach das Wasserbecken zu ihm herunter, und Wasser platschte in alle Richtungen. Die Glitzerwürmchen stoben auseinander. Einige spuckten vor Angst kleine schwarze Schattenstückchen aus.

Die Statuen an den Wänden ächzten. Aus dem Mund der einen kam ein Schwall braunes Wasser, dann aus dem Mund der Statue gegenüber ein zweiter. »Na prima!«, rief Fin. Der Safe war durch eine Falle gesichert gewesen!

Aus den Mündern der Statuen schoss das ölige Wasser der Bucht von Khaznot in den Bauch des Schiffes und sammelte sich glucksend um Fins Füße. Er schluckte unbehaglich. In etwa konnte er sich vorstellen, wie die Falle funktionierte.

Der Hafen von Khaznot Quay war im Wesentlichen mit normalem Wasser gefüllt. Aber draußen auf dem offenen Strom, wo sich die Magie ungehindert verteilte und dieses Schiff normalerweise fuhr ... dort hätten sich seine Beine vielleicht schon in Frösche verwandelt. Im besten Fall.

Es war die ultimative Todesfalle.

Wie Stavik zu sagen pflegte: Tot ist tot ist tot. Und das galt auch für ihn selbst, wenn er nicht schleunigst einen Weg nach draußen fand, Zauberwasser hin oder her.

Kapitel 8

Ardent erklärt alles (ziemlich schlecht)

Piratenstrom? Marrill sträubten sich die Härchen auf den Armen, und ein Kribbeln überlief sie.

Wohin sie auch blickte, sah sie nur Wasser – eine endlose Wasserfläche. »Aber wie kann das sein?« Wieder drückte sie Karnelius fester an sich. Eben hatte sie doch noch mitten in der Wüste gestanden, und Wüsten waren nicht gerade für ihren Wasserreichtum bekannt.

Sie wandte sich dem Zauberer zu, der sie immer noch mit ausgebreiteten Armen erwartungsvoll ansah. So langsam wurde ihr klar, dass sie keine Ahnung hatte, wo sie hier hineingeraten war.

Sie biss sich auf die Lippen. Die anderen sollten nicht merken, dass ihr Kinn angefangen hatte zu zittern. Sie hatte auf den abenteuerlichen Reisen mit ihren Eltern schon viele merkwürdige Situationen erlebt und gelernt, damit zurechtzukommen. Aber damals waren ja immer ihre Eltern oder ein anderer vertrauter Erwachsener in der Nähe gewesen.

Das hier gehörte in eine ganz andere Kategorie. »Wer sind Sie eigentlich?«, fragte sie.

»Ich bin der große Zauberer Ardent«, antwortete der Alte. Er verbeugte sich schwungvoll, und der Saum seines purpurroten Rocks wogte um seine dürren Knöchel. »Vielleicht hast du ja schon von mir gehört.«

Marrill sah ihn verwirrt an.

»Oder auch nicht«, fügte er kleinlaut hinzu.

Er streckte die Arme aus seinem Rock und zeigte auf den Jungen, der die rechte Hand lässig auf das Steuerrad gelegt hatte. Um seine Fingerknöchel schlang sich das Tattoo eines raffiniert verknoteten Taus. »Und das ist der Kapitän dieses stolzen Schiffes, mein guter Freund und Reisegefährte Coll.«

Marrill brachte kein Wort heraus. Kapitän? Der Junge war kaum älter als sie, wie konnte er dann schon Kapitän sein? Sie dachte daran, wie das Schiff vorhin auf Grund gelaufen war. Offenbar war Coll kein besonders guter Kapitän.

Coll schien etwas sagen zu wollen, aber Ardent ließ ihn nicht zu Wort kommen. »Und das«, sagte er und zeigte mit einer ausholenden Armbewegung auf die Masten und die Segel, die sich im heftigen Wind des näher kommenden Unwetters blähten, »ist die *Unternehmungslustige Krake*, das großartigste Segelschiff, das den Strom je befahren hat!«

Über ihnen begann die Takelage zu knarren. Marrill riss staunend die Augen auf. Die von den beiden Seiten des Decks aufsteigenden Taue sahen plötzlich aus wie zwei lange, weiter oben zusammenwachsende Beine, Flaschenzüge formten Knie und Hüften. Ähnlich verblüffend bildeten der vordere und der hintere Mast eine Art Arme aus Flaschenzügen. Die einzelnen Gliedmaßen vereinigten sich in der Mitte, so dass das Ganze aussah wie ein aus Tauen geformter Riese.

Marrill kniff die Augen zusammen. Jemand hatte offenbar auf einen Pappteller ein Gesicht gemalt und den Teller an dem Tau befestigt, das vom »Leib« zum oberen Ende des Großsegels hinaufführte. Das auf und ab hüpfende Gesicht lächelte fröhlich durch die knarrenden Taue.

»Verzeihung«, sagte Ardent mit einer höflichen Verbeugung vor der Gestalt aus Tauen. »Das ist der Tauknochenmann«, stellte er ihn mit einer Armbewegung vor. »Zuständig für die Takelage und dergleichen. Ohne ihn könnte man ein Schiff dieser Größe kaum fahren.«

Marrill wusste nicht, was sie darauf antworten sollte. Ardent schien ihr verwirrtes Gesicht zu bemerken. »Ich meine, mit einer Besatzung von nur einem Mann«, fügte er hinzu, als wäre das die Frage, die sie beschäftigte.

»Aber jetzt zu euch beiden«, fuhr er fort.

Marrill zögerte. Alles war so sonderbar und absurd und kam ihr ganz unwirklich vor. Nur dass ihre Sinne das Gegenteil sagten: Sie hörte die Segel über ihrem

Kopf flattern, roch den näher kommenden Sturm und spürte die scharfen Krallen, mit denen der Kater sich an ihrer Schulter festklammerte, und ihre vom Tragen schmerzenden Arme.

»Ich bin Marrill«, sagte sie und räusperte sich. »Marrill Aesterwest. Und das ist Karnelius.« Sie nahm eine Pfote und winkte damit ein wenig halbherzig. Karnelius fixierte den Zauberer mit seinem einen Auge und fauchte.

»Wir haben nicht mit Zuwachs für die Mannschaft gerechnet«, sagte Ardent. »Aber da ihr schon mal hier seid, willkommen an Bord!«

Marrill brauchte eine Weile, bis sie begriffen hatte, was er damit meinte. Dann sah sie ihn erschrocken an. »Aber Karni und ich gehören nicht zur Mannschaft«, protestierte sie. »Es tut mir wirklich leid, aber ich will – nein, ich *muss* jetzt nach Hause.« Nach einer kurzen Pause fügte sie hinzu: »Und Sie müssen mitkommen.«

Ardent lächelte, aber sein Lächeln wirkte angespannt. »Gut«, sagte er. »Nach Hause. Ein echtes Dilemma, nicht wahr?« Er zupfte sichtlich unbehaglich an seinem Bart und warf Coll einen Blick zu.

Marrills Unruhe wurde größer. Sie wusste zwar nicht, was ein Dilemma war, aber es klang nicht gut.

Coll nickte in Richtung Ardent. »Er meint die Gezeiten. Den großen Strom zu befahren, hat seine Tücken.«

»Den großen Strom?« Marrill sah sich um. Sie waren auf allen Seiten von Wasser umgeben, und die Wellen in ihrer Umgebung trugen weiße Schaumkronen. »Das sieht hier überhaupt nicht wie ein Fluss aus.«

»Okay, das soll dir der Zauberer erklären«, meinte Coll.

»O ja, bitte!«, sagte Marrill ein wenig erleichtert. Eine Welle prallte schräg gegen den Bug, und sie setzte Karnelius ab, um sich an einem Mast festzuhalten. Karnelius lief weg und duckte sich in die Tür der Kajüte.

»Also gut, hm.« Ardent runzelte die Stirn und überlegte. »Es wäre leichter, wenn ich meine Bücher hätte«, murmelte er und klopfte sich ein paarmal ans Kinn, während er geschickt mit den Beinen das Auf und Ab des Schiffes ausglich. Dann schüttelte er den Kopf. »Aber ich werde mein Bestes geben.«

Er holte tief Luft. »Stell dir einen Schöpfungsfluss vor«, begann er, »der vom Anbeginn der Zeit zu ihrem Ende fließt.« Er zog die Hand durch die Luft, und eine silbrig glänzende Flüssigkeit trat aus seinen Fingern aus. Der Strich verbreiterte sich, bis sich ein kleiner Fluss zwischen ihnen schlängelte. »Aus diesem Fluss entstehen Städte und ganze Welten und Universen.«

Entlang dem in die Luft gezeichneten silbernen Fluss erschienen Häuser und Städte und Planeten. Marrill sah wie gebannt zu. Dann streckte sie die Hand aus. Sie wollte wissen, ob der Fluss sich genauso wirklich anfühlte, wie er aussah.

Ardent schob die Hand weg. »Die erste und wichtigste Regel ist, den Piratenstrom nicht zu berühren«, warnte er. »Sein Wasser ist die reinste Form der Magie. Du willst schließlich nicht Fischschuppen bekommen oder explodieren.«

Marrill starrte ihn mit aufgerissenen Augen an. Es klang nicht, als machte er einen Witz. Sie dachte an die Federn, die aus ihrem Handgelenk gewachsen waren. Ganz bestimmt war das kein Witz. »Nein, lieber nicht«, sagte sie.

Ardent hob die Augenbrauen. »Nur wenige wollen es«, sagte er bedauernd, als hätte er diesbezüglich persönliche Erfahrungen gemacht.

Er räusperte sich. »Die meisten Flüsse fließen ineinander – Wasser strebt auf dem Weg zum Meer nach Vereinigung. Aber manchmal, wenngleich sehr selten, also *manchmal* zweigt ein Fluss einfach von einem größeren Fluss ab und fließt aus Gründen, die nur ihm selbst bekannt sind, in eine ganz andere Richtung. In einem solchen Fall spricht man von einem Piratenstrom.«

Zur Verdeutlichung fuhr er mit einem Finger über den silbernen Fluss und löste einen kleinen Wasserlauf heraus. »Jedenfalls steht es so in den Büchern«, sagte er, als sei damit alles erklärt.

Marrill betrachtete den in der Luft schwebenden Fluss mit gerunzelter Stirn und dachte krampfhaft nach. Das Wort »Piratenstrom« kam ihr bekannt vor. Ihr Vater hatte einmal davon gesprochen, als sie den Colorado River im Grand Canyon hochgefahren waren. Sie war damals acht gewesen. Doch soviel sie wusste, bekam man von dem Wasser dort keine Schuppen, und man explodierte auch nicht.

»Und du fährst gerade auf dem größten Piratenstrom aller Zeiten!«, fuhr Ardent fort. Er zeigte mit ausgestreckten Armen auf die endlose, vom Sturm aufgewühlte Wasserfläche. *»Das* ist der Piratenstrom, der einzige und alleinige Ableger des Schöpfungsflusses!«

Marrill versuchte, seine Worte mit dem, was sie sah, in Einklang zu bringen. »Aber er sieht trotzdem überhaupt nicht aus wie ein Fluss«, sagte sie schließlich.

Ardent zuckte mit den Schultern. »Der Piratenstrom fließt verglichen mit dem Schöpfungsfluss sehr schnell, wie ein schäumender Gebirgsbach im Vergleich zu einem trägen Küstenfluss. Trotzdem kommt er irgendwo und irgendwann mit allen Welten in Berührung. Ganz zu schweigen von den unzähligen Welten, die nur als Inseln im Strom selbst existieren. Man kann deshalb mit Fug und Recht sagen, dass es sich um einen wirklich großen Strom handelt.«

Der Bug der *Unternehmungslustigen Krake* krachte gegen eine Welle. Marrill runzelte die Stirn. Der Kopf schwirrte ihr vor Fragen. »Wenn man das Wasser nicht berühren darf«, sagte sie, »wie konnte ich dann auf dem Parkplatz darin stehen? Und was ist mit der Gischt, die uns hier ins Gesicht weht?«

»Die Gischt ist so sehr damit beschäftigt, zu überlegen, ob sie nun Luft ist oder etwas anderes, dass sie uns nichts tut«, sagte Ardent mit einer wegwerfenden Handbewegung. »Man muss schon richtig nass gespritzt werden oder ins Wasser eintauchen, damit etwas Schlimmes passiert. Und das Wasser, in dem du gestanden hast, war einfach nur Wasser. Wie meistens, wenn der Strom eine Welt berührt. Also meistens.«

Ein Blitz zuckte über den Himmel, und es donnerte. »Gleich regnet es«, sagte Coll, der immer noch am Steuer hing, als gäbe es keine Sorge auf der Welt. Ihre Blicke trafen sich kurz. »Keine Sorge, wir fahren um das Unwetter herum, nicht hinein.«

Ardent nickte zustimmend, zog aber trotzdem eine Schnur aus der Tasche und band sie sich um den Kopf, damit seine Mütze nicht wegflog. »Damit müssten deine Fragen eigentlich beantwortet sein. Du hast doch alles verstanden?«

Marrill starrte ihn an. »Nein, eigentlich gar nichts«, murmelte sie resigniert. »Und Sie haben mir immer noch nicht gesagt, wie ich nach Hause komme. Denn das muss ich unbedingt.«

Ardent räusperte sich. Dann räusperte er sich noch einmal und warf Coll einen Blick zu. Der hob nur die Augenbrauen. »Also, es ist so, auch wenn es vielleicht nicht so aussieht, dass deine Welt von unserem Aufenthaltsort, dem eigentlichen Piratenstrom, ziemlich weit entfernt ist. Dorthin zurückzukehren, wäre auch unter günstigsten Umständen schwierig. Dazu kommt noch das überaus merkwürdige Verhalten des Stroms in letzter Zeit. Mir ist nicht einmal ganz klar, wie wir überhaupt in deine Welt gekommen sind. Sie gehört nicht zu den Zielen, die von den Leuten auf dem Strom häufiger besucht würden.«

Der Zauberer trat zu Marrill und legte ihr die Hand auf die Schulter. Marrills Kehle war auf einmal wie zugeschnürt, und sie fühlte sich geborgen wie bei ihrem Vater. Ihr Blickfeld verschwamm, aber sie weigerte sich, ihren Tränen freien Lauf zu lassen.

Ardent betrachtete sie voller Mitgefühl und warf Coll einen auffordernden Blick zu. Sein Gefährte sollte etwas sagen. Der Kapitän nickte, wenn auch widerstrebend. »Ardent hat recht. Die Gezeiten sind in diesem Abschnitt des Stroms unberechenbar und dauern vergleichsweise lang. Ich befahre den Piratenstrom jetzt schon seit …« Er zählte die Jahre an ein, zwei, drei Fingern ab und zuckte mit den Schultern. »So lange jedenfalls, dass ich mich auskenne, aber ich war noch nie in diesem Nebenarm – vielleicht war das überhaupt noch niemand.«

Er zeigte mit dem Kinn in Richtung Horizont. »Wir sind der Karte gefolgt, nach der Ardent dich gefragt hat, und wurden auf einmal von einer Strömung erfasst, die ich nicht kannte und die höchstwahrscheinlich die Folge des Unwetters war, das da an uns vorbeizieht.«

Marrill drehte sich nach den schwarzen Wolken um, die hinter ihnen brodelten. Sie wirkten so bedrohlich, dass ihr der Atem stockte, aber weder Ardent noch Coll schienen sich die geringsten Sorgen zu machen.

»Und dazu kommen noch die Springflut und die Winde der Atemlosen Straße«, fuhr Coll fort. »Ein Zusammentreffen all dieser Faktoren gibt es vielleicht erst in vielen Jahren wieder … wenn überhaupt.«

Marrill war mit einem Mal hellwach. Mit aufgerissenen Augen und weichen Knien sah sie Coll an. Das Schwanken des Decks verstärkte noch das Schwindelgefühl in ihrem Kopf. Sie konnte sich kaum überwinden, die Worte auszusprechen, als würden sie erst dadurch wahr. »Wenn überhaupt? Heißt das, ich komme nie mehr nach Hause?«

Coll sah Ardent an, der kaute auf seinen Lippen und betrachtete lange Zeit den Himmel. Endlich drückte er ihr beruhigend die Schulter. »Wir bringen dich nach Hause, das verspreche ich dir. Ich weiß nur noch nicht, wann.«

Kapitel 9

Der Meisterstreich eines Meisterdiebes

Fin pfiff seinen Glitzerwürmchen, während das Wasser weiter in das meressianische Tempelschiff strömte. »Kommt her ... so ist es brav«, murmelte er. Die Glitzerwürmchen flatterten in das Glas. »Wir haben keine Eile«, sagte er. Die Würmchen ignorierten die Ironie, wenn sie sie überhaupt bemerkten.

Beklommen sah er sich im Bauch des Schiffes um. Wenn er nicht ertrinken wollte, musste er einen Weg nach draußen finden, und zwar schnell. Vielleicht konnte er sich durch das Loch des Beckens irgendwie nach oben tragen lassen? Aber noch bevor er sich unter das Loch stellen konnte, kam eine vertraute Gestalt heruntergefallen und landete platschend neben ihm.

Der Wächter mit dem Stiergesicht. In der einen Hand hielt er ein Schwert mit einer tückischen Klinge, mit der anderen wischte er sich die triefende Nase ab. »Gib den Schlüssel her«, knurrte er. Wegen der verstopften Nase klang seine Stimme erstickt.

»Wie kannst du jetzt an den Schlüssel denken?«, fragte Fin. »Wir werden beide hier unten sterben!«

Anstelle einer Antwort griff das Stiergesicht an. Fin duckte sich im letzten Moment zur Seite, und die blitzende Klinge sauste an ihm vorbei. Er rannte – so gut man eben in Wasser rennen konnte, das bereits einen halben Meter hoch stand – hinter eine wasserspeiende Statue.

»Das ganze Schiff geht unter, du Idiot!«, brüllte das Stiergesicht. Seine Haut hatte sich grünlich verfärbt, und aus seinen Lippen war jede Farbe gewichen. »Und es wurde nur dazu gebaut, den Schlüssel zu schützen. Hedgecaw bringt mich um …«

Fin zögerte, aber nur einen Moment lang. *Gib den Schlüssel zurück und geh nach Hause. Du kommst wahrscheinlich ins Gefängnis, wirst dort vergessen und hungerst, bis jemand findet, das Gefängnis müsste mal geputzt werden.* Aber wenigstens würde er leben.

Er würde leben, aber er hätte seine Mutter nicht gefunden. Also musste er der Spur weiter folgen. Außerdem war er nicht Meisterdieb, weil er Sachen zurückgab.

»Ein bisschen zackig, oder wir gehen alle unter!«, schimpfte das Stiergesicht.

Fin zuckte mit den Schultern. »Sie können doch bestimmt ausgezeichnet schwimmen.«

Das Stiergesicht stach wieder zu, und Fin sprang.

Diesmal verfehlte das Schwert ihn nur knapp, denn der Meressianer reagierte fast genauso schnell wie Fin.

Fast.

Die Klinge fuhr an Fin vorbei und traf den Kopf der Statue, hinter die er sich geduckt hatte. Dort, wo der Mund gewesen war, klaffte jetzt ein großes Loch, durch das noch mehr Wasser strömte.

Fin schluckte. In wenigen Minuten würde das Wasser über ihre Köpfe steigen! Aufgeregt sah er sich um. Nirgends ein Ausgang, nirgends. Die einzigen Öffnungen waren das blöde Loch in der Decke und die Münder der wasserspuckenden Statuen.

Das Stiergesicht hob erneut sein Schwert. Doch Fin bemerkte, dass seine Hände zitterten und sein Bauch sich zusammenkrampfte. »Nehmt euch …« Der Koloss erschauerte und konnte kaum noch die Worte artikulieren. »In Acht … WÜRG!«

Fin trat rasch aus dem Weg, denn er wusste, was jetzt kommen würde. Die Kotzpille begann endlich zu wirken. Das Stiergesicht beugte sich nach vorn und erbrach sich ins Wasser.

Darauf hatte Fin gewartet. In einem weiten Bogen ging er um den unablässig kotzenden Meressianer herum, damit er möglichst nicht mit der ekligen Brühe in Berührung kam, und kletterte auf die zerstörte Statue hinter ihm. »Ich hoffe, der Diebeseintopf hat geschmeckt!«, rief er triumphierend. Dann steckte er die Hände in das Loch, das einmal der Mund der Statue gewesen war, und zog sich hinein.

Er hatte das Gefühl, bei lebendigem Leibe verschluckt zu werden.

Zwar gelangte er nach draußen, aber der gewaltige Sog des Wassers, das in das Schiff drang, warf ihn rückwärts gegen den Rumpf. Er wollte sich von den Fadholzplanken abdrücken und trat mit den Füßen dagegen, schlug mit den Fäusten darauf ein. Wasser drang ihm in Nase und Ohren. In seiner Verzweiflung zog Fin die Messer aus dem Gürtel und schlug sie in das Holz. Auf diese Weise konnte er sich von dem alles einsaugenden Loch wegziehen.

Immer wieder setzte er die Messer um, zog sich daran weiter und half mit den Füßen nach. Und als seine Lungen nicht mehr mitmachen wollten und er darum betete, er möge sich zumindest vorübergehend in eine Meerjungfrau verwandeln, brach seine Hand durch die Wasseroberfläche. Gerettet!

Gierig sog Fin die Luft ein. Aus einiger Entfernung hört er Schreie. Das meressianische Schiff sank rasch!

Er sah sich um. Sie hatten sich bereits ein gutes Stück vom Hafen entfernt. Schwimmend waren die Kais nicht mehr zu erreichen. Außerdem konnte er gar nicht schwimmen, fiel ihm voller Schreck ein. »Na prima«, keuchte er und hielt die beiden Messer fest umklammert.

Es blieb ihm nichts anderes übrig, als zu klettern. Er

glitt an den Schnitzereien des Schiffsrumpfs hinauf wie eine Eidechse an einer Regenrinne, stellte die Füße auf die Schultern von Königen mit starr geradeaus blickenden Gesichtern und fasste mit den Händen in die Münder furchterregender Ungeheuer.

Droben angekommen, spähte er unter der verschnörkelten Reling hindurch, die das Hauptdeck umgab. Dort herrschte Chaos. Meressianer eilten hin und her und schafften die Schätze aus dem Bauch des Schiffes in die Rettungsboote. Offenbar hatten sie das Schiff aufgegeben. In der Hoffnung, in dem Getümmel nicht aufzufallen, schwang Fin sich über die Reling und huschte zu einem leeren Rettungsboot.

Doch das Pech schien ihn zu verfolgen. »Moment, wer ist dieser Junge?«, polterte eine vertraute Stimme. »Er gehört nicht hierher! Das ist bestimmt der Dieb!« Das Stiergesicht zwängte sich durchnässt und schniefend und immer noch grün im Gesicht durch eine Luke und eilte mit schweren Schritten auf ihn zu.

Fin seufzte. Fast hätte er es geschafft gehabt, wieder vergessen zu werden. Andererseits, wenn man ein ganzes Schiff versenkte, wurde man vermutlich nicht so schnell vergessen, wie wenn man unauffällig auftauchte.

Zugleich war er erleichtert, den wütenden Koloss zu sehen. Die Vorstellung, der Meressianier könnte drunten im Frachtraum ertrunken sein, wäre ihm unerträglich gewesen, auch wenn der Koloss ihm nach dem Leben getrachtet hatte.

Seine Erleichterung hielt allerdings nicht lange an. Denn das Stiergesicht riss sein Schwert aus der Scheide und richtete es auf ihn. »Lasst ihn nicht entkommen!«, brüllte es.

Fin hatte nur zwei Alternativen: über Bord springen oder nach oben klettern. Da Schwimmen ausschied, rannte er zu einigen straff gespannten Tauen und schob sich mit Händen und Schienbeinen daran hinauf. Er war noch nicht weit gekommen, da knarrten und erzitterten die Taue unter einem viel schwereren Gewicht. Das Stiergesicht hatte die Verfolgung aufgenommen.

Fin schluckte und kletterte schneller. In wenigen Momenten war er oben angelangt, unter dem Blätterdach der vielen Segel, die in der auffrischenden Brise raschelten. Der Wind entwickelte sich allmählich zu einem Sturm, und das Schiff schlingerte heftig und warf ihn hin und her.

»Bleib stehen, Junge, du kommst nicht mehr weiter!«, schrie der Wächter. Er war nicht so schnell wie er, schloss aber schneller zu ihm auf, als Fin erwartet hatte.

Fin hatte die Netze erreicht, die zwischen den Masten hingen, und zwängte sich hindurch. Die Maschen waren zwar zu eng für seinen Verfolger, doch ließ der sich dadurch nicht aufhalten. Mit seinem gezahnten Schwert schnitt er die Taue mühelos durch.

»Na prima!«, rief Fin und sprang zum nächsten Mast.

»Ende der Vorstellung«, brüllte der Meressianer und zog sich durch das Loch im Netz. »Jetzt kannst du nicht weiter. Gib mir den Schlüssel, dann haben wir beide noch Zeit, das Schiff zu verlassen, bevor es sinkt.«

»Lieber nicht, aber trotzdem danke!«, rief Fin zurück und kletterte den Mast hinauf. Der verschmälerte sich rasch zu einer dünnen Stange, die das Toppsegel hielt. Gleich war er an ihrer Spitze angelangt.

Ein Windstoß erfasste das Schiff und rauschte in den Blättersegeln. Fin stockte der Atem. Er umklammerte die Stange und spürte die raue Oberfläche des Holzes an den Handflächen. Der bisher ruhige Tag in Khaznot Quay näherte sich seinem Ende. Heulend fuhr der Wind vom Gipfel des Khaznot Mountain herunter.

»Wo willst du denn hin, Junge?«, rief der Wächter. Wenigstens war er zu groß und schwer, um die Stange hinaufzuklettern. Aber die Klinge seines Schwerts blitzte in der Sonne. Fin wurde bei ihrem Anblick ein wenig übel.

»Dir bleibt nur der Weg nach unten«, sagte der Messianer und zeigte grinsend seine mächtigen Zähne. Er schwang sein Schwert und hieb damit in die Stange.

Der Mast erzitterte. Fin kletterte noch ein wenig höher. Von irgendwo in der Ferne kam Gebrüll wie von einem Löwen in Vorfreude auf seine Beute. Fin kannte es gut. Es kam von dem Sturm, der die Bergflanke niederfuhr, um anschließend durch die Bucht zu pflügen.

Wieder ein Schwerthieb! Der Mast zitterte unter Fins Händen. Wie viel hielt die dünne Stange wohl aus, bevor sie brach und er tief hinunter auf das Deck stürzte?

»Du bist erledigt, Junge!«, rief der Meressianer. Das Schiff schlingerte und legte sich noch weiter auf die Seite. »Gib auf!«

Fin holte tief Luft. »Na komm!«, lockte er den Wind. »Blas schneller.« Er nestelte an den Ärmeln seiner Jacke und zupfte nervös an den darin versteckten Schnüren.

Wieder ertönte ein dumpfer Schwerthieb, dann brauste es so laut, dass das Ächzen des Schiffes und das Geschrei von unten davon übertönt wurden.

Fin blickte in das finstere Gesicht des Meressianers und lächelte. »Tut mir leid, mein Freund«, sagte er. »Wir hatten es schön miteinander, aber hier kommt meine Mitfahrgelegenheit.« Das Stiergesicht hielt verwirrt mitten im Hieb inne und hob schnüffelnd den Kopf.

Und dann fuhr der Wind über sie hinweg und schnitt eisig über Fins nackte Arme. Fin drückte sich waagrecht vom Mast ab und sprang in Richtung Wasseroberfläche.

Denn von den drei Dingen, die jede Waise von Khaznot Quay beherrschen musste, war das Schönste und Erhabenste zweifellos die Kunst des Himmelssegelns. Fin zog an den Schnüren in seinen Ärmeln, seine Jacke blähte sich hinter ihm auf und fing den Wind ein. Wenige Augenblicke bevor er auf dem aufgewühlten Wasser der Bucht gelandet wäre, trug der Wind ihn wieder hinauf und vom Schiff weg.

Fin lachte ausgelassen und drehte sich um sich selbst. Das Stiergesicht schüttelte die Faust und schimpfte unflätig. Seine Gefährten drunten auf dem schwerfällig schlingernden Deck beluden die letzten Rettungsboote. Noch hatten sie genug Zeit, das Schiff zu verlassen. Und sie würden sich ganz bestimmt an den Meisterdieb erinnern, der ihr Schiff versenkt hatte, auch wenn sie Fin in einer Stunde vergessen hatten.

Fin seufzte ein letztes Mal erleichtert und nahm Kurs auf das Ufer. An seiner Hüfte spürte er das Gewicht der Diebestasche. Zwar hatte er sie nicht mit Schätzen gefüllt, aber er hatte den Schlüssel gefunden. Und die Suche nach seiner Mutter war ihm schließlich viel wichtiger als ein ganzes Schiff voller Schätze.

Kapitel 10

Was machst *du* denn hier?

Mit wackligen Knien überlegte Marrill, was wohl passieren würde, wenn sie überhaupt nicht mehr nach Hause zurückkehrte. Wie lange würden ihre Eltern auf sie warten, bevor sie aufgaben? Würde die Krankheit ihrer Mutter sich verschlimmern? Das wäre dann ihre Schuld. Sie holte tief Luft und blieb eisern stehen, obwohl ihr war, als müsste sie umkippen.

Ardent hob die Hand. »Es besteht noch kein Grund zur Panik«, sagte er. »Du kommst nur nicht auf demselben Weg nach Hause, den du gekommen bist, das ist alles.«

Ein Hoffnungsschimmer regte sich in ihr, und der Druck auf ihre Brust ließ ein wenig nach. Ein anderer Nachhauseweg war ihr genauso recht, solange er wirklich nach Hause führte.

»Zeig ihr doch das Schiff«, schlug Coll vor. Mit einem Blick auf Marrill fügte er hinzu: »Dann fühlst du dich hier nicht mehr so fremd.« Er zwinkerte ihr zu, als wisse er genau, was es hieß, sich in einer neuen Situation zurechtfinden zu müssen. Marrill lächelte dankbar, und er nickte.

»Ausgezeichnete Idee!« Ardent stieg die Treppe zum Hauptdeck hinunter und überquerte es. An einer Luke am Vordeck blieb er stehen und öffnete sie.

Marrill zog die Nase hoch und folgte ihm, Karnelius lief hinter ihr her.

Durch die Luke gelangten sie zum oberen Ende einer breiten Wendeltreppe, die schöner war als jede Treppe, die Marrill bis dahin gesehen hatte. Unwillkürlich ging sie langsamer und betrachtete die elegant geschwungenen Handläufe und vergoldeten Setzstufen. Die Wände waren mit Gemälden bedeckt, die so lebendig wirkten, dass die abgebildeten Gestalten sich ein wenig zu bewegen schienen.

Ardent schenkte ihnen keine Beachtung. Er stieg zielstrebig die Treppe hinunter, redete weiter, und Marrill musste sich beeilen, um mit ihm Schritt zu halten.

»Der Piratenstrom kommt irgendwann und irgendwo mit allen anderen Gewässern in Berührung«, erklärte er. »Sogar mit den ganz abgelegenen.«

»Aber auf dem Parkplatz war kein Wasser«, sagte Marrill und spähte über das Geländer. Die Treppe schien endlos weiterzugehen. Unter ihrer Etage kamen noch mindestens acht weitere oder noch mehr, viel mehr jedenfalls, als von außen in dem Schiff Platz zu haben schienen. Und auf jedem Stock zweigten Gänge von der Treppe ab wie Arme eines Oktopus.

»Na bitte!«, rief Ardent. Er stieg die Treppe noch weiter hinunter. »Wenn ich sage, der Piratenstrom sei ein Fluss, meine ich damit eigentlich ganz viele Flüsse auf einmal, die durch neue, aufregende Länder fließen. Der Tiefstrom, also der Teil, der wie ein Meer aussieht, ist die Stelle, an der sich viele dieser Flüsse überlappen. Er sieht vielleicht wie ein einziges Gewässer aus, besteht tatsächlich aber aus Milliarden von Strömungen, die um-, über- und untereinander durch ebenso viele Welten fließen. Genau deshalb ist es so wichtig, einen erfahrenen Steuermann wie Coll dabeizuhaben, wenn man ein bestimmtes Ziel vor Augen hat.«

Auf dem ersten Treppenabsatz blieb er stehen und spähte in einen dämmrigen Flur.

»Was machst *du* denn hier?«, murmelte er.

»Äh, Sie hatten doch gesagt, ich solle mitkommen«, sagte Marrill.

Der Zauberer kicherte. »Nicht du«, sagte er und ging weiter. »Ich meinte das Promenadendeck.« Er zeigte mit der Hand über die Schulter zu dem Stockwerk, das sie soeben passiert hatten. »Vor dem solltest du dich in Acht nehmen – es macht sich gern selbständig. Halte dich am besten von ihm fern. Man weiß nie, wo es landet. Manchmal verirrt es sich sogar auf ein anderes Schiff.«

»Äh …« Die Stimme versagte ihr. »Woran erkenne ich das Promenadendeck?«

Ardent blickte mit gerunzelter Stirn zu ihr auf. »Das ist das Deck, das sich bewegt.«

Bevor sie noch etwas sagen konnte, war er bereits beim nächsten Stockwerk angekommen. Sie eilte ihm nach.

»Außerdem«, knüpfte er an das vorhergehende Gespräch an, als wäre es nie unterbrochen worden, »sollte man eine Karte dabeihaben.«

Marrill hatte den nächsten Treppenabsatz erreicht und blieb staunend stehen. Von dem Absatz ging ein langer, breiter Flur ab, und praktisch jeder Zentimeter davon war mit einer Tür besetzt. Die Türen standen Rahmen an Rahmen und hatten goldene Griffe, silberne Angeln und wie Gesichter geformte Türklopfer aus Messing, deren Augen ihr zu folgen und sie zu beobachten schienen. Einige Türen reichten vom Boden bis an die Decke, andere waren so klein, dass höchstens eine Maus hindurchgepasst hätte. Wieder andere Türen reichten gar nicht bis zum Boden oder waren in den Boden eingelassen.

»Das ist der Türenflur«, erklärte Ardent. Im Vorbeigehen wehte sein Rocksaum über die in den Boden eingelassenen Türen. Vor einer Tür am Ende des Gangs blieb er stehen. Der Türklopfer war fast so groß wie sein Kopf, der Rahmen bestand aus schwarz glänzendem Ebenholz mit darin eingeschnitzten Drachen. »Und das ist das Kartenzimmer.«

Marrill eilte ihm nach und holte ihn ein, als er gerade

den großen Messingknopf drehte. »Nach dir«, sagte er und hielt ihr die Tür auf. Marrill trat ein, überzeugt, dass sie allmählich nichts mehr überraschen konnte. Sie wurde schnell eines Besseren belehrt.

Das Zimmer hing tatsächlich voller Karten. Es war wie ein Sechseck geformt, und die Wand ihr gegenüber wurde von einem großen Fenster mit Blick auf das Wasser draußen eingenommen. An den übrigen vier Wänden hingen nautische Instrumente und dazwischen Seekarten mit Namen wie *Goldecker-Inseln*, *West-Babbelstock* und *Rätslichland.*

In der Mitte stand ein großer, runder, mit weiteren Karten bedeckter Tisch. Auf einer Karte waren drei Ratten damit beschäftigt, mit Hilfe von Instrumenten, die fast genauso groß waren wie sie selbst, einen Kurs einzutragen. Jede Ratte hatte zwei Schwänze. Und einen Kragen und viel zu viele Beine.

Karnelius rannte an Marrill vorbei und sprang, bevor sie ihn festhalten konnte. Die Ratten quietschten laut und verließen fluchtartig den Tisch. Sie bewegten sich seltsam anmutig und wichen dem Kater so geschickt aus, dass er ihnen mit seinen Krallen zu keiner Zeit gefährlich werden konnte.

Unversehrt verschwanden sie in Ritzen und Schlupflöchern in der Wand, und Karni blieb geduckt und mit zuckendem Schwanz stehen. Marrill verfolgte das Geschehen mit großen Augen.

Plötzlich begriff sie, wer die Ratten waren, und zum

ersten Mal seit Betreten des Schiffs grinste sie. So nach und nach fand sie sich hier ein wenig besser zurecht. »Lassen Sie mich raten«, sagte sie. »Piratten?«

»Wir nennen sie Bilgemäuse«, erwiderte Ardent. »Aber Piratten klingt wirklich viel seriöser. Coll behauptet, ich hätte seine Bestellung falsch verstanden, aber woher sollte ich wissen, das die Begriffe Maus und Kragen auch in der Takelage vorkommen? Und man bekommt, was man bestellt!«

Wieder verstand Marrill kein Wort, aber Ardent sah sie mit seinem gütigen Lächeln an. »Von jetzt an nennen wir sie Piratten«, sagte er, und schon fühlte sie sich etwas mehr zu Hause.

»Welche Karte brauchen wir denn?«, fragte sie. Ihr Blick fiel auf die Aufschrift einer Schublade in einer alten, abgenutzten Kommode: *Atlas der Kleinen Krätze*.

»Auf keinen Fall die«, sagte Ardent. »Lass uns am besten überhaupt nicht mehr von der sprechen.« Er legte die Fingerspitzen aneinander. »Ich fürchte, die Karte, mit der man in deine Welt kommt, befindet sich nicht hier. Ich habe dir das Zimmer eigentlich nur im Rahmen der Besichtigung gezeigt. Schlechtes Timing, wenn ich darüber nachdenke.«

Schon ließ Marrills Wohlbefinden ein wenig nach.

»Wie schon gesagt, deine Welt ist eine Gegend, an die der Piratenstrom sehr selten stößt. Mir fällt nur eine ganz spezielle Karte ein, die uns helfen könnte, eine absolut einzigartige Karte. Es gibt nur ein Problem.«

Ihm war sichtlich unbehaglich zumute, und er räusperte sich. »Ich habe sie nicht. Außerdem besteht sie vielleicht, vielleicht aber auch nicht aus verschiedenen Teilen. Und diese Teile sind vermutlich auf verschiedene Länder des Stroms verteilt, was ein drittes Problem wäre. Und viertens müssten wir nicht nur herausfinden, wo die Teile sich befinden, sondern auch, wie man an sie herankommt. Dazu käme noch, dass eventuell auch andere die Karte suchen, das wäre also ein fünftes Problem. Und ...« Er musste Luft holen.

»Das klingt nach sehr vielen Problemen«, warf Marrill rasch ein.

»Aber eine gute Nachricht habe ich!« Ardents Miene hellte sich auf. »Zufällig bin ich selbst auf der Suche nach dieser Karte. Ich brauche sie, um jemanden zu finden ... jemanden, der mich vielleicht braucht ...« Er verstummte. Zwar ruhte sein Blick noch auf Marrill, aber er schien durch sie hindurchzugehen und war in eine Ferne gerichtet, in die nur Ardent sehen konnte. Sein Lächeln drohte zu erlöschen, und einen Moment lang wirkte er unendlich müde.

Doch dann schüttelte er den Kopf und war wieder der leicht zerstreute, unbekümmerte Zauberer. »Jedenfalls freue ich mich, wenn du mir beim Suchen hilfst!«

Marrill schöpfte erneut Hoffnung. Sie begann zu hüpfen und wäre dabei fast gegen den Kartentisch gestoßen.

»Wenn wir die Teile dieser Karte also finden und zusammensetzen, können wir damit zu meinen Eltern zurückkehren?«

Ardent nickte. »Auf jeden Fall. Die Überallkarte bringt ihren Besitzer angeblich an jeden Ort, zu dem er will.«

Marrill hatte die Luft angehalten, doch jetzt atmete sie aus. Zum ersten Mal in diesem so verwirrenden Gespräch hatte sie das Gefühl, etwas Konkretes in der Hand zu haben.

Sie straffte sich und sah Ardent entschlossen an. »Wie finden wir sie?«

Ardent antwortete nicht gleich. Das von den Wellen gebeutelte Schiff ächzte. »Ich hatte eigentlich gehofft, du könntest uns das sagen.«

»Ich?!« Das Schiff wurde von einer großen Welle emporgetragen, und das Deck unter Marrills Füßen hob sich. Fast hätte sie das Gleichgewicht verloren. Durch das Fenster sah sie die Schaumkronen der Wellen.

»Hoppla, war die groß«, sagte Ardent. »Wir sollten die Besichtigung beenden, solange wir die Treppe noch hinaufkommen.« Ohne eine Antwort abzuwarten, verließ er das Zimmer.

»Wie soll ich die Karte denn finden?«, rief Marrill und eilte ihm nach.

»Die Kojen befinden sich im nächsten Stock«, sagte Ardent und zeigte nach unten. »Du kannst dir eine aussuchen. Den richtigen Stock erkennst du an den vielen Schlafkäfern. Darunter kommen noch Kombüse,

Schiffsgefängnis und die vielen anderen Kabinen, die Coll unbedingt haben wollte.«

Er begann zum Deck hinaufzusteigen. »Ganz unten kommt noch der Kielraum. An der Tür hängen Schilder. Du solltest sie beachten. Und damit« – er drückte die Luke auf und stieg an Deck – »ist unsere Tour beendet. Wie ist die Lage hier draußen, Coll?«

»Feucht«, brummte Coll. Marrill trat in den Regen hinaus. Es goss in Strömen, und sie war augenblicklich durchnässt. Karnelius blieb in der Tür stehen und machte sofort wieder kehrt, als er den Regen sah. Marrill konnte es ihm nicht verdenken.

»Du hast die Windrose als Letzte gesehen«, sagte Ardent. Marrill musste kurz überlegen, bis sie begriff, dass er damit auf ihre Frage antwortete, wie sie die Karte finden sollte.

»Ich?«, fragte sie. Die Kleider klebten ihr am Leib. Ardent dagegen war vollkommen trocken, als würden die Tropfen ihn nicht treffen.

»Natürlich!«, sagte er. »Der Papierfetzen, nach dem ich dich gefragt habe. Das ist die Windrose, der erste Teil der Karte.«

Marrill runzelte die Stirn. »Es sah nicht wie eine Karte aus.«

»Es ist auch keine«, erklärte Ardent. »Sondern wie gesagt nur ein Teil davon. Für uns allerdings der wichtigste Teil. Wenn du ihn findest, kann er uns zu den anderen Teilen führen.«

»Aber wie sollte ich die Windrose finden?«, fragte Marrill. »Ich habe sie doch nur ganz kurz gesehen. Ich weiß ja nicht einmal, wo ich selbst bin!«

Ardent strahlte. »Genau deshalb glaube ich ja, dass du sie findest«, rief er. »Du brauchst dazu bestimmt nicht hundertdreißig Jahre wie ich!«

Kapitel 11

Ein Tentalo umsonst

Auf halbem Weg zum Ufer ließ der Wind, der Fin von dem meressianischen Schiff weggetragen hatte, nach und gab nur noch einige röchelnde Laute von sich. Die Böen wurden schwächer, bei jeder sank er ein paar Meter und spürte, wie sein Magen nach oben drückte. Er schluckte und umklammerte unbeirrt die Schnüre. Auch wenn er nicht mehr so leicht war wie als Kind, war er trotzdem noch ein meisterhafter Himmelssegler.

Wenige Momente später spürte er die Gischt der schmutzig braunen Wellen an den Füßen. Sein Gesicht befand sich auf derselben Höhe wie das Ende eines aus dicken Holzpfählen erbauten Piers. Er widerstand dem instinktiven Bedürfnis höherzuziehen und tauchte stattdessen in das Dunkel unter dem Pier ein. Geschickt wich er den Querbalken und den aus der Brandung ragenden steinernen Wellenbrechern aus, glitt die letzten Meter über das Wasser und landete knapp oberhalb der Wasserlinie.

Keuchend fiel er auf den schmutzigen Sand und verschnaufte kurz, bis sein Puls sich wieder etwas beruhigt hatte. Dann vergewisserte er sich, dass die Sachen, die er vom Tempelschiff geklaut hatte, noch da waren. Die schönen Messer für Stavik, die trotz der Kletterei noch scharf waren, steckten im hinteren Bund seiner zerfetzten Leinenhose. Der sternenförmige Griff und das mit Wasser gefüllte Fläschchen befanden sich in seiner Diebestasche am Gürtel, gleich neben dem Glas mit Glitzerwürmchen. Die Ausbeute war nicht eben groß, wie er zugeben musste. Aber die anderen Schätze des Schiffes lagen inzwischen auf dem Grund der Bucht bei den Schmuddelhaien und Schleimaalen.

Er zog sein wichtigstes Beutestück heraus – den rubinroten Schlüssel. Schwer lag er in seiner Hand. Was war an ihm so wichtig, dass die Meressianer gleich ihr ganzes Schiff versenkten, um seinen Diebstahl zu verhindern?

Fin zuckte mit den Schultern. Was auch immer, er gab ihn gerne her, wenn er dafür seine Mutter fand.

Pfeifend entfernte er sich von den Kais und folgte einer besonders schmalen und steilen Gasse, die im Zickzack wie eine Treppe vom Hafenviertel den Berg hinaufführte. Der Wind frischte spürbar auf. Hin und wieder musste Fin bei einer besonders heftigen Bö stehen bleiben und sich an der Sicherheitskette festhalten, die am Gassenrand entlang verlief. Es mochte etwa zwei Uhr nachmittags sein. Er stemmte sich mit der Schulter einer besonders heftigen Bö entgegen. Wenn es so weiterging, war der Wind um vier so stark, dass er Kinder von den Füßen riss.

Er kam am Marktplatz vorbei, und sein Magen begann zu knurren und erinnerte ihn daran, dass er weder gefrühstückt noch zu Mittag gegessen hatte. Also machte er einen Umweg zum Karren der Schielenden Jenny, um dort etwas Obst zu klauen. Als er sich näherte, beugte die Marktfrau sich vor und kniff die Augen zusammen. »Kenne ich dich, junger Mann?«, fragte sie, wie sie es immer tat.

»Nein, gnädige Frau«, antwortete Fin mit seiner traurigsten Waisenstimme und ließ jämmerlich den Kopf hängen. »Ich bin neu in der Stadt und habe schrecklichen Hunger.«

»Du Armer!«, rief die Marktfrau. »Nimm einen Tentalo, den bekommst du umsonst.« Sie streckte die Hand aus und nahm eine große, gelbe Frucht vom Verkaufsgestell, die wie ein Seestern sechs Arme hatte. Fin unterdrückte ein Grinsen. Die Frucht erinnerte ihn an den sternenförmigen Griff, den er auf dem Schiff hatte mitgehen lassen.

»Sie sind zu gütig!«, sagte er und steckte die Frucht in seine Diebestasche, damit sie vollends reifen konnte. Dann hob er wieder seinen kummervollen Blick. »Hoffentlich finde ich heute Abend noch einmal jemand, der so nett ist wie Sie ...«

Kurz darauf schlenderte er über den Markt von

Khaznot Quay und schlürfte eine knallgrüne Saftfrucht. In seiner Tasche steckten außerdem noch drei Mürbepflaumen, ebenfalls gratis. Schon bald war er in das lärmende Treiben eingetaucht.

»Kommt und kauft!«

»Trolleier!

Schleierbarben!

Geschmolzene Nesseln!

Holen Sie sich Ihre Trolleier!«

»Ich sage dir doch, es war ein Soleschmetterling,
so sicher, wie ich hier stehe!«

»Tauchte aus dem Nichts auf.
Wir sahen den roten Blitz und setzten
sämtliche Segel, um zu verschwinden.«

»Hör auf zu drängeln,
du Vollhonk!«

»Ich habe noch nie ein so sonderbares Schiff gesehen. Ging mit Mann und Maus unter, wirklich.«

»Zehn Schid
und keinen Driller mehr!«

»Wenn ich in einer so verrückten Stadt
wohnen würde,

würde ich vielleicht auch an den
Klapperstorch glauben.«

»Trolleier! Wer kauft diese angefaulten, fast ausgebrüteten Trolleier?«

Fin huschte zwischen zwei Beinen hindurch, stieß gegen einen klapprigen Marktstand, kletterte eine Mauer hinauf und lief darauf entlang. Da es stürmischer wurde, mied er dem Wind zugewandte Gassen – zum Himmelssegeln war an diesem Tag keine Gelegenheit mehr – und hielt nach hinunterpurzelnden Waisen an den Steilhängen Ausschau.

In der Hafenstadt herrschte ein unbeschreiblicher Trubel, den Fin in vollen Zügen genoss. Für die meisten stank es in den Gassen nach abgestandenem Brackwasser und ungewaschenen Leibern. Doch Fin erahnte durch den Gestank hindurch den Duft von Zimt und süßen Beeren.

Als er freilich die nassen, bemoosten Stufen zum abgeschiedenen Vorplatz der Pastetenbäckerei hinaufstieg, drang ein neues Geräusch an seine Ohren. Es klang, als weinte jemand. Mit jedem Schritt wurde es lauter. Aus dem Weinen wurde herzzerreißendes Schluchzen. Fin ging schneller.

Die Ladentür, die sonst die Fliegen abhielt, stand weit offen. Etwas stimmte hier überhaupt nicht.

Er schlüpfte hinein. Ad und Tad standen wie immer

am Tresen, starrten aber nur bewegungslos ins Leere. Ads Finger lagen auf der Ladenkasse, Tad hatte die Finger in einen Batzen Teig gedrückt. Tränen liefen ihnen über das Gesicht, und ihre Brust hob und senkte sich.

»Was ist denn los?«, fragte Fin verdattert. »Was ist passiert?« Aber sie schienen ihn nicht zu hören. Genauso gut hätte er ein Geist sein können und sie stumme Trauernde bei einer Totenwache.

Die Härchen auf Fins Armen und Füßen stellten sich auf. Nicht die, die ihn vor einer Axt warnten oder vor näher kommenden Wachen, sondern die anderen. Die sich sträubten, wenn er mitten in der Nacht auf seinem Bett aus Geldbörsen lag und die Dachkammer knarrte und schwankte und die Schatten aussahen wie Gespenster und er das Gefühl hatte, dass sie ihn verfolgten, auch wenn er ganz genau wusste, dass es sich nur um Schatten handelte.

Genauso ein Gefühl hatte er jetzt. Denn so unheimlich ihm der starre Blick von Ad und Tad auch war, das laute Schluchzen, das er hörte, kam nicht von ihnen, sondern aus dem begehbaren Ofen hinter ihnen. Dem Ofen, der zum Versteck der Diebe führte.

Die falsche Hinterwand stand weit offen. Fin näherte sich vorsichtig und stieg die knarrende Treppe hinunter. Er gelangte in einen Trauersaal.

Wie immer waren Diebe und Piraten zu geselliger Runde versammelt. Sie lehnten an Wänden, hielten Karten in den Händen, saßen vor halbgegessenen Pasteten, schärften Messer oder schnitten und bogen an Werkbänken Dietriche zurecht. Doch das Lachen, Plaudern und angeregte Tuscheln fehlten. Nur Schluchzen war zu hören. Ausnahmslos alle weinten wie Ad und Tad hemmungslos und starrten mit schlaffen Gesichtern und leeren Blicken in die Ferne.

Auch Stavik auf seinem Thron aus Galionsfiguren an der Rückwand des Raums weinte. Der Kummer auf seinem narbigen Gesicht erschütterte Fin mehr als alles andere zusammen.

Als die Basiliskenechse, die der Piratenkönig vom Moment des Schlüpfens an von Hand aufgezogen hatte, zum Mittagessen serviert worden war, hatte er nur mit den Schultern gezuckt. Auf die Nachricht, dass sein Bruder und sein bester Freund lebenslänglich in den finstersten Kerker an der Marmarküste gesperrt worden waren, hatte er nur gelacht.

Stavik, der Piratenkönig, schnitt Drachen die Haut vom Leib. Er weinte nie. Doch jetzt heulte er, als wäre die Welt untergegangen.

Mit einem Schluchztrank oder Schnüffelgas konnte man eine solche Wirkung nicht erzielen, das wusste Fin. Was er hier sah, war echte Magie, Magie von der Art, wie nur Zauberer und wahrhaft mächtige Wesen sie beherrschten. Eine Magie, wie man sie in Khaznot Quay nur selten erlebte.

Fin riss sich von Staviks jammervollem Anblick los und richtete den Blick auf die schattenhafte Gestalt neben Stavik. Der Mann, der dort stand, wurde wie die anderen von Schluchzern geschüttelt. Doch im Unterschied zu ihnen war sein Blick klar und konzentriert und auf die Stelle gerichtet, an der Fin in diesem Augenblick stand, so als hätte er seit ungezählten Stunden auf diesen Moment gewartet.

Der Mann trug ein dunkles Gewand. Ein dunkles, mit Sternen übersätes Gewand.

Über sein porzellanweißes Gesicht rannen schwarze Tränen.

Kapitel 12

Zauberei, Tattoos und mehr

Marrill stand an der Reling und hatte das Kinn in die Hände gestützt. Hinter ihr standen Ardent und Coll über eine Seekarte gebeugt und diskutierten, doch gingen ihre Stimmen im Flattern der Segel und im Knarren der Takelage, die sich ständig bewegte und dem Wind anpasste, unter. Es hatte aufgehört zu regnen, und der Piratenstrom leuchtete in der Sonne wie flüssiges Gold.

Doch der faszinierende Anblick konnte Marrill nicht von ihren Gedanken an zu Hause ablenken. Heimweh schnürte ihr die Brust zusammen, und ihre Kehle brannte. Unaufhörlich stellte sie sich vor, wie ihre Eltern im Wohnzimmer auf und ab gingen und auf sie warteten. Wann würden sie merken, dass sie nicht mehr nach Hause kam, und die Hoffnung aufgeben?

Sie sah ihren Vater aufgeregt von Haus zu Haus eilen, so wie er damals in Alaska von Zelt zu Zelt geeilt war, als sie zu lange beim Beerenpflücken geblieben war.

Ihre Eltern liebten sie, und jetzt, wo ihre Mutter wieder krank war, brauchten sie sie.

Und sie war nicht da.

Sie starrte auf das Kielwasser der *Krake* hinunter, und ihre Augen füllten sich mit Tränen. Sie konnte nur noch daran denken, wie mager ihre Mutter ausgesehen hatte. Bestimmt konnte sie heute Nacht, aber auch morgen Nacht und in den folgenden Nächten nicht schlafen, weil ihr Kind verschwunden war.

Sie musste unbedingt einen Weg nach Hause finden, und sie musste den zauberkundigen Ardent mitnehmen, damit er ihre Mutter heilen konnte. Sie durfte ihre Mutter nicht im Stich lassen.

So sehr wühlten diese Gedanken sie auf, dass sie erschrocken zusammenzuckte und aufschrie, als etwas sie an der Wade kitzelte. Sie blickte nach unten. Karnelius wand sich in einer Acht um ihre Beine. Genau ihn brauchte sie jetzt. Marrill hob ihn lächelnd auf, drückte ihr Gesicht in sein Fell und hörte ihn schnurren. Ihren besten Freund. »Tut mir leid, dass ich uns das eingebrockt habe, Karni«, flüsterte sie.

Sie hörte jemand kommen und hob den Kopf. Coll lehnte sich neben ihr an die Reling und blickte zum Horizont. Er schien hier alles zu kennen, obwohl er nicht älter sein konnte als sechzehn.

»Du kannst Ardent vertrauen«, sagte er. »Wenn er sagt, dass er dich nach Hause bringt, dann tut er das auch. Er scheint Leute, die ihn brauchen, irgendwie anzuziehen.« Coll fuhr abwesend über ein zweites Tattoo an seinem linken Handgelenk, das ebenfalls ein verknotetes Tau zeigte.

Er klang so überzeugt, dass Marrill ihm unwillkürlich glaubte, vielleicht auch nur, weil sie ihm glauben wollte. »Danke«, sagte sie leise. »Seid ihr deshalb zusammen? Weil er dir bei etwas geholfen hat?«

Coll lachte rau. »Könnte man so sagen, ja.«

Marrill wartete darauf, dass er ihr das näher erklärte, aber er schwieg. »Seit wann kennst du Ardent?«

Er sah sie mit hochgezogenen Augenbrauen an. »Das erzähle ich dir ein anderes Mal.« Er hielt sich an der Reling fest, lehnte sich zurück und streckte sich. Wie Karnelius, dachte Marrill.

Verwundert betrachtete sie seine rechte Hand und dann stirnrunzelnd sein linkes Handgelenk. »Ich könnte schwören, dass du vorhin auch an der rechten Hand ein Tattoo hattest, genau das gleiche wie an der linken, nur um die Fingerknöchel geschlungen.«

Coll streckte die Finger. »Kann gut sein.«

Marrill verdrehte ungeduldig die Augen. »Kann gut sein? Das verstehe ich nicht.«

Coll grinste. »Willkommen auf dem Piratenstrom. Wenn du alles verstehen willst, bist du hier falsch.«

»Danke, das habe ich schon kapiert, als aus meinem Handgelenk Federn gewachsen sind und ein Zauberer mir dieses magische Schiff gezeigt hat«, sagte Marrill gekränkt.

»Das Schiff hatte keine magische Kraft«, verbesserte Coll, »nur bestimmte Dinge darauf.« Er machte eine Pause. »Ich kann mir vorstellen, dass dich das verwirrt.«

Karnelius wurde unruhig, und Marrill verlagerte sein Gewicht auf ihren Armen. »Wie ist das mit deinem Tattoo?«

Sie blickten beide auf Colls Handgelenk. Das Tattoo schien seine Lage verändert zu haben, und der Knoten sah noch verschlungener aus als zuvor. Mit großen Augen starrte Marrill es an. So etwas hatte sie noch nicht erlebt. Karnelius' Schwanz begann aufgeregt zu zucken, und sie strich ihm abwesend mit der Hand über den Rücken, um ihn zu beruhigen.

Coll hob eine Schulter. »Es bewegt sich je nach unserer Position auf dem Strom. Das hilft beim Navigieren. Jetzt zum Beispiel nähern wir uns gerade Khaznot Quay.«

Im selben Augenblick sprang Karnelius ihr aus den Armen und krallte sich an ihrer Schulter fest, als wollte er über Bord springen. Marrill hakte einen Finger in seinem Halsband ein und blickte nach unten. Was hatte ihn so erregt?

Tief unter ihr schwamm ein Fetzen Papier auf dem Wasser, auf das ein Stern gezeichnet war. Unsicher, ob sie ihren Augen trauen durfte, kniff Marill sie zusammen.

»Die Karte«, flüsterte sie ungläubig. »Sieh doch! Es

ist die …« Sie suchte krampfhaft nach dem Wort, das Ardent verwendet hatte. »Die Windrose!«, rief sie und zeigte darauf. Doch schon im nächsten Moment erfasste ein Strudel das Papier und trug es vom Schiff weg auf ein großes, hässliches Schild zu. Marrill hätte schwören können, dass dieses Schild eben noch nicht da gewesen war.

Es war rostig und wurde von einer riesigen Hand mit schwarzen, abgebrochenen Fingernägeln gehalten. In weißen Buchstaben waren folgende Worte eingekratzt:

Das Wasser um das Schild war ölig glatt und glänzte nicht mehr golden, sondern bräunlich rot. Die Oberfläche schillerte in allen Regenbogenfarben, und Marrill fühlte sich an die Pfützen auf dem Asphalt nach einem sommerlichen Regenschauer erinnert. Der Himmel darüber wirkte ähnlich schmutzig, und ein Gestank nach alten, in ranzige Milch getauchten Socken lag in der Luft. Marrill rümpfte die Nase, und ihr wurde ein wenig flau im Magen.

Vor ihren Augen flog eine Möwe tief über dem Wasser und stieß einen markerschütternden heiseren Schrei aus. Marill schloss die Augen und schüttelte sich, um das Schwindelgefühl loszuwerden, das sie erfasst hatte.

Als sie die Augen wieder öffnete, war das Papier verschwunden. »Es ist weg«, stotterte sie aufgeregt. Sie waren ihm so nahe gewesen, aber jetzt … wenn es nun untergegangen war?

Ardent trat lächelnd neben sie und zeigte an ihr vorbei. »Immer mit der Ruhe«, sagte er mit listig funkelnden Augen. »Es sieht für dich vielleicht so aus, als sei die Karte verschwunden, aber in Wirklichkeit hat sie nur den tiefen Strom verlassen und ist in die Bucht getrieben. Die Bucht von …« Er zeigte auf das rostige Schild, an dem sie gerade vorbeifuhren.

»Khaznot Quay!« Auf seinen Wink tauchten in einem Hufeisen um sie herum Formen aus dem Wasser auf. Docks und Kais streckten sich ihnen entgegen, und dahinter wuchs ein Berg steil in den Himmel. An seinen Hängen drängte sich ein Gewimmel baufälliger Häuser, die übereinanderzufallen schienen, als hätte ein Erdrutsch sie zusammengeschoben. Ein Turm, der auf Ziegeln stand, hing gefährlich schief über einer steinernen Wand. Reihen provisorischer Häuser aus Holz und Putz bildeten eine Zickzackreihe hinunter ins Tal.

Als hätte ein Riese einen Eimer Legosteine einen Berg hinuntergekippt, dachte Marrill. Und dann jahrhundertelang ohne jede Rücksicht auf Lage und Aussehen immer wieder neue Legosteine auf die alten gedrückt. Jeder Quadratzentimeter Boden, den sie zwischen den Felsen sah, war von maroden Gebäuden bedeckt.

Karnelius rannte fauchend zur Luke, und Marrill trat benommen von der Reling zurück. Immer wenn sie glaubte, ein wenig besser zu verstehen, was Magie bedeutete, passierte etwas, das ihre Theorien wieder über den Haufen warf. »Ist das alles jetzt aus dem Nichts aufgetaucht?«

Ardent kicherte. »Das wäre wirklich eine Meisterleistung, ein geniales Kunststück. Aber nein, meine Liebe, die Stadt ist nicht aus dem Nichts aufgetaucht, sie steht schon immer hier. *Wir* kommen aus dem Nichts.«

Marrill dachte an den Parkplatz daheim in Arizona – eben noch trockene Wüste und dann Hafen für ein großes Schiff. War das alles nur eine Frage der Perspektive?

»Einige Orte sind leicht zu finden«, erklärte Ardent, der ihr die Frage offenbar am Gesicht ablas. »Sobald du nahe genug an ihnen dran bist, brauchst du nur zu winken. Andere sind versteckt und zeigen sich erst, wenn du zufällig in ihre Nähe kommst. Für wieder andere braucht man Schlüssel. Aber keine Sorge. Ich bin schon sehr lange Zauberer und fahre, wohin ich will.«

Marrill dachte über diese letzte Bemerkung nach, während sie sich der Stadt näherten. Sie wusste, dass Ardent mächtig war, wie wahrscheinlich jeder Zauberer. »Wie geht zaubern eigentlich?«, fragte sie. »Könnten Sie es mir beibringen?«

Ardent ging an der Reling auf und ab und überlegte. »Das hängt sehr vom Einzelnen ab«, sagte er schließlich. »Die Zauberei ist etwas sehr Persönliches und erfordert viel Fingerspitzengefühl. Bis so ein Zauber funktioniert, musst du jahrhundertelang viel üben und experimentieren. Ich habe das mein ganzes Leben lang getan und kann die Möglichkeiten der Magie trotzdem nur zu einem Bruchteil ausschöpfen.«

Er machte eine Pause und betrachtete Marrill eingehend. »Und was das Unterrichten angeht ... Vielleicht könnte ich dir den einen oder anderen kleinen Trick beibringen. Aber etwas wirklich Großes würde bei dir ziemlich sicher ganz anders funktionieren als bei mir. Es muss nämlich jeder eine persönliche Beziehung zur Magie aufbauen.«

»Ach so«, sagte Marrill enttäuscht. Sie überlegte kurz. »Und als Sie wussten, dass die Windrose hier auftauchen würde? War das Magie?«

Der Zauberer strahlte sie an. »Überhaupt nicht.«

»Äh ... woher ...?«

»Wir sind den Anweisungen gefolgt, die du uns gegeben hast. Gut gemacht übrigens.«

Jetzt war Marrill vollkommen durcheinander. »Aber ich habe Ihnen keine Anweisungen gegeben.«

»Aber doch. Du hast meine Frage, ob du die Windrose gesehen hättest, bejaht. Und als ich fragte, in welche Richtung sie getrieben wurde, hast du die Hand ausgestreckt. Jetzt sind wir hier! Die gute Nachricht ist, dass die Windrose inzwischen wahrscheinlich an Land gespült wurde!« Er lächelte und legte ihr die Hand auf die Schulter. Gleich fühlte Marrill sich ein wenig besser. Ardent kam ihr wie ein Großvater vor. Ihre eigenen Großeltern hatte sie kaum gekannt.

»Khaznot Quay ist ein interessanter Ort«, fuhr Ardent fort. »Du findest dort fast alles. Ich glaube, er wird dir gefallen. Dort leben jede Menge Piraten, und alle möglichen Abenteuer warten auf dich. Kleine Mädchen stehen doch auf so was, stimmt's?«

»Kleine Jungs«, verbesserte Marrill. *Wie zum Beispiel ein sehr merkwürdiger Großvater.*

»Ach so, schade …« Ardent verstummte. Etwas in der Ferne hatte seine Aufmerksamkeit erregt. Er presste die Lippen so fest aufeinander, dass sein Mund vollkommen im Vollbart verschwand.

Marrill folgte seinem Blick. In einigen hundert Metern Entfernung ging gerade ein schief im Wasser liegendes Schiff inmitten weiß schäumender Wasserstrudel unter. Ein solches Schiff hatte sie noch nie gesehen: kreisrund und mit ganz vielen, an einen Wald erinnernden Masten.

»War das ein Unfall?«, fragte sie. Als Letztes tauchte die geschnitzte Figur am Bugspriet in das Wasser ein. Sie hielt ein bronzenes Abbild der Sonne in den ausgestreckten Armen.

Die bronzene Sonne ging unter, und Ardent wandte sich ab. »Bestimmt nichts Schlimmes«, antwortete er. »So etwas passiert. Der Meeresboden ist hier buchstäblich mit Wracks übersät. Wenn Coll uns nicht so geschickt steuern würde, wären wir längst auf eins aufgelaufen.«

In diesem Augenblick rief Coll: »Wir legen an!« Die *Krake* hielt auf einen großen Kai zu, der fast so hoch war wie das Deck.

»Wir sollten nicht allzu lange bleiben«, sagte Ardent, während das Schiff seinen Ankerplatz einnahm. »Khaznot Quay ist ein gefährlicher Ort.« Er schwang sich über die Reling und sprang leichtfüßig an Land, noch bevor das Schiff ganz angehalten hatte.

Marrill blickte zu der offenen Luke zurück, durch die Karnelius verschwunden war, und verknotete unschlüssig die Finger. Karni hasste Wasser, und solange auch nur ein schmaler Spalt das Schiff vom Kai trennte, brauchte sie nicht zu befürchten, dass er sich auf eigene Faust davonmachte. Andererseits war er ihre letzte Verbindung mit zu Hause, und sie wollte ihn nur ungern allein auf dem Schiff lassen.

»Die Bilgemäuse – ich meine, die Piratten werden auf ihn aufpassen«, sagte Coll. Er sprang über die Reling und landete elegant neben Ardent. »Du gehörst jetzt zur Besatzung und stehst damit unter dem Schutz der *Krake* – sie werden nicht zulassen, dass deiner Katze etwas passiert.«

»Aber das ist ja das Problem«, erwiderte Marrill. »Karni frisst Mäuse.«

Coll lachte und hielt ihr die Hand hin. Marrill ergriff sie, und er hob sie über die Reling. »Sie sind schon mit Schlimmerem fertig geworden«, sagte er. »Na komm, holen wir uns diese Karte.«

Kapitel 13

Jemand, der sich an dich erinnert

Fin blieb vor Schreck fast das Herz stehen. Er kannte das Gesicht, kannte diese Tränen. Vor nicht einmal einer Stunde hatte das Gesicht ihn aus dem Wasserbecken des meressianischen Schiffes angeblickt. Und eine identische Statue hatte Wasser in die tödliche Falle gespuckt. Neben dem Thron im Versteck der Räuber stand hier allerdings keine Statue, sondern das Original.

Das *Orakel*, dieselbe Person, vor der die Meressianer den Schlüssel versteckt hatten.

Schwankend setzte sich die ausgemergelte Gestalt in Bewegung und trat aus dem Schatten. Tränen liefen ihr über die Wangen, und sie schnaubte und schnäuzte sich erregt. Immer wieder schluchzte sie leise auf.

»Du bist gekommen«, sagte das Orakel. »Ich wusste es.« Seine Stimme brach beim Sprechen, vor Kummer oder Lachen oder beidem. Eine schwarze Träne tropfte von seinem Kinn und landete auf dem mehlbestäubten Boden wie ein Tropfen Tinte auf Papier.

»Dann haben *Sie* den Brief geschrieben«, sagte Fin leise. »*Sie* waren das.«

»Ja«, sagte das Orakel. Leuchtend rote Lippen lächelten, doch die Mundwinkel zitterten. »Das habe ich, mein kleiner, verlorener Junge.« Neben Fin schluchzte ein Gauner und Dieb mit dem Spitznamen Dickerchen erstickt auf, im nächsten Moment begannen ein zweiter und dann ein dritter Dieb zu heulen. »Ich habe dich den Weg geführt, den du gehen musstest. Doch ich werde dich noch weiterführen.« Das Orakel hob die Hand, zeigte in die Ferne und ließ den Blick folgen.

»Zu meiner Mutter?«, fragte Fin atemlos.

Das Orakel lachte kurz auf, es hätte aber auch ein Wimmern sein können. »Welcher Mutter denn? Der echten, die du dir ausgedacht hast, oder der angeblichen, die echt ist und dich für einen Geist hält?«

Die Anspielung auf Mrs Parsnickle traf Fin wie ein Schlag, und er wich einen Schritt zurück. Sein Instinkt drängte ihn wegzulaufen. Aber seine Kehle war wie zugeschnürt, und er spürte auf einmal die ganze bleierne Last all der Jahre, die er in Vergessenheit verbracht hatte.

Das Orakel runzelte die Stirn und machte eine wegwerfende Handbewegung. »Natürlich die Erste, natürlich. Sei unbesorgt wegen der Leute im Pfützenweg. Du hast mein Wort, dass ihnen nichts passieren wird, und meine Worte offenbaren die Zukunft.«

Die Gestalt kam einen Schritt näher. Mehlstaub wirbelte um den Saum ihres schwarzen Rocks, als wagte er nicht, darauf zu landen.

Fin wollte etwas sagen und suchte nach Worten. Am Ende fiel ihm nichts Besseres ein als die Frage »Warum weinst du?«

»Ach Fin.«

Er zuckte zusammen, als er seinen Namen hörte. Seit Jahren hatter er ihn nicht mehr laut ausgesprochen gehört.

»Weißt du das nicht?« Es klang fast wie eine Entschuldigung.

Fin schüttelte den Kopf.

»Ich weine um die armen Menschen in diesem Laden.« Das Orakel machte wieder einen stockenden Schritt auf ihn zu und zeigte mit einer Hand, aus der alle Farbe gewichen war, auf die schluchzenden Diebe. Die, auf denen der blasse Finger kurz verweilte, schluchzten und würgten noch heftiger.

»Ich weine auch um mich selbst«, fuhr das Orakel fort. Wieder ein Schritt. »Und um alle Bewohner der Welt.« Es schien zu wachsen und gleichsam von überallher Kraft für seine nächsten Worte zu sammeln. »Denn die verlorene Sonne von Dzannin wird bald ihren Weg über den Himmel antreten. Und dann bescheint sie mit ihrem kalten Licht das Ende der Schöpfung!«

Noch mehr Tränen flossen und zogen zwei tiefe dunkle Rinnen durch das makellose Weiß der Wangen.

»Aber jetzt«, sagte das Orakel leise, und seine Stimme zitterte, »weine ich um dich, Fin!«

Fin verspürte tief in seinem Innern einen namenlosen Schmerz. Er verstand die Worte des Orakels nicht, aber er spürte ihre magische Wirkung. Alles in ihm krampfte sich zusammen, sein Kopf dröhnte. Die Trauer war wie eine Schlange, die ihn zu ersticken drohte.

Das Orakel strahlte eine abgrundtiefe Verzweiflung aus, mit der es seine Umgebung ansteckte. Noch nie hatte Fin einen so mächtigen Zauber erlebt.

»Was willst du?«, würgte er heraus. Der Kummer trieb ihm die Tränen in die Augen und drohte ihn zu überwältigen. Alles erschien auf einmal so hoffnungslos.

»Den Schlüssel natürlich«, antwortete das Orakel scharf. »Den Schlüssel zum Öffnen des Tors und die Karte für den Weg.« Es sah Fin an, als sei damit alles klar. Doch noch bevor er antworten konnte, hob es die Hand. »Warte«, sagte es, »ich darf nichts überstürzen.« Es schien mehr mit sich selbst zu sprechen als mit Fin. »Alles schön der Reihe nach, wie es sich gehört. Ordnung und Geduld. Zuerst den Schlüssel.« Das Orakel schüttelte den Kopf und ging noch einen Schritt auf Fin zu. Die unablässig schluchzenden Diebe rückten im Gleichschritt ebenfalls vor.

Fin hob hastig die Hand an seine Brusttasche und spürte das Gewicht des Schlüssels darin. Eine innere

Stimme warnte ihn, er dürfe den Schlüssel auf keinen Fall hergeben, das Orakel sei böse. Und wahnsinnig. Eine andere Stimme mahnte, er müsse sich an die Abmachung halten und den Schlüssel hergeben. Dann würde das Orakel ihn zu seiner Mutter führen.

»Du hast das alles in Gang gesetzt, nur um den Schlüssel zu bekommen«, sagte er. Und er dachte an das geheimnisvolle Eiserne Schiff, von dem die Piraten gesprochen hatten, ein Schiff, das die Meressianer während eines Unwetters angegriffen und gezwungen hatte, einen Hafen anzulaufen, in dem sie verwundbar waren. »Gehört das Eiserne Schiff dir?«

»Nein!«, schrie das Orakel hastig. »Nein, nein, nein!« Es fuchtelte so heftig mit den Händen, dass Fin zurückwich. »Eisen tötet Drachen, ich fliehe vor ihm! Ich fürchte das Eiserne Schiff und halte mich von ihm fern!«

Das Orakel trommelte sich mit den Fingern an die Schläfen, schüttelte den Kopf und begann, wirres Zeug zu reden. »Der Narr bleibt stehen, der Weise rettet sich. Heute weise und morgen ein Narr, das bin ich. Haltet die Ordnung ein, Reim für Reim. Feuer brennt, Angst rennt … Eisen tötet Drachen jenseits der kalten Nacht …« Es holte tief Luft und sammelte sich mühsam. »Der Prophet badet in goldener Pracht.«

Auf seine letzten Worte folgte ein Klageruf der Piraten. Das Orakel nahm Haltung an. Es schien sich wieder gefasst zu haben, aber seine Finger zitterten noch.

»Denk an mein Versprechen, Fin«, flüsterte es eindringlich. »Wenn die verlorene Sonne aufgeht, wird man sich auf ewig an dich erinnern.« Es streckte erwartungsvoll die Hand aus. »Das hier endet, wenn du mir den Schlüssel gibst.«

Fin zitterte am ganzen Leib. Die Worte des Orakels klangen so verzweifelt und trafen ihn mit geradezu körperlicher Wucht. Er fühlte sich verloren, alleingelassen, hilflos. Zugleich wusste er instinktiv, dass er nicht mit dem in Erinnerung bleiben wollte, was das Orakel ihm versprach. Aber anders würde sich niemand an ihn erinnern. Warum sollte er sich also sträuben? Was für einen Zweck hatte es, überhaupt für etwas zu kämpfen?

Eine Träne hing zitternd in seinem Augenwinkel. Entschlossen griff er nach dem dicken Gegenstand unter seinem Mantel. »Dann nimm ihn«, sagte er.

Kapitel 14

Abenteuer in Khaznot Quay

Am Ende des Kais ging Marrill langsamer neben Coll und Ardent. Sie war in mehr ausländischen Städten gewesen, als sie zählen konnte, doch keine hatte ausgesehen wie Khaznot Quay. Ein Häusergewimmel säumte den Hafen, und dahinter schnitten Straßen willkürlich durch das Häusermeer, als hätte ein Forscher Schneisen durch einen Dschungel geschlagen.

Ein heftiger Wind fuhr in Böen vom Berggipfel nieder und heulte durch die gewundenen Gassen. Auf halber Höhe der Bergflanke meinte Marrill, eine Person durch die Luft fliegen zu sehen.

Sie tauchten in die Menge ein, die die Straßen bevölkerte. Überall waren Menschen und Wesen, die zwar wie Menschen aussahen, aber offensichtlich doch keine waren, und Wesen, die nicht wie Menschen aussahen, aber trotzdem auf zwei Beinen gingen und redeten und Kleider trugen. Eins davon streifte sie im Vorbeigehen, eine vornübergebeugte Frau mit Augen aus schwarzen Kristallen und einem vogelähnlichen Schnabel. Die Frau gab einen unwirschen, trillernden Laut von sich und schubste Marrill zur Seite. »Entschuldigung!«, stotterte Marrill, aber die Vogelfrau war schon weitergegangen.

Coll wollte einige Ausrüstungsgegenstände kaufen, die er für das Schiff benötigte, und bog zur Seite ab. Marrill sah ihm nach. Er war sofort in der Menge verschwunden. »Für einen Kapitän ist er wirklich noch sehr jung«, sagte sie.

»Er ist der beste Kapitän des Piratenstroms«, bemerkte Ardent und hob die Schultern. Dann wechselte er das Thema. »Eins musst du über Khaznot Quay wissen: Hier lauern viele Gefahren. Es wimmelt von Dieben, Piraten, Halsabschneidern und noch schlimmerem Gesindel, also bleib in meiner Nähe.«

Marrill schluckte und setzte ein tapferes Gesicht auf, ging aber so dicht hinter dem Zauberer her, dass sie ihn jederzeit an seinem purpurroten Rock fassen konnte.

»Außerdem weht hier manchmal ein heftiger Wind«, fuhr Ardent in seiner Belehrung fort. »Wenn du hörst oder spürst, dass eine Bö im Anmarsch ist, halte dich dort fest.« Er zeigte auf die langen Ketten, die am Straßenrand befestigt waren. »Es ist die beste Art, Einheimische kennenzulernen, und man verhindert, dass man in die Luft gewirbelt wird und anschließend in den Tod stürzt.«

Marrill sah ihn erschrocken an, aber Ardent strich ihr nur über den Kopf. »Keine Sorge. Die kleinen Gassen sind die schlimmsten, und von denen halten wir uns fern. Wenigstens geht es hier nicht so schlimm zu wie in den Gassen von Schlürfstadt. Wirklich eklige Biester, diese Schlürfmonster. Ich habe mal erlebt, wie ein Mann, der einem vorbeifahrenden Fuhrwerk auswich, von einem verschlungen wurde, mitsamt Brille und allem.« Ardent schüttelte sich. »Die Brille hat man später natürlich gefunden.«

Marrill war entsetzt.

»Nur für den Fall, dass wir uns verlieren, schlage ich vor, dass wir uns auf der *Krake* treffen«, fügte der Zauberer rasch hinzu.

Marrill spürte einen dicken Kloß im Hals. Tapfer schluckte sie ihn hinunter und nickte. Ich hätte bei Karnelius bleiben sollen, dachte sie.

Zum Glück leuchtete der Zipfel von Ardents alberner roter Mütze aus der Menge heraus, so konnte sie ihm leicht folgen. Unterwegs hielten sie unablässig nach der Karte Ausschau. Zwischen einer Straße und einer gefährlichen Gasse zu unterscheiden, setzte offenbar einiges Wissen voraus. Denn alle Wege waren gleich voll und schmutzig und von zwielichtigem Gesindel bevölkert.

Marrills Kopf brummte von allem, was sie sah – und roch. In Lücken zwischen den Häusern standen Buden aller möglichen Formen und Größen. Davor gingen

Verkäufer auf und ab und boten ihre Waren feil: Kerzen, die nach Sommer und aufgeschürften Knien dufteten, aus Schnee geflochtene Körbe und silberne Amulette, die ohrenbetäubend laut kreischten, wenn man an ihnen vorbeiging.

Marrill war so abgelenkt von all den Eindrücken, dass sie den zerknitterten Fetzen, der sich im Rinnstein hinter einer Reihe von Verkaufsständen verfangen hatte, fast übersehen hätte. Im letzten Moment fiel ihr im Vorbeigehen der vertraute gezackte Stern ins Auge. Die Windrose!

»Ardent!«, rief sie. Doch der Zauberer hörte sie im Lärm nicht und ging weiter. Marrill blickte zwischen ihm und dem Rinnstein hin und her. Sie wollte weder den Zauberer noch die Karte aus den Augen verlieren.

Dann entschied sie sich für die Karte. Den Zauberer würde sie anhand seiner roten Mütze wiederfinden. Sie schlüpfte zwischen zwei Ständen hindurch.

Ein mageres Männchen mit einem zottigen Bart trat ihr in den Weg. »He, du!«, zischte es und hielt ihr ein schmutziges, mit kleinen, orangeroten Kugeln gefülltes Tuch hin. »Jemand wie du mag doch sicher Trolleier, was?« In den Kugeln zappelte etwas Dunkles.

Marrill starrte sie noch voller Ekel an, da drängte sich schon eine stämmige Frau mit dicken, behaarten Armen zwischen sie. Ob die Hörner an ihren Schläfen echt waren? »Lass dich nicht von dem übers Ohr hauen«, sagte sie und drohte dem Männchen mit dem

Finger. »›Eier rot, demnächst tot‹, das wissen wir alle, nicht wahr, Schätzchen?«

Ein unbehaglicher Schauder überlief Marrill. Sie warf einen Blick auf die Windrose, die immer noch im Rinnstein lag. Doch als sie höflich um die Frau herumgehen wollte, vertrat die ihr gleich wieder den Weg.

»Ein Mädchen ...« Die Frau blickte kurz nach rechts und links und fuhr dann fort. »Nein, eine Dame wie du hat einen anspruchsvollen Geschmack, das habe ich sofort gespürt. Du willst natürlich etwas mit Niveau, und ich habe genau das Richtige für dich.«

»Tut mir leid, aber ...« Marrill schrie auf, eine Hand hatte sie mit eisernem Griff am Oberarm gepackt. Sie wollte sich losmachen, aber vergeblich. Die Frau zog sie um eine Ecke, von der Windrose weg und leider auch von der auf und ab hüpfenden roten Mütze, die sich zusehends von Marrill entfernte.

Die Frau schob Marrill in eine enge Gasse und versperrte mit ihrem fülligen Leib den einzigen Ausgang. Erschrocken wollte Marrill sich an ihr vorbeidrücken, aber die Frau wich nicht zur Seite, sondern schob sie unbeirrt weiter.

»Kennst du von Gluckersirenen gewebte Meerseide?«, fragte sie. »Wickel dir ein Kopftuch von denen um den Kopf, und du kannst jeden Mann haben. Bevor du A sagen kannst, kniet er schon vor dir und tut alles, was du willst.«

Sie beugte sich kurzatmig vor. »Vertrau mir«, flüsterte sie heiser. »Ich bin mit fünfzehn Männern verheiratet und will sie auch alle behalten.«

»Aha«, stotterte Marrill. Eine Frau mit Hörnern durfte man wohl nicht verärgern. »Das ist schön, aber ...«

»Nimm das.« Die Frau drückte ihr etwas in die Hände und klatschte zweimal. »Abgemacht!«, sagte sie. »Jetzt kannst du es mir nicht mehr zurückgeben! Was gibst du mir dafür? Die Gassen-Sally verlangt nur einen fairen Preis, alle sagen das.«

Marrill sah sie mit aufgerissenen Augen an. »Ich habe leider kein Geld«, gestand sie ängstlich.

Die Frau trat dicht vor sie und drückte sie gegen eine schmierige Mauer. Marrill zuckte zusammen, den Blick wie gebannt auf die Hörner der Frau gerichtet.

»Noch neu hier, was?« Die Frau lachte. »Hier wird getauscht, Schätzchen. Und etwas zu tauschen hat man immer dabei.« Sie hielt plötzlich ein Messer in der Hand, das noch viel gefährlicher aussah als ihre Hörner. Marrill hielt die Luft an. Gleich würde sie losschreien.

»Du solltest dein Gesicht sehen, Schätzchen.« Die Frau schnalzte mit der Zunge und streckte die Hand nach Marrills Kopf aus. Sie bewegte sich schneller, als Marrill ihr zugetraut hätte. Blitzschnell hatte sie eine dicke Strähne aus Marrills Pferdeschwanz gezogen. »Schön wie die Mitternacht«, gurrte sie. Marrill spürte, wie etwas an ihrer Kopfhaut zog, und *schnipp!* Sie bekam einen Stoß und stand wieder auf der größeren Straße. In den Fingern hielt sie ein schmutziges Stück Stoff.

Sie stopfte es in die Hosentasche und atmete tief die frische Luft ein. Anschließend musste sie würgen, weil die Luft doch nicht so frisch war. Sie drehte sich nach dem Rinnstein um, in dem die Karte eben noch gelegen hatte, doch sie war weg. Die Windrose war verschwunden. Schon wieder, dachte Marrill. Und auch von Ardent war nichts zu sehen. Ein mulmiges Gefühl beschlich sie, das stärker wurde, als ihr Blick noch einmal auf die Gassen-Sally fiel, die liebevoll über eine dunkle Haarsträhne strich. Die Strähne, die sie Marrill abgeschnitten hatte.

Marrill war auf das Schlimmste gefasst, als sie die Hand hob und sich über die Stirn fuhr. Sie zuckte zusammen. Na prima! Sie hatte die Windrose aus den Augen verloren, sie hatte den Zauberer verloren, und jetzt hatte sich auch noch einen Pony. Kurze, verschieden lange Stirnfransen. Sie stöhnte. Mit einem Pony sah sie absolut schrecklich aus.

Niedergeschlagen starrte sie zum lebhaften Treiben auf der Straße. Wahrscheinlich war es am besten, zum Schiff zurückzugehen, bevor sie sich vollends verirrte. Sie hatte gerade zwei Schritte gemacht, da brummte jemand »Aufgepasst!« und stieß sie zur Seite. »Steh nicht im Weg rum, Mädchen«, rief ein anderer und stieß sie wieder zurück.

Marrill wich einem kugelförmigen, mit spitzen Stacheln bedeckten Wesen aus und hörte die Warnung des Krämers erst, als es zu spät war. Sie wirbelte herum und sah gerade noch zwei große, schwarze Augen und ein Maul voller tückischer Zähne. Dann stieß sie mit dem Karren zusammen.

Sie stürzte zu Boden und hörte Glas splittern. Plötzlich hatte sie im Mund einen Geschmack wie von einem Schuh, den man in drei Wochen alte Mayonnaise getunkt hatte. Sie schluckte aufgeregt, um ihn wieder loszuwerden.

»Nicht die Aromatropfen!«, rief der Krämer verzweifelt. Er drehte sich zu Marrill um. Die grauen Schuppen, die seinen dreieckigen Kopf bedeckten, hatten sich puterrot verfärbt, und in seinem wutverzerrten Maul erschienen zwei Reihen gefährlich spitzer Zähne.

Hastig rappelte Marrill sich auf und ergriff die Flucht. Diesmal machten die Passanten ihr bereitwillig und mit gerümpften Nasen Platz. Offenbar stank sie so scheußlich, wie man nur stinken konnte. Blindlings rannte sie immer weiter, nur um sich so weit wie möglich von dem Krämer mit seinen Haifischzähnen zu entfernen.

Als sie schließlich anhielt, stand sie mitten auf einem Marktplatz. Sie wusste nicht mehr, aus welcher Richtung sie gekommen war. Nichts kam ihr bekannt vor, kein Gebäude, kein Geruch und kein Geräusch. Sie sah Karren, die mit merkwürdigen Fleischstücken und Gemüse, das Augen hatte, beladen waren. Männer verständigten sich mit Worten, die sie nie gehört hatte. Selbst die Farben kamen ihr anders vor: Das Rosa wirkte unnatürlich orange, das Lila leuchtete so blau, dass es in den Augen weh tat.

Noch nie in ihrem Leben hatte sie sich so allein und verlassen gefühlt, bei keinem Abenteuer mit ihren Eltern, nicht einmal damals, als sie vor dem neuen Haus in der Wüste zum ersten Mal aus dem Auto gestiegen war. In Arizona hätte es wenigstens ein Telefon gegeben, und sie hätte zu Hause anrufen oder den Notruf wählen können.

Hier dagegen ... Wohin sie auch blickte, überall sah sie Messer in Gürteln stecken und Dolche, die an Waden festgeschnallt waren. Selbst die Ohrringe der Frauen wirkten scharfkantig und gefährlich. Marrill biss sich auf die Lippen, um ihr Zittern zu unterdrücken.

Panik drohte sie zu überwältigen, da fiel ihr Blick auf ein zerknittertes Stück Papier, das vom Wind getrieben über die Straße und anschließend in eine schmale Gasse flatterte. Sie kannte es inzwischen gut: die Windrose!

Marrill rannte ihm nach, und der Wind blies ihr die kurzen Fransen aus der Stirn. An einer Stelle waren zwei Häuser so weit nach vorn geneigt, dass sie sich seitlich hindurchzwängen musste. Das Papier klebte an einer schmutzigen Mauer und leuchtete durch das Dämmerlicht.

Geduckt schlich Marrill sich an, wie Karnelius es getan hätte, und öffnete ganz langsam die Finger, um das Papier zu packen.

Doch als sie sich dem Blatt so weit genähert hatte, dass sie sich hätte darauf stürzen können, hörte sie hinter sich ein Brausen. Zu spät begriff sie, was den Lärm verursachte: der Wind. Lauter als jeder Wind, den sie bisher gehört hatte, fuhr er durch die Gasse.

Sie streckte die Hand aus. Der Wind wurde immer stärker. Sie schloss die Finger um das Blatt. Geschafft!

Doch dann wurde sie plötzlich vom Boden gerissen und stieg in die Luft auf. Mit der freien Hand streifte Marrill die Mauer. Vergeblich versuchte sie, sich daran festzuhalten. Dann streifte sie noch kurz das Dach, danach spürte sie um sich nur noch Luft.

Sie flog!

Der Wind trug sie immer höher, und sie überschlug sich. Unter ihr zogen Straßen und Häuser vorbei. Ein Kribbeln erfüllte sie. Sie flog immer weiter. Alles fühlte sich genauso an wie in ihren Träumen – der Wind in den Haaren und die Purzelbäume und Schlenker in der Luft. Sie stieß einen Juchzer aus und bewegte die Arme, als würde sie schwimmen.

Einen wunderbaren Moment lang schlug ihr das Herz vor Begeisterung bis zum Hals, doch nur einen Moment lang. Denn sie konnte den Flug nicht steuern. Und eine hohe und sehr massive steinerne Mauer raste geradewegs auf sie zu.

Kapitel 15

Jetzt musst du rennen

Verzweiflung breitete sich in Fin aus wie ein Wassertropfen auf Löschpapier. Es war aussichtslos, er würde für immer allein bleiben. Es hatte keinen Zweck, zu kämpfen. Er griff in seine Jacke und schloss die Finger um den rubinroten Schlüssel.

Dann hielt er inne – er kannte dieses Gefühl. Er hatte es immer, wenn er hinter dem Schatten eines anderen Jungen her eine Mauer hinaufkletterte und inständig hoffte, der andere würde anhalten und auf ihn warten. Oder wenn er sich wieder einmal dem Piratenkönig vorstellte, als wäre er ihm noch nie begegnet. Erst heute Morgen hatte er dieses Gefühl gehabt, als Mrs Parsnickle ihn verwirrt angesehen und gefragt hatte, ob sie ihn kennen würde.

Wie oft hatte er schon erfahren müssen, dass er auf dieser Welt allein war? Dass niemand ihm helfen konnte, dass niemand je für ihn da sein würde? Allabendlich kurz vor dem Einschlafen, wenn er die

Augen schloss, stellte er sich vor, wie es wäre, wenn er seine Mutter finden würde oder wüsste, woher er stammte, oder wenn er morgens nach unten käme und von den Parsnickles hochgehoben und herumgewirbelt würde wie andere Kinder in normalen Familien.

Seine Verzweiflung war nicht neu. Täglich überfiel ihn die Angst, dass sich nie etwas ändern würde, und täglich besiegte er diese Angst aufs Neue. Immer wieder hatte er die Zähne zusammengebissen, und das würde er auch diesmal tun und jeden weiteren Tag, so lange, bis er seine Mutter gefunden hatte. Dann würde er endlich ein ganz normales Kind sein. Alles andere war unvorstellbar.

Und tief im Innern wusste Fin, dass er seine Mutter nicht finden würde, wenn er hier bei diesem Verrückten blieb. Er wäre nur auf alle Ewigkeit mit Weinen beschäftigt.

Denn genau das wollte das Orakel doch! Das Orakel war die Ursache all der Tränen, es setzte die Gefühle frei, die Fin sonst verdrängte. Es hatte mit ihm dasselbe angestellt wie mit den Dieben. Hier wirkte ein Zauber, wie er noch keinen erlebt hatte.

Fin schüttelte den Kopf und zog die Hand von der Tasche mit dem Schlüssel zurück. Hatte er dem weinenden Orakel soeben wirklich den Schlüssel geben wollen? Und was hätte das Orakel dann getan?

»Du hilfst mir ja doch nicht, meine Mutter zu finden«, sagte er entschlossen.

Er sah sich um. Die Diebe hatten ihre Messer gezückt und machten alle im selben Moment einen Schritt auf ihn zu.

»Jetzt musst du rennen«, sagte das Orakel.

Adrenalin durchströmte Fin, fegte die letzten Spuren der Trauer weg, die ihn so fest im Griff gehabt hatte, und er konnte wieder klar denken. Er musste von hier verschwinden, und zwar schnell.

»Das brauchst du mir nicht zweimal zu sagen!«, rief er und rannte zur Tür.

Als er schon fast an der Treppe angelangt war, kamen ihm Ad und Tad entgegen und versperrten den Eingang zum Ofen. Tad legte einen Schalter um, und Flammen züngelten aus dem Boden. Die Hitze schlug Fin ins Gesicht, er sprang erschrocken in den Saal zurück.

Die Aufmerksamkeit sämtlicher Diebe war jetzt auf ihn gerichtet – ausgerechnet der Leute, die er am ehesten für eine Art Freunde gehalten hatte. So sehr hatte er sich immer gewünscht, sie hätten ihn wahrgenommen. Jetzt sahen sie ihn an, und er wünschte sich mehr als alles andere, sie würden es nicht tun.

Der Größte von ihnen, ein vornübergebeugter Koloss aus Muskeln und weißen Haaren, den Fin als Watte-Ratte kannte, griff zuerst an. Fin wich dem Dolch aus, der seinen Hals hätte treffen sollen, und rannte um den breiten Rücken von Watte herum. Ein zweiter Dieb sprang dazwischen und schnitt Fin mit seinem Messer in die Schulter.

Fin schrie auf, hielt sich die Schulter und rollte über den Boden. Mit einem kurzen Blick vergewisserte er sich, dass die Wunde nicht tief war. Wären die Diebe nicht wegen ihrer Tränen so langsam gewesen, dann hätte das jetzt sein Ende bedeutet.

Er rannte ziellos in die eine und dann in die andere Richtung. Wie in jedem guten Diebesversteck wimmelte es in der Pastetenbäckerei von Geheimtüren, hohlen Säulen und versteckten Ausgängen. Doch überall standen weinende Diebe davor, gegen die er keine Chance hatte.

»Gib auf, Kleiner, du hast verloren«, rief das Orakel über dem lauten Schluchzen der Diebe. »Überlasse dich deinem Kummer und weine mit mir.«

»Nein danke!«, rief Fin zurück. Ein Ausgang war noch übrig, ein einziger Ausgang, dem sich kein Dieb zu nähern wagte – der letzte und beste Fluchtweg, reserviert für Stavik höchstpersönlich. In dem Kamin, der sich an der Rückwand des Raums über einem glimmenden Feuer öffnete, führte eine versteckte Leiter zum Dach. Sie war jetzt seine einzige Fluchtmöglichkeit, und die musste er ergreifen.

Finn gab sich nicht länger mit Ausweichmanövern und Tricks ab, sondern zog den Kopf ein und rannte los. Als jüngster Dieb hatte er unter anderem den Vorteil, dass er aufgrund seiner geringen Körpergröße zwischen den Beinen der anderen hindurchschlüpfen konnte, ohne langsamer rennen zu müssen.

Das einzige Problem auf dem Weg zu Staviks Privatausgang war Stavik selbst, wie Fin zu spät erkannte. Er rannte geradewegs in ihn hinein. Arme schlossen sich wie ein Schraubstock um ihn und hoben ihn hoch, bis sein Gesicht auf derselben Höhe war wie das des Piratenkönigs. Sie sahen sich an. Staviks Augen waren vom Weinen gerötet, und die lange Narbe auf seiner Wange leuchtete dunkelrot.

»Tut mir ja so leid, Kamerad«, flüsterte Stavik ihm ins Ohr.

»Mir auch«, seufzte Fin, und schon traten ihm selbst Tränen in die Augen. Stavik klang fast so, als erinnerte er sich an ihn, aber das lag vermutlich an dem Zauber – dem bösen Zauber –, in dem die Piraten gefangen waren.

Er stieß dem Piratenkönig mit aller Kraft das Knie zwischen die Beine.

»Au!«, keuchte Stavik und ließ ihn fallen. Fin sprang über den zusammengekrümmten Piraten und stieß ihn mit einem Tritt in den Rücken in Richtung des Orakels. Der Pirat ging zu Boden und riss einige Diebe gleich mit.

Das Orakel trat zwar rasch zurück, aber einige Diebe bekamen im Fallen noch sein Gewand zu fassen. Sie heulten auf, kaum dass sie den schwarzen Stoff berührten, gingen zu Boden und hielten sich die blauen, froststarren Hände.

Das Orakel folgte Fin mit seinen toten Augen. »Ich

kenne dich, Fin«, ächzte es. »Denk dran. Ich versichere dir, ich werde dich nicht vergessen.«

Fin, der schon fast bei dem glimmenden Feuer angelangt war, zögerte plötzlich. Wenn das Orakel nun tatsächlich wusste, wo seine Mutter war? Wenn er hiermit die einzige Chance ausschlug, sie je zu finden? Wenn sich niemand anderes mehr je an ihn erinnern würde?

Er verdrängte die tiefe Angst und zwang sich zum Weitergehen. Sein Beschluss war gefasst, und wenn er den Piraten der Pastetenbäckerei entkommen wollte, musste er sich beeilen. Er flog die Kaminleiter förmlich hinauf, ohne darauf zu achten, ob ihm jemand folgte.

Ruß und der Gestank von hundert alten Feuern hafteten an ihm, als er oben aus dem Kamin kletterte. Heulend fuhr der Wind über ihn hinweg. Fin rannte zum Dachrand und kam schlitternd zum Stehen. Bei einem Sprung aus dieser Höhe konnte er sich die Beine brechen oder, noch schlimmer, vom Wind erfasst und weggeweht werden.

Unter anderen Umständen wäre er lieber mit dem Wind geflogen, als zu Fuß zu gehen, aber nicht hier. Der Wind blies direkt gegen die Felswand und wurde von ihr zurückgeworfen. Der dadurch entstehende Wirbel hatte schon öfter Kinder gegen die Felswand geschleudert. Wenn man es ganz geschickt anstellte, konnte man ihn vielleicht überlisten, etwa mit genügend Schwung.

Aber den hatte Fin nicht, und ohne Schwung würde die Felswand ihm alle Knochen brechen.

Er schluckte. Es musste noch eine andere Möglichkeit geben, von hier wegzukommen, von der Stavik ihm nichts gesagt hatte. Er war auf allen Seiten von hohen Felswänden und Gebäuden eingeschlossen, auf die er nicht springen konnte. Der Kamin der Diebe lag hinter ihm. Wenn er sich dem Wind überließ, würde der ihn gegen den Felsen schleudern. Wenn er sprang, brach er sich die Beine. Insgesamt keine guten Aussichten.

Brausend kündigte sich die nächste Bö an. Auf das Schlimmste gefasst, nahm Fin seinen ganzen Mut zusammen. Er musste das Risiko eingehen und darauf hoffen, dass der Wirbel ihm gnädig war.

Hinter sich hörte er Schluchzen. Eine rußige Hand streckte sich aus dem Kamin. Der erste Dieb kletterte auf das Dach und blieb kurz stehen, um sich zu orientieren.

Jetzt oder nie. Fin schloss die Augen und wartete auf die Bö.

Da tönte ein neues Geräusch durch das Brausen des Windes. Es kam allerdings nicht von der Pastetenbäckerei. Fin streckte den Kopf über den First und sah, wie die Bö eine kleine, sich überschlagende Gestalt auf ihn zutrieb.

»Pech gehabt, Leute!«, rief er den Dieben zu, die mit gezückten Dolchen auf ihn zukamen, und stieß sich vom Dach ab. Hoffentlich war sein Timing richtig gewesen. Mit der Hand bekam er etwas zu fassen. Einen Knöchel oder ein spitzes Knie? War das Krötenbutter, die da so stank?

Dann erfasste die Bö auch ihn und wirbelte ihn hoch hinauf.

Kapitel 16

Ein merkwürdiger Fremdenführer

Marrill schrie gellend und schlug wie wild um sich. Trotzdem kam die Felswand rasend schnell näher. Marrill schloss die Augen und machte sich auf den Aufprall gefasst.

Da spürte sie, wie sich ein schweres Gewicht an ihr Bein hängte und sie zur Seite riss, weg von der Felswand. Ängstlich öffnete sie ein Auge. Ein ungefähr gleichaltriger Junge hatte sie am Knöchel gepackt und sauste mit ihr durch die Luft.

»Was machst du da?«, schrie sie. Der Wind trug sie immer höher, über die Dächer der Häuser und zum Himmel hinauf.

»Dir das Leben retten!«, schrie er zurück. Schwindelerregend tief unter ihnen lagen die gewundenen Gassen von Khaznot Quay.

»Das klappt aber bisher noch nicht so gut!«

Der Wind riss sie zuerst in die eine und dann in die andere Richtung. Sie drehten sich umeinander, und

Häuser und Straßen und gezackte Felsen zogen unter ihnen vorbei. Im einen Moment war der Junge über ihr, im nächsten unter ihr. Marrill wurde übel. Fest hielt sie die Windrose umklammert.

»Ganz ruhig«, sagte der Junge. »Gib mir noch einen Augen…« Sie sackten nach unten, und Marrills Magen drückte nach oben. Der Junge nutzte die Gelegenheit, ihre Knie zu packen. Er klemmte einen Zeh in eine ihrer Taschen und zog sich an ihr hinauf wie an einer Leiter.

»Was … *mpf!* … fällt dir … *urg!* … ein?«, fragte sie empört.

»Hör auf zu strampeln!«, rief er. Sein Gesicht tauchte vor ihrem auf. Es war mit Ruß verschmiert. »Okay, geschafft!« Er blickte nach oben, und Marrill folgte seinem Beispiel. Nur dass oben nicht mehr oben war, sondern, dem Pflaster nach zu schließen, das rasend schnell näher kam, unten!

»Tu was!«, brüllte sie und klammerte sich mit den Fingern ihrer freien Hand an seine Schulter.

»Halte dich an mir fest!«, rief der Junge. »So fest du kannst!«

Der Erdboden flog ihnen entgegen, und in Marrill krampfte sich alles zusammen. Der Junge streckte die Arme aus und zog mit den Daumen an irgendetwas. Plötzlich hatte Marrill ein Gefühl, als hätte sich ihr Gehirn im Kopf umgedreht. Sie stiegen wieder auf, und diesmal war oben wirklich oben! An den Armen des

Jungen hingen Flügel aus Stoff und blähten sich im Wind.

Sie flogen, aber diesmal richtig! Genauer gesagt, glitten sie unmittelbar über den Dächern dahin, aber auch das war Fliegen!

»Wahnsinn!« Marrill lachte.

»Ist eigentlich nicht für zwei Personen gedacht!«, erwiderte der Junge. »Vorsicht, wir landen!«

Er ruckte an den Flügeln, und sie füllten sich noch einmal mit Wind. Marrill krachte mit dem Bein gegen ein Dach, und Schmerzen schossen ihr durch den Schenkel.

»Aua! Nein! Autsch!« Sie hätte nicht sagen können, welche Schreie von ihr kamen und welche von dem Jungen. Sie schrammten über die rauen Schieferplatten. »Hilfe! Nein! Aua!« Sie überschlugen sich, rollten über das Dach und wurden auseinandergerissen. Mit dem Kopf am Dachrand blieb Marrill liegen.

Vorsichtig setzte sie sich auf und tastete sich nach gebrochenen Knochen ab. An Schienbeinen und Unterarmen hatte sie sich die Haut aufgeschürft, und wo sie mit dem Schenkel gegen das Dach geschlagen war, würde sie bestimmt einen riesigen blauen Fleck bekommen. Ansonsten schien sie unverletzt. Die Karte in ihrer Hand war zwar zerknittert, schien den Absturz aber unbeschadet überstanden zu haben. Marrill seufzte erleichtert.

Der Junge hockte wenige Meter neben ihr und

stopfte die kleinen, segelähnlichen Flügel in den Saum seiner Jacke zurück. Dabei schmatzte er ein paarmal mit den Lippen und fuhr sich mit der Zunge darüber, als schmecke er etwas Saures.

Wenn er nicht gewesen wäre, wäre sie jetzt ein Fleck in Gestalt eines Mädchens an einer Felswand. »Danke«, sagte sie. Sie drehte mit den Fingern an den gezackten Fransen ihres neuen Ponys. »Dass du mich gerettet hast und so.«

Der Junge hob überrascht die Augenbrauen. »B-bitte sehr, gern geschehen.« Er klang überhaupt nicht wie der Junge, der eben noch alles unter Kontrolle gehabt hatte – obwohl *Kontrolle* vielleicht nicht das richtige Wort war. Jetzt wirkte er eher verloren und verletzlich, wie ein ausgesetztes Tier.

In Marrill regten sich ganz spezielle, bisher hauptsächlich für das Tierpflegeheim Banton Park reservierte Gefühle. Es waren Gefühle, die sie veranlasst hatten, blinde Eulen und Faultiere mit nur noch einem Finger bei sich zu Hause aufzunehmen.

Der Junge machte einen vernachlässigten Eindruck. Die Nähte seiner Hosen waren ausgefranst, und seine dicken schwarzen Haare waren von jemand geschnitten worden, der offensichtlich absolut keine Begabung dafür hatte. Kurz, er brauchte jemand, der sich um ihn kümmerte.

Da sie nicht wusste, was sie sagen sollte, sah sie sich um. Sich zu orientieren, fiel Marrill nicht schwer.

Die Küste bildete ein Hufeisen am Fuß des Berges. Ardent hatte gesagt, sie solle zum Schiff zurückkehren, wenn sie getrennt würden. Der Weg dorthin führte natürlich durch ein Labyrinth gefährlicher Gassen, und sie wusste inzwischen, dass man sich dort nicht mehr zurechtfand. Wenn sie allein loszog, würde sie mit ziemlicher Sicherheit Schwierigkeiten bekommen. Sie brauchte einen ortskundigen Führer.

»Äh, also«, sagte sie zu dem Jungen und verknotete die Finger. »Ich soll mich mit meinen Freunden drunten auf dem Schiff treffen, aber ... ich weiß nicht genau, wie ich da hinkomme. Könntest du mir vielleicht ... den Weg zeigen?«

Der Junge hob wieder die Augenbrauen. »Auf dem Schiff?« Er wiegte sich auf den Füßen vor und zurück und überlegte. Marrill hatte den Eindruck, dass er Menschen und Situationen ziemlich gut einschätzen konnte.

Dann wirkte er auf einmal überhaupt nicht mehr befangen. »Du willst zum Hafen? Ich war eigentlich in eine andere Richtung unterwegs ...« Er brach ab, und Marrill senkte enttäuscht den Blick.

»Aber«, fuhr er fort, und sie hob den Kopf. »Der Sturm ist vorbei und die Luft klar, und wir haben schönstes Spazierwetter. Bitte sehr, ich stehe zu Diensten. Meine Besorgungen und alles andere kann ich verschieben. Was ich hiermit getan habe. Ich meine, du bist jetzt fest eingeplant.«

Sie glaubte zu erraten, worauf er anspielte. »Ich habe

leider kein Geld dabei und habe auch sonst nichts, womit ich dich bezahlen könnte.«

»Ach«, sagte er mit einer wegwerfenden Handbewegung, »hier bei uns wird getauscht.«

Marrill spürte einen Knoten im Magen und zwirbelte ihre Stirnfransen. »Dann könntest du mich also ...«

Doch er schien sie nicht mehr zu hören. Er hatte den Kopf schräg gelegt, als lauschte er auf etwas in der Ferne. Marrill hörte nur den Lärm vom Marktplatz – jemand brüllte, jemand lachte, und jemand weinte. Sogar mehrere Leute weinten. Der Junge runzelte die Stirn, aber nur so kurz, dass sie es fast übersehen hätte.

Dann lächelte er. »Obwohl eine gute Tat gelegentlich selbst der Lohn ist. Verschafft Befriedigung und so.« Er sprang auf, fasste Marrill an der Hand und zog sie über das Dach.

»Ich bin übrigens Marrill«, sagte sie. Fin führte sie zu einem Fallrohr, das an der Mauer des Gebäudes befestigt war.

»Schöner Name. Pleuredianisch?«

»Äh ...« Marrill kletterte hinter ihm nach unten. »Ja?«

Der Junge sah sie verwirrt an. Sie sprang neben ihm auf den Boden.

»Ich bin Fin«, sagte er dann. »Aber jetzt erzähl von dir. Woher du kommst, wohin du willst, ob du bequem reist und so weiter.«

Er eilte ihr voraus durch die Gassen, und sie hatte

Mühe, mit ihm Schritt zu halten, und noch größere Mühe, seine vielen Fragen zu beantworten. »Ich komme aus Arizona«, sagte sie. »Und ich will auch so bald wie möglich dorthin zurück. Was hast du noch gefragt?«

»Arizona«, sagte er. »Das klingt nach einer schönen, glücklichen Gegend, in der niemand weint.«

Marrill wollte etwas erwidern, kam aber nicht dazu, denn Fin packte sie an der Hand und zog sie in ein Gewimmel von Buden und Karren.

»Erzähl mir von deinem Schiff«, fuhr er fort. Er huschte gewandt durch das Labyrinth. Marrill stellte sich nicht ganz so geschickt an. Sie trat mit dem Fuß in etwas Glitschiges und stieß unsanft gegen einen Stand mit Ledertaschen. Als sie sich danach umdrehte, schnappte ein Ranzen nach ihr.

»Es, äh … hat Segel und, äh …«

»Groß? Klein?« Er wich einer Pfütze aus. Marrill sah sie zu spät und trat mitten hinein, dass es nur so platschte. »Das kann ich schwer beurteilen«, sagte sie.

»Du könntest es mit den anderen Schiffen im Hafen vergleichen«, schlug er vor.

Marrill versuchte sich zu erinnern, was ihr allerdings schwerfiel, weil sie gleichzeitig mit Fin Schritt halten musste. Der schlüpfte mit einem Geschick, das lange Übung verriet, um Beine herum und unter Tischen hindurch und zwängte sich durch enge Spalte zwischen den Buden. Niemand schrie ihn an oder schubste ihn zur Seite oder wollte ihm Eier verkaufen. Es war, als lebte er in einer anderen Welt.

»Wahrscheinlich ist es eher größer«, überlegte Marrill. »Aber ich verstehe nichts von Schiffen. Ich wusste bis heute noch nicht einmal, dass es einen Piratenstrom gibt.«

Fin prallte seitlich gegen einen Karren. Ein hoher Stapel gelber, stacheliger Früchte kippte um, und sie rollten in alle möglichen Richtungen. »Meine Stachelmelonen!«, rief eine Marktfrau.

»Hier lang!« Fin schlüpfte in eine Gasse, die so steil abwärts führte, dass Marrill sie am liebsten im Sitzen hinuntergeklettert wäre. Fin schob sie in die Mitte dieser Gasse. Dort floss eine schleimig glänzende Flüssigkeit durch eine flache Rinne. »Stell einen Fuß nach vorn«, sagte er und zeigte es ihr.

Marrill machte es ihm nach.

»Und dann so.« Er verlagerte sein Gewicht nach hinten auf die Fersen und begann hangabwärts zu rutschen, zuerst langsam, dann immer schneller. Marrill sah ihm ängstlich hinterher, dann holte sie tief Luft und folgte ihm.

Fin hatte die Arme seitlich ausgestreckt und glitt mühelos dahin. Marrill kam sich dagegen vor wie eine neugeborene Giraffe, die erst noch lernen musste, was Beine waren und wie sie funktionierten. Sie hörte auf, ihre Stürze zu zählen, als sie bei einer zweistelligen Zahl angelangt war.

»Es ist doch bestimmt schwierig, auf einem großen Schiff einen blinden Passagier zu finden«, sagte er und bremste geschickt, bevor die Gasse an einem steilen Felshang endete. Marrill wäre fast über die Kante gerutscht. Fin packte sie im letzten Moment am Arm und zog sie in eine andere Gasse.

»Ich meine, ich stelle mir das schwierig vor«, fuhr er fort. »Aber natürlich weiß ich es nicht, ich bin ja selber mehr eine Landratte und keiner, der sich irgendwo an Bord schmuggelt. Nein, ich gehöre hierher, sage ich immer.« Er machte eine Pause und kicherte nervös. Marrill war damit beschäftigt, ihr aufgeregt hämmerndes Herz zu beruhigen – ganz bestimmt würde es heute noch irgendwann zerspringen. »Aber ich denke doch, dass es schwer ist«, sagte er. »Also, einen blinden Passagier zu fangen.«

»Keine Ahnung«, sagte Marrill und holte tief Luft. »Ich bin nicht heimlich an Bord gegangen.«

Fin blieb abrupt stehen. Am Ende der Gasse sah Marrill einen Ausschnitt der Bucht und ging darauf zu. Offenbar befanden sie sich in der Nähe des Hafens.

»Wie bist du dann überhaupt auf das Schiff gekommen?« Fin folgte ihr.

»In Arizona, auf einem Parkplatz«, sagte Marrill.

»Aufeinemparkplatz? Nie gehört.« Fin überlegte. »Liegt das in der Nähe der Langzahn-Königreiche?«

Etwas kitzelte Marrill in der Nase. »Riechst du das auch?«, fragte sie und ging schneller. *Rauch.* Sie hatte hier schon den Rauch ganz verschiedener Dinge gerochen. Von Kerzen, Fleisch, Pflanzen und Rauch, den sie nicht hatte identifizieren können. Aber diesen Geruch hier kannte sie – er kam von Holz. Wahrscheinlich Bauholz. Die Luft war auf einmal nicht mehr klar, sondern dunstig.

»Der Hafen brennt!«, brüllte jemand.

»O nein!«, schrie Marrill entsetzt und rannte los. Fin rief ihr etwas nach.

Als sie aus der Gasse kam, sah sie vor sich panische Gesichter, Menschen liefen in alle möglichen Richtungen.

Der Kai vor ihr stand lichterloh in Flammen, und auch die meisten an den Piers vertäuten Schiffe brannten. Marrill rannte darauf zu und suchte hinter der Flammenwand nach der *Krake*. Vergeblich.

Verzweifelt drängte sie sich durch die Menge. Sie wollte gar nicht daran denken, dass auch die *Krake* womöglich brannte. Ohne es zu merken, hielt sie die Luft an. Da entdeckte sie in der Menge die vertraute rote Zipfelmütze.

»Ardent!«, brüllte sie. Zu ihrer unendlichen Erleichterung drehte der Zauberer sich um. Er strahlte über das ganze Gesicht. Auch Coll, der neben ihm ging, schien froh, sie zu sehen.

»Gott sei Dank ist dir nichts passiert, meine Liebe!«, sagte Ardent. Er legte ihr die Hand auf die Schulter und lächelte. »Ich habe gesehen, wie der Wind dich erfasst hat, und wollte dir folgen, hatte dann aber den Eindruck, dass du gut selber zurechtkommst.«

Marrill sah sich um und senkte die Stimme. »Ich habe gefunden, was wir gesucht haben«, sagte sie und klopfte auf ihre Tasche.

Der Zauberer klatschte in die Hände. »Ausgezeichnete Arbeit!« Er zögerte und schmatzte mit den Lippen, als koste er die Luft. »Obwohl ich mir diese Aromatropfen an deiner Stelle erstatten lassen würde«, sagte er. »Viel zu viel Grützwürze für Krötenbutter.«

Coll legte den beiden die Hände auf den Rücken und schob sie durch die gaffende Menge. »Wir müssen uns beeilen. Unser Schiff hat schon abgelegt.« Er streckte die Hand aus. Die *Unternehmungslustige Krake* trieb hinter dem brennenden Kai in Richtung offenes Wasser. Den Anker zog sie hinter sich her.

»Aber die Flammen ...« Marrill spürte die Hitze des Feuers, das sie vom Wasser trennte. »Da kommen wir unmöglich durch!«

Ardent sah sie an. »Kannst du eislaufen?«

»Nein«, sagte sie verwirrt.

»Schade.« Er hob die Arme und wandte sich der Bucht zu. Dann streckte er die Hände aus und zog etwas zu sich her. Seine Finger zupften an unsichtbaren Fäden. Marrill spürte an den Zehen auf einmal eisige Kälte. Diese Kälte kroch ihre Beine hinauf und legte sich um ihren Körper. Verdattert stellte Marrill fest, dass ihr Atem wie im Winter in einer weißen Wolke vor ihrem Mund hing. »Aber man kann das ganz leicht lernen!«, sagte der Zauberer. Auf seinem Bart landeten einige Schneeflocken.

Er warf die Arme nach vorn. Sofort fiel die Kälte von Marrill ab, und eine dicke Reifspur legte sich über den Strand und das Wasser. Das Wasser gefror. Im nächsten Moment führte eine Brücke aus Eis vom Ufer zur *Krake*. Entgeistert starrten die Schaulustigen her. Marrill klatschte in die Hände.

»Lange hält sie wahrscheinlich nicht«, bemerkte Ardent. Sie gingen zum Ufer und betraten das Eis. Es war rutschig, aber Marrill erinnerte sich an den Trick, den Fin ihr beigebracht hatte. Sie schob einen Fuß nach vorn, balancierte auf den Fersen und fiel kein einziges Mal hin.

Fin! Sie hatte ihn einfach stehenlassen und sich gar nicht dafür bedankt, dass er sie wohlbehalten zum Hafen gebracht hatte! Sie grub die Zehen in das Eis, hielt an und drehte sich zur Stadt um. Der Rauch wurde immer dicker und behinderte die Sicht auf die Menschenmenge am Ufer. Marrill kniff die Augen zusammen.

Am Ufer bewegte sich nur eine Person. Marrill erkannte sie sofort an der Art, wie sie durch die Menge schlüpfte.

Sie formte mit den Händen einen Trichter vor dem Mund. »Fin!«, rief sie.

Der Junge wurde langsamer und blickte in ihre Richtung.

»Danke!«, brüllte sie. Sie hob die Hand und winkte. Dann drehte sie sich wieder um und schlitterte weiter in Richtung Schiff.

Links von ihr stürzte ein Pier ein, und ein Funkenregen stieg zum Himmel auf. Ardent schrie, sie solle sich beeilen, Coll kletterte bereits eine Strickleiter zum Hauptdeck hinauf. Das Feuer machte ein solches Getöse, dass sie das Schluchzen nicht hörte, das vom Ufer herüberdrang. Obwohl es immer lauter wurde.

Kapitel 17

Die Windrose

Fins Herz setzte einen Schlag aus, aber nicht nur, weil der Zauberer die Temperatur am Hafen um vierzig Grad gesenkt hatte, sondern weil Marrill ihn erkannt hatte. Ein Kribbeln überlief ihn. Sie hatte ihn in der Menge entdeckt und erkannt. Sie erinnerte sich an ihn!

Da er nicht wusste, was er tun sollte, tat er das, was er immer tat: Er versteckte sich. Er schlüpfte zwischen den Gaffern hindurch und sah sich dabei immer wieder um. Ob Marrill noch in seine Richtung blickte?

So war es. Fin sah, dass sie sorgfältig die Menge absuchte, bis sie ihn entdeckt hatte. Sie winkte, rief offenbar seinen Namen – dann schlitterte sie über das Eis in Richtung Schiff.

Sie hatte sich an ihn erinnert! Sogar seinen Namen hatte sie gerufen und ihm zugewinkt, als freue sie sich, ihn zu sehen! Etwas so Unglaubliches war ihm noch nie passiert.

Außerdem brannte der Hafen. Und ein alter Mann

hatte aus dem Nichts eine Brücke aus Eis gezaubert, und das Mädchen ging mit seinen Gefährten über die Brücke zu einem riesigen Piratenschiff. Auch das war ein Wunder. Aber vor allem hatte sie ihn erkannt! Fin machte einen kleinen Freudensprung.

Aber dann hörte er das Schluchzen, und ein kalter Schauer überlief ihn. In seiner Aufregung hatte er ganz vergessen, warum er überhaupt zum Hafen gekommen war: Er wollte sich doch als blinder Passagier an Bord des Piratenschiffes verstecken. Nur noch kurz musste er warten, bis Marrill ihn vollends vergessen hatte – denn sie würde ihn natürlich vergessen –, dann konnte er ihr folgen.

»Ist ja gut, meine Liebe«, hörte er jemand sagen. »Ich weiß, es ist schrecklich. Ganz ruhig. Niemand wurde verletzt.«

Fin drehte sich langsam um. Er wusste nicht, ob er überhaupt wissen wollte, woher das Schluchzen kam. Sein Blick fiel auf ein etwa gleichaltriges Mädchen, ein Waisenkind, das er aus der Anstalt kannte. Tränen strömten ihr in Sturzbächen über die Wangen.

»Es tut mir ja so leid«, sagte sie leise zu Fin. »So furchtbar leid.«

Fin wich einen Schritt zurück, stolperte und fiel hin. Rechts von ihm begann ebenfalls jemand zu weinen. Dann links. Auf Händen und Knien kroch er zwischen Beinen hindurch und sah sich immer wieder gehetzt in alle Richtungen um. Vor ihm begann ein Mann erstickt zu schluchzen. Hinter ihm brach jemand in Wehklagen aus, als stehe der Weltuntergang bevor.

Offenbar war das Orakel in der Nähe.

»Herrjemine, die Leute heulen sich ja zu Tode!«, rief eine Stimme erschrocken. Wohin Fin auch blickte, sah er weinende Gesichter, die seinen Blick starr erwiderten.

Hastig rappelte er sich auf. Er durfte keine Zeit verlieren, sondern musste verschwinden, sofort! Er drängte sich durch die Menge und feuerte sich selbst an: *Dort ist eine Lücke. Schieb den zur Seite. Lauf, lauf, so schnell du kannst.*

Fin ließ die Menge hinter sich und rannte auf die Brücke aus Eis zu. Das Mädchen und seine Begleiter waren bereits an Bord des Schiffes verschwunden, er konnte erkennen, wie der Junge sich an der Takelage zu schaffen machte. Doch im selben Moment, in dem er die Brücke betrat, brach er mit dem Fuß durch das Eis und tauchte spritzend in das eisige Wasser darunter ein. Das Eis schmolz bereits!

Ohne nachzudenken, wechselte er die Richtung und rannte auf einen Pier zu, an dem auch bereits die Flammen leckten. Der Rest des Kais war ein tosendes Inferno, von dem Funkenschauer zum Himmel stoben. Die vertäuten Schiffe brannten ebenfalls lichterloh. Sie waren keine Fluchtmöglichkeit mehr.

Er musste unbedingt Marrills Schiff erreichen. Keuchend rannte er den Pier entlang. Seine Gedanken rasten. Er konnte bis zum Ende des Piers laufen und versuchen, mit seinen Himmelssegeln von dort abzuheben. Feuer verursacht Wind und einen starken Auftrieb. Er konnte dabei aber selbst den Flammen zum Opfer fallen. Die einzige Alternative war, weiter draußen vom Pier zu der Brücke aus Eis hinüberzuspringen und zu hoffen, dass sie dort noch nicht so stark geschmolzen war. Falls doch, würde er ertrinken. Denn schwimmen konnte er nicht.

Fin blickte zum Ufer zurück. Die Trauernden hatten sich verteilt und versperrten sämtliche Ausgänge in die Stadt. Panik stieg in Fin auf. Wofür sollte er sich entscheiden? Eis, Feuer oder Tränen?

»Trauert nicht zu sehr um mich, Leute«, rief er. »Wenn ich weg bin, werdet ihr mich nicht vermissen.«

Er rannte den Pier hinaus. Kurz vor den Flammen hielt er an und trat an den Rand der schon verkohlten Bretter.

Die Hitze schlug ihm wie eine Wand entgegen, der Schweiß brach ihm aus, und er wich instinktiv zurück. Doch er musste schnell handeln. Der Abstand zwischen dem Pier und der schmelzenden Eisbrücke wurde immer größer. Es würde knapp werden.

Er ließ sich nach vorne fallen. Einen Moment bevor er das Gleichgewicht endgültig verlor, breitete er die Arme aus und zog an den Schnüren in seinen Ärmeln. Heiße Luft füllte seine Himmelssegel und riss ihn vom Pier. Seine Füße hoben von den Brettern ab.

Einen Moment lang streiften seine Zehen die Wasseroberfläche. Dann berührten sie das Eis. Er trat darauf und hoffte inständig, dass der Auftrieb der Segel sein Körpergewicht auffing, so dass er das Eis nicht zu sehr belastete.

Schon ächzte das Eis. »Na los, schneller«, keuchte Fin. Hinter ihm klirrte es – das Eis brach ein. Einige Trauernde waren ihm gefolgt, und es hatte unter ihrem Gewicht nachgegeben. Ihr Klagegeschrei endete in ersticktem Gurgeln. Vor ihm ragte das Schiff des Mädchens auf. Es lichtete schon den Anker.

»Auch das noch«, ächzte Fin und spürte, wie der Auftrieb in den Flügeln nachließ und seine Schritte schwerer wurden. Er sprang von einem Eisblock zum nächsten und musste jedes Mal, wenn er abrutschte und fast ins Wasser fiel, einen Aufschrei unterdrücken. Auf keinen Fall durfte die Besatzung des Schiffes ihn sehen. Wer weiß, was die mit Dieben anstellten!

Endlich hatte er das Ende der Brücke erreicht. Das Schiff hatte sich bereits ein Stück entfernt, und der schwere, wie ein Tintenfisch geformte Anker tauchte gerade aus dem Wasser auf. Fin sprang und zog mit aller Kraft an den Schnüren seiner Segel. Er prallte geradewegs gegen die dicke, tropfende Ankerkette.

Fin stöhnte laut und sackte zusammen, aber trotzdem konnte er sich noch an den glitschigen Kettengliedern festhalten. Während er mit dem Anker zum Deck aufstieg, riskierte er einen Blick zurück. Seine Verfolger lagen zappelnd in der Brandung und versuchten, sich ans Ufer zu retten.

Vorsichtig ließ er sich auf einen dicken metallenen Arm des Tintenfisch-Ankers hinunter. Das tropfende Wasser drang ihm durch Hemd und Hose.

Sie näherten sich dem Hauptdeck. Kurz vor dem schwarzen Loch, in dem die Ankerkette wenige Momente später rasselnd verschwand, konnte Fin auf die buntbemalte Scheuerleiste klettern. Von dort bekam er ein Netz aus Tauen zu fassen, das von der Reling herunterhing. Er legte den Kopf auf einen dicken, kratzigen Knoten. Tief unter ihm sah das Wasser nicht ganz so ölig aus, wie er es in Erinnerung hatte. Stattdessen schien es geradezu golden zu leuchten.

Fin schluckte. Es war so weit. Er wusste schon lange, dass es den Piratenstrom gab, und hatte Matrosen davon erzählen hören, aber selbst hatte er ihn noch nie befahren. Bis jetzt.

Sein Herz begann erwartungsvoll zu klopfen. Angst machte ihm nur die Vorstellung, er könnte in das magische Wasser hinunterfallen. *Mit Hühnern kann man nicht fahren,* lautete ein alter Spruch. Er klang nicht mehr so lustig, wenn einem dieses Schicksal selbst drohte.

Während er diesen Gedanken nachhing, hörte er vom Deck unmittelbar über sich Stimmen. Lauschend hob er den Kopf. Einzelne Wörter konnte er verstehen, aber nicht alles.

So leise wie möglich kletterte er das Netz hinauf. Die Taue vor seiner Nase stanken muffig nach Salz. »Aber warum den ganzen Hafen anzünden?«, hörte er Marrill fragen. »Warum nicht nur die Schiffe?« Nie würde er den Klang ihrer Stimme vergessen, als sie seinen Namen gerufen hatte. Er musste unwillkürlich lächeln. Das Mädchen hatte sich an ihn erinnert, wenn auch nur kurz.

»Die haben sie ja auch verbrannt«, sagte der Junge in Marrills Begleitung. »Alle bis auf die Stromklipper. Fadholz brennt nicht, zumindest nicht so schnell. Es reagiert eigentlich gar nicht. Solche Schiffe bindet man am besten los, wenn die Besatzung nicht an Bord ist, und lässt sie von der Strömung hinaustreiben.«

»Richtig.« Der alte Zauberer klang abwesend. »Wer immer den Hafen angezündet hat, wollte, dass bestimmte Leute, hinter denen er her war, nicht von hier wegkommen und dass auch niemand hier landen und sie abholen kann. Da scheint jemand eine ziemliche Wut zu haben.«

Fin schluckte. Der wütende Jemand war mit ziemlicher Sicherheit das meressianische Orakel gewesen. Und die Wut des Orakels galt vermutlich ihm.

»Aber das geht uns im Grunde nichts an«, sagte der Junge.

»Eben.« Der Zauberer nickte. »Zumal unsere wunderbare Miss Aesterwest inzwischen das erste Stück der Karte gefunden hat!«

Fin streckte sich und spähte über die Brüstung der Reling. Nur vier Schritte von ihm entfernt saß der Zauberer auf einem Hocker an einem Tisch. Marrill stand mit einer großen, orangefarbenen Katze auf dem Arm neben ihm und blickte über seine Schulter auf irgendetwas –, es lag dort auf dem Tisch. Der Junge lehnte mit verschränkten Armen an einem dicken Mast.

»Wie funktioniert sie?«, fragte Marrill und nahm die Katze anders in den Arm.

Der Zauber lehnte sich ein wenig zurück, und der Zipfel seiner roten Mütze schwang hin und her. »Gut, dass du fragst!« Er kicherte. »Pass auf!« Er berührte den Gegenstand vorsichtig mit einer Hand, während er mit der anderen durch die Luft fuhr. Marrill riss die Augen auf, und sogar der Junge beugte sich vor.

Fin konnte immer noch nichts sehen. Er kletterte etwas höher, schwang sich über die Reling und landete leise auf dem Deck. Im nächsten Moment war er hinter den Mast geschlüpft und nur noch eine Armlänge von den dreien entfernt. Der Zauberer kehrte ihm den Rücken zu.

Doch dann rutschte er ein wenig zur Seite, und Fin konnte auf den Tisch sehen. Da lag bloß ein zerrissenes Stück Papier. Es war alt und vergilbt und so zerknittert, dass es aussah, als bewege sich der Stern, der darauf gezeichnet war.

Nur dass der Stern sich tatsächlich bewegte. Er zerfiel vor Fins Augen und setzte sich zu neuen Formen zusammen. Tinte strömte über das Blatt, Linien und Spiralen überlagerten einander und verschlangen sich. Eine Art selbstzeichnendes Papier, dachte Fin. Ein origineller Zaubertrick.

Doch dann richtete die Tinte sich auf, hob von dem Blatt ab und flog durch die Luft.

Fin folgte der Tinte, sie kreiste über dem Deck. Der Stern hatte sich in eine Zeichnung verwandelt, die Zeichnung eines Vogels. Und sie lebte. Sie flog!

Auch Marrill folgte ihr mit offenem Mund. Die Katze fauchte, der Zauberer kicherte, und der Junge pfiff anerkennend. Fin konnte gerade noch einen erstaunten Ausruf unterdrücken.

»Was ist das?«, fragte Marrill. Die Zeichnung, die aussah wie die dreidimensionale Skizze einer Art Amsel, flog am Kreuzmast hinauf.

»Das, meine Liebe« – der Zauberer lachte –, »ist unser Führer zu unserem nächsten Ziel! Nur er kann uns durch dieses stürmische Gewässer an den Ort bringen, den wir jetzt ansteuern müssen. Darf ich vorstellen, Marrill? Die Überallkarte!«

Fin drückte sich an den Mast. Sie durften ihn auf keinen Fall entdecken.

»Das soll eine Landkarte sein?«, fragte der Junge.

»Ein Teil davon«, verbesserte Ardent. »Die Windrose, um ganz genau zu sein. Du kannst sie auch Rose nennen, wenn du willst. Sie wird uns den Weg zu ihrem nächsten Teil zeigen!«

»Kann sie mich nicht gleich nach Hause bringen?«, fragte Marrill.

»Dieses kleine Ding? Nein, unmöglich ... die ganze Karte bringt dich überallhin, aber dieser kleine Schnipsel nur zu einem Ziel, an dem er uns braucht. Vermutlich zum nächsten Teil der Karte.«

Fin schnappte nach Luft. Ein Karte, die einen überallhin bringen konnte? Das war bestimmt kein Zufall. Nach einem Vormittag, an dem er unzählige Male fast gestorben wäre, war er nun an Bord eines Schiffes gelandet, auf dem es eine Karte gab, mit deren Hilfe er seine Mutter finden konnte!

Kapitel 18

Der blinde Passagier

Marrill blickte immer noch atemlos nach oben, da stieß diese Rose einen Schrei aus und kam im Sturzflug heruntergeschossen. Sie umkreiste den Zauberer in einem engen Bogen und kam den Krallen von Karnelius dabei gefährlich nahe.

Die Versuchung schien übermächtig. Karnelius riss sich von Marrill los, um sich auf den Vogel zu stürzen. Rose flatterte mit ihren hingekritzelten Flügeln, verschwand hinter dem Mast und flog zwischen den Tauen hindurch steil nach oben.

Karnelius rannte, ohne zu zögern, mit gesträubtem Fell über das Deck und wollte den Mast hinaufjagen. Nur dass ihm dort jemand im Weg stand. Ein Junge, der sich dahinter versteckt hatten. Marrill riss die Augen auf.

Karnelius dagegen schlug unerschrocken seine Krallen in den Jungen und kletterte an ihm hinauf wie an einem Baum. Der Junge stöhnte auf, machte einige Stolperschritte und wollte den Kater abschütteln.

Rose schrie erneut. Auch Ardent gab einen überraschten Laut von sich, und Coll rief: »Ein blinder Passagier!«

Marrill stand mit offenem Mund da und brachte nur ein Wort heraus: »Fin?«

Der Junge sah sich aufgeregt um, als suche er nach einem Versteck. Marrill rief wieder seinen Namen. Er erstarrte. Sie ging zu ihm, und er blickte ihr mit aufgerissenen Augen entgegen.

»Der bist du doch, ja?« Marrill war erleichtert. Sie hatte sich solche Sorgen gemacht, er könnte sich in dem Feuer verletzt haben, zumal sie ihn ja gebeten hatte, sie zum Hafen zu bringen. Doch es schien ihm nichts passiert zu sein, nur die Umschläge seiner Hose waren ein wenig versengt. Und natürlich hatte er jetzt Angst, weil er erwischt worden war.

Sie wusste genau, wie ihm zumute war. Erst am Vormittag war es ihr ganz ähnlich ergangen.

Fins Blick wanderte zu Ardent und Coll und dann wieder zu Marrill. Auf seiner Stirn erschien eine Falte.

»Du, äh ...« Er räusperte sich und wirkte überhaupt nicht mehr so selbstsicher wie zuvor, als er sie durch die Straßen des Hafenviertels geführt hatte. »Du erinnerst dich an mich?«

»Überhaupt nicht, mein Junge«, antwortete Ardent.

Coll verschränkte die Arme und brummte: »Ich habe dich in meinem ganzen Leben noch nie gesehen.«

Marrill verdrehte die Augen. »Natürlich erinnere

ich mich an dich.« Sie wandte sich an ihre beiden Begleiter. »Das ist Fin. Er hat mich vor dem Sturm gerettet und mich anschließend zum Hafen zurückgebracht.«

»Aha!«, sagte Ardent. »Wir wissen das sehr zu schätzen! Und werden es auch nicht vergessen!«

Fin hustete. Es klang fast wie ein Lachen. Marrill zeigte auf ihre Gefährten. »Fin, das ist Coll, der Kapitän. Und das ist Ardent, der … äh … Zauberer.«

»Du hast vielleicht von mir gehört?« Ardent sah Fin erwartungsvoll an. Fin schüttelte den Kopf, und der Zauberer seufzte. »So viele Zauberer gibt es nun auch wieder nicht«, brummte er.

Fin steckte nervös die Hände in die Taschen, zog sie wieder heraus und sah sich dabei ständig um.

»Cooler Trick, das da«, sagte er und zeigte mit dem Kinn auf Rose, die hoch über ihnen schwebte. »Habe ich da eben etwas von einer Karte gehört? Einer Karte für überall? Die einen überall hinbringt?« Er schüttelte den Kopf. »Klingt faszinierend. Darf man mehr darüber erfahren?«

Ardent konnte einer solchen Einladung zum Vortrag nicht widerstehen. »Gut zugehört, junger Mann! Die Geschichte der Überallkarte liegt im Dunkeln. Manche sagen, sie ist genauso alt wie der Piratenstrom und genauso bedeutend.« Coll verdrehte die Augen. »Niemand weiß, wer sie geschaffen hat, und schon in den ältesten Berichten existiert sie nur in Teilen. Doch auch diese einzelnen Teile haben noch eine unvorstellbare Macht und sind immer wieder an entscheidenden Zeitwenden aufgetaucht. Es gab zum Beispiel einmal dieses Volk von überaus ehrgeizigen Laubfröschen …«

»Aha, verstehe, das klingt wirklich interessant«, fiel Fin ihm mit einem unschuldigen Lächeln ins Wort. Marrill sah ihn dankbar an. »Und wie viele Teile, sagten Sie, gibt es?«

Ardent zählte sie an den Fingern ab. »Also zuerst wäre da die Windrose, die wir ja schon haben. Dann brauchen wir natürlich das eigentliche Kartenfeld, das aus naheliegenden Gründen sehr wichtig ist. Drittens gibt es die Randlinie, wie du vielleicht weißt. Sie fasst die Karte wie ein schwarzer Rahmen ein. Die meisten halten sie für unwichtig, aber man braucht sie, um das Gebiet zu bestimmen, das man sich ansehen will, vor allem bei einer Karte für überall!«

Er kicherte, verstummte und zählte erneut mit den Fingern. Erstens, zweitens, drittens. »Richtig, drittens. Viertens gibt es den Maßstab für Entfernungen und Größenverhältnisse und was weiß ich. Dass der Maßstab wichtig ist, leuchtet dir bestimmt ein.«

Er streckte den kleinen Finger aus. »Und dann gibt es noch die Legende. Sie erklärt, was die Zeichen auf der Karte bedeuten, und erschließt einem alles, was man mit der Karte machen kann. Nur mit Hilfe der Legende werden die Geheimnisse der Karte in vollem Umfang zugänglich, das sagen übereinstimmend alle Berichte.

Also ist die Legende der wichtigste Teil, würde ich sagen. Mit Ausnahme der anderen Teile.«

Marrill sah ihn ernüchtert an. Sie mussten also erst noch vier weitere Teile finden – vier weitere Hindernisse, bis sie nach Hause zurückkehren konnte. Und Ardent hatte hundertdreißig Jahre gebraucht, um den ersten Teil zu finden, was nicht auf eine rasche Abwicklung hoffen ließ. Sie spürte wieder den bekannten Knoten im Magen. »Haben Sie eine Ahnung, wo die anderen Teile sind?«

Ardent versuchte ein beruhigendes Lächeln, aber es misslang. Coll beantwortete ihre Frage. »Keine Ahnung«, sagte er mit einem Schulterzucken. »Dazu ist der Vogel da.«

Marrill ließ sich gegen den Mast fallen und folgte mit den Augen Rose, die über ihnen kreiste und sie immer weiter auf den Strom hinausführte. Sie dachte an ihre Eltern, die zu Hause auf sie warteten. »Irgendeine Vermutung, wie lange es dauern könnte, bis wir alle gefunden haben?«

Ardent zupfte an seinem Bart. »Schätzungsweise zwischen drei Stunden und fünfhundert Jahren. Anders ausgedrückt: nein, leider nicht.«

Niedergeschlagen blickte Marrill zu Boden.

Merkwürdigerweise schien diese Aussicht Fin überhaupt nicht zu schrecken. »Na«, rief er munter, »es gibt doch nichts Schöneres als eine gemeinsame Unternehmung von Freunden, sage ich immer. Das offene Meer, gute Kameraden, keiner im Gefängnis – Herz, was willst du mehr?«

Marrill fand, dass er übertrieb, aber sein Überschwang riss sie wenigstens aus ihren trüben Gedanken an zu Hause.

»Und was für eine Mannschaft wir sind!«, fuhr er fort. »Alle ziehen an einem Strang, keiner hat böse Hintergedanken.«

Marrill kniff misstrauisch die Augen zusammen. Ihr fiel wieder ein, wie Fin sie auf dem Weg zum Hafen ausgefragt hatte. Hatte er sie nur dazu benutzt, auf die *Krake* zu gelangen? »Sagtest du nicht, du seist eine Landratte?«, fragte sie und hob die Augenbrauen.

Fin lachte nervös. »Ach so, ja …« Er verstummte, räusperte sich und sah Ardent an, dann Coll und dann wieder Marrill. »Ich bin schon manchmal eine Ratte, stimmt. Also ich … äh … wollte nur nachsehen, ob du gut an Bord gekommen bist. Das scheint der Fall zu sein, also mache ich mich mal wieder auf den Weg an Land, und ihr könnt mich vergessen.«

Er lächelte unbehaglich und begann, rückwärts über das Deck zu gehen. »Übrigens«, fuhr er fort, »ich will ja nicht vom Thema ablenken, aber … was um alles auf der Welt ist das?« Er riss den Mund überrascht auf und zeigte auf eine Stelle hinter ihnen.

Marrill fuhr in Erwartung der nächsten Katastrophe herum. Doch sie sah nur leeres Wasser.

Sie drehte sich wieder um und ließ den Blick über das

Deck wandern. Fin war verschwunden. »Wo ist er?«, fragte sie die anderen beiden.

Doch die hatten merkwürdigerweise ein Gespräch angefangen und gar nicht mitbekommen, was soeben passiert war. Coll sah sie an, als wäre sie selbst eine Fremde. »Wer?«

Marrill schnaubte ungeduldig. »Fin. Er stand eben noch neben mir.«

Ardent und Coll wechselten einen verwirrten Blick. »Finnen?« Der Zauberer schien für beide zu sprechen. »Gibt es hier Haie?«

Marrill überlegte zum zigmillionsten Mal an diesem Tag, ob sie allmählich den Verstand verlor. »Nein, der Junge, der eben noch hier stand. Der blinde Passagier. Ungefähr so groß wie ich, schwarze Haare und angesengte Hosen.«

Die beiden zuckten nur die Schultern, als könnten sie sich nicht erinnern. Aber das war doch vollkommen unmöglich! »Er hat mich zum Hafen gebracht, wisst ihr nicht mehr? Ich habe ihn euch gerade erst vorgestellt.«

Ardent schüttelte langsam den Kopf, Coll tat es ihm nach. Schwindel erfasste Marrill. »Ist das vielleicht auch ein Zaubertrick«, fragte sie hoffnungsvoll. Aber sie konnte an den Gesichtern der anderen ablesen, dass dem nicht so war. Sie sah sich um und suchte noch einmal das Deck ab. Doch Fin blieb spurlos verschwunden.

Nur Rose saß auf einem zusammengerollten Tau und putzte sich in aller Ruhe das Gefieder. Sie sah Marrill an, als könnte sie ihre Gedanken lesen, krächzte einmal scharf und stieg in die Luft auf.

Marrill marschierte zu der Taurolle, und tatsächlich, dahinter, zwischen Tau und Reling, hockte Fin. Als Marrills Schatten über ihn fiel, hob er den Kopf. Er hatte eine sorgfältig einstudierte Unschuldsmiene aufgesetzt.

»Guten Tag, fremdes Mädchen, dem ich noch nie begegnet bin«, sagte er.

»Das ist nicht witzig, Fin«, rief Marrill, die Hände in die Hüften gestützt. »Rose hat dich verraten.«

In Fins Augen schienen die verschiedensten Gefühle auf: Freude, Verwirrung und Panik. »Ich wollte doch nur ...« Er schien nach einer Entschuldigung zu suchen.

Aber Marrill wollte keine hören. Sie stupste ihn mit den Zehen an. »Die anderen sind dir nicht böse, weil du heimlich an Bord gekommen bist«, sagte sie.

Sie zog ihn hoch, doch Fin protestierte. »Sie werden sich nicht an mich erinnern, Marrill.«

Marrill rollte nur mit den Augen. »Ich habe ihn gefunden«, rief sie und schob ihn vor sich her. Er stolperte, richtete sich wieder auf und lächelte unsicher.

Coll und Ardent runzelten die Stirn. »Wer ist das?«

»Ich habe es dir gesagt«, flüsterte Fin.

Marrill stöhnte laut. »Das ist Fin! Wir haben soeben über ihn gesprochen, vor einer halben Minute. Der Junge vom Hafenviertel, der mir geholfen hat.«

Ardent trat vor, musterte Fin mit zusammengekniffenen Augen und ging zweimal um ihn herum. Dann zuckte er mit den Schultern. »Tut mir leid.« Er sah Marrill mit einem besorgten Stirnrunzeln an. »Hattest du irgendwann in letzter Zeit das Bedürfnis, alles rückwärts zu wiederholen, was jemand zu dir sagt?«

Am Vortag hätte sie das noch für die seltsamste Frage gehalten, die man ihr je gestellt hatte. Jetzt war sie sich da nicht mehr so sicher. »Nein.«

Er trat vor sie. »Oder wolltest du dreimal gackern und dann mit dem linken Auge blinzeln?«

Marrill starrte ihn entgeistert an. Okay, das war nun wirklich die seltsamste Frage aller Zeiten. Bevor sie antworten konnte, legte er ihr einen Finger an die Stirn, als wollte er ihre Temperatur fühlen. »Hm …«, brummte er. »Kommt mir nicht vor wie Zottelfieber …«

»Äh … was ist Zottelfieber?«, fragte sie.

»Das willst du nicht wissen«, sagte Fin.

»Oh, wen haben wir denn da?« Ardent runzelte die Stirn. »Sieh mal, Coll, noch ein blinder Passagier! Habe ich schon wieder vergessen, den Kielraum abzuschließen?«

Fin beugte sich zu Marrill. »Siehst du? Sie erinnern sich nicht an mich.«

»Aber du hast doch die ganze Zeit hier gestanden!«,

rief Marrill und ruderte ratlos mit den Armen. »Das ist doch absurd. Ich erinnere mich doch auch an dich!«

»Absurd ist hier nur, dass *du* dich an mich erinnerst«, sagte Fin traurig. »Du verstehst das nicht – niemand hat sich je an mich erinnert. Oder mich auch nur bemerkt. Die Leute können nicht anders, sie vergessen mich, sobald sie mich nicht mehr sehen.«

»Das verstehe ich wirklich nicht.« Marrill drückte sich die Finger an die Schläfen, in denen sich ein dumpfer Schmerz regte. »Hat das auch mit Zauberei zu tun?«

Fin blickte auf seine Füße und zuckte mit den Schultern. »Wahrscheinlich. Vermutlich handelt es sich um eine Art Fluch.«

»Nein«, sagte Ardent.

Einen Augenblick lang waren nur das Knarren des Decks und das Glucksen der gegen den Rumpf schlagenden Wellen zu hören. Fin starrte den Zauberer an. Der erwiderte seinen Blick. »Nein, junger Mann«, sagte er. »Ich weiß nicht, was dir fehlt, aber mit Zauberei hat es nichts zu tun.«

Kapitel 19

Keine Spuren

Seine Worte trafen Fin wie ein Schlag in die Magengrube. Sein ganzes Leben lang hatte er geglaubt, dass andere ihn vergaßen, weil er irgendwie unter einem Fluch stand. Von dem man ihn befreien konnte.

Aber wenn es sich nicht um einen Fluch oder Zauber handelte, gab es dann keine Heilung?

Ein bitterer Geschmack stieg in seiner Kehle auf. »Woher wissen Sie das?« Seine Stimme zitterte, aber es war ihm egal. Er musste unbedingt wissen, ob der Zauberer recht hatte oder nicht.

»Ein Zauber hinterlässt Spuren«, erklärte der Alte. »Wie Fingerabdrücke. Wenn dich jemand in der Vergangenheit verzaubert hätte, könnte ich das sehen. Nimm zum Beispiel Coll …« Er zeigte auf den Kapitän.

Coll verschränkte die Arme und starrte ihn böse an. »Lieber nicht«, erwiderte er.

Ardent räusperte sich. »Okay, dann erzähle ich das

vielleicht lieber ein anderes Mal. Jedenfalls ...« Er sah Fin stirnrunzelnd an. »Worüber haben wir eben gesprochen?«

»Darüber, warum andere Fin so schnell vergessen«, fiel Marrill ein.

Fin wollte sich mit einem Lächeln bedanken, das aber wohl eher zu einer Grimasse geriet. Seine Lippen waren taub, seine Finger kribbelten. Er hatte auf einmal Atemnot.

»Ach richtig«, murmelte Ardent. »An dir haften keine Spuren eines Zaubers, junger Mann. Selbst wenn irgendeine Art von Magie dich vor Jahren geprägt hat, wirkten zum gegenwärtigen Zeitpunkt jedenfalls kein Zauber oder Fluch. Du bist jetzt der, der du bist, was immer dich dazu gemacht hat.«

Fin versuchte, ganz ruhig zu atmen. Sein Herz raste. »Aber wenn das so ist ...« Er schluckte mühsam. »... gibt es dann kein Mittel dagegen?«

Ardent legte Fin beruhigend die Hand auf den Rücken, und Fin zuckte ein wenig zusammen – er war Aufmerksamkeiten dieser Art nicht gewöhnt, schon gar nicht freundlich gemeinte.

»Man kann ein Problem erst beheben, wenn man seine Ursache kennt«, sagte der Zauberer mit einem bedauernden Blick. »Deshalb nein, es gibt vorerst leider kein Mittel.«

Fin hatte auf einmal ganz weiche Knie und ein Gefühl, als würde das Schiff unter ihm sinken. Bisher hatte er sich eingeredet, dass es nicht schlimm war, wenn sich niemand an ihn erinnerte. Doch in Wirklichkeit war es immer sein sehnlichster Wunsch gewesen, von anderen beachtet zu werden. Er musste sich auf die Lippen beißen, damit sein Kinn nicht zitterte.

Tränen brannten ihm in den Augen, und seine Kehle war wie zugeschnürt. Aber er wollte nicht vor Fremden weinen. Erst recht nicht, wenn einer davon sich womöglich später daran erinnerte.

Er wollte nur noch allein sein.

Ohne ein weiteres Wort drehte er sich um und rannte zu der Luke, die unter Deck führte. Marrill rief ihm etwas nach, aber er achtete nicht darauf.

Er stolperte die Treppe hinunter, die in den Bauch des Schiffes führte, und sah dabei nicht nach rechts und nicht nach links. Unter anderen Umständen wäre das große Schiff für ihn als Dieb ein Paradies gewesen. Er hätte es im Laufschritt erkundet und nach Schätzen gesucht, mit denen er sich die Taschen vollstopfen konnte. Doch im Moment hatte er daran nicht das geringste Interesse.

Am unteren Ende der Treppe angekommen, eilte er weiter bis zum Ende eines Gangs. Dort lehnte er atemlos den Kopf an die Wand, schloss die Augen und versuchte, sich zu beruhigen.

Hier unten war es still. Man hörte nur das Knarren der Schiffsplanken und die dumpfen Schläge, mit denen die Wellen gegen den Bug schlugen. Eigentlich hätte die Stille beruhigend wirken müssen, aber Fin war sie nicht gewöhnt.

Dort, wo er herkam, bedeutete Stille nichts Gutes. Meist stimmte dann etwas nicht.

So auch jetzt. Mit ihm selbst stimmte etwas nicht.

Das war nicht immer so gewesen. Er erinnerte sich, wie er mit vier in den Armen seiner Mutter auf einem Schiff gesessen hatte, das nach Khaznot Quay fuhr. Er hatte die beruhigenden Worte seiner Mutter gehört und die Arme gespürt, in denen sie ihn festhielt. Sie hatte ihn beachtet, ihn nicht vergessen. Sogar den Stern am Himmel hatte sie ihm gezeigt, damit er wusste, dass sie ihn nie vergessen würde.

Doch dann war auch sie eines Tages weggeblieben. Er hatte sie gesucht. Wenn er nicht gerade mit Essenstehlen oder der Suche nach einem Dach über dem Kopf beschäftigt gewesen war, hatte er die Häuser im Hafenviertel nach ihr abgesucht, jedes Haus, in das er einbrechen konnte. Doch gefunden hatte er nur den wenig aufschlussreichen Personalbogen aus der Waisenanstalt.

Später hatte er sich oft gefragt, warum sie ihn nach Khaznot Quay gebracht und dort zurückgelassen hatte. Nach einiger Zeit hatte er damit allerdings wieder aufgehört. Er ballte die Hände zu Fäusten und drückte sie gegen die Augen, um die Tränen zurückzuhalten.

Doch jetzt war alles anders. Jemand erinnerte sich an ihn. Obwohl in den vergangenen Stunden so viel passiert war – der Hafen hatte gebrannt, eine Zeichnung hatte sich in einen Vogel verwandelt –, erinnerte Marrill sich an seinen Namen. Es war schrecklich und unglaublich zugleich.

Vielleicht bedeutete das, dass er trotzdem geheilt werden konnte, auch wenn er nicht von einem Zauber oder Fluch gebannt war, die man hätte aufheben können. Er seufzte tief und stellte sich vor, wie es wäre, eine Mutter zu haben und ganz normal zu sein.

Aber wenn er seine Mutter finden wollte, brauchte er die Karte. In seinem Kopf nahm ein Plan Gestalt an, ein ganz einfacher Plan, wie es ihm am liebsten war. Er brauchte nur zusammen mit den anderen nach der Karte zu suchen. Und wenn sie erst alle Teile gefunden hatten, würde er das tun, was er am besten konnte: die Karte klauen.

Schließlich war er ein Dieb, ein Meisterdieb. Die anderen würden die Karte bekommen, sobald er sie nicht mehr brauchte. Sie waren darüber vielleicht nicht erfreut, aber Fin hatte keine Alternative. Sonst vergaßen sie, dass er die Karte auch noch brauchte. Er hatte früh gelernt, sich seinen Anteil zu nehmen, bevor er Stavik die Beute ablieferte. Vergessen zu werden hatte seine Vorzüge, aber nicht beim Aufteilen der Beute.

Es war immer dasselbe: Entweder man sicherte sich seinen Anteil vorab, oder man ging leer aus. Er dachte darüber schon gar nicht mehr nach.

Der Sturm in seiner Brust hatte sich beruhigt, und seine Panik legte sich.

Doch dann fiel ihm siedend heiß Marrill ein. Er war es nicht gewöhnt, dass andere sich länger an ihn erinnerten und sich eine Meinung über ihn bildeten. Zu den Vorteilen des Vergessenwerdens gehörte, dass man sich am nächsten Tag nie rechtfertigen musste und dass einen die Meinung der anderen nicht zu kümmern brauchte.

Man konnte andere nicht enttäuschen.

Er merkte, dass ihm die Vorstellung, Marrill zu hintergehen, unangenehm war. Sogar sehr unangenehm.

Schritte rissen ihn aus seinen Gedanken. Er stieß sich von der Wand ab und drehte sich um. Marrill kam langsam auf ihn zu.

»Hallo, Fin«, sagte sie.

Er wurde rot. Es war immer noch ungewohnt, den eigenen Namen aus dem Mund eines anderen zu hören.

Er wusste nicht, was er sagen sollte. Wie führte man ein Gespräch, wenn es nicht um einen Auftrag ging, eine Gaunerei? Und warum sollten andere sich an ihn erinnern, wenn ihm nichts Interessantes einfiel?

»Äh, hallo«, sagte er schließlich. »Marrill«, fügte er hinzu. Er hörte seinen eigenen Namen so gerne, und vielleicht ging es ihr ja ähnlich.

Der Anflug eines Lächelns spielte um ihre Mundwinkel. »Hallo«, sagte sie noch einmal. »Dann gehörst du jetzt also zur Besatzung?«

Fin wusste nicht, ob es eine Frage war oder eine Feststellung, und antwortete nicht. Daraufhin entstand ein unbehagliches Schweigen, und er wusste nicht, wie er es beenden sollte. Bisher hatte er in einem solchen Fall nach einer Ablenkung gesucht und war gegangen, um später einen erneuten Anlauf zu nehmen.

Aber bei Marrill ... Er räusperte sich. »Also, äh ... du erinnerst dich an mich?«

Sie rollte mit den Augen, als sei das die dümmste Frage aller Zeiten. »Was denn sonst?«

»Äh, also, du bist wahrscheinlich erst die dritte Person in meinem Leben, die das tut.« Kaum hatte er die Worte ausgesprochen, hätte er sie am liebsten wieder zurückgenommen. Der mitleidige Blick, mit dem Marrill ihn ansah, machte alles noch schlimmer.

Er vergaß immer wieder, dass sie sich ja an das, was er sagte, erinnerte. Deshalb konnte er nicht ungestraft irgendeinen Blödsinn daherreden. Marrill würde ihn kennenlernen. Die Vorstellung erschreckte und faszinierte ihn.

»Das klingt furchtbar«, sagte sie.

»Schon, äh ...« Er räusperte sich wieder und wusste nicht, was er noch sagen sollte.

»Warum kann ich mich dann an dich erinnern?«

Darauf hatte er erst recht keine Antwort, denn das hatte ihn noch niemand gefragt. »Die einzige andere Person, die sich an mich erinnern konnte, war Mrs Parsnickle von der Waisenanstalt, aber nur, weil ich damals noch klein war. Kleine Kinder bedeuteten ihr einfach so viel, dass sie es nicht fertigbrachte, eins davon zu vergessen.« Er zuckte mit den Schultern. »Sie war wunderbar, aber als ich sieben wurde, hat sie mich auch vergessen, genau wie alle anderen.«

Marrill sah ihn entsetzt an. »Auch deine Eltern?«, fragte sie.

»Meine Mutter hat sich auch an mich erinnert«, sagte Fin. »Aber die einzige Erinnerung, die ich an sie habe, ist, dass sie mich mit vier Jahren nach Khaznot Quay gebracht und in der Waisenanstalt abgegeben hat. Seitdem suche ich sie.«

Marrills Aufmerksamkeit war Fin unangenehm. Er mochte es nicht, bemitleidet zu werden.

Ihm fiel ein, dass er in Zukunft überlegen musste, was er ihr sagte. Denn sie würde sich daran erinnern. Und wenn sie erfuhr, dass er ein Dieb war, war sie vielleicht sauer.

Also wechselte er das Thema. Schließlich hatte er einen Plan und brauchte dafür bestimmte Informationen. »Diese Überallkarte scheint ja ein ziemliches Wunderding zu sein.«

Marrill ließ sich gegen die Wand fallen. »Ja, hoffentlich«, sagte sie vorsichtig. »Ich brauche sie, um zu meinen Eltern zurückzukommen, zu meiner Mutter … die ist nämlich krank.« Sie starrte auf ihre Hände und verknotete die Finger. »Sie soll sich eigentlich nicht aufregen, aber jetzt …«

Sie schluckte und sah ihn an. Ihre Augen glänzten nass. Fin biss sich auf die Lippen. Er wusste nicht, wie man jemand tröstete. So viele Gelegenheiten hatte er bisher nicht dazu gehabt. Oder eigentlich überhaupt keine. Er überlegte, wie Ardent ihn getröstet hatte. Vorsichtig streckte er die Hand aus, klopfte Marrill auf die Schulter und zog die Hand gleich wieder zurück für den Fall, dass er etwas falsch gemacht hatte.

Marrill lächelte, aber ihre Stimme klang erstickt. »Und jetzt sitze ich auf der *Krake* fest, weil ich dachte, Ardent könnte ihr vielleicht helfen. Dabei weiß er auch nicht, wie wir nach Arizona zurückkommen …«

»Heißt so deine Welt?«, fiel Fin ihr ins Wort.

Marrill schnaubte und fuhr sich mit dem Ärmel über die Augen. »Nein, doch nicht die ganze Welt.« Sie musste grinsen. »Also Arizona liegt zwar in meiner Welt, aber es ist ziemlich schrecklich. Wie gesagt, ich sitze hier fest, bis ich die Karte gefunden habe, und meine Eltern wissen nicht, wo ich bin. Meine Mutter macht sich bestimmt schreckliche Sorgen und wird noch kränker und …«

Marrill presste die Lippen aufeinander und wandte den Blick ab. Sie schien mit den Tränen zu kämpfen.

Fin spürte, wie etwas in ihm weh tat. Er spürte Marrills Kummer, als wäre es sein eigener. Unwillkürlich dachte er an Mrs Parsnickle und wie er alles getan hätte, um sie aufzuheitern und ihr die Sorgen abzunehmen. Jetzt hatte er dasselbe Bedürfnis bei Marrill.

»Übrigens«, sagte er plötzlich, »weißt du, was mir gerade einfällt? Vielleicht könnte ich mit Hilfe der Karte auch meine Mutter finden! Wir suchen die Karte einfach gemeinsam!«

Marrill lächelte. Sie spürte bestimmt, dass ihm das nicht jetzt gerade zufällig eingefallen war, ließ sich aber nichts anmerken. »Auf jeden Fall!«, sagte sie.

Sie sah ihn mit einem Blick an, bei dem ihm warm ums Herz wurde. Es war schon so lange her, dass er sich richtig mit jemandem unterhalten und jemand ihm richtig zugehört hatte. Er kannte dieses Gefühl gar nicht mehr und wollte es genießen, obwohl er wusste, dass auch Marrill ihn irgendwann vergessen würde.

Und er hatte seinen Vorschlag ernst gemeint: Mit vereinten Kräften würden sie die Karte finden. Und dann ihre beiden Mütter. Er brauchte die Karte nur als Erster, denn er musste sie haben, bevor Marrill ihn vergaß. Aber bis dahin erlebte er vielleicht zum ersten Mal, wie es war, mit jemand befreundet zu sein.

Kapitel 20

Krake gegen *Krake*

In den folgenden Tagen fuhren sie mit der *Unternehmungslustigen Krake* auf dem großen Strom. Der veränderte fortwährend seine Gestalt. Aus dem weiten Meer, als das Marrill ihn kennengelernt hatte, wurde ein reißender Strom, der donnernd durch Schluchten stürzte, die mit silbernem Gras bewachsen waren. Marrill und Fin mussten sich deswegen unter Deck zurückziehen, um nicht den »Spiegelwahnsinn« zu bekommen, wie Ardent die Krankheit nannte.

Dann wieder verbreiterte der Strom sich zu einem schlammigen, träge dahinfließenden Gewässer, und sie standen an der Reling und winkten freundlichen Dreifinger-Faultieren zu, die kopfüber an ausladenden Ästen hingen. So sehnlich Marrill sich wünschte, zu ihren Eltern zurückzukehren, so hätte sie doch liebend gern die erstaunlichen Gegenden erkundet, an denen sie vorbeikamen.

Sie ernährten sich hauptsächlich von Möggelkrabben, die sie frisch aus dem Strom zogen. »Das ist die Abkürzung für ›Möglichkeitskrabben‹«, erklärte Ardent. Er brach eine orangefarbene Schere auf und saugte das wohlschmeckende, samtweiche Fleisch heraus. »Weil sie wie der Strom in allen möglichen Varianten vorkommen.« Er schmatzte mit den Lippen. »Ah, die schmeckt nach Schokolade!«

»Quatsch«, sagte Coll leise und öffnete einen tiefblauen Panzer. »Sie heißen nur so, weil es sich wo*möglich* um Krabben handelt, sich bisher aber niemand getraut hat, das wirklich herauszufinden.« Er verzog das Gesicht. »Igitt, Sauerkraut.« Er ließ die Überreste der Krabbe auf das Deck fallen. Karnelius schnupperte daran und verspeiste sie geräuschvoll und mit sichtbarem Genuss.

Tagsüber erkundeten Fin und Marrill das Schiff, spielten Brettspiele mit den Piratten, dösten mit Karnelius in der Sonne und schaukelten auf einer Schaukel, die der Tauknochenmann für sie aus einigen Tauen gemacht hatte. Außerdem halfen sie Coll bei Reparaturen. Sie flickten Segel, nagelten lose Planken fest, und Fin befestigte sogar eine Bramstenge am Hauptmast.

»Das erhöhte Deck am Bug des Schiffes heißt Vorderdeck«, erklärte Coll. Marrill half ihm gerade, Taue durch die Holzscheiben der Takelage zu schieben, sogenannte »Jungfern«, wie sie inzwischen wusste. »Das mittlere Deck, auf dem wir stehen, ist das Hauptdeck.« Er zeigte nach hinten zum Steuerrad. »Und das Deck, auf dem ich normalerweise stehe, ist das Achterdeck mit dem Heck.«

Manchmal nahm der Strom eine noch seltsamere Gestalt an. Eine scharfe Kurve führte sie unversehens ins Zentrum einer großen Stadt. Marrill stellte fest, dass sie einen Regenwasserkanal entlangfuhren. Der Kanal ergoss sich in einen Abwasserkanal, und alle schrien erschrocken auf. Das Abwasser stank so entsetzlich, wie Marrill es nicht für möglich gehalten hätte. Augäpfel, die auf den Stielen von Pilzen saßen, drehten sich neugierig in ihre Richtung. Zuletzt mündete der Abwasserkanal in einen stehenden, von Algen überzogenen Teich.

»Wohin fahren wir eigentlich?«, fragte Marrill Ardent. Der Zauberer beobachtete Rose, die ihnen vorausflog und nur als schwarzer Punkt am wolkenlosen Himmel zu erkennen war. Hin und wieder kehrte sie zu ihnen zurück und umkreiste das Schiff, wie um sich zu vergewissern, dass es ihr noch folgte.

Ardent schüttelte nur den Kopf. »Weit weg, wie es scheint.«

Sie tauschten Möggelkrabben gegen gefleckte Früchte, die Händler mit Fledermausohren auf einem Kahn mit sich führten. Auf dem Grund eines Brunnenschachts, den sie durchquerten, versorgten sie sich mit Trinkwasser. Die Riesen von Radsch gewährten ihnen sicheres Geleit. Marrill würde nie vergessen, wie Ardent auf dem Vorderdeck auf einem Stuhl gestanden und heftig gestikulierend mit einem fünfmal so großen Koloss verhandelt hatte, dessen Gesicht verkehrt herum auf dem Rumpf saß. Sie verbrachte viel Zeit damit, die unzähligen erstaunlichen Dinge mit Stiften auf einem Block festzuhalten, den Coll ihr beschafft hatte. Später wollte sie die Bilder in ihrem Zimmer aufhängen.

Doch die meiste Zeit verbrachte Marrill in Gesellschaft von Fin, Ardent und Coll. Sie erzählte den anderen von ihrem Leben und ihrer Welt, und Fin berichtete von seiner Zeit in der Waisenanstalt und seinen Streichen. Ardent ließ sich ausführlich über seine Theorie der Durchschneidung interdimensionaler Gezeitenströme aus, Coll erzählte die alte Seefahrerlegende von einem großen Geisterschiff aus Eisen, das den Strom unsicher machte.

»Von dem habe ich schon gehört«, rief Fin, als Coll fertig war. »Erst neulich hat ein großes Schiff wegen dringender Reparaturen im Hafen von Khaznot festgemacht. Es war anscheinend vom Eisernen Schiff angegriffen worden. Die Matrosen meinten, es hätte gestürmt wie beim Weltuntergang und sie hätten rote Blitze gesehen. Dann sei aus dem Nichts das Eiserne Schiff aufgetaucht.«

Marrill runzelte die Stirn und kraulte Karnelius, der schlafend vor ihren Füßen auf dem Rücken lag, den Bauch. Als Antwort darauf zuckte der mit dem Schwanz.

»Das ist wahrscheinlich nur ein von Betrunkenen und Verrückten verzapfter Schwachsinn«, sagte Coll und zuckte mit den Schultern. »Ich bin schon lange auf dem Strom unterwegs und habe dieses Eiserne Schiff nie gesehen. Schädelräuber ja, und Albatrosstürme und Piranhaplagen – mehr, als ich zählen kann. Aber nichts, was auch nur entfernt mit einem Eisernen Schiff vergleichbar wäre.«

Er gähnte und streckte sich. »Na dann, träumt was Schönes«, sagte er und ging zu der Luke, die nach unten führte.

Marrill sah Fin und Ardent erschrocken an. »Schädelräuber?«

Ardent strich ihr über den Kopf. »Vor denen brauchst du keine Angst zu haben. Hier auf der *Krake* haben wir immer die neuesten Impfstoffe und Zaubermittel dabei.« Er stand auf. »Außerdem hat so ein bisschen Gekitzel im Vergleich zu den vielen anderen tödlichen Gefahren des Stroms noch niemandem geschadet.« Er hielt inne. »Oder wenigstens fast niemandem. Gute Nacht!« Er beauftragte den Tauknochenmann noch mit der ersten Wache und schlurfte in Richtung seiner Kajüte.

Marrill wusste nicht, ob sie erleichtert sein sollte. Sie nahm Karnelius auf den Arm und folgte Fin nach drinnen und die Wendeltreppe hinunter zu dem Deck mit ihren Schlafplätzen. Fins Kabine lag ihrer eigenen auf dem Flur direkt gegenüber. Fin trat verlegen von einem

Bein aufs andere. »Sehen wir uns morgen?«, fragte er, als zweifelte er immer noch daran, dass sie sich an ihn erinnern würde.

Sie lächelte nur, wünschte ihm gute Nacht und ging in ihre Kabine. Bei ihrem letzten Aufenthalt war die Einrichtung noch in Orange und Braun gehalten gewesen und die Wände mit Ponys bemalt, als wäre sie von einer ganzen Herde umgeben. Sie hätte gern auf den mit Sand bestreuten Boden und den ledernen Sattel am Fußende ihres Bettes verzichtet.

Doch an diesem Abend hatte das Zimmer sich in eine Art Oase verwandelt. An den Wänden hingen weiche Tücher in Blau- und Grüntönen, in einer Ecke plätscherte ein Wasserstrahl in ein mit bunten Fischen gefülltes Becken. Das Bett war weich und duftete nach Gras. Glücklich sank Marrill in die Kissen. Karnelius rollte sich neben ihr zusammen und trat mit den Pfoten ein paarmal ganz leicht gegen ihre Hüfte. Sie schliefen beide sofort ein.

Am folgenden Tag wurde der Strom wieder breiter und reichte bis zum Horizont. Gegen Mittag hatte sich ein Gefühl in Marrill breitgemacht, mit dem sie auf dem Piratenstrom überhaupt nicht gerechnet hatte: Langeweile.

»Was könnte daraus werden?«, fragte Fin und hielt ihr einen silbernen Pfefferstreuer hin.

Marrill betrachtete ihn und zog die Nase kraus. »Auf

jeden Fall irgendein Lebewesen«, sagte sie schließlich. Sie spielten seit einigen Stunden ein Spiel, das daraus bestand, Dinge in den Piratenstrom zu werfen und zu raten, in was sie sich verwandeln würden.

Bisher hatte sich ein Schuh in einen Fisch verwandelt (langweilig), ein Handtuch in ein kleines, mit Rosen gefülltes Floß (nicht langweilig) und eine Tasse in einen gellenden Schrei zur Begleitung von Kastagnetten und Trommeln (schon ziemlich verrückt).

»… das vermutlich sehr gefährlich ist«, sagte Fin.

Marrill zuckte mit den Schultern. »Wirf schon rein.«

Fin warf. Der fallende Pfefferstreuer glänzte in der Nachmittagssonne, traf zischend auf der Wasseroberfläche auf und verschwand. Marrill hielt die Luft an und wartete.

Das Wasser begann zu sprudeln und verfärbte sich dicht unter der Oberfläche rötlich.

»Wieder ein Blindgänger.« Fin seufzte und suchte das Deck nach weiteren Dingen ab, die sie über Bord werfen konnten.

Marrill dagegen hielt den Blick auf den Strom gerichtet. Ein dunkler Schatten breitete sich unter dem Schiff aus, und ein unbehagliches Gefühl beschlich sie. »Fin …«

Fin hörte sie nicht. Er durchsuchte seine Taschen. »Mal im Ernst, was muss man eigentlich noch anstellen, damit es endlich mal richtig schön knallt?«

Der Schatten wurde immer größer, und die Wasseroberfläche geriet in Wallung, als stiege etwas aus der Tiefe auf. »Fin …«, rief Marrill. Die Panik in ihrer Stimme war unüberhörbar.

»Klar war es cool, als die Zahnbürste sich in ein Porträt von dir aus bunten Glitzerpunkten verwandelt hat«, fuhr Fin fort. »Aber so eine richtige Explosion war das für mich noch nicht.«

Aus dem dunklen Schatten wuchs ein langer, schmaler Schatten, gefolgt von einem zweiten und dritten. Die Wasseroberfläche begann sich zu kräuseln. Marrill zog Fin am Ärmel. »Sieh doch mal …«

Aber Fin beachtete sie nicht. Er zog etwas aus seiner Tasche, das aussah wie ein kleiner gelber Ball mit geschwungenen Armen. Nachdenklich roch er daran. »Das könnte interessant sein«, überlegte er. »Ist zwar schade um einen Tentalo, der fast reif ist …«

Der Schatten unter dem Schiff wuchs weiter.

»Fin!«, rief Marrill und rüttelte ihn an den Schultern. Fin sah sie erstaunt an. Im selben Augenblick brach ein blauer Fangarm von der Größe eines Telefonmastes durch die Wasseroberfläche und krümmte sich in Richtung Schiff.

Verdattert starrte Fin darauf. »Hm«, sagte er. »Offenbar hatten wir beide recht.«

Zwei weitere Fangarme tauchten aus dem Wasser auf und schlangen sich um die Reling. Dann erschien ein gewaltiger Kopf und stieß ein mordsmäßiges Gebrüll aus. »Ein Krake!«, rief Coll hinter ihnen.

Marrills Herz setzte einen Schlag aus. Das Geschöpf, das keine fünf Meter mehr von ihr entfernt war, richtete sein riesiges Auge auf sie und sperrte sein schnabelähnliches Maul auf. Marrill blickte in einen schwarzen Schlund.

Nackte Panik ergriff sie. Fin packte sie am Arm und zog sie von der Reling weg, doch jeden Augenblick konnte ein riesiger Fangarm das Schiff zerschmettern und sie alle in den Tod reißen.

Coll schien davon erschreckend wenig beeindruckt. »Ardent«, rief er ruhig, allerdings bestimmt, »hast du mal einen Moment?«

Der Zauberer – er saß im Schneidersitz an seinem Tisch und betrachtete melancholisch ein Kartenspiel, das vor ihm in der Luft schwebte – hob den Kopf, war aber in Gedanken sichtlich abwesend.

»Ach so«, sagte er nur und machte eine nachlässige Handbewegung in Richtung der Riesenkrake. Ein gellender Pfiff zerriss die Luft, und die Krake begann zu schrumpfen. Es knallte laut, dann fiel an der Stelle, an der eben noch ein Fangarm das Schiff fast zertrümmert hätte, ein silberner Pfefferstreuer klappernd auf das Deck.

Marrill sah Fin an. Beide waren sie kreideweiß. Das Blut dröhnte ihr in den Ohren, und ihre Finger waren vor Aufregung noch ganz zittrig. Sie bückte sich und hob den Pfefferstreuer auf. Er hatte eine kleine Delle und fühlte sich ein wenig glitschig an.

»Vielleicht sollten wir uns ein anderes Spiel suchen«, sagte Fin schließlich und grinste schief.

»Wie wär's mit einer Pause?«, fragte Coll ein wenig unwirsch. »Jeder Idiot weiß, dass Pfeffer und der große Strom eine explosive Mischung sind.«

Fin wollte mit den Piratten eine Runde Verstecken spielen, und Marrill ließ ihn ziehen. Sie war vorerst zu müde für weitere Abenteuer. Stattdessen holte sie Block und Stifte. Sie wollte den Kraken zeichnen, solange sie ihn noch frisch im Gedächtnis hatte, und zog sich einen Stuhl neben Ardent. Doch dann lenkten die Spielkarten sie ab, die vor Ardent in der Luft schwebten.

Jede zeigte ein anderes, detailliert gezeichnetes Gesicht. Es handelte sich gar nicht um Spielkarten, wie sie gedacht hatte, sondern um Porträts. »Was sind das für Leute?«, fragte sie.

Der Alte rutschte zur Seite, damit sie besser sehen konnte. »Alte Freunde«, sagte er. »Zauberer, die ich von früher kenne und mit denen ich Zauberei studiert habe.«

Marrill betrachtete die Gesichter. Vor allem eins fiel ihr auf, das einer Frau mit scharfen Gesichtszügen und einem angespannten, aber einnehmenden Lächeln. Unter anderem auch deshalb, weil die Karte stärker abgenutzt war als die anderen und demnach öfter verwendet worden war. »Wer ist das?«

»Ah«, sagte Ardent. Er klang ruhig, geradezu traurig.

»Du hast gleich ins Schwarze getroffen. Gutes Gespür, Marrill.«

Er schob die restlichen Karten zur Seite, und sie sortierten sich in der Luft von selbst zu einem Stapel. Nur noch das Porträt der Frau schwebte vor ihnen. »Das ist Annalessa«, sagte er. »Sie ist der Grund, warum ich die Überallkarte suche.«

»Wirklich?« Das wurde ja richtig interessant! Marrill faltete die Hände im Schoß und sah ihn erwartungsvoll an. »Erzählen Sie mir von ihr!«

»Wir standen uns einmal sehr nahe, Annalessa und ich«, setzte Ardent an. Er nahm das Bild in die Hand und drehte es. Mit der Drehung schien Annalessa den Mund zu öffnen und zu lachen. Dann kam wieder das zurückhaltende Lächeln. »Wir haben gemeinsam nach der Antwort auf eine wichtige Frage gesucht. Aber ich suchte sie in meinem Arbeitszimmer mit meinen Büchern und Experimenten und sie auf dem Strom.«

»Sie war also die Powerfrau und Sie der Langeweiler«, fasste Marrill zusammen. »Weiter.«

Ardent nickte, und um seine Mundwinkel zuckte ein Lächeln. »Richtig. Und als sie mich um Hilfe bat, habe ich ihr die vielleicht ein wenig vorschnell verweigert.«

»Und das war dumm«, sagte Marrill. »Weiter.«

Ardent sah sie an. »Nur dass du recht hast, rettet dich nicht vor dem Zorn eines Zauberers.« Marrill drückte einen Finger an die Lippen zum Zeichen, dass sie nichts mehr sagen würde. »Jedenfalls schickte sie mir eines Tages einen Brief«, fuhr der Zauberer fort. »Und mit dem Brief kam etwas, das sie mir nicht geschickt hätte, wenn sie nicht wahrhaftig und ernsthaft in Schwierigkeiten gewesen wäre. Deshalb muss ich sie finden.«

»Und deshalb suchen Sie die Überallkarte«, ergänzte Marrill. »Was hat Annalessa Ihnen geschickt? In welchen Schwierigkeiten steckt sie? Was wollen Sie tun, wenn Sie sie finden?«

Ardent stand auf und steckte das Porträt ein. »Ein paar Geheimnisse müssen Zauberer noch haben«, sagte er. »Aber keine Sorge, sobald die Sache dich betrifft, weihe ich dich ein.«

Das schien noch nicht der Fall zu sein.

Kapitel 21

Fin spricht mit einem Baum

Fin betrat das Deck und kniff die Augen gegen die Sonne zusammen. Das Schiff war langsamer geworden. Grüne Blüten bedeckten das goldene Wasser des Stroms, und überall standen dicke Bäumen mit knorrigen Wurzeln. Der offene Strom schien sich nach und nach in einen Sumpf zu verwandeln. Die frische Brise war eingeschlafen, und die Luft schien mit jeder Minute dicker und drückender zu werden.

Er hob den Kopf und sah Rose über ihnen durch die Wipfel fliegen. Insekten summten, und aus einiger Entfernung tönte ein merkwürdiges Flüstern und Keuchen zu ihnen herüber. Der Unterschied zu Khaznot Quay mit seinen vertrauten, berechenbaren Gefahren hätte nicht größer sein können.

»Endlich«, sagte Marrill und stieg hinter ihm aus dem Bauch des Schiffes. »Ich habe schon befürchtet, ich würde ewig auf dem Schiff festsitzen!«

Fin lächelte ein wenig gezwungen. »Ja, das wäre …«

Er brauchte den Satz nicht zu beenden. Marrill ging zum Bug, wo Ardent stand und ins Wasser blickte.

Fin blieb stehen. Natürlich war er froh, wenn sie mit der Suche vorankamen. Aber er war auch traurig. Er hatte die vergangenen Tage sehr genossen. Es war so schön, jemanden zu haben, dem er sich nicht ständig neu vorstellen musste und der auch tatsächlich Zeit mit ihm verbringen wollte.

Wenn sie die Karte erst gefunden hatten, war das vorbei. Sie würden auseinandergehen, und er wäre wieder allein – und von allen vergessen. Er holte tief Luft und stieg die Treppe zum Achterdeck hinauf.

Dort stand Coll und steuerte das Schiff vorsichtig durch das Labyrinth aus Wurzeln und Bäumen.

»Wohin fahren wir?«, fragte Fin.

Coll zuckte zusammen, denn er hatte Fin nicht kommen hören, ruckte vor Schreck am Steuer und korrigierte den Kurs hastig wieder, bevor das Schiff mit einem Baum zusammengestoßen wäre. »Himmeldonnerwetter!«, rief er. »Schleich dich doch nicht so an!«

Er musterte Fin von der Seite. »Moment mal, noch ein blinder Passagier? Wachsen die jetzt bei uns? Du kommst doch auch aus dem Kielraum?«

Fin schüttelte den Kopf. »Keine Sorge, wir haben das alles schon geklärt. Ich bin Fin, an den sich niemand erinnert, und ich gehöre inzwischen zur Besatzung. Ich sage das jedes Mal, wenn wir uns sehen.«

Coll wandte sich wieder dem Steuer zu. »Klingt vertraut«, sagte er. »Aber vielleicht solltest du dir eine Glocke umhängen.«

»Wohin fahren wir denn?«, wiederholte Fin. Auf dem Vordeck schien Ardent Marrill gerade etwas zu erklären. Er gestikulierte wild mit den Händen, und Marrill hörte ihm mit verschränkten Armen und skeptischem Gesicht zu. Die beiden schienen ihn nicht zu vermissen, ein vertrautes Gefühl, als sei auf einmal alles wieder wie früher.

Coll zuckte mit den Schultern. »Keine Ahnung. Der Vogel hat uns weit flussaufwärts geführt, weiter, als ich jemals gefahren bin. Ohne ihn hätte ich nie hierhergefunden. Ich weiß auch gar nicht, ob überhaupt schon jemand hier war – die Gegend ist auf keiner Karte verzeichnet, die Piratten haben das für mich überprüft.«

Er schüttelte den Schuh vom Fuß und kratzte sich an einem Tattoo, das sich um seinen kleinen Zeh wand. »Jedenfalls steuern wir eine Gegend an, die schon sehr alt ist.«

Er lenkte das Schiff um einige Bäume, die den Weg versperrten. Plötzlich tauchte vor ihnen eine Insel aus dem Wasser auf, überwachsen von einem undurchdringlichen Dschungel.

Oben breiteten hohe Zypressen die Äste aus und ließen kaum Licht durch, unten streckten dicke Mangroven ihre Wurzeln fächerartig in alle Richtungen. Dazwischen wuchsen Farne und Moose, und überall wucherten Schlingpflanzen.

»Wow!«, flüsterte Fin staunend.

Das Schiff kam mit einem Ruck zum Stehen, und er musste sich rasch an der Reling festhalten, um nicht die Treppe hinunterzufallen.

»Ich glaube, wir sind da!«, rief Ardent und löste vorsichtig Karnelius' Kralle vom Saum seines Gewands. Gekränkt zog der Kater seine Pfote zurück. »Sieht jemand Rose …?«

»Verdammte Pustelschlinger«, fluchte Coll. Fin folgte seinem Blick nach oben. Ein Wust grünbelaubter Lianen hatte sich um das obere Ende des Großmasts gewickelt, und ein riesiger Ast hatte sich durch das Fockmarssegel gebohrt. Das erklärte, warum sie so abrupt angehalten hatten. »Es geht erst weiter, wenn wir die weggeschnitten haben«, brummte Coll.

»Da ist Rose!« Marrill streckte die Hand aus. »Da oben zwischen den Blättern!« Und tatsächlich, der Vogel saß auf dem dicken Arm einer Schlingpflanze hoch über dem Ufer der Insel. Unter ihr führte ein überwachsener Pfad in den Dschungel hinein.

Fin blickte vom Mast zum Vogel und zum Weg. Jemand musste den Mast hinaufklettern und das Schiff losschneiden, sonst kamen sie nicht ans Ufer. Und dann musste jemand dem Vogel durch das Dickicht folgen. Wenn dieser Jemand zufällig die Karte als Erster fand und gleich las, verübte er keinen Diebstahl, sondern machte nur von seinem Recht als Finder Gebrauch.

Dieses Recht war in Khaznot Quay allgemein anerkannt und nur dem Recht des Ich-habe-etwas-und-du-nicht untergeordnet, das der Finder der Karte ebenfalls hatte.

Fin wollte sie den anderen ja nicht wegnehmen, er wollte sie nur als Erster lesen, bevor die anderen – einschließlich Marrill – ihn vergaßen. Vorsicht war besser als Nachsicht.

»Ich kann hochklettern!«, rief er. Ohne abzuwarten, sprang er am Großmast hoch und kletterte zu den Schlinggewächsen hinauf.

Mit Hilfe der Messer, die er den Meressianern geklaut hatte, kam er gut voran. Während er mit Schneiden beschäftigt war, kam es ihm so vor, als wären die Blätter der Lianen große, grüne Ohren. An ihrer Innenseite klebte sogar so etwas wie Schmalz. Schlimmer noch, er hatte das Gefühl, dass die kleinen Haftwurzeln der Lianen in seinen Händen zuckten. Er schauderte.

Endlich hatte er die letzte Liane durchgeschnitten, und das Schiff glitt zum Ufer. Er schwang sich vom Mast in die Astgabel eines Baums und wischte sich zufrieden die Hände an der Hose ab. Im selben Moment flog Rose auf und entfernte sich.

»Halt, warte!«, rief er und kletterte ihr nach. »Rose fliegt weiter in den Dschungel hinein!«, rief er zu den anderen hinunter und zeigte ins Dickicht. »Ich behalte sie ihm Auge!«

Er folgte dem Vogel durch die Wipfel. Rose flog zwischen Palmwedeln hindurch, die wie Fahnen flatterten, und stieg über Äste auf, die so dicht ineinander verschlungen waren, dass sie eine regelrechte Mauer bildeten. Fin sprang und kletterte Rose hinterher. Die Äste waren zum Glück mit dickem Moos gepolstert.

Hier oben war es wie auf den Dächern von Khaznot Quay, nur tausendmal schöner. Da waren keine Ziegel und Steine, sondern alles war lebendig. Es roch sogar frisch und wunderbar!

Zugegeben, die herrlichen Blüten sahen aus wie mit Zähnen besetzte Mäuler. Und überall hingen diese Lianen voller Ohrenblätter, deren Holz sich warm anfühlte wie Haut. Aber das alles kümmerte ihn nicht. Zu Hause gab es keine Wälder, deshalb glaubte Fin, dass alle Wälder so aussahen.

Rose hielt auf einen Mammutbaum zu, der wie ein alter Turm ein wenig zur Seite geneigt war. In seinem Stamm klaffte ein Loch. Rose flog hinein, Fin eilte hinterher.

Er gelangte in eine Höhle, die mit alten Steinen ausgekleidet war wie ein Zimmer in einem Turm. Lianen wuchsen durch den Raum und vereinigten sich in der Krone eines kleineren Baums, der in der Mitte der Höhle stand. Er hatte einen knorrigen Stamm, der sich am Boden teilte und erst einen Meter darüber wieder zusammenwuchs. Auf der anderen Seite der Höhle zeigten zwei große Äste auf eine Öffnung. Auf einem davon saß Rose.

Fin blieb stehen, um sich zu orientieren. Das war wirklich ein seltsamer Ort! Vorsichtig schob er sich zwischen den Lianen hindurch zu dem Baum in der Mitte. Dort hielt er sich mit den Händen an einer knollenförmigen Ausbuchtung des Stamms fest und zog sich daran in Richtung Vogel hinauf.

»Oh … da ist jemand«, ächzte eine Stimme unter seinen Händen. Fin schrie erschrocken auf und sprang wieder hinunter. Mit zusammengekniffenen Augen betrachtete er die Stelle genauer und stellte verblüfft fest, dass das, was er für eine Knolle gehalten hatte, genau die Form einer Nase hatte. Und unter der Nase befand sich ein Loch in Form eines Mundes mit hölzernen Zähnen. Zwei Augen aus poliertem Mahagoni drehten sich in ihren Höhlen knarrend in seine Richtung.

»Ich … habe dich für ein Eichhörnchen gehalten.« Die Stimme des Baums klang rau und belegt, als sei sie eine Ewigkeit nicht benützt worden.

Fin sah jetzt auch, dass die beiden Hälften des gespaltenen Stamms Beinen ähnelten und die zum Fenster ausgestreckten Äste wie Arme aussahen. »Ich bin kein Eichhörnchen«, erwiderte er.

»Das … sehe ich«, sagte der Baum. »Früher war ich sehr wachsam … jetzt hätte ich dich wahrscheinlich gar nicht bemerkt, wenn du mir nicht aufs Gesicht getreten wärst.«

Fin zwang sich zu einem Lächeln, das aber bestimmt nicht überzeugend wirkte. »Mach dir nichts draus«, sagte er. »Anderen geht es genauso.« Und nach einer Pause fügte er hinzu: »Das gilt offenbar auch für Pflanzen.«

Vom Baum kam ein Rumpeln, als räuspere er sich. Fin wartete, aber der Baum schwieg. »Äh, wenn ich fragen darf«, sagte Fin schließlich, »wer bist du?«

»Ich?« Der Baum klang abwesend. »Jetzt wohl ein Baum. Schon seit einiger Zeit.«

Fin runzelte verwirrt die Stirn. »Und davor?«

»Wie?«, murmelte der Baum. »Ach so, davor. Vor vielen Jahren war ich ein Wächter. Ein Wächter des Rats. Ich habe Wache gehalten und für den Rat Geheimnisse gesammelt. Geheimnisse … äh, ja«, sagte er wie zu sich selbst. »Oh, das ist aber interessant.«

»Moment, sie waren damals noch kein Baum?«, fragte Fin. »Was ist Ihnen zugestoßen?«

Der Baum seufzte. Es klang abwesend, wie ein Luftzug, der in einiger Entfernung durch Blätter fährt. Was immer gerade seine Aufmerksamkeit erregt hatte, schien viel interessanter zu sein als Fin. »Natürlich dasselbe wie den anderen.«

Fin wartete darauf, dass er fortfuhr, aber der Baum murmelte nur etwas in sich hinein, offenbar eine Art Bemerkung. Fin räusperte sich. »Und das wäre?«

Der Baum brummte verärgert. »Das Flüstern natürlich. Das ständige Flüstern macht einen fertig. Es macht alle fertig.«

Fin schluckte. »Was für ein Flüstern?«

Kapitel 22

Gerüchte und Geheimnisse

»Wo sind wir hier?« Marrill sprang von der Strickleiter ans Ufer. Die Geräusche des Dschungels erfüllten die Luft und verschmolzen zu einem Summen im Hintergrund, wie sie es von zahlreichen Reisen kannte. Lauwarmes Wasser lief über den Rand ihrer Schuhe, und sie verzog das Gesicht. Bloß gut, dass Karnelius auf dem Schiff geblieben war.

»Das wissen wir nicht genau«, sagte Ardent. Er hatte den Kopf in den Nacken gelegt und drehte sich langsam im Kreis. Coll war damit beschäftigt, den Rumpf der *Krake* nach Schäden abzusuchen. »Obwohl es eine wenig bekannte Legende gibt, die darüber Aufschluss geben könnte. Ich bin darauf gestoßen, als ich eine Geschichte aus Madgaabadons *Buch des früher Dagewesenen* mit *Erzählungen der Völker und Länder des großen Stroms* verglichen habe. Da gibt es merkwürdige Ähnlichkeiten. Insbesondere haben sie gemeinsam …«

»Die Kurzversion bitte«, fiel Coll ihm ins Wort.

Ardent rückte die Schärpe seines Rocks zurecht und betrachtete das Baumdickicht vor ihnen, das praktisch eine Mauer bildete. »Das war schon die Kurzversion«, sagte er. »Entscheidend sind die wiederholten Anspielungen auf einen sogenannten Rat des Flüsterns oder eine entsprechende Einrichtung aus der Frühzeit des Piratenstroms.« Er machte eine Pause. Dann rief er plötzlich: »Wir müssen in diese Richtung gehen.«

Ohne auf die anderen zu warten, schob er sich in das Dickicht. Dornen und Kletten blieben am Saum seines Gewands hängen, aber er schien es nicht zu bemerken.

»Und Fin?«, rief Marrill erschrocken. Sie eilte ihm nach. Im Laufen suchte sie die Baumkronen ab. Fin war nirgends zu sehen. Ein beunruhigender Gedanke nistete sich in ihr ein. War er Rose vielleicht nur deshalb so bereitwillig gefolgt, weil er die Karte als Erster finden und dann mit ihr verschwinden wollte? So gut kannte sie ihn schließlich noch nicht …

Coll, der einige Schritte vor ihr ging, blickte über die Schulter und runzelte die Stirn. »Wer?«

»Egal«, murmelte Marrill. Die Suche nach Fin fiel offenbar allein in ihre Zuständigkeit. Was ihr nichts ausmachte. Er war nicht der erste Streuner, den sie betreute.

Sie blieb plötzlich stehen, denn ihr war etwas eingefallen. Fin hatte von einer Mrs Parsnickle erzählt, einer Frau aus der Waisenanstalt, die sich zumindest eine Zeitlang an ihn erinnert hatte. Als Grund dafür hatte er vermutet, dass kleine Kinder für sie das Wichtigste auf der Welt waren, fast wichtiger noch als sie selbst. Und ihre Liebe zu ihnen war so groß, dass sie sich sogar an ihn erinnert hatte.

Vielleicht, dachte Marrill, erinnerte sie sich aus demselben Grund an ihn. Seit sie denken konnte, hatte sie sich um Tiere gekümmert, die von anderen übersehen wurden – und je vernachlässigter und liebesbedürftiger sie waren, desto besser. Fin war natürlich kein Welpe, den jemand ausgesetzt hatte, aber auch er war allein und hatte niemanden.

Marrill hoffte einfach, dass sie ihm vertrauen konnte.

Sie verdrängte das unbehagliche Gefühl und eilte hinter Ardent her, der sich gerade zwischen zwei mächtigen Bäumen mit verschlungenen Ästen hindurchzwängte. Die Bäume glichen einem von hohen Mauern und Türmen flankierten Tor. »Wie war das mit dem Rat des Flüsterns?«, fragte sie.

Ardent wurde langsamer. »Ach richtig«, sagte er, »eine faszinierende Geschichte. Der Legende nach hat er den Piratenstrom mit Hilfe von Geheimnissen regiert.«

»Sie meinen heimlich?«, fragte Marrill.

»Das auch, aber ich meinte durchaus ›mit Hilfe von Geheimnissen‹. Du kennst sicher das geflügelte Wort ›Wissen ist Macht‹. Der Rat hat Geheimnisse gesammelt und mit Gerüchten gehandelt. Seine Spitzel waren überall und haben die Menschen belauscht. Wenn sie ein Geheimnis erfuhren, hörte der Betreffende früher oder später von ihnen. Wer sein Geheimnis wahren wollte, musste ebenfalls Spitzel werden. Wer das nicht wollte, bekam Schwierigkeiten. Die Ratsmitglieder kannten sämtliche Gerüchte, die ihn ruinieren konnten …« Ardent machte eine Pause und sah Marrill eindringlich an. »Je mächtiger jemand ist, desto mehr Geheimnisse hat er, vergiss das nie.«

Marrill nickte, obwohl sie kein Wort verstanden hatte.

»Außerdem hatten die Ratsmitglieder offenbar große Ohren«, fuhr Ardent fort und ging wieder schneller. »Davon ist in den Erzählungen immer wieder die Rede. Obwohl mir gerade einfällt, dass das auch ikonographisch gemeint sein könnte.«

»Ikono-was?«, fragte Marrill und stolperte hinter ihm her. Ihr war, als würden sie durch die gewundenen Gänge einer alten Burg gehen. Es roch sogar nach Burg, nach alten, verwitterten Steinen, die mit Erde bedeckt waren und von Moos zusammengehalten wurden.

Coll klopfte ihr auf die Schulter. »Bitte Ardent nur dann darum, dir ein Wort zu erklären, wenn du bequem sitzt.«

Marrill lächelte. »Und was hat der Rat des Flüsterns mit dieser Insel zu tun?« Die ständigen Hintergrundgeräusche waren lauter geworden, je tiefer sie in den Wald eindrangen, und sie musste die Stimme heben, damit Ardent sie hören konnte.

»Das ist es ja gerade«, antwortete der, ohne langsamer zu werden. »Wo der Rat des Flüsterns residiert hat, ist nicht überliefert. Es finden sich allerdings Hinweise auf einen stromaufwärts gelegenen Ort, weit weg von allen anderen Orten, eine tief im Wald gelegene Burg. Oder eine Burg, die aus Wald bestand, das ist schwer zu sagen.«

»Und Sie glauben, das könnte hier gewesen sein?«

Doch Ardent schien ihr nicht mehr zuzuhören. Lauschend bewegte er den Kopf nach rechts und links. »Vielleicht«, sagte er. »Vielleicht …«

Vor ihnen fiel die Sonne durch das Geäst auf eine mit Moos bedeckte Lichtung. Zuerst wirkte sie nur klein, wie eine Lücke, die etwa ein umgestürzter großer Baum hinterlässt. Doch beim Näherkommen stellte Marrill fest, dass sie größer war. Größer noch als ihr Haus in Arizona, vielleicht sogar größer als die *Krake*!

Bäume streckten ihre Äste darüber. Sie bildeten verschlungene Muster und tauchten die Welt darunter in einen tiefen, friedlichen Schatten. Sie trugen Blätter, wie Marrill sie noch nie gesehen hatte, denn sie leuchteten in den verschiedensten Farben – lila, blau, pink und in grellem Neon. Auf dem Waldboden wuchsen einzelne große Farne, von denen ihr einige fast bis zur Hüfte reichten.

»Wahnsinn«, sagte sie staunend und betrat die Lichtung.

Ardent war vor ihr stehen geblieben und drehte sich

langsam im Kreis. »Richtig«, sagte er abwesend. »Es sieht aus wie ein Burghof.«

Marrill nickte, und ihre Anspannung ließ ein wenig nach. Sie schloss die Augen. Die Luft war feucht, aber nicht unangenehm, das gleichmäßige Rauschen des Waldes war irgendwie beruhigend. Die Sonnenstrahlen, die durch die Blätter drangen, zeichneten rote Spuren auf Marrills Lider. Sie atmete tief ein und genoss diese Umgebung.

Ein tiefer Frieden breitete sich in ihr aus. Da flüsterte jemand ihren Namen. Erschrocken öffnete sie die Augen und sah sich um. Ihr Herz raste.

Sie hatte ganz sicher ihren Namen gehört. Aber weder Coll noch Ardent hatten gesprochen. Auch Fin nicht. Sie bekam eine Gänsehaut. Hier war sonst niemand. Wenigstens niemand, den sie gesehen oder gehört und vor allem gekannt hätte.

Sie trat neben Ardent und lauschte angestrengt. Der Wald zwitscherte, zirpte und summte, zuweilen klang es fast wie ein rhythmischer Sprechgesang. Sie fröstelte.

»Ja, das ist wirklich interessant«, murmelte Ardent.

»Was denn?«, fragte sie.

Der Alte spazierte zum gegenüberliegenden Rand der Lichtung und lehnte sich an eine Liane, die so dick wie ein Telefonmast war. Erst jetzt bemerkte Marrill, dass es hier überall solche Lianen gab. Sie wanden sich um Bäume und schlängelten sich über den Boden, und alle hatten sie die seltsam ohrförmigen Blätter.

»Also das … was du gesagt hast«, murmelte Ardent.

Marrill schluckte. »Ich habe nichts gesagt …«

Wieder hörte sie hinter sich ein Flüstern, irgendetwas mit Jugend, Seefahrt und merkwürdigen alten Flüchen. Sie fuhr herum, aber da stand nur Coll und betrachtete einen Farn.

»Habt ihr das auch gehört?«, flüsterte sie.

»Hm?« Ardent hob den Kopf. Marrill hätte schwören können, dass sie hinter ihm ein verklingendes Echo hörte:

annalessasuchesieannalessafürimmerverschollen

»Was ist eigentlich aus dem Rat des Flüsterns geworden, Ardent?«, fragte Marrill. Sie wollte plötzlich alles über diesen Ort wissen, und zwar sofort.

»Richtig, der Rat des Flüsterns. Niemand weiß, was aus ihm geworden ist, das ist ja das Komische. Komisch jedenfalls für Zauberer … eine Art Insiderwitz. Jedenfalls konnten seine Mitglieder einer Version zufolge alle Geheimnisse des Stroms sammeln, und daraufhin verschwanden sie mit ihren Geheimnissen. Anderen zufolge lauschen seine Spitzel heute noch in ihrer waldigen Burg. Vielleicht sind die Ratsmitglieder ja auch einfach nur gestorben. So was kommt schließlich auch vor.«

Er blickte mit einer ruckartigen Kopfbewegung nach

links, und Marrill hörte das Ende einer geflüsterten Bemerkung:

jüngsterkapitänfährteinekrakemiteinemzauberer

Marrill erstarrte. Das waren nicht irgendwelche willkürlichen Worte, das war eine Bemerkung über Coll! Sie sah ihn an. Er stand bewegungslos da, aschfahl im Gesicht. »Coll?«, brachte sie heraus. »Was war das?«

Coll öffnete den Mund. »Ich ...« Er schüttelte den Kopf und drückte die Hand an die Brust. »Ich dachte, ich hätte jemand gehört. Jemand, von dem ich schon länger nichts gehört habe.«

Das reicht, dachte Marrill. »Ich finde, wir sollten ...«, hastig drehte sie sich zu Ardent um, »... gehen«, sprach sie den Satz mechanisch zu Ende. Dort, wo eben noch der Zauberer gestanden hatte, waren nur noch Blätter.

Sie bekam feuchte Hände. »Coll, ich glaube, Ardent ist etwas ...« Sie drehte sich wieder zu Coll um, doch jetzt war auch der verschwunden.

»Leute?«, rief sie zaghaft. Nichts. Sie rief lauter. »Ardent! Coll!«

Immer noch nichts. Sie war allein. Allein mit dem rhythmisch flüsternden Wald.

Panik stieg in ihr auf und schnürte ihr die Kehle zu. Sie zwang sich, die Augen zu schließen und tief Luft zu holen.

Sie spürte die Geräusche um sich fast körperlich, wie

ein Pulsieren, das den ganzen Dschungel erfasst hatte und sie in den Ohren kitzelte und auf ihrer Haut vibrierte.

vatersobesorgtdiekleinemarrillverschwunden

wohinistsiegelaufen

»Wer hat das gesagt?«, rief sie und fuhr wieder herum. Die Farne vor ihr bewegten sich in einem Luftzug und raschelten. Es klang wie ein Flüstern.

»Hallo?«, rief sie.

Etwas kitzelte sie an den Zehen, sie sah nach unten. Eine Liane kroch mit ihren Haftwurzeln über ihren Fuß. Mit einem unterdrückten Aufschrei riss Marrill sich los, und die Liane zuckte zurück.

»Was war das!?«, rief sie. Aber niemand antwortete. Panik drohte sie zu überwältigen. Das Flüstern in ihrer Umgebung wurde wieder lauter und klang ihr in den Ohren.

arztsagtdarfsichnichtaufregenkeinesorgenmachen

Marrill schluckte. Das galt ihrer Mutter!

aberwiesolldasgehenwenneinzigetochtervermisst

»Mach keinen Quatsch, Fin!«, rief sie halbherzig. Dabei wusste sie, dass da nicht Fin flüsterte, sondern etwas anderes. Etwas ihr völlig Unbekanntes. Sie hatte keine Ahnung, wie sie damit umgehen sollte.

istnochnieverschwundensiekommtnichtalleinzurecht

Marrill hielt das Flüstern nicht mehr aus, und weil ihr sonst nichts einfiel, begann sie zu laufen.

Sie brach durch das Unterholz, und Äste schlugen ihr ins Gesicht. Doch das Flüstern folgte ihr, ging ihr voraus und hüllte sie ein. Es sprach von ihrer Mutter, von ihren Eltern und wie sie ihre Tochter suchten.

Marrills Kräfte ließen schon bald nach, sie wurde langsamer. Ihre Brust hob und senkte sich heftig, und sie hatte Seitenstechen. Sie schnappte nach Luft und blieb stehen. Doch selbst das Blut, das in ihren Ohren rauschte, konnte die Stimmen nicht übertönen.

Sie kamen jetzt von überallher, aus allen Richtungen. Neue Stimmen fielen ein – ein Straßenhändler aus Marrakesch, der erzählte, wie Marrill einmal einen Affen über den Markt gejagt hatte, ein kleines Mädchen aus Frankreich, das seinem zweibeinigen Frettchen irgendwelche Spielregeln erklärte, und ein kleiner Junge aus Arizona, der die Drachenknochen beschrieb, die er vor kurzem gefunden hatte.

Doch Marrill wollte vor allem mehr über ihre Mutter erfahren. Sie wollte wissen, ob es ihr gutging. Mit dem Rücken lehnte sie sich an einen Baum und rutschte nach unten, bis sie saß. Der Boden war weich. Lianen bildeten eine Decke, die sich ihrer Körperform anpasste und sie stützte. Marrill bohrte die Fingerspitzen in die feuchte Erde, schloss die Augen und lauschte konzentriert.

unddannderpinguinderständigdieganzensteineklaute
undmarrillnichtinruhelassenwollte

Das war die Stimme ihrer Mutter, die sich mit ihrem Vater an die Zeit erinnerte, als sie zu dritt in der Antarktis waren. Marrill tauchte in die Geschichte ein und ließ sich vom Klang der Stimme einlullen wie damals, als ihre Mutter die Geschichte abends im Bett erzählt hatte.

Wie von fern hörte sie das fast schon beruhigende Pulsieren des Waldes. Schon bald mischten sich Anklänge an andere Geschichten in die Sätze ihrer Mutter. Geschichten von Gassen-Sally und ihren fünfzehn Ehemännern, von den Schiffen, die den Piratenstrom befuhren, von Kriegsschiffen und Handelsschiffen und Reisenden und seltsamen schwebenden Völkern.

Diesmal merkte Marrill nicht einmal, wie die Lianen über ihre Zehen und an ihren Beinen hinaufkrochen. Sie sah auch nicht, wie die seltsam geformten Blätter sich vorneigten und die fleischfarbenen Blüten immer näher kamen, als wollten sie ihr Dinge ins Ohr flüstern und ihren Kopf mit Geheimnissen füllen.

Die Blätter hüllten sie ein, und die Lianen hoben sie

vom Boden auf, und sie merkte mit dem letzten Rest ihres Bewusstseins, dass etwas nicht stimmte. Zugleich wusste sie, dass sie aus eigener Kraft nichts dagegen tun konnte.

»Fin«, flüsterte sie mit dem letzten Willen, den sie aufbrachte. »Wenn du da irgendwo bist, hilf mir!«

Dann schlug das Pulsieren des Dschungels über ihr zusammen, und sie verlor sich in einer Welt der Gerüchte, des Flüsterns und des verborgenen Wissens. Geradezu erleichtert schloss sie die Augen.

Kapitel 23

Giftiges Feuer

»Was für ein Flüstern?«, fragte Fin noch einmal. Doch die polierten Augen des Baums hatten sich geschlossen. Fin blickte sich um. Die Sonne drang durch das Laub draußen und tanzte in Sprenkeln auf den Blättern vor dem Baumzimmer. Doch egal, wie angestrengt er lauschte, er hörte nur das Summen der Insekten und das Zwitschern der Vögel. Ansonsten herrschte Stille.

»Ah!«, murmelte der Baum plötzlich. »Das ist ja gut!« Fin drehte sich nach ihm um und sah gerade noch, wie aus einer grünen Liane, die sich um den Stamm geschlungen hatte, eine dicke Knospe wuchs. Die Knospe platzte auf und eine daumennagelgroße schwarze Eichel kam zum Vorschein.

Zögernd zupfte Fin sie ab. Ihre holzige Oberfläche lag kalt in seiner Hand. Unter der schwarzen Schale wirbelten verschiedene Farben durcheinander. Fin drückte sie ein wenig, um zu sehen, wie hart die Schale war. Sie platzte auf, und aus dem Innern flüsterte eine Stimme:

priotorMudskubbenverstecktelefantenohrenunter-
seinemhut

Fin machte vor Schreck einen Satz und ließ die Eichel fallen. Eine schwarze Flüssigkeit quoll durch die zerbrochene Schale heraus und versickerte in einer Lücke zwischen zwei Steinen. Auf ihrer Oberfläche sah Fin für einen kurzen Moment ein Gesicht. Er hätte schwören können, dass es sich um einen Mann mit vorstehenden Zähnen handelte, der sich einen Hut auf den Kopf drückte.

»Was war das?« An der Stelle, wo die schwarze Flüssigkeit versickerte, wuchs bereits eine neue Liane. Atemlos sah Fin zu, wie sie immer länger wurde und sich mit dem Lianengeflecht vereinigte, das ihn bereits umgab.

»Wie bitte?«, fragte der Baum blinzelnd. »Was denn? Wo denn?«

Sein Blick fiel auf die neugewachsene Liane. »Ach das. Ein interessantes Gerücht, ein schönes Geheimnis.« Wieder wollten Fins schwere Lider zufallen.

»Halt!«, rief er verwirrt. »Das war eine Eichel, ein Samen – kein Geheimnis.«

»Doch, natürlich.« Das klang verärgert. »Geheimnisse verwandeln sich hier in Samen. Ein gutes Geheimnis schlägt Wurzeln, und die Liane, die daraus wächst, erblüht zu Gerüchten. Das ist typisch für Geheimnisse«, fügte der Baum wie zu sich selbst hinzu. »Einmal gepflanzt, wachsen sie. Und bringen ihre eigenen Gerüchte hervor.«

Fin verschränkte die Arme. »Und woher kommen die?«, fragte er. »Also die Gerüchte und so?«

Der Baum gähnte. »Der Rat des Flüsterns sammelt sie im Schnatterhain und verbreitet sie dann im Wald. Einige werden von den Ohren des Waldes aufgeschnappt, aber viel passiert hier nicht mehr. Zum Glück bekommt der Rat alles mit, was irgendwo auf der Welt passiert, und bringt es zum Wachsen hierher.«

Fin legte skeptisch den Kopf schräg. »Ach wirklich? Warum höre ich diese Geheimnisse dann nicht?«

»Man hört sie nur, wenn sie einen betreffen. Du hörst nichts, weil auf der ganzen Welt niemand über dich spricht.« Der Baum gähnte und schloss die Augen.

Die Bemerkung saß, vor allem, weil Fin befürchtete, sie könnte stimmen. Er verdrängte sie. Er hatte sich von den weinenden Dieben in Khaznot Quay nicht unterkriegen lassen, und jetzt konnte ihn auch die abschätzige Bemerkung dieses kümmerlichen Baums nicht entmutigen.

Er räusperte sich und richtete sich auf. »Wie finde ich diesen Plapperhain denn?« Wenn es tatsächlich einen Rat gab, der alle Geheimnisse der Welt kannte, würde der ihm bestimmt helfen, die Karte zu finden.

Die wie Ohren geformten Blätter hinter ihm raschelten, und er zuckte zusammen. Die Liane neben seinem Kopf, die eben erst aus der Eichel gewachsen war, schien vor Kraft nur so zu strotzen. Das Rascheln breitete sich an ihr entlang in den Wald aus. *wiefindeich*, glaubte Fin in ständiger Wiederholung zu hören.

plapperfindeichwieplapperhainfindeichplapperhain

»Aha! Ein neues Gerücht!«, knarrte der Baum und öffnete die Augen. »Jemand sucht den Plapperhain!«

Fin starrte ihn an. »Ich weiß«, sagte er. »Das bin ich. Ich habe das eben gesagt.«

Der Baum schnaubte, oder wenigstens deutete Fin das Geräusch so. Es klang für ihn freilich mehr wie das Knacken von fauligem Holz. »Wer bist du denn? Ich erinnere mich nicht, dass du etwas gesagt hast«, sagte der Baum. »Ich erinnere mich überhaupt nicht an dich. Wenn das Gerücht außerdem von dir käme, wäre es nur so glaubwürdig wie du, also eher weniger. Da ich aber nicht weiß, woher es kommt, muss es stimmen.«

Fin hob die Augenbrauen. »Moment mal, du weißt nicht, woher es kommt, und deshalb muss es stimmen?«

»Natürlich.« Der Baum seufzte. »Weil alle es sagen.«

Fin grinste. »Ihr Bäume seid wirklich schnell von Begriff.«

Er wollte gerade nach einer Wegbeschreibung fragen, da hörte er eine Stimme. Eine Stimme im Rauschen und Zirpen des Waldes. Sie sprach leise, kaum zu hören und zu verstehen, aber er hörte sie. *Fin.* Er legte den Kopf schräg. Da war sie wieder!

Fin. Er trat an den Eingang des Baumzimmers und streckte den Kopf nach draußen. *Fin.* Aber draußen war niemand. In dem von Lianen durchzogenen Laub bewegten sich nur Blätter.

finwenndudairgendwobist

»Aha«, sagte der Baum hinter ihm. »Da scheint doch jemand von dir zu sprechen.«

Fin hörte die Stimme wieder, diesmal laut und deutlich.

hilfmir!

Marrills Stimme!

»Das war meine Freundin!«, rief er. »Wie finde ich sie?«

Doch der Baum schien ihn schon wieder vergessen zu haben. »Nachrichten aus der Umgebung«, murmelte er. »Wie interessant ...«

Fin hob eine Eichel auf und warf sie. Sie prallte von der Nase des Baums ab, traf gegen eine Wand und platzte auf. Sofort wuchs daraus eine neue Liane.

»Au!«, rief der Baum. auauauauauau, echote die Liane. »Das soll man mit den Früchten nicht machen!«

nichtmachennichtmachennichtmachen

Fin hob eine weitere Eichel auf, kniff drohend die Augen zusammen und zielte. Vergessen war der Plapperhain. Er musste Marrill finden, das war wichtiger als die Karte.

»Ist ja gut!«, rief der Baum. »Sag mir rasch ein Geheimnis, das deine Freundin gerne wüsste. Etwas Interessantes.« Die Lianen neben Fin zuckten ungeduldig. »Komm zu mir und flüstere es mir ins Ohr. Dann wird es so sein, als käme es von mir.«

Fin überlegte angestrengt, dann legte er die Hand an das knorrige Ohr des Baums und vertraute ihm flüsternd sein Geheimnis an.

»Aha«, sagte der Baum, »das ist wirklich interessant. Auch wenn es mich nicht überrascht.« An einem Ast erschien eine neue Eichel und fiel auf den Boden. Sie platzte auf, eine Liane sprang heraus und wuchs rasend schnell an Fin vorbei in Richtung Dschungel.

Seine Stimme lief raschelnd an ihr entlang, und er wäre vor Scham am liebsten im Boden versunken. »Ich war vor Marrill noch nie mit jemand befreundet«, sagte sie.

»Folge der Stimme«, sagte der Baum. »Sie bringt dich zu ihr.«

»Danke«, sagte Fin. »Und, äh, tut mir leid wegen der Eichel.« Er packte die Liane, sprang aus dem Baumzimmer und rutschte an ihr entlang in den dichten Wald.

nochniemitjemandbefreundetnochniemitjemand-befreundet

Unaufhörlich flüsterten die Blätter es, und das Flüstern breitete sich nach oben und unten und in die Ferne aus.

nochniemitjemandbefreundetnochniemitjemand-befreundet

Fin schloss die Augen, als könnte er es dadurch verdrängen. Ihm war wieder zumute wie damals vor dem weinenden Orakel. Nur dass er sich diesmal nicht aufgrund eines Zaubers klein und hilflos fühlte, sondern aufgrund seiner eigenen Worte. »Jetzt habe ich eine Freundin«, sagte er zu sich selbst, und das half, allerdings nur ein wenig. Er hangelte sich schneller an der Liane entlang in Richtung Marrill.

Endlich, als er schon das Gefühl hatte, die ganze Insel zweimal durchquert zu haben, stieß er mit den Fingern an ein größeres Hindernis. Er öffnete die Augen. Unmittelbar vor ihm vereinigte sich seine Liane mit anderen Lianen und umschlang ein Bündel in Gestalt eines Menschen. Es hing etwa einen Meter über dem

Boden. Fin stupste es an, und das Bündel schrie erschreckt auf.

»Marrill!«, rief er und landete auf dem weichen Waldboden. Außerhalb des Zimmers, das nur das Echo seiner Stimme zurückgeworfen hatte, hörte er den tiefen, urtümlichen Rhythmus des Dschungels, ein Gewirr aus Flüstern und Rascheln. Die Bäume schienen zu diesem Rhythmus zu tanzen und sich zu wiegen.

gerüchte … geheimnisse … gerüchte … geheimnisse einmalgepflanztwachsensie, einmalgepflanztwachsensie

»Ich bringe dich von hier weg«, sagte Fin zu dem Bündel, das sich hilflos wand. »Ich habe langsam den Eindruck, wir sind hier nicht willkommen.« Er zog seine Messer und schnitt eine Liane weg, die Marrill umschlang. Sofort wuchs von unten eine nach und füllte die Lücke. Dasselbe wiederholte sich bei jedem neuen Versuch. Und die ganze Zeit skandierte der Dschungel den unheimlichen Sprechgesang:

gerüchte … geheimnisse … gerüchte … geheimnisse einmalgepflanztwachsensieeinmalgepflanztwachsensie

»So ein Mist!«, rief Fin schließlich und trat zurück. »Das ist ja geradezu, als würden die Gerüchte nie aufhören. Es muss eine andere Lösung geben!«

Im selben Augenblick bemerkte er, dass Farn, der die

Form eines Ohrs hatte, sich lauschend in seine Richtung drehte.

Fin dachte an das Baumzimmer und wie seine Bemerkung, dass er den Plapperhain suchen wollte, sich zuerst ausgebreitet hatte und dann zu ihm und dem Baum zurückgekehrt war. Wie ein Gerücht ohne Quelle – oder, wie in seinem Fall, mit einer in Vergessenheit geratenen Quelle –, das ab sofort als Allgemeinwissen galt und gerade wegen seines unbekannten Ursprungs umso vertrauenswürdiger war.

»Die Gerüchte hören nie auf«, wiederholte er leise.

Da hatte er eine Idee.

»Bin gleich wieder da«, sagte er zu dem Knäuel aus Lianen. Die Antwort war ein erstickter Laut.

Fin eilte zu dem Farnohr und hielt den Mund an dessen Rand. »Ich habe etwas gehört«, flüsterte er und sah mit übertriebenen Bewegungen nach rechts und links, wie um sich zu vergewissern, dass er nicht von Spionen belauscht wurde. Der Farn schien keine Augen zu haben, aber so verrückt, wie hier alles war, konnte man nicht vorsichtig genug sein. »Ich habe gehört, dass, wenn die Lianen das Mädchen kriegen, es mit dem Rat des Flüsterns vorbei ist.«

Überall um ihn begann das Laub zu rascheln. Weitere Ohren wandten sich lauschend in seine Richtung, Münder wiederholten seine Worte. Fin grinste.

»Jawohl«, fuhr er fort, »es ist alles Teil einer Verschwörung. Um, äh, den Rat zu stürzen. Die Lianen sollen das Mädchen einwickeln und nicht mehr loslassen. Dann beginnt das … das Gift zu wirken … oder nein, das Feuer bricht aus! Das giftige Feuer.« Er schluckte. »Und das ist dann das Ende des Plapperhains.«

Das Rascheln wurde heftiger, und überall schüttelten sich Äste. Murmeln erfüllte den ganzen Wald.

mädchenverschwörunggegendenratgiftigesfeuer

Sie hatten den Köder geschluckt!

Fin eilte zu einem anderen Farn, um das Gerücht noch weiter zu verbreiten. »Ich habe von diesem … giftigen Feuer gehört«, sagte er. »Scheußliches Zeug. Aber wenn der Dschungel das Mädchen loslässt, bricht die Verschwörung zusammen. Das ist ein großes Geheimnis, also verrate es niemandem.«

Das Flüstern schwoll immer mehr an und übertönte den dumpfen Rhythmus des Dschungels. Der ganze Wald schien über das Gerücht zu reden! Fin hörte hinter sich ein Knarren wie von Holz und schleifende Geräusche. Er drehte sich um und sah gerade noch, wie die letzte Liane sich öffnete und Marrill auf den Boden fallen ließ.

Kapitel 24

Teamwork

Eben noch hatte ein Wust von Lianen Marrill festgehalten, und ständiges Flüstern hatte ihr in den Ohren geklungen. Sie spürte geradezu körperlich, wie es rhythmisch anschwoll und verebbte. Sie war Teil eines riesigen Netzes, angetrieben von einem schlagenden Herzen in seiner fernen Mitte.

Dann saß sie unversehens auf einer kleinen, kahlen Lichtung. Fin kniete vor ihr und betrachtete sie mit aufgerissenen Augen. »Alles okay?«, fragte er atemlos.

Sie starrte ihn verwirrt an und versuchte, einen klaren Kopf zu bekommen. Rote Flecken bedeckten ihre Arme und Beine dort, wo die Lianen sie gehalten hatten, und das Echo der Stimme ihrer Mutter hallte ihr immer noch durch den Kopf. Mit letzter Kraft verdrängte sie es.

»Marrill?«, setzte Fin nach.

Die Frage holte sie in die Gegenwart zurück. »Äh, tut mir leid«, sagte sie. »Ich war gerade …«

Er sah sie fragend an und wartete darauf, dass sie zu Ende sprach.

Marrill erwiderte seinen Blick. »Du hast mich gerettet.«

»Äh, ja«, sagte er, als sei das klar.

Was es auch war, aber sie meinte etwas anderes. »Du hättest stattdessen auch die Karte suchen können. Ich weiß, wie wichtig sie für dich ist.«

Fin runzelte die Stirn. »Aber für dich auch. Und wir haben doch beschlossen, dass wir sie gemeinsam suchen.«

Marrill nahm seine Hand und drückte sie. »Danke«, sagte sie. »Du bist ein guter Freund.« Ein Blatt neben ihr fing auf, was sie gesagt hatte, und schon bald tönte es durch den Wald:

guterfreundbistdufreund

Fin kratzte verlegen mit einem Stöckchen auf dem Boden herum. »Bitte sehr, gern geschehen.« Er räusperte sich und fügte hinzu: »Weißt du vielleicht, wo Ardent und Coll sind?«

»Sie standen neben mir, und dann habe ich mich umgedreht, und sie waren weg.« Marrill biss sich auf die Lippen. Sie war furchtbar erschrocken, als sie gemerkt hatte, dass sie allein war. Umso dankbarer war sie jetzt. »Zum Glück hat der Wald dich nicht auch geschluckt«, sagte sie.

Fin nickte hastig. »Gut, dass ich nicht auf alles höre, was die Leute über mich sagen …« Er verstummte.

Marrill fiel ein, was sie in ihrem Gefängnis aus Lianen gehört hatte.

nochniemitjemandbefreundetnochniemitjemand befreundet

Es war Fins Stimme gewesen, die das gesagt hatte.

vormarrillnochniemitjemandbefreundet

Ihr wurde ganz weh ums Herz. Der Wald hatte nichts über Fin zu sagen, weil niemand sich an ihn erinnerte.

Fin stand auf, als hätte er ihre Gedanken gelesen. »Wir überlegen jetzt am besten, wo die Karte sein könnte, und verschwinden dann von hier.« Seine Munterkeit klang ein wenig aufgesetzt.

Bevor Marrill antworten konnte, tönte ein lautes Krächzen durch die Lichtung. Ein seltsam verschwommener schwarzer Vogel kam in Sicht und landete auf einem nahen Ast.

»Rose!«, rief Marrill. »Schön, dich zu sehen.«

Als Antwort schlug Rose mit den Flügeln und begann, sich zu putzen.

»Genau zur richtigen Zeit«, murmelte Fin.

Marrill ging auf den Vogel zu. Als sie sich dabei ein paar Lianen näherte, die sich durch das Unterholz schlängelten, wichen die nach hinten zurück, wie um einer Berührung auszuweichen. Aus Neugier wollte Marrill eine festhalten. Da steigerte sich das Flüstern zu einem Schrei.

mädchengiftigesfeuermädchengiftigesfeuergefahr

gefahrgiftigesfeuer

Marrill hob fragend die Augenbrauen und sah Fin an. »Giftiges Feuer?«

Fin schluckte, und seine Wangen röteten sich ein wenig. »Äh, ja«, stotterte er und zuckte verlegen mit den Schultern. »Diese ... äh ... Lianen lauschen doch ständig und geben Gerüchte weiter, und ich ... äh ... musste dich befreien und ... also ...«

Die ohrförmigen Blätter in ihrer Umgebung bogen sich in Fins Richtung. Fin starrte sie an und räusperte sich. »Tut mir leid, ich wollte deinen Plan nicht verraten.« Er zwinkerte übertrieben. Marrill schlug die Hand vor den Mund, um ein Kichern zu unterdrücken.

Rose krächzte wieder laut und flog in den Wald.

»Gehen wir!«, rief Marrill und folgte dem Vogel in das Dickicht. Das Unterholz wich vor ihr zurück und öffnete eine Schneise. Hinter sich hörte sie Fin. Er musste den Zweigen ausweichen, die zurückschnappten, sobald sie an ihnen vorbeigegangen war. Einer traf ihn an der Brust, und ein Schmerzensschrei entfuhr ihm.

»Tut mir leid!«, rief Marrill über die Schulter.

»Ich hätte ihnen sagen sollen, dass ich auch giftiges Feuer dabeihabe«, brummte Fin.

Kurze Zeit später gelangten sie zu einer Lichtung, die von einem dichten Vorhang aus herunterhängenden Lianen gesäumt wurde. Rose flog, ohne zu zögern, hindurch, Marrill wartete auf Fin. Gemeinsam schoben sie die Lianen zur Seite und sahen hindurch.

Der Atem stockte ihnen.

»Willkommen im Plapperhain«, sagte Fin leise.

Marrill war, als blicke sie vom Ufer eines Sees auf eine Insel hinaus. Nur dass sich vor ihr statt Wasser ein Dickicht aus Dornen ausbreitete, die so lang waren wie ihr Arm. Durch das Gestrüpp zogen sich unzählige Lianen, die so dick waren, dass sie Marrill überragten. Sie bildeten eine Brücke hin zum Ufer der Insel.

Marrill fiel ein, wie sie mit ihren Eltern in einem besonders nassen Sommer durch Georgia gefahren war und gesehen hatte, wie die Pflanze Kudzu weite Gebiete mit ihren Lianen vollkommen überwuchert hatte. Sie hatte alles verschlungen, was ihr im Weg stand: Häuser, Bäume und Stromleitungen.

Die Lianen hier waren dagegen nicht nur Pflanzen – zumindest nicht im landläufigen Sinn. Sie zuckten und krümmten sich, lauschten mit ihren ohrenförmigen Blättern und erzeugten mit ihren blütenförmigen Mündern ein schiefes Stimmengewirr.

Und inmitten der Lichtung lag, wie der Bergfried einer Festung hinter einem überwachsenen Graben, die

Insel: ein gewaltiges Rund von Bäumen, die so eng miteinander verflochten waren, dass man nicht hätte sagen können, wo der eine aufhörte und der nächste begann. Es sah schön und schrecklich zugleich aus.

Darüber kreiste Rose, ein verschwommener dunkler Fleck am wolkenlosen blauen Himmel. Hoffentlich bedeutete das, dass sie hier den nächsten Teil der Karte finden würden!

Marrill konnte sich kaum noch beherrschen vor Aufregung. Sie zog Fin in einer spontanen Umarmung an sich und hüpfte mit ihm auf und ab. Er antwortete darauf nur mit einem erschrockenen Aufschrei.

»Entschuldigung«, sagte Marrill verlegen und ließ ihn los.

Fin lief knallrot an und räusperte sich. »Nein, ist schon okay!«, sagte er ein wenig panisch. »Nur ... äh ... wir sollten noch nicht feiern, weil ... äh ...« Er verstummte und zeigte mit dem Arm auf das furchterregende Dornengestrüpp. »Dornen!«

»Stimmt!« Marrill nickte seufzend.

Sie standen nebeneinander am Rand der Lichtung und überlegten, was sie als Nächstes tun sollten. »Was gäbe ich jetzt für eine Flasche Unkrautvernichter«, murmelte Marrill.

Fin stöhnte und schlug sich mit der Hand an die Stirn. »Natürlich!«

Er legte Marrill die Hand zwischen die Schulterblätter und stieß sie in das Gestrüpp hinein.

Marrill konnte gerade noch »Neeein!« schreien, dann verlor sie das Gleichgewicht. Rasiermesserscharfe Dornen kamen ihr entgegen und dann ... nichts. Sie fiel unsanft auf den Boden.

Gestrüpp und Lianen hatten sich vor ihr zurückgezogen.

giftigesfeuergiftigesfeuergiftiges

Sie stand wieder auf, wischte sich den Schmutz von den Knien und sah Fin fragend an.

»Du hättest wenigstens fragen können«, brummte sie.

Fin grinste und machte einen Schritt auf sie zu. Sofort schnellte eine Liane vor und umschlang seinen Fuß. Er stolperte und verlor das Gleichgewicht. Eine zweite Liane packte ihn und zog ihn in Richtung Gestrüpp.

»Hilfe!«, schrie er.

Ein mit tückischen Dornen besetzter Ast bäumte sich vor ihm auf und wollte gerade zuschlagen, da sprang Marrill vor, und das Gestrüpp wich erneut zurück. Marrill schlug nach den Lianen an Fins Beinen, und auch sie räumten hastig das Feld.

Mit Marrill wollten die Pflanzen offensichtlich nichts zu tun haben. Fin dagegen war Freiwild. Marrill biss sich auf die Lippen.

»Was machen wir jetzt?«, fragte sie. »Wir kriegen

dich da nicht rüber.« Im Scherz fügte sie hinzu: »Ich müsste dich schon tragen.«

»Nein«, rief er und hob abwehrend die Hände. Fin hatte den Vorschlag ernst genommen. Er trat einen Schritt zurück und sofort packte ihn wieder eine Liane.

Marrill bückte sich und schlug nach ihr. Dann hob sie den Kopf. Fin sah sie ängstlich an.

»Und wenn ich verspreche, dass ich dich nicht fallen lasse?«, sagte sie.

Kapitel 25

Der Plapperhain

Fin klammerte sich in Todesangst an Marrills Schultern fest. »Zappel nicht so!«, keuchte sie und verlagerte sein Gewicht auf ihrem Rücken. »Du bestehst nicht aus Luft.«

Dornen, die wie Säbel blitzten, umgaben sie von allen Seiten. Das Gestrüpp war so dicht, dass Fin auf dem Weg durch den Dornensee nichts anderes sah. Von allen Seiten ragte Grün um ihn auf, nur über ihm leuchtete tiefblau der Himmel.

»Entschuldigung«, murmelte er. Er kam sich vor wie eine Katze auf einem sich durchbiegenden Ast, unter dem eine Meute wilder Hunde wartete. »Du, äh, machst das großartig«, fügte er leise hinzu, den Blick unverwandt auf die Lianen gerichtet, die sie schwankend wie Kobras umgaben.

Marrill begann stärker zu keuchen. Sie waren jetzt schon fast eine Viertelstunde unterwegs. »Weiß … nicht …« Fin spürte, wie ihre Schultern vor Erschöpfung zuckten. Sie waren für so schwere Lasten wirklich nicht geschaffen. »… ob ich noch … lange … durchhalte …«

Eine Brennnessel schnappte nach Fins Bein. »Ach, was soll's, dann rennen wir einfach!«, rief er. Er sprang von ihrem Rücken und schob sie an.

Von ihrer Last befreit, tat Marrill einen Sprung nach vorn. Fin folgte dicht hinter ihr, aber die Dornen schlossen sich sofort wie eine tödliche Falle und schnappten nach seinen Fersen.

»Au!«, schrie er. »AUAAAAAAA!«

»Fin!« Marrill packte ihn an den Armen und brachte ihn zum Stehen. »Beruhige dich, wir haben es geschafft!«

Fin sah sich erstaunt um. Das Gestrüpp war verschwunden, stattdessen standen sie in einem Kreis gewaltiger Bäume. Sie waren größer als alle Bäume, die er bisher gesehen hatte, und sogar größer als der, in dem er nur kurz zuvor gestanden hatte. Sämtliche Lianen, die den Dornensee überquerten, kamen am Fuß ihrer Stämme zusammen und kletterten zu den Ästen hinauf. Die kreisförmige Lichtung, die sie umschlossen und auf der Fin und Marrill standen, war dagegen ganz leer. Fin kam sich vor wie in einer Kathedrale.

Sie hatten es geschafft, sie hatten die Insel erreicht. Den Plapperhain. Erleichterung breitete sich in Fin aus.

Und jetzt, als das Dröhnen und Pochen in seinen Ohren nachließ, hörte er die Stimmen, ähnlich dem Raunen und Summen des Waldes, nur lauter und weniger rhythmisch. Sie schienen ein Gespräch zu führen oder gleich hundert Gespräche auf einmal und kamen von oben. Fin und Marrill hoben die Köpfe und hielten die Luft an.

In schwindelnder Höhe über ihnen verschlangen sich die Äste der Bäume ineinander, als wären die Bäume ein Kreis aus Menschen, die sich an den Händen hielten. Und diese Hände hielten ein riesiges Pergament, das wie ein Deckengewölbe ausgebreitet war.

»Wie die Decke der Sixtinischen Kapelle«, flüsterte Marrill. Sie legte den Kopf schräg und betrachtete das Pergament aus einem anderen Blickwinkel. »Oder wie eine Kinoleinwand.«

Vor Fins Augen tauchten scheinbar aus dem Nichts gemalte Umrisse und Gestalten auf dem Pergament auf. Er sah Gesichter, Pferde, die über eine Eben galoppierten, lachende Kinder, Kontinente, Inseln und Städte. Die Bilder wanderten über die Bildfläche und verschwanden am anderen Ende, eine unstillbare Flut von Orten, Menschen und Dingen, die am einen Rand des Pergaments zum Leben erwachten und sich am anderen wieder auflösten.

Oder nicht auflösten, erkannte Fin mit einem Schauder. Die Bilder verschwanden nicht. Sie drangen in die Äste der Bäume ein und wanderten weiter zu den Stämmen und von dort zu den Lianen. Und von den Lianen durch den Dornensee zum Wald.

»Das ist bestimmt unsere Landkarte«, murmelte Marrill. Ihre Worte waren in dem allgemeinen Stimmengewirr kaum zu hören.

Fin schüttelte den Kopf, ohne den Blick von dem Pergament abzuwenden. »Dafür ist es zu groß.«

Marrill zuckte mit den Schultern. »Was soll es sonst sein?«

»Aber wie sollen wir das mitnehmen?« Fin hob ratlos die Hände. »Wie sollen wir da überhaupt hinaufkommen?«

Wie als Antwort wurde Marrill kopfüber in die Luft hochgerissen und flog zum Himmel auf. Zurück blieb nur ein erschrockener Schrei.

»Marrill?«, schrie Fin. Und bevor er noch einen klaren Gedanken fassen konnte, packte ihn ebenfalls etwas am Knöchel und riss ihn kopfüber in die Höhe. Der Boden entfernte sich in rasendem Tempo unter ihm, und er konnte nur daran denken, dass er die Knöpfe all seiner Taschen Gott sei Dank zugemacht hatte.

Er flog an dem Kartengewölbe vorbei und noch einige Meter darüber hinaus, dann hielt ihn das, was ihn vom Boden gerissen hatte, ruckartig an. Die Stimmen waren in dieser Höhe so laut, dass er kaum seine eigenen Gedanken wahrnehmen konnte. Und schwindelerregend tief unter ihm, noch unter dem Gewirr der Äste, die die Karte hielten, wartete der Erdboden.

Fin blickte auf seine Füße. Eine wulstige Liane hatte sich um einen Knöchel geschlungen und hielt ihn fest.

Suchend drehte er sich nach Marrill um und sah sie schlaff neben sich hängen. Ihre Haare wehten wie ein Vorhang zwischen ihren herabbaumelnden Armen.

»Wenigstens haben wir die kleinen Störenfriede«, übertönte eine zischelnde Stimme den Lärm. Sie klang wie eine Schlange.

»Ich sehe ein kleines Mädchen ohne giftiges Feuer!«, sagte eine andere, die hoch und weiblich klang, aber genauso zischelnd.

»Giftiges Feuer, von wegen!«, krähte eine dritte Stimme. »Ich habe euch doch gesagt, dass es so etwas nicht gibt, ihr gutgläubigen Rindviecher!«

»Du lügst, Slenefell!«, rief eine vierte. »Du hast gesagt, sie würde die Insel niederbrennen, wenn wir sie nicht herbringen!«

»Und du hast gesagt, sie sei eine Amazone, Meldonoch«, fiel eine fünfte Stimme ein. »Zehn Meter groß!«

Die Stimmen begannen sich zu streiten und sprachen so schnell und alle zur gleichen Zeit, dass Fin nichts mehr verstand. Er blickte von Baum zu Baum. Alle Stämme hatten ein Gesicht, ähnlich wie der Baum, dem er zuerst begegnet war, nur waren diese Gesichter hier unheimlicher. Die Augen waren schwarze Löcher, aus den Mündern ragten gesplitterte Zähne. Unregelmäßigkeiten der Maserung formten die Umrisse verzerrter Wangen, und Nase und Kinn bestanden aus Astknorren. Ein wenig abgeschwächt wurde das bedrohliche Aussehen nur durch die merkwürdigen, übergroßen hölzernen Ohren, die seitlich von den Stämmen abstanden.

»Na prima«, murmelte Fin. »Marrill? Marrill! Sprich du mit ihnen! Mir hören sie nicht zu, weil sie mich ja gleich wieder vergessen!«

Marrill nickte schwach. Ihr Gesicht war von dem vielen Blut, das sich in ihrem Kopf sammelte, dunkelrot angelaufen. Sie legte die Hände trichterförmig an den Mund. »Hallo, Bäume! Lasst uns runter!« Die streitenden Stimmen verstummten schlagartig. »Bitte«, fügte sie hinzu.

»Du bist hier nicht befugt, Forderungen zu stellen, meine Liebe«, sagte die Stimme, die Slenefell genannt worden war. Die Bäume brachen in Gelächter aus.

»Das war wohl nichts«, flüsterte Fin.

Marrill sah ihn wütend an. »Vielleicht können wir einen Handel machen?«, schlug sie vor. Aber die Bäume schüttelten sich geradezu vor Lachen, und Fin und Marrill schwangen wie Pendel hin und her.

»Wir haben alles«, sagte ein Baum.

»Und wissen auch alles«, fügte ein anderer hinzu.

»Das Kartenfeld zeigt uns alles«, sagte ein dritter. »Alle Geheimnisse der Schöpfung versammeln sich hier.«

»Und jetzt haben wir euch«, schloss die Meldonoch genannte Stimme. »Was könnt ihr uns anbieten?«

»Vielleicht ein wenig Dünger?«, schlug Marrill vor. »Oder wir sprühen eure Blätter mit Wasser ein?« Die

Gespräche im Hintergrund schwollen wieder an und erreichten eine ohrenbetäubende Lautstärke. Fin wand sich im Griff der Liane, aber die hielt ihn nur umso fester umklammert.

Auf dem Kartengewölbe unter ihm erschien eine Flotte von Galeonen und glitt auf die verschlungenen Äste zu und von dort zusammen mit dem endlosen Strom der anderen Gerüchte in den Dschungel. Das also war das Kartenfeld. Ein beeindruckender Anblick, musste Fin zugeben.

»Ich finde, wir sollten die beiden für immer hierbehalten«, sagte die hohe Stimme. Sie klang so gebieterisch wie die einer Hofdame. »Sie sind ein schöner Hängeschmuck an unseren Ästen.«

Die anderen Bäume brüllten vor Lachen. »Du hast recht, Leferia«, zischte die Schlangenstimme. »Das Mädchen wächst vielleicht zu einer schönen Mistel heran, und aus dem Jungen könnte Dschungelmoos werden.«

Fin schluckte. Er kannte Dschungelmoos nicht, wollte aber auf keinen Fall welches werden.

»Fin«, flüsterte Marrill aufgeregt, »Ardent sagte doch, der Rat würde Geheimnisse sammeln! Glaubst du, wir können welche eintauschen?«

Fin biss sich auf die Lippen. Welche Geheimnisse kannte er? Er war der Meisterdieb, der König der Schwindler und Betrüger, da musste er doch welche kennen!

Andererseits vertraute ihm niemand Geheimnisse an. Niemand kannte ihn, und erst recht niemand sagte ihm etwas, das er geheim halten müsste. Denn genau darin bestand ja ein Geheimnis – dass niemand es wissen sollte.

Da hatte er eine Idee.

Er holte tief Luft und sagte so laut und deutlich, wie er konnte: »Ich kenne ein Geheimnis, das ihr nicht kennt.«

Zuerst ging das Getuschel weiter, als hätte er nichts gesagt. Fin hielt die Luft an. Er hatte schon heiklere Situationen erlebt als diese, und er hatte immer einen Ausweg gefunden.

Dann hörte er eine flüsternde Stimme im Hintergrund. Sie nahm seine Worte auf.

ichkenneeingeheimnis

»Wie bitte?«, fragte ein Baum.

Dann wieder das Flüstern.

ichkenneeingeheimnisdasihrnichtkennt

Das Flüstern breitete sich aus wie Feuer – wie ein giftiges Feuer, dachte Fin. Es handelte sich um ein Gerücht ohne Quelle, wie die besten Gerüchte. Und wie alles, was er hier sagte.

Deshalb musste es wahr sein.

ichkenneeingeheimnisdasihrnichtkennt
ichkenneeingeheimnisdasihrnichtkennt
ichkenneeingeheimnisdasihrnichtkennt

Das andere Geplauder war verstummt, alle Stimmen hatten seine Worte aufgegriffen und wiederholten sie zuletzt einstimmig, wie einen Refrain.

ichkenneeingeheimnisdasIHRnichtkennt!

»Unmöglich!«, rief Slenefell.

»Wie kann das sein?«, fragte Leferia.

»Das ist eine Lüge!«, schrie Meldonoch.

Fin schüttelte den Kopf. »Nein.« Auf einmal hörten alle Bäume ihm zu. Wenn er etwas so Wichtiges zu sagen hatte, vergaßen sie ihn nicht so schnell.

Es fiel ihm schwer, seinen Triumph zu unterdrücken. »Ich kenne ein Geheimnis, das ihr nicht kennt. Ein Geheimnis, das auch nie auf eurer Karte auftauchen wird.«

»Doch«, fauchte die Schlangenstimme. »Das Kartenfeld wird es uns verraten!«

»Ach ja?«, erwiderte Fin. »Was hat es euch denn schon über mich gesagt?«

Die Bäume begannen, aufgeregt miteinander zu tuscheln. »Stimmt«, rief einer, »ich kann mich nicht erinnern, schon einmal von ihm gehört zu haben!«

»Pst!«, riefen die anderen. Das Tuscheln ging weiter.

Fin verdrehte die Augen. »Die Antwort auf meine Frage lautet ›nichts‹!«, rief er. »Es hat euch nichts gesagt!« Die Bäume stimmten mit einem widerstrebenden Ächzen zu. »Und das bedeutet was?«

»Dass er tatsächlich ein Geheimnis hat, das wir nicht kennen!«, rief Slenefell.

Der ganze Hain brach in Wehklagen aus. »Wir müssen es wissen!«, riefen die Bäume. »Verrate es uns!«

Fin strich sich über das Kinn, als hätte er dort einen Bart. Es sollte aussehen, als würde er nachdenken. Diesen Trick hatte er schon öfter erfolgreich angewendet. Er hoffte nur, dass er kopfüber genauso gut wirkte. »Das heißt, wir haben doch etwas zum Tauschen.«

Die Schlangenstimme zischte, aber Leferia, die Frauenstimme, unterbrach sie. »Der Junge hat recht, Tartrigian. Die Freiheit der beiden für das Geheimnis. So sei es!«

Die Lianen, die Fin und Marrill festhielten, setzten sie auf einem dicken Ast auf Höhe der Karte ab. Damit standen sie zwar noch lange nicht auf sicherem Grund, aber ein Anfang war gemacht.

»Ihr seid frei«, sagte Leferia. Von dem Ast aus konnte Fin das alte Nest einer Eule auf ihrem Ohr erkennen. »Jetzt sagt uns das Geheimnis!«

Marrill sah sich um. »Wie kommen wir denn von hier nach unten?«

»Ihr klettert«, brummte das knollige Gesicht von Slenefell unwirsch. Sein Gesicht war mit Spechthöhlen übersät.

»Das habe ich befürchtet«, murmelte Marrill und versuchte erfolglos, sich die Haare hinter die Ohren zu stecken. Fin lächelte sie aufmunternd an. Sie kramte in ihren Taschen, zog ein Tuch heraus und band es sich um den Kopf, damit ihr die Stirnfransen nicht ständig in die Augen fielen.

»Aber jetzt zu meinem Geheimnis, abgemacht ist schließlich abgemacht«, rief er und rieb sich im Geist schon die Hände. Für solche Momente lebte er – wenn jemand angebissen hatte und übers Ohr gehauen werden wollte.

Die Bäume beugten sich vor, und zum ersten Mal war es vollkommen still. Vor Fin wuchs eine Liane empor, und auf Höhe seiner Brust öffnete sich eine ohrförmige Blüte.

»Sprich das Geheimnis ins Ohr«, wies Slenefell ihn an. »Dann wird es an unseren Wald weitergeleitet.«

Fin fasste das Ohr behutsam an den Rändern an und senkte das Gesicht darüber, bis seine Lippen fast die Blütenblätter berührten. Er musste ein Lächeln unterdrücken.

Kurz wartete er noch und zog die Spannung wie ein Entertainer genussvoll in die Länge. Als selbst Marrill neben ihm unruhig wurde, flüsterte er das Geheimnis endlich leise in die Blüte.

Das Ohr erzitterte, und die Blütenblätter falteten sich

zusammen. Sie wurden immer kleiner und fielen mit einem letzten Zittern ganz ab. Darunter kam eine vollendet geformte Eichel zum Vorschein, die größte, die Fin je gesehen hatte.

Sie wackelte, brach von der Liane ab und fiel hinunter. Beim Aufprall zerbrach die Schale.

»Das ist unser Einsatz«, sagte Fin leise zu Marrill. Er ging auf dem Ast zum Stamm und begann hinunterzuklettern. An der dicken Rinde konnte man sich hervorragend mit Händen und Füßen festhalten.

Fin war noch nicht weit gekommen, da hörte er das erste Flüstern. An der Stelle, an der die Eichel mit seinem Geheimnis gelandet war, war eine Liane gewachsen. Bald würden die Bäume sein Geheimnis kennen.

Und bestimmt würden sie in ihrer Aufregung darüber den Jungen aus Khaznot Quay, der es ihnen gesagt hatte, völlig vergessen. Er musste kichern und malte sich schon aus, wie er und Marrill das Abenteuer später ausschmücken würden.

Da hielt er plötzlich inne. Etwas Schreckliches war ihm eingefallen. *Marrill.*

Anders als ihn würden die Bäume sie nicht vergessen. Er hatte noch nie für jemand anders mitplanen müssen.

Die aus dem Gerücht entsprossene Liane wand sich um die Baumstämme und wiederholte unaufhörlich sein Geheimnis, bis ein ständiges Raunen ihn einhüllte. Die Bäume begannen wütend zu schwanken, Lianen schnappten nach Marrill, wickelten sich um ihre Knöchel und zogen sie wieder nach oben. Marrill schrie auf, und ihr Schrei mischte sich mit dem Echo von Fins Stimme:

»Mein Geheimnis ist, dass ich keins habe.«

Kapitel 26

Ein unerwarteter Sieg

Eine Minute später baumelte Marrill zum zweiten Mal kopfüber in der Luft. Fast hätte sie das Kopftuch verloren, mit dem sie ihre Haare zurückgebunden hatte. Hastig zog sie es über das Kinn.

»Lasst mich los!«, schrie sie und stopfte sich das T-Shirt in die Hose, damit es nicht ebenfalls nach unten fiel.

Die Lianen lösten ihren Griff, und Marrill fing an, aus der Schlinge herauszurutschen. Sie blickte tief hinunter zum Boden, und ihr wurde flau im Magen.

»Nein! Lasst mich lieber nicht los!«, schrie sie.

Sofort hielten die Lianen sie wieder fest und stoppten ihren Fall. Kopfüber hing sie da, und ihr Herzschlag dröhnte ihr in den Ohren.

»Flatterhaftes Ding«, bemerkte Slenefell.

»Ganz im Gegenteil«, widersprach eine andere Stimme. »Wenn sie fliegen könnte, hätte sie nicht darum gebeten, festgehalten zu werden.«

Meldonoch rauschte mit den Blättern. »Also wirklich, Bleblehad. Slenefell meinte mit flatterhaft doch, dass sie nicht weiß, was sie will. Und das stimmt auch – im einen Moment so, dann wieder so. Was kommt als Nächstes?«

Marrill zog sich das Kopftuch von den Augen, auf die es mittlerweile gerutscht war, und sah sich nach Fin um. Er war auf den Ast zurückgeklettert und näherte sich ihr mit erhobenen Händen, um sie notfalls aufzufangen.

»Vielleicht könntet ihr mich einfach neben meinem Freund absetzen?«, schlug sie vor.

Auf ihre Worte folgte eine kurze Auseinandersetzung darüber, um wen es sich bei diesem »Freund« handeln mochte, beziehungsweise ob sie überhaupt einen Freund hatte. »Da steht er doch!«, rief Marrill und zeigte auf Fin. »Das ist mein Freund. Setzt mich neben ihm ab!«

Einen Augenblick später berührte sie mit ihren Fingern Rinde. Dankbar, wieder festen Boden unter den Füßen zu haben, schlang sie die Arme um den Ast. Auch wenn sie vom Erdboden noch einige dutzend Stockwerke entfernt war.

Fin hockte sich neben sie. »Alles in Ordnung?«, fragte er.

»Mir wäre wohler, wenn die Bäume uns die Karte geben würden«, murmelte sie.

»Ihr wollt die Karte?«, fragte Slenefell. »Hm ... also ...

ihr könntet sie unter Umständen bekommen ... was meinst du, Meldonoch?«

Der größte Baum der Lichtung bewegte die Äste. »Also ich, hm ... wir streiten uns jetzt schon länger darum, und ich würde die Karte ungern hergeben. Aber wenn sie sie so dringend braucht ...«

»Moment mal, was?«, rief Leferia. Ihre Stimme klang noch schriller als sonst.

Marrill setzte sich auf und schob sich das Kopftuch auf die Stirn. »Was besprechen die da?«, fragte sie Fin leise. Er zuckte mit den Schultern und schien genauso überrascht und verwirrt zu sein wie sie.

»Für mich kommt das jetzt zwar überraschend, aber wenn ihr alle einer Meinung seid ...«, sagte Leferia nach einer Pause.

»Wir brauchen nur um die Karte zu bitten, und schon bekommen wir sie?«, fragte Marrill die Bäume. Konnte das mit rechten Dingen zugehen? »Ihr ... gebt sie uns einfach so?«

Die Blätter über ihr rauschten drohend und scheuchten einige Vögel aus ihren Nestern auf.

»Moment«, sagte Slenefell, »nein, warum sollten wir sie dir geben? Ich, äh ... habe das nur im Scherz gesagt, im Scherz.«

»Ich auch!«, fiel Meldonoch ein.

Bleblehad hob ratlos einen Ast. »Aber eben habt ihr noch ...«

»Halt den Mund, Bleblehad«, riefen die anderen

Bäume im Chor. Bleblehad ließ den Ast wieder sinken.

Marrill beugte sich zu Fin vor. »Werde ich langsam verrückt, oder kapierst du das auch nicht?«

»Ich kapiere es auch nicht.«

»Eben wollten sie uns die Karte noch geben und jetzt …« Marrill verstummte.

Fin nickte. »Du hättest sie fast überredet.«

Abwesend knotete Marrill ihr Kopftuch auf, um es fester zu binden, dabei fiel ihr der Rand des regenbogenfarbenen Stoffs auf. Da musste sie plötzlich lachen.

»Jetzt benimmst *du* dich sonderbar«, sagte Fin.

Marill hielt ihm das Tuch hin. Es handelte sich um die Meerseide, die Gassen-Sally gegen Marrills Haare eingetauscht hatte, den Stoff, der andere angeblich dazu brachte, alles zu tun, was man wollte. Marrill hatte das für Flunkerei gehalten, aber es stimmte offenbar!

»Es liegt an diesem Tuch!«, flüsterte sie. »Als ich vorhin gesprochen habe, hing es vor meinem Gesicht, ich habe durch den Stoff gesprochen!« Sie stand auf und band sich das Seidentuch wie ein Gangster aus einem alten Western vor Nase und Mund. »Äh«, sagte sie zu den Bäumen und überlegte, »haltet euch mal alle eine Liane an die Nase.«

Sofort ergriffen die fünf Bäume Lianen und hielten sie sich an die Nase.

»Es funktioniert!«, rief Marrill, packte Fin an den Händen und hüpfte mit ihm auf und ab. Sie wandte sich wieder an den Rat und räusperte sich. »Wärt ihr denn bereit, mir die Karte zu geben?«

Ein langgezogener Seufzer zog raschelnd durch die Blätter. »Ja«, murmelte ein Baum.

»Schon«, sagte ein zweiter widerstrebend.

»Wenn es unbedingt sein muss«, fügte ein dritter hinzu.

Marrill wartete, doch nichts weiter geschah.

Fin stupste sie an. »Du musst sie wahrscheinlich ganz direkt darum bitten.«

»Ja? Also gut.« Marrill wandte sich erneut an die Bäume. »Äh, liebe Ratsmitglieder, äh, wenn ihr die Freundlichkeit hättet, ich meine, gebt mir doch bitte die Karte.«

Die Bäume besprachen sich murmelnd. »Aber wir haben sie doch schon so lange«, beschwerte sich Meldonoch.

»Und wir haben so hart um sie gekämpft«, stöhnte Slenefell.

»Und so viele Dinge gesehen«, jammerte Bleblehad.

»Vielleicht haben wir in dieser langen Zeit genug gesehen«, flüsterte Tartrigian traurig. »Vielleicht ist jetzt die Zeit gekommen, loszulassen.« Widerstrebend stimmten die anderen Bäume zu.

»Der Hain wird also nicht mehr plappern«, verkündete Meldonoch. Das Flüstern der Blätter klang so traurig wie der Wind, der durch die Birken eines alten Friedhofs weht.

Als Fünfte und Letzte gab auch Leferia knarrend ihr Einverständnis. »Also gut«, sagte sie. »Alle zusammen auf drei.«

Marrill nahm Fins Arm. Gleich gehörte die Karte ihnen!

»Eins …«, sagte Meldonoch. Die Äste ließen die Karte einer nach dem anderen los, und das Pergament schrumpfte jedes Mal ein wenig.

»Zwei …«, flüsterte Bleblehad. Die Bäume hielten das Pergament nur noch mit jeweils einem Ast.

Marrill konnte die Spannung förmlich schmecken, bittergrün und so süß wie Geißblatt. »Na los«, flüsterte sie durch die Seide. »Überwindet euch …«

»Drei!«, rief Leferia.

Vier Äste ließen zur gleichen Zeit los. Mit einem zischenden Geräusch schrumpfte die Karte auf die Größe eines normalen Papierblatts und rollte sich um den letzten Ast. Leferia, der der Ast gehörte, ergriff sie sofort mit weiteren Ästen.

»Du liebes bisschen, es hat funktioniert!« Sie lachte meckernd. »Ihr habt losgelassen! Ich kann es nicht glauben!«

Von den anderen Bäumen kam ein Ächzen wie von einem Sturm, doch es ging in Leferias Triumphgeheul unter.

»Ich habe die Karte, ich habe die Karte«, rief sie. Sie schwankte wie tanzend vor und zurück und schüttelte ihre Äste.

Die Bäume jammerten verwirrt, doch Leferia beachtete sie nicht. Sie entrollte die Karte und drehte sie so, dass nur sie selbst sie ansehen konnte. Die anderen streckten Äste und Lianen danach aus, aber Leferia schlug sie weg.

»Bah, was soll das!«, schimpfte sie. »Vorsicht, sonst zerreißt sie!«

»Aber Leferia«, jammerte Bleblehad. »Das ist unfair ...«

»Du hast geschummelt!«, rief Tartrigian anklagend.

Fin sah Marrill mit erhobenen Augenbrauen an. »Hat Leferia uns gerade ausgetrickst?«

Marrill schluckte. »Schon möglich.«

Leferia zog Fin und Marrill an sich heran, bis unter ihr lachendes Gesicht. »Ach Kinder!«, kicherte sie. »Ihr seid mir vielleicht Schätzchen!«

Marrill sah, wie die Tinte der Karte dunkel am Stamm hinunterlief und und sich von dort in den Dschungel ausbreitete. Von nahem spielte ein freundliches Grün in Leferias schwarzen Augenhöhlen. Marrill kniff die Augen zusammen. Sie konnte in den Höhlen sogar Farnwedel erkennen, die sich hin und her bewegten.

»Aber jetzt musst du mir erzählen, woher du diesen wunderbaren Stoff hast!«, rief Leferia.

Marrill zog zögernd ihr Tuch nach unten über das Kinn. »Den?«, fragte sie. Leferia beugte sich in einem Luftzug, den man nicht spüren konnte, nach vorn und nickte. »Das ist Meerseide. Von, äh …« Wie hatte Gassen-Sally gesagt? »Glucksern?«

»Gluckersirenen?«, rief Slenefell.

Marrill nickte eifrig. »Genau!«

»Blöder Stoff!«, zischte Tartrigian. »Bewirkt überhaupt nichts!« Halbherzig fuhr er mit einem Ast durch die Luft, den Leferia aber sofort zur Seite schlug.

Fin musste lachen. »Dafür hat sie euch Dummköpfe aber ganz schön reingelegt!«

Leferia kicherte, ein Geräusch wie knarrendes Holz. »Ach, ihr Dummköpfe«, sagte sie. »Vielleicht solltet ihr die Karte dazu befragen. Nein, Moment, das könnt ihr ja nicht!« Ihre Heiterkeit war ansteckend. Marrill musste unwillkürlich selbst kichern. Je abfälliger die anderen sich äußerten, desto mehr stieg Leferia in ihrer Wertschätzung.

»Hör nicht auf sie, meine Liebe«, fuhr Leferia fort. »Wenn sie die Karte lesen könnten, wüssten sie, dass dieses Seidentuch tatsächlich magische Eigenschaften hat. Jeder Gegenstand kann sich magisch aufladen, genauso wie ein alter Pullover sich statisch aufladen kann.«

Das hatte Marrill nicht gewusst. Sie sah Fin fragend an, aber ihm schien es ähnlich zu gehen.

»Es ist natürlich selten«, sagte Leferia. »Es erfordert sehr viel Konzentration und Einfühlung. Aber wenn ich mich richtig erinnere, hat die frühere Besitzerin dieses Seidentuchs damit einige hundert gutgläubige Männer verführt. Und sie dann mittellos, verzweifelt und ruiniert fallenlassen.«

Marrill befühlte mit den Fingern ihre gezackten Stirnfransen. »Das klingt auf jeden Fall nach Gassen-Sally«, murmelte sie.

»Die vielen Lügen und gebrochenen Herzen scheinen dem Stoff zusätzliche Kraft verliehen zu haben. Natürlich wirkt er nur bei Vollidioten.« Leferia schnaubte verächtlich, und gleich mehrere Stimmen schnaubten zurück.

Leferia ignorierte sie. »Aber jetzt bin ich endlich die Königin des Hains und habe die Karte in meiner Gewalt! Endlich ist alles so, wie es sich gehört. Und diese Trottel können nur dastehen und den vom Wald eingefangenen Gerüchten lauschen. Mit etwas Glück schnappen sie vielleicht einige der wunderbaren Geheimnisse auf, die aus mir fließen und flüsternd zu ihnen zurückkehren.«

Auf diese Bemerkung hin brach ein Baum – Bleblehad, soviel Marrill wusste – in Tränen aus. In Marrill regte sich das schlechte Gewissen.

Andererseits schien Leferia viel netter zu sein als die anderen. Marrill wusste nur nicht, wie weit diese Nettigkeit reichte. »Also, äh, wegen der Karte. Ich finde nur mit ihr den Weg nach Hause … meine Mom ist krank und …«

»Ach richtig«, sagte Leferia. Ihr Mitgefühl klang echt. »Ich meine sie auf der Karte einmal gesehen zu haben. Die ganze Aufregung hat ihr ziemlich zugesetzt.«

Marrills Kehle war wie zugeschnürt. »Deshalb brauche ich die Karte.«

Hinter ihr brach ein zweiter Baum in Tränen aus.

»Und mein Freund braucht sie, um seine Mutter zu finden«, fügte sie hinzu.

Sie spürte, wie Fin neben ihr die Luft anhielt, und legte ihm beruhigend die Hand auf den Arm.

Leferia seufzte mitfühlend. »Ich weiß nicht, ob ich ihm helfen kann.«

Fin blickte auf seine Füße. »Schon verstanden«, sagte er.

Marrill blickte ebenfalls nach unten, dann aber sofort wieder nach oben. Sie standen immer noch in schwindelnder Höhe über dem Boden.

»Leferia!«, rief Tartrigian erschrocken. Sein Stamm bebte merkwürdig, und seine Äste zitterten. »Leferia, der Wald flüstert!« Dann begann auch er zu schluchzen. Dicke Tränen aus Baumsaft rannen aus seinen Augenhöhlen und über sein schwieliges Gesicht.

Marrill biss sich auf die Lippen. Auch Leferia wirkte auf einmal beunruhigt und lauschte auf Stimmen, die nur die Bäume hören konnten. In der Stille begann auch das letzte Ratsmitglied, nämlich Slenefell, zu weinen.

Fin hatte erschrocken die Augen aufgerissen.

Das bedeutete nichts Gutes, dachte Marrill mit einem flauen Gefühl im Magen. »Was ist denn los?«

»Er ist gekommen«, flüsterte Leferia. »Er ist hier! Warum habe ich das nicht vorausgesehen? Warum hat die Karte ihn mir nicht gezeigt?«

Marrill sah sie alarmiert an. Offenbar war etwas Schlimmes passiert. Eine Katastrophe.

»Wer denn?«, fragte sie leise. »Wer ist hier?«

Leferias hölzerne Lippen zitterten. »Der Herold der verlorenen Sonne«, sagte sie erregt. »Der Kartendieb!«

»Das Orakel«, ergänzte Fin leise.

Marrill runzelte verwirrt die Stirn. Aber fragen konnte sie nichts mehr, denn in diesem Augenblick schrien die Ratsmitglieder genau gleichzeitig auf.

»FEUER!«

Kapitel 27

Die weinenden Bäume

Fin erstarrte. Das Weinen, das Feuer – alles war so vertraut. Zuerst der Hafen von Khaznot Quay, jetzt der Plapperhain. Das Orakel war ihnen gefolgt!

Die große, ein wenig unheimliche Baumfrau beugte sich vor. »Mein Wald brennt!«, schrie sie so laut, dass Fin sich die Ohren zuhalten musste. »Ihr müsst ihn retten!«

Marrill packte Fin am Arm. »Was ist denn los?«, fragte sie. »Wer ist das Orakel?«

»Ein Bösewicht, der schlimme Sachen macht«, antwortete Fin.

»Ein Zauberer der Nacht!«, jammerte Leferia. »Er will die Karte holen, und dazu ist ihm jedes Mittel recht! Und er brennt meinen Wald nieder!«

Ihr Schluchzen wurde lauter und mischte sich mit dem Wehklagen der anderen Bäume.

Marrill umklammerte Fins Arm fester. »Was geht hier vor?«, fragte sie ängstlich.

»Das Orakel bringt die Bäume zum Weinen«, erklärte Fin. »Überall wo es auftaucht, brechen alle in Tränen aus.«

Marrill runzelte die Stirn. »Warum sind wir dann nicht …« Sie verstummte. »Ach so!« Sie ließ Fin los und ließ sich auf Hände und Knie fallen. »Leferia!« Sie trommelte auf den Ast, um den Baum auf sich aufmerksam zu machen. »Du darfst den Lianen nicht zuhören! Sie leiten die Trauer des Orakels weiter.«

»Nicht zuhören?«, kreischte Leferia entsetzt. »Du meinst, keine Informationen mehr bekommen?«

Fin nickte. »Genau das. Sie übertragen den Zauber, und damit hat das Orakel die anderen Ratsmitglieder drangekriegt!«

Eine dicke Träne rollte aus Leferias Augenhöhle, und ihre Blätter rauschten auf. Es klang wie ein tiefer Seufzer. »Also gut«, sagte sie schniefend. »Ich versuche es …«

Fin suchte den Horizont nach Rauch ab. »Wir müssen von hier verschwinden – Moment, was soll das?« Lianen schlangen sich um seine Hüfte und rissen ihn in die Luft. Marrill folgte ihm mit einem unterdrückten Schrei.

»Sie bringen euch von hier weg!«, erklärte Leferia. »Aber zuerst …« Eine kleine Ranke fiel vor ihnen aus dem Laubdach. Die Spitze hatte sie um das fest zusammengerollte Kartenfeld geschlungen. Entgeistert starrte Fin darauf.

»Nehmt das mit«, sagte der Baum.

Fin rührte sich nicht, doch die Ranke blieb beharrlich ausgestreckt. Zögernd griff Fin nach der Karte. Die Ranke ließ sie allerdings nicht los.

»Bist du sicher?«, stotterte Marrill verwirrt. Fins Blick wanderte zu seinen Füßen und dann zum Boden unendlich tief unter ihnen.

»Nein, überhaupt nicht«, antwortete Leferia barsch. Das Weinen wurde immer lauter. Es kam aus den Lianen, die die Gerüchte beförderten, und mischte sich mit dem Schluchzen der Bäume des Rats. Leferia seufzte. »Aber solange die Karte hier ist, droht uns Gefahr. Ihr müsst sie mitnehmen, bevor die ganze Insel verbrennt!«

Die Ranke ließ los, und Fin hielt die Karte in der Hand. Er steckte sie rasch in die Jackentasche. »Okay, dann zurück zur *Krake*!«

Als Antwort holten die Lianen, die sie hielten, aus. Es war, als ob Arme sich anschickten, einen Ball zu werfen. Fin schluckte und machte sich auf das Schlimmste gefasst, denn er ahnte schon, dass er und Marrill die Bälle waren.

»Moment!«, rief Marrill. »Wo sind Ardent und Coll? Wir können nicht ohne sie abfahren!«

»Stimmt!«, fiel Fin hastig ein und nestelte abwesend an den Schnüren seiner Himmelssegel. Er hatte den Rest der Mannschaft schon ganz vergessen, so wenig war er es gewöhnt, sich um andere kümmern zu müssen.

»Ach ja …«, murmelte Leferia. »Also gut.« Flüsternd beförderten die Lianen die Frage durch den Plapperhain. »Wie ich höre, haben die Gerüchte sie überwältigt«, sagte sie einen Moment später. »Ich bringe euch zu ihnen, aber ihr müsst euch beeilen!«

Die Lianen, an denen sie hingen, begannen hin und her zu schwingen, als seien Fin und Marrill Gewichte am Ende eines sehr langen Pendels. Auf dem Weg nach unten drückte es Fin den Magen nach oben. Anschließend schwang das Pendel wieder hinauf, und es drückte ihm den Magen in Richtung Knie. Dann löste die Liane sich von ihm.

»Halt!«, rief er erschrocken, »lass uns das noch kurz besprechen.«

»Nein!«, sagte Leferia. Und schon flog er durch die Luft.

Er konnte nicht unterscheiden, wo sein Schrei aufhörte und der von Marrill begann. Nebeneinander flogen sie aus dem Plapperhain hinaus. Der Dornensee zog unter ihnen vorbei, und vor ihnen tauchten grüne Blätter und Äste auf. Fin versuchte, sich zu strecken und die Himmelssegel zu öffnen, bevor es zu spät war, doch vergeblich.

Etwas Grünes raste ihm entgegen, schlang sich um seinen Knöchel, und schon ging es wieder abwärts. Die Liane schwang ihn einmal im Kreis, dann ließ sie los. Fin überschlug sich und flog über den Wald. »Hilfe«, ächzte er.

Neben ihm juchzte und brüllte Marrill aus Leibeskräften. »Ich bin die Königin des Dschungels!«, schrie sie. Wieder wurden sie von Lianen gepackt und in die Luft geschleudert.

»Tut mir leid, wenn es unangenehm ist«, sagte Leferia. Ihre Stimme kam aus den Blättern, mit denen die Lianen besetzt waren. »Aber es handelt sich um einen Notfall.«

»Kein ... Problem ... wow!«, japste Fin.

»Kann mir ... ups! ... bitte jemand sagen ... Hilfe! ... was hier los ist?«, schrie Marrill. »Was ist das für ein Orakel? Warum ist es so mächtig?«

Die nächsten Lianen packten sie. Jedes Mal, wenn sie in den Wald eintauchten, stieg vom Boden Schluchzen zu ihnen auf, und Stimmen riefen »Feuer!«. Als sie wieder über die Baumkronen flogen, sah Fin in einiger Entfernung eine Rauchsäule. Sie kam rasch näher.

»Wir nennen es das meressianische Orakel«, sagte Leferia. »Es hat vor langer Zeit das Wasser des Piratenstroms getrunken, um mit ihm zu verschmelzen und mächtiger zu werden als alle anderen, und davon hat es den Verstand verloren.«

»Aber ... ups! ... Ardent sagte einmal, das könnte niemand überleben«, wandte Marrill ein.

»Stimmt«, sagte Leferia. »Aber damals hielt sich ein Meisterzauberer namens Serth für so stark, dass er es versuchen wollte. Eine Gruppe von weiteren mächtigen Zauberern versammelte sich auf der Insel Meres, um ihm zu helfen. Festhalten!« Die Lianen, an denen sie hingen, wickelten sich um Baumstämme und schleuderten sie in eine neue Richtung.

Fin kämpfte mit tiefen Atemzügen gegen die aufsteigende Übelkeit. »Und dann?«, fragte er, um sich abzulenken.

»Er hat überlebt«, antwortete Leferia. »Aber nur knapp.« Sie klang traurig. »Mit Hilfe des Wassers konnte er in die Zukunft sehen, aber er wurde darüber verrückt. Gleich seid ihr da!«

Es wurde wärmer, und sie flogen tiefer, durch wogende Äste hindurch und an efeuüberwucherten Stämmen vorbei. »Serth wurde das Orakel genannt und seine wirren Sprüche die meressianische Prophezeiung«, erklärte Leferia. »Die Prophezeiung sagt den Untergang des Piratenstroms voraus, und Serth sucht die Karte, um mit ihrer Hilfe die Prophezeiung zu erfüllen!«

Fin warf Marrill einen Blick zu. War er auch so grün im Gesicht wie sie? »Und wie genau lautet diese Prophezeiung?«, fragte er.

»Ach ...« Leferia verstummte. »Also sie ist ziemlich lang.«

»Dann fasse sie für uns zusammen«, sagte Marrill und flog von einer Liane zur nächsten.

»Natürlich.« Leferia schüttelte wieder seufzend die Blätter. »Die Kurzversion. Auch die Kurzversion ist ... ziemlich ...« Sie machte eine Pause. »Ich meine, es gibt Dinge, die ... vermutlich ...«

»Du kennst sie gar nicht, stimmt's?«, fiel Fin ihr ins Wort.

»Sie war so langweilig!«, rief Leferia empört. »Lang und langweilig. Und es war so laut!«

Bevor Fin noch etwas sagen konnte, verlangsamte sich ihr Flug. Sie baumelten noch kurz in der Luft, dann setzten die Lianen sie vorsichtig auf dem Boden ab.

Um Fin drehte sich alles, und auch Marrill schwankte und fiel auf die Knie. Im Unterholz jammerten und schluchzten tausend Stimmen.

Marrill rappelte sich auf. »Sieh mal!«, sagte sie und streckte die Hand aus. Durch das Laub hindurch konnte Fin ein orangefarbenes Flackern erkennen. Schon jetzt lief ihm von der Hitze der Schweiß über die Stirn.

»Ich höre eure Freunde«, sagte Leferia. »Den Zauberer findet ihr in dieser Richtung.« Eine Liane spaltete sich ab und wuchs auf das Feuer zu. »Und den Jungen in dieser.« Eine zweite Liane verschwand in einem Dickicht.

In der einen Richtung lauerte die Gefahr, die andere wirkte vergleichsweise sicher. »Wir müssen uns aufteilen«, sagte Fin. Seine Gedanken rasten. »Ich nehme Ardent. Das Feuer ist zu gefährlich.«

»Wie bitte?« Marrill verschränkte empört die Arme.

Fin sah sie verwirrt an.

Marrill verdrehte die Augen. »Du glaubst wohl, ich käme mit dem Feuer nicht zurecht?«

»Ach so.« Fin biss sich auf die Lippen. Jetzt war keine

Zeit, zu streiten. »Klar, gutes Argument. Dann nehme ich die weniger gefährliche Richtung. Du führst mich, Leferia!« Er eilte auf das Dickicht zu.

»Über diese Mauer«, wies Leferia ihn an. »Dann diesen Gang entlang und über die Zinnen!« Ihre Anweisungen ergaben keinen Sinn, denn Fin sah nur Bäume und Hügel.

Trotzdem folgte er ihrer Stimme, so gut er konnte. Er kletterte über ein Gebüsch, das so dicht war, dass er sich nicht durchzwängen konnte. Anschließend rannte er durch eine Allee aneinanderlehnender Bäume und eine langgestreckte Anhöhe hinauf.

Oben angekommen, verzog sich der Rauch, und vor ihm erstreckte sich die bewaldete Mitte der Insel. Plötzlich sah er, was die Stimme meinte. Lichtungen öffneten sich im Unterholz wie Innenhöfe, und die gewaltigen Bäume waren wie Türme. Er blickte zurück und sah die Mauer, den Gang und die Zinnen, über die er gestiegen war. Der ganze Wald war angelegt wie eine Burg.

Eine riesige, von Geheimnissen und Gerüchten überwucherte Burg, deren Bewohner sich in Pflanzen verwandelt hatten und nur noch dastehen und sich anhören konnten, was andere taten.

»Wow!« Fin schwirrte der Kopf. »Jetzt kapiere ich das erst, Leferia!«, rief er. »Und wohin jetzt?«

Doch niemand antwortete, da war nur das Schluchzen, das die Lianen durch den Wald trugen. »Leferia?«, rief er wieder. Immer noch nichts. Ohne Marrill hatte sie ihn vergessen.

Natürlich! Er suchte seine Umgebung ab und sah schließlich in einiger Entfernung an einem Turm einen wie Coll geformten Klumpen hängen. Dazwischen lagen allerdings noch jede Menge Büsche.

»So ein Mist«, sagte Fin leise.

Kapitel 28

Schlapp

»Warte!«, rief Marrill Fin nach, aber zu spät, er war schon verschwunden. Ängstlich sah sie sich um. Rauch brannte ihr in den Augen und in der Kehle. Sie hatte eigentlich gar nicht in die gefährliche Richtung gehen wollen! Fin hatte sie missverstanden.

»Halte dich fest und folge mir!« Das war Leferias Stimme. Marrill hielt sich an Leferias Liane fest und eilte stolpernd durch das Gebüsch.

Der Schweiß brach ihr aus, als wäre sie in das heiße Arizona zurückgekehrt. Gerade als die Hitze unerträglich zu werden drohte, befahl Leferia ihr, stehen zu bleiben. »Der Zauberer ist hier!«, sagte sie. »Rechts von dir!«

Marrill kniff die Augen zusammen. Ein Rauchschleier vernebelte ihr die Sicht. Wenige Meter entfernt beleuchtete der orangefarbene Schein ein in der Luft hängendes Bündel von Lianen. Es hatte die Größe eines erwachsenen Menschen. An seinem unteren Ende hing ein purpurroter Zipfel heraus, und zwischen den Lianen quollen weiße Bartsträhnen hervor.

»Zieh an den Lianen«, sagte Leferia. »Wenn sie keine neuen Gerüchte als Nahrung bekommen, lässt ihre Kraft nach.«

Marrill zerrte an dem Bündel. Die Lianen lösten sich nach und nach voneinander, und der darin steckende Zauberer kam zum Vorschein. »Ardent!«, rief Marrill.

»Tut mir leid, wenn ich störe«, flüsterte eine neue Stimme aus den Blättern der schluchzenden Lianen. »Aber es ist so weit.«

»Er kommt!«, schrie Leferia. »Mach schnell!«

Marrill schluckte. Die Stimme klang so traurig, so schrecklich traurig und hoffnungslos. Sie zerrte an der nächsten Liane, allerdings zusehends kraftloser.

»So ein Idiot!«, ächzte Ardent und holte sie in die Wirklichkeit zurück. Der Zauberer sah sie verwirrt an. »Bist du das, Erster Offizier Marrill?«

»Ardent!«, rief sie und schlang die Arme um die immer noch kopfüber vor ihr hängende Gestalt.

»Ich hatte einen höchst sonderbaren Traum«, erklärte der Zauberer erstickt durch ihr T-Shirt. »Zambfant, der sogenannte Große, zog meine schönen Theorien in Zweifel, als hätte er auch nur die geringste Ahnung von transzendentaler Stromschnorchelei. Haben die Piratten das Essen eigentlich schon wieder anbrennen lassen?«

Wieder kam die traurige Stimme knisternd durch das

Feuer. »Die Szenen sind so schön geordnet«, sagte sie. »Wir müssen unbedingt die Reihenfolge einhalten.«

Ardent riss die Augen auf und runzelte die Stirn. Sein Mund wurde zu einem Strich. »Das ist doch Serth.« Er seufzte. »Wie ... schade.« Er klang ruhig, sah aber so bekümmert aus, wie Marrill ihn noch nie gesehen hatte.

»Bin ich denn die Einzige, die ihn nicht kennt?«, fragte Marrill laut. Sie zog die letzte Liane weg, und Ardent fiel auf den Boden.

»Uff«, grunzte er. »Eins zu null für die Schwerkraft.« Er stand schwankend auf.

»Löscht das Feuer!«, brüllte Leferia. Marrill blickte auf. Eine Stichflamme schoss über die Lichtung und verkohlte die Büsche. Ardent wedelte mit der Hand, und einige Schneeflocken rieselten heraus. Das Feuer flackerte kurz, dann breitete es sich wieder aus.

»Ach du liebe Güte«, sagte Ardent und betrachtete stirnrunzelnd seine Finger. »Wir können hier nicht bleiben, wir müssen sofort weg!«

Durch eine Flammenwand hindurch sah Marrill die schattenhafte Gestalt eines Mannes in einem langen Gewand. Er hob die Hand und zeigte in ihre Richtung. Flammen schlugen zum Himmel auf, und ein grellroter Feuerball kam auf sie zugerast.

Ehe Marrill wusste, wie ihr geschah, wurde sie in die Luft gerissen. »Halte dich fest!«, schrie Leferia aus den verdorrten Blättern der Liane, die sich um ihre Hüften geschlungen hatte. Einen Augenblick lang wusste Marrill nicht, ob sie aufstieg oder abstürzte, dann packte eine neue Liane sie am Handgelenk.

Ardent purzelte juchzend hinter ihr durch die Luft. Im nächsten Moment tauchten sie aus dem Rauch auf und flogen über die Insel. Marrill musste trotz ihrer Angst unwillkürlich grinsen. Sie hatten es geschafft! Und wie sie da durch die Bäume flog, musste sie an den einarmigen Schimpansen aus der Broschüre des Tierpflegeheims denken.

»Was sollte das mit den Schneeflocken eigentlich?«, fragte sie, als Ardent neben ihr auftauchte.

Er hielt die Zipfelmütze auf seinem Kopf fest. »Ach das«, sagte er. »Ist mir peinlich. Der Dschungel hat mich derangiert und meinen Rapport zur Magie gestört.«

»Ich ... hoppla! ... spreche kein Zauberisch«, sagte Marrill. Sie hatte mitten im Satz die Liane gewechselt.

»Die Lianen behindern ihn mit ihren Gerüchten in seiner Konzentration, so dass er keinen Zugang zur Magie mehr findet«, übersetzte Leferia. »Ein häufiges Problem, wenn Gerüchte über einen herfallen. Slenefell war einmal der größte Zauberer des ganzen Stroms. Jetzt hat er seit viertausend Jahren nicht mehr gezaubert. Und sein letzter Zauber war nur noch ein kleiner Bann über Wurzelkäfer.«

Ardent seufzte. »Dem kann ich nur zustimmen. Bis auf die Käfer – gegen die habe ich nichts.«

»Das Feuer breitet sich weiter aus«, sagte Leferia.

»Ich baue Feuerschneisen, wo ich kann, oder ersticke das Feuer, aber allein, ohne die Hilfe der anderen Ratsmitglieder, schaffe ich es nicht.«

Ardent hustete. »Zumal es sich leider auch nicht um ein gewöhnliches Feuer handelt«, sagte er. »Es brennt durch einen Zauber. Serth facht es an. Solange er in der Nähe ist, kannst du nichts dagegen ausrichten.«

Der Dschungel sauste an ihnen vorbei. »So ist es«, stimmte Leferia zu. »Sobald ich euch bei eurem Schiff abgesetzt habe, werde ich ihm über die Lianen, die ich noch unter Kontrolle habe, mitteilen, dass ihr mit der Karte abfahrt. Dann wird er zu seinem Schiff zurückkehren, und ich kann auf meiner Insel nach dem Rechten sehen. Ich werde ihn aber nicht zum Ufer bringen. Bis er dort ankommt, müsstet ihr genug Vorsprung haben, um ihm zu entkommen.«

»Und Coll und Fin?«, fragte Marrill.

»Keine Sorge«, antwortete Leferia, »meine Lianen haben den Seemann eingesammelt. Ich bin nicht sicher, ob ich den anderen Jungen auch kenne, aber an dem Seemann scheint noch jemand dranzuhängen.«

Bei dieser Vorstellung musste Marrill lachen. Ihre Laune hob sich noch mehr, als zwischen den Bäumen vor ihnen das Wasser sichtbar wurde. Dazwischen hüpften die Masten der *Krake* auf und ab. Marrill tat einen Freudenschrei.

Kurz darauf setzte Leferia sie behutsam an den Büschen am Ufer ab. »Endstation«, verkündete sie. »Jetzt beeilt euch und verschwindet mit der Karte, bevor das Orakel euch einholt.« Ihre Stimme zitterte ein wenig.

»Was ist?«, fragte Marrill. Ardent, dem vom Flug noch schwindlig war, machte einige wacklige Schritte. »Hat das Orakel dich mit seiner Trauer angesteckt?«

»Nein, überhaupt nicht«, erwiderte Leferia. »Ich werde nur ... meine Karte vermissen, das ist alles. Sie hat so schöne Geschichten erzählt und mich von dem ständigen Zank mit den anderen Ratsmitgliedern abgelenkt.«

Sie schniefte, und die Blätter der Liane flatterten. »Ich wollte ja nur, dass diese Hornochsen einmal auf mich hören. Wir zanken uns schon so lange ohne Ergebnis und tun nichts. Es wäre einfach einmal schön gewesen, für kurze Zeit das Sagen zu haben.«

Marrill hatte noch gar keine Zeit gehabt, über Leferias Leben nachzudenken. Leferia stand schon so lange an derselben Stelle und hatte sich nichts sehnlicher gewünscht, als dem ständigen Streit zu entkommen. Dann war dieser Wunsch in Erfüllung gegangen, aber nur ganz kurz. Es war so ungerecht.

»Ach ja.« Leferia seufzte. »So schlimm sie sind, ohne sie könnte ich es auch nicht aushalten. Sie sind jetzt meine Familie. Besser in Sicherheit und machtlos als zu Kohle und Asche verbrannt.«

Mitgefühl stieg in Marrill auf. Am liebsten hätte sie Leferia an sich gedrückt. Auch wenn Leferia ein verschrobener und womöglich böser alter Baum war, war sie es doch auf so nette Weise. Und sie hatte ihnen so sehr geholfen! Plötzlich hatte Marrill eine Idee.

»Wir müssen gehen, Marrill«, sagte Ardent. Sein Schwindel schien sich gelegt zu haben. »Der Wind steht günstig, und Serth wird bald hier auftauchen.«

»Augenblick«, sagte Marrill. Sie durchsuchte ihre Taschen und zog das Tuch aus Sirenenseide heraus. Vorsichtig wickelte sie es um die Liane und befestigte es mit einem kleinen Knoten. »Danke«, sagte sie leise.

Leferias Liane nickte, und ihre grünen Blätter bekamen eine leichte rosa Tönung. Dann schlang sie sich um Marrill und drückte sie an sich. »Der Plapperhain steht in deiner Schuld, Marrill Aesterwest«, flüsterte Leferias Stimme aus einem Blatt an ihrem Ohr. »Aber jetzt fahr, und nimm die Zauberer alle mit. Ich muss hier ein Feuer löschen!«

Marrill winkte, und die Liane zog sich in den Wald zurück, um das Seidentuch über den Dornensee zur Insel zu bringen. »Jetzt bin ich bereit«, sagte Marrill und drehte sich zu Ardent um.

Der war die Strickleiter zum Deck des Schiffs schon zur Hälfte hinaufgeklettert. Oben an der Reling stand Coll und winkte, und der schattenhafte Tauknochenmann machte sich an der Takelage zu schaffen. Die *Krake* war zur Abfahrt bereit.

Marrill wandte sich zum Gehen, doch dann hörte sie ein vertrautes Krächzen und blieb noch einmal stehen. Und tatsächlich, unmittelbar hinter einem niedrigen

Busch saß Rose auf einem dicken Baumstumpf. Darüber hingen zwei krumme Äste wie Hände mit Fingern. Und an den Fingern hingen reife kleine Eicheln.

»Na los, Rose, wir müssen fahren«, rief Marrill. Der Vogel klopfte mit seinem seltsamen Schnabel an eine Eichel. »Jetzt ist keine Zeit zum Essen«, sagte Marrill und schwenkte die Arme, um den Vogel aufzuscheuchen.

Rose beäugte sie mit einem tintenschwarzen Auge und klopfte wieder gegen die Eichel.

Marrill seufzte. Draußen auf dem Fluss lag reisefertig die *Krake*. Für Mätzchen war jetzt keine Zeit! Andererseits durften sie keinen Teil der Karte hier zurücklassen, auch wenn sie das am liebsten getan hätte. Ungeduldig stampfte sie mit dem Fuß auf.

»Komm schon, Marrill!«, rief Fin vom Schiff herunter.

»Ich muss noch Rose holen!«, gab sie zurück.

Sie sammelte hastig die Eicheln von den Zweigen ein und stopfte sie in die Taschen. »So, Rose. Wenn du die Eicheln haben willst, musst du schon mit mir mitkommen.«

Kaum hatte sie die letzte Eichel eingesteckt, da flog Rose mit einem zufriedenen Krächzen auf und kehrte zum Schiff zurück.

»Na endlich!«, brummte Marrill.

An Deck angekommen, schloss sie als Erstes Fin in die Arme. »Ich bin so froh, dass dir nichts passiert ist!«, sagte sie und lächelte. »Und Coll konntest du offenbar retten.«

Fin machte eine Grimasse und zupfte sich einen Zweig aus den Haaren. Marrill sah ihn plötzlich vor sich, wie er sich wie ein Koalabär an Coll geklammert hatte, während Leferia die beiden von Liane zu Liane warf. »Darüber will ich lieber nicht sprechen«, sagte er. Marrill grinste.

Karnelius kam aus dem Bauch des Schiffes und streckte sich wohlig in der Sonne. Dann setzte er sich in Marrills Richtung in Bewegung, blieb unterwegs aber am Mast stehen, rieb die Wange daran und gähnte ausgiebig. Anschließend schlug er mit der Tatze noch nach Rose, die in der Nähe saß, aber nur halbherzig.

»Sei nicht so gemein«, schimpfte Marrill und nahm ihn auf den Arm.

Rose krächzte laut, hob ab und flog ihnen voraus. Die Piratten holten die letzte Leine ein, mit der das Schiff am Ufer festgemacht war, der Tauknochenmann hisste das Großsegel. Die *Unternehmungslustige Krake* setzte sich in Bewegung und fuhr, von Coll kundig gesteuert, auf den Piratenstrom hinaus.

Marrill und die restliche Mannschaft standen auf dem Achterdeck und sahen den Plapperhain hinter sich verschwinden. Am Himmel darüber hing eine dicke Rauchwolke.

Fin zeigte über das inzwischen wieder leuchtende Wasser auf einen dunklen Fleck, der sich vom Ende der

Insel löste. »Das ist der *Schwarze Drache*«, sagte er beklommen. »Staviks bestes Schiff.«

Coll brummte abschätzig. »Mag sein, aber wir haben einen großen Vorsprung, sie werden uns nicht so bald einholen.«

Marrill wollte ihm glauben, aber ihre Ängste ließen sie nicht los. Die Vorstellung, dass der Hain niederbrennen konnte, war ein Albtraum. Dazu kam die Sorge, dass sie sich wegen der mitgenommenen Karte den mächtigen Serth zum Feind gemacht hatten.

Andererseits hatten sie einen weiteren Teil der Karte gefunden, mit deren Hilfe Marrill nach Hause zurückkehren konnte. Wie als Bestätigung ihrer Hoffnung spürte sie einen Regentropfen auf der Wange und dann einen zweiten auf der Schulter. Karnelius fauchte, befreite sich aus ihren Armen und verschwand wie der Blitz unter Deck.

Vor ihnen ballten sich finstere Gewitterwolken, und heftige Böen trieben Regen über den Strom in Richtung Plapperhain. Noch nie in ihrem ganzen Leben hatte Marrill sich so sehr über Regen gefreut.

Sie fasste Fin am Arm. »Vielleicht kann der Regen das Feuer löschen!«

Fin sah sie lächelnd an. »Hoffentlich …« Die Worte blieben ihm stecken, und er wurde blass. Unverwandt starrte er über ihre Schulter.

Marrills Herz begann zu klopfen, und sie drehte sich um. Wo eben noch Wasser gewesen war, ragte jetzt weniger als eine Fußballplatzlänge entfernt ein Schiff unter vollen Segeln auf. Offenbar hatte der *Schwarze Drache* sie doch eingeholt. In Sekundenschnelle!

An seinem Steuer stand ein bleicher Mann in einem schwarzen Rock. Die Hände hatte er zum Himmel gereckt.

Kapitel 29

Es sinkt das Schiff

Unverwandt starrte Fin auf das flache, schwarze Schiff hinter ihnen. Unmöglich, dachte er. Die *Krake* hatte einen großen Vorsprung gehabt, der *Drache* konnte sie unmöglich so schnell eingeholt haben.

Er blinzelte. Vielleicht täuschte er sich. Aber als er wieder hinsah, war der *Drache* immer noch da. Und der Abstand war weiter geschrumpft!

Sogar deutlich geschrumpft.

»Äh, Leute?«, rief er und sah über die Schulter. Ardent und Coll musterten ihn beide mit dem gleichen misstrauischen Gesichtsausdruck. Bevor sie fragen konnten, wer er war und was er hier zu suchen hatte, zeigte er auf den *Drachen*. »Das Schiff des Orakels fährt direkt hinter uns!«

Coll eilte zur Reling, hielt sich an einem Tau fest und lehnte sich weit hinaus. »Unmöglich«, sagte er. »Der Wind ist auf unserer Seite, und unser Vorsprung ist groß genug.«

Fin blickte wieder zurück. Etwas stimmte hier nicht. Das Schiff kam nicht aus eigener Kraft näher. Er wechselte einen ängstlichen Blick mit Marrill.

»Das Schiff fährt gar nicht schneller als wir«, rief Coll empört. »Der Abstand zwischen uns verschwindet einfach. Aber das ist unmöglich. Ardent?«

Der Zauberer schürzte die Lippen und überlegte. »Mit Zauberei ist alles möglich.« Er betrachtete den *Drachen* misstrauisch und spreizte die Finger. »Aber nein«, fuhr er fort. »Ich kenne keinen Zauber, der das bewirkt.«

Trotzdem war es soeben direkt vor ihren Augen passiert. Ein kalter Windstoß fuhr über die Härchen in Fins Nacken. Er hob den Kopf. Von Steuerbord näherten sich schwarze Wolken, und der auffrischende Wind roch nach Regen.

Der *Schwarze Drache* war inzwischen auf Rufweite an sie herangekommen. Stimmen tönten über das Wasser, die Piraten sangen ein trauriges Seemannslied. Fin schnürte es die Brust zusammen. Die Diebe waren seine Freunde, auch wenn sie sich nicht an ihn erinnerten. Es tat ihm in der Seele weh, ihre traurigen Stimmen zu hören.

Es sinkt das Schiff mit Mann,
Es sinkt das Schiff mit Maus.
Der Wind, er braust, schon ist es aus,
Es sinkt das Schiff, es sinkt.

Coll sprang auf das Deck. »Ich werde jedenfalls nicht zulassen, dass ein anderes Schiff schneller ist als die *Krake* – Magie hin oder her!« Er rannte zum Bug. »Hisst den Klüver, ihr Ratten! Volle Kraft voraus, Tauknochenmann!«

Das Schiff schien zum Leben zu erwachen, und die Piratten beeilten sich, Colls Befehl auszuführen. Ardent fuchtelte mit den Händen und murmelte etwas von »treulosen Windgeistern«. Segel blähten sich. Fin hatte gar nicht gewusst, dass sie so viele hatten. Coll drehte am Steuer, und die *Krake* fuhr dem schwarzen Wolkengebrodel davon.

Über ihnen donnerte es, und Blitze zuckten in den Wolken. Sie waren nicht weiß oder gelb wie normale Blitze, sondern grellrot.

Alle erstarrten, und eine Gänsehaut lief über Fins Arme. »Das ist kein natürliches Gewitter«, hörte er Ardent leise zu Coll sagen.

»Ich weiß«, brummte der. »Das Wetter des Eisernen Schiffs.«

Fin schluckte. Er musste daran denken, was er über das Geisterschiff gehört hatte, das Eiserne Schiff mit seiner Besatzung von Schatten. *Kaum blitzt es rot, da bist du tot.*

Der Gesang der Piraten wurde lauter.

Es sinkt das Schiff am Bug.
Es sinkt das Schiff am Bauch.
Hinunter zum Sand, fern ist das Land.
Es sinkt das Schiff, es sinkt.

Fin hätte lieber nicht herausgefunden, was es mit der Legende vom Eisernen Schiff auf sich hatte, aber alles war besser, als Serth wieder zu begegnen.

»Fahr in das Unwetter hinein!«, rief er Coll zu. Der Junge sah ihn an, als sei er nicht ganz richtig im Kopf. An seiner Miene war deutlich abzulesen, dass er Fin nicht erkannte und ihm erst recht nicht traute.

Fin packte Marrill an den Schultern. Regen begann, auf das Deck niederzuprasseln. »Rede du mit Coll – auf mich hört er nicht. Serth hat vor dem Eisernen Schiff Angst. In das Unwetter folgt er uns nicht. Dort können wir ihn abhängen!«

Marrill kaute unschlüssig auf den Lippen.

»Vertrau mir«, drängte Fin.

Sie nickte, rannte rutschend über die vom Regen glitschigen Planken zu Coll und erklärte ihm gestikulierend Fins Plan. Coll überlegte, und an seinem Hals leuchtete das Tattoo mit dem verknoteten Tau. Dann endlich drehte er das Steuerrad. Er ächzte vor Anstrengung.

Marrill drehte sich mit triumphierend erhobenem Daumen zu Fin um, aber ihm war noch nicht nach Feiern zumute. Vielleicht hängten sie Serth ab, aber sie wussten nicht, was sie stattdessen erwartete.

Vor ihnen blitzte es wieder, und der ganze Himmel leuchtete tiefrot auf. Der Wind wurde noch stärker, und der Regen fiel so dicht, dass Fin den *Drachen* hinter ihnen kaum noch sehen konnte.

Dafür hörte er die Piraten umso besser.

Es sinkt das Schiff in Ketten,
Es sinkt in Tücher gehüllt.
Auf ewig muss es von uns gehen,
Denn es sinkt das Schiff, es sinkt!

Die *Krake* prallte gegen eine besonders große Welle, und die Deckplanken bogen sich knarrend. Fluchend umklammerte Coll das Steuer, um den Kurs zu halten. Marrill hatte unterdessen Mühe, aufrecht zu stehen.

Von oben kam ein reißendes Geräusch. Ein Segel hatte sich losgerissen und flatterte wie verrückt im Wind. Ardent eilte sofort hin und behob den Schaden mit fliegenden Fingern. Kaum war das Segel geflickt, riss das nächste.

Marrill stand neben ihm und rief Coll zu, wie weit der *Drache* noch entfernt war, der ihnen durch den Sturm folgte. Alle hatten eine Aufgabe, nur Fin nicht.

Ungeduldig rannte er zum Achterdeck. Das Schiff krachte gegen eine ganze Folge von Wellen, und er wäre auf dem nassen Deck fast ausgerutscht. Als der Regen einen kurzen Moment nachließ, sah er den *Drachen* wieder.

Das Schiff war in der Zwischenzeit noch näher herangekommen. Fins Blick fiel auf das Orakel. Nur noch eine Schiffslänge trennte sie.

»Schneller!«, feuerte er Coll an. »Los!«

Serth trat an den Bug. Hinter ihm standen die Diebe mit ihren Enterhaken bereit. Fin kannte sie seit Jahren. Ihre Mienen waren traurig, aber Fin glaubte keinen Moment, dass das etwas mit ihm zu tun haben könnte. Sie schienen Serth so bedingungslos ergeben zu sein, dass sie den Regen gar nicht bemerkten.

Über ihnen zuckte grell ein roter Blitz. Serth krümmte sich zusammen. Fin sah es und wurde auf einmal ganz mutig.

»He, Serth, gleich kommt das Eiserne Schiff!«, schrie er hinüber. »Kannst du das auch zum Weinen bringen? Oder willst du nicht lieber umkehren?«

Das Orakel schlang die Arme um sich und erschauerte. Es bewegte den Mund, aber Fin konnte kaum etwas verstehen. »Angst rennt … Eisen tötet Drachen … wer kommt zuerst, wer kommt zuerst …«

»Fin!«, schrie Marrill. Taumelnd eilte sie über das schwankende Deck. »Pass auf! Das ist ein Zauberer! Er … kann dich verzaubern, oder was auch immer!«

»Nicht, wenn ich ihn zuerst verzaubere«, rief Ardent über ihnen. Der Alte stand auf dem Mars des Besanmasts, dem hängenden Krähennest. Aus seinen Fingerspitzen schossen knisternd helle Strahlen. Er sah mehr denn je aus wie ein Zauberer.

»Bist du bereit, alter Freund?«, rief er hinüber.

»So geht es nicht!«, rief das Orakel zurück. »Nicht so. Wir müssen unbedingt die Reihenfolge einhalten!« Serth hob die Hand mit der Handfläche nach außen. Der Gesang der Piraten verstummte.

Einen Moment lang starrten Serth und Ardent sich bewegungslos an.

Dann begann der *Schwarze Drache* zu wenden und sich vom Unwetter zu entfernen. »Die Szenen werden sich noch ordnen!«, rief Serth. Der Abstand zwischen den Schiffen wuchs. »Es wird wieder ein Unwetter kommen!« Und damit war er weg, und das Schiff verschwand hinter den brodelnden Wolken und dem prasselnden Regen.

Coll schrie auf, was Fin noch nie von ihm gehört hatte. »Gelobt sei der Westwind!«, rief er. »Ich war schon drauf und dran, selbst zu wenden und aus dem Sturm hinauszufahren!« Er riss am Ruder, und die *Krake* schwang nach Backbord, weg vom Zentrum des Unwetters.

»Geschafft!«, rief Marrill strahlend. Sie packte Fin am Arm und hüpfte hin und her. »Dein Plan ist aufgegangen!«

»Du konntest Coll davon überzeugen«, erwiderte Fin verlegen.

»Aber du wusstest, dass er funktionieren würde.« Sie grinste.

In Fin regte sich das schlechte Gewissen. Marrill

hatte ihm vorbehaltlos vertraut, und er hatte ihr nicht die ganze Wahrheit gesagt. »Serth wird wiederkommen«, sagte er. »Schließlich ist er mir auch hierher gefolgt.«

»Wie bitte?«, fragte Marrill. Sie hatten den Rand des Unwetters erreicht. Einige dicke Tropfen fielen noch auf das Deck.

Fin griff in seine Diebestasche und zog den rubinroten Schlüssel heraus. »Der gehört ihm«, sagte er. »Das Orakel hat mich angeheuert, ihn aus dem meressianischen Tempelschiff zu stehlen. Aber als er ihn dann haben wollte, bin ich weggelaufen.«

Marrill runzelte die Stirn. Fin wusste nicht, ob nur aus Verwirrung oder weil sie sich hintergangen fühlte. Schließlich hatte sie geglaubt, sie seien Partner. Aber die Sache mit dem Schlüssel hatte er vor ihr geheim gehalten.

Fin schluckte. »Das ist auch der Grund …« Er brach ab und nahm seinen ganzen Mut zusammen. Noch nie hatte er sich zu irgendeiner Verantwortung bekennen müssen. Niemand hatte sich je so lange an ihn erinnert, dass es nötig gewesen wäre. Deshalb fiel es ihm jetzt so schwer. *»Ich* bin der Grund, warum er uns überhaupt folgt. Deshalb habe ich mich ja an Bord der *Krake* versteckt, als der Hafen brannte. Ich war auf der Flucht vor ihm.«

Er stöhnte.

Marrill biss sich auf die Lippen. »Ach, Fin …«

»So, das wäre geschafft«, rief Ardent und kam vom Mast heruntergeklettert.

Dankbar für die Ablenkung, drehte Fin sich zu ihm um. »Sie haben das Orakel ›alten Freund‹ genannt!«

Ardent hob die Augenbrauen. »Richtig«, sagte er. »Gut beobachtet, wer immer du bist.«

Ein Regentropfen traf Marrill auf die Nase, und sie wischte ihn weg. »Moment, das ist jetzt wirklich zu viel«, sagte sie. »Sie und dieser … Serth sind Freunde?«

Ardent zuckte mit den Schultern. »Waren Freunde«, verbesserte er und sah zwischen den beiden hin und her. »Geht doch schon mal in meine Kabine voraus und wärmt euch auf«, schlug er vor. »Ihr seid beide vollkommen durchnässt. Ich komme gleich nach, und dann können wir uns in aller Ruhe über das Ende der Welt unterhalten.«

Kapitel 30

Die meressianische Prophezeiung

Marrill sah Fin mit großen Augen an. »Das klingt aber nicht gut«, murmelte sie. Der Wind änderte die Richtung, und von den Segeln regnete es kalte Tropfen auf sie herunter. Sie verschränkte die Arme und rieb sich mit den Händen die nassen Oberarme, um sie zu wärmen.

Marrill hatte ein Lächeln oder sonst eine Reaktion erwartet, aber Fin steckte den rubinroten Schlüssel nur wieder in seine Tasche und machte sich wortlos auf den Weg nach unten. Das sah ihm überhaupt nicht ähnlich. Nach kurzem Zögern folgte sie ihm.

An der Tür holte sie ihn ein. »Hallo?«, sagte sie.

Er wurde rot und war auf einmal schrecklich verlegen, genauso wie damals, als sie ihn kennengelernt hatte, auf den Dächern von Khaznot Quay. »Tut mir leid, dass ich dir von dem Schlüssel nicht früher erzählt habe. Ich bin es einfach gewöhnt, nur an mich zu denken. Ich …« Er brach ab und räusperte sich. »Ich weiß eigentlich gar nicht, wie man mit jemand befreundet ist.«

Marrill nahm seine Hand. Sie musste an das Geheimnis denken, das die Lianen ihr im Plapperhain zugeflüstert hatten – dass er nie einen Freund gehabt hatte.

»Fin«, sagte sie, »du bist ein toller Freund. Du bist sogar mein bester Freund.«

Er sah sie mit großen Augen stumm an, und sein Grinsen reichte von einem Ohr zum anderen. Marrill erwartete auch gar nicht, dass er etwas sagte. Sie wusste, wie ihm zumute war. »Neben meiner Mom und Karni natürlich«, fügte sie grinsend hinzu.

»Natürlich.« Er lachte. Und nachdem das geklärt war, betraten sie Ardents Kabine.

»Wow«, sagte Fin und sah sich um. »Was hier alles steht!«

Marrill staunte nicht weniger. In der Mitte des Zimmers war ein großer Schreibtisch, an einer Wand stand ein schmales Bett und an der Wand gegenüber ein Esstisch mit einigen Stühlen. Ansonsten war jeder Quadratzentimeter mit Regalen und Schränken besetzt, in denen alle möglichen Dinge lagerten, die man sich nur vorstellen konnte.

Auf einem Kissenstapel in einer Nische unter einem Bullauge lag Karni mit dem dicken orangefarbenen Bauch nach oben. Dass sie gerade mit knapper Not einem fürchterlichen Unwetter entronnen waren, schien ihn nicht im mindesten zu kümmern. Als Marrill ihn aufhob, schnurrte er. »Hier hast du dich also versteckt«, sagte sie. Er drückte anhänglich den Kopf an ihr Kinn. Aus einer kleinen Tür in der Wand eilte eine Handvoll Piratten und schüttelte die Kissen auf, auf denen er gelegen hatte.

»Du hast ja keine Ahnung, wie viel Kohle der Trödel in Khaznot Quay bringen würde«, sagte Fin und spazierte durch das Zimmer. Dabei bewegte er ständig die Finger, offenbar ganz unbewusst. »Wow, ein Energieschild. Von dem Geld, das man dafür bekäme, könnte Mrs Parsnickle alle unter Sechsjährigen neu einkleiden!«

Marill trat zum Bett und betrachtete den darüber hängenden riesigen Schild. Er war wie ein mit Fangzähnen besetztes Maul geformt, das nur darauf wartete, jemand mit Haut und Haaren zu verschlingen. »Unter so was schläft Ardent?«

»Klar«, sagte Fin. »So ein Schild hilft gegen Albträume. Der hier ist ziemlich aufwendig gemacht, also schläft Ardent wohl auch besonders gut.«

Marrill erschauerte. Ihr hätte ein solches Monstrum über dem Bett erst recht Albträume verursacht.

Fin war inzwischen zu Ardents Schreibtisch weitergegangen, wo er offenbar etwas entdeckt hatte. Marrill trat hinter ihn, reckte den Hals und sah ihm über die Schulter. »Was liegt da?«

Fin hielt eine von Ardents Karten in der Hand, mit denen sie den Zauberer vor der Ankunft im Plapperhain hatten spielen sehen. Die Zeichnung darauf war so realistisch, dass sie fast aussah wie lebendig. Abgebildet war ein Zauberer in einem leuchtend weißen Gewand. An den unteren Rand hatte jemand mit einer schwungvollen Handschrift geschrieben:

Für meinen lieben Freund, einen Tag
bevor wir unser Ziel erreichen.
Ohne dich wäre das alles nicht möglich.

»Wer ist der Mann?«, fragte sie. Diese Karte hatte sie damals nicht gesehen.

Fin zog eine brennende Kerze so lange näher, bis ihr Licht auf das Bild fiel. »Erkennst du ihn nicht?«

Marrill betrachtete das markante Gesicht mit dem ausgeprägten Kinn und dem durchdringenden Blick. Zuerst erkannte sie ihn nicht, dann stockte ihr der Atem. Das tiefe Braun der Wangen und der Anflug eines Lächelns auf seinen Lippen veränderten ihn. Wenn sie ihn nicht eben erst gesehen hätte, hätte sie ihn vielleicht nicht erkannt.

»Serth«, flüsterte sie, »das Orakel. Er muss das geschrieben haben, kurz bevor er das Wasser aus dem Strom getrunken hat. Und wenn er das Bild Ardent geschenkt hat …«

»… muss Ardent dabei gewesen sein!«, sprach Fin den Satz zu Ende.

»Stimmt«, sagte Ardent von der Tür aus. Marrill erschrak, und Karnelius miaute missbilligend. Fin machte einen Schritt zurück und duckte sich wie sprungbereit.«

»Wusstest du, dass wir noch einen Passagier an Bord haben?«, fragte Ardent und zeigte auf Fin.

Marrill nickte, ohne den Blick von dem Zauberer abzuwenden. »Er ist ein Freund«, sagte sie. »Sie waren also wirklich dabei?«

Ardent ließ einen Seufzer entweichen. »Natürlich.« Er machte eine abwesende Handbewegung, worauf zwei Stühle durch den Raum schlitterten und genau hinter ihnen stehen blieben. Ein dritter Stuhl flog mit einem Salto durch die Luft und landete vor dem Schreibtisch. Ardent setzte sich darauf.

»Nehmt doch Platz«, sagte er.

Marrill wechselte einen Blick mit Fin und setzte sich langsam. Karnelius rollte sich auf ihrem Schoß zusammen und knetete mit den Pfoten ihr Bein.

Ardent streckte den Arm nach der Karte aus, und sie schwebte von Fins Hand in seine. Er betrachtete das Bild. Marrill hätte nicht sagen können, ob Trauer oder Zorn in seinem Blick lag, jedenfalls war es eine unentwirrbare Mischung aus Gefühlen.

»Wir waren zu acht und wie Brüder«, begann er. »Und wir waren alle große Zauberer. Zusammen konnten wir fast alles zaubern. Mindestens einmal im Jahr trafen wir uns auf der Insel Meres zum Wissensaustausch und für größere Experimente. Mit Serth war ich am engsten befreundet.«

Seine Lippen zuckten. »Er war ein Naturtalent, ich sehr lernbegierig. Als er uns seinen großen Plan vorstellte, mit dem Strom eins zu werden, unterstützte ich ihn deshalb.« Ardent hob die Augenbrauen. »Ich brauche euch wahrscheinlich nicht zu sagen, dass der Plan schiefging?«

»Nein«, sagte Marrill. Sie erinnerte sich noch daran, was Leferia gesagt hatte. »Er hat das Wasser getrunken und konnte in die Zukunft sehen. Und so kam es zur meressianischen Prophezeiung.«

»›In die Zukunft sehen‹ ist zu harmlos ausgedrückt«, erwiderte Ardent. »Die ganze Zukunft wurde ihm auf einmal in den Schädel gestopft.« Er zupfte nachdenklich an seinem Bart. »Stellt euch vor, jemand reißt aus den Büchern einer Bibliothek die Seiten heraus, mischt sie und stopft sie alle in ein einziges Bücherregal. Das in etwa ist mit dem Kopf des armen Serth passiert.«

Marrill dachte an die Büchereien, in denen sie schon gewesen war, und erschauerte. In einem einzigen Kopf hatte das alles unmöglich Platz – nicht auf einmal. »Kein Wunder, dass er den Verstand verloren hat.«

Ardent nickte. »Und weil ihm ständig die ganze Zukunft durch den Kopf wirbelt, muss er jedes Mal, wenn er etwas tut, zuerst überlegen, in welcher Zeit er sich befindet und was als Nächstes passiert. Allein die Entscheidung, was er frühstücken soll, bedeutet, wahllos

Seiten aus dem Regal zu ziehen und zu hoffen, dass auf einer ›Toast‹ steht. Und wenn man nur damit beschäftigt ist, Seiten zu sortieren, bleibt einem keine Zeit mehr für die Entscheidung zwischen Toast und Omelette.«

»Klingt schrecklich«, meinte Marrill.

»So ist es. Es überrascht euch sicher nicht, dass sich unsere Wege kurz darauf trennten.« Ardent betrachtete wieder das Bild von Serth. »Wie sich herausstellte, bekommt das Trinken von Piratenstromwasser einer Freundschaft nicht.«

Marrill sah Fin an und dachte an ihr Gespräch über den Schlüssel. Auch wenn sie sich noch nicht lange kannten, war Fin wirklich ihr bester Freund. Sie konnte sich nicht vorstellen, wie es wäre, ihn plötzlich zu verlieren.

»Serth war jahrelang ausschließlich damit beschäftigt, zu erzählen, was er gesehen hatte«, fuhr Ardent fort. »Und eine Gruppe von Anhängern – die ersten Messianer, wie man sie später nannte – schrieb alles auf. Dann verschwand er eines Tages.« Ardent legte die Karte mit einem Seufzer auf den Tisch. »Erst vor kurzem erfuhr ich von einem alten Freund, dass er wieder aufgetaucht ist und seine Prophezeiung von damals erfüllen will.«

Sein Blick fiel auf die anderen Karten auf seinem Schreibtisch. Marrill erinnerte sich an ihr Gespräch nach dem Kampf gegen die Krake und konnte sich schon denken, welche Karte er im Auge hatte. »Das ist Annalessa, stimmt's?«

Ein flüchtiges Lächeln huschte über Ardents Gesicht, konnte aber den Kummer nicht daraus vertreiben. »Ja.«

Fin sah die beiden fragend an, und Marrill klärte ihn auf. »Eine Freundin, die Ardent um Hilfe gebeten hat und die dann verschwunden ist.«

Ardent nickte. »Annalessa hat als Erste erkannt, was Serth plant, und meine Befürchtung bestätigt: Serth sucht die Überallkarte, um die verlorene Sonne von Dzannin zu finden, wie in der meressianischen Prophezeiung vorausgesagt. Er will die Welt des Piratenstroms vernichten.«

Auf seine Worte folgte Schweigen. Marrill sah ihn entgeistert an, Fin hatte die Augen aufgerissen. Das war kein Spiel mehr, sondern tödlicher Ernst.

Marrill überlegte und streichelte abwesend Karnelius' Schwanz. »Er ist also hinter derselben Karte her wie wir.«

»Richtig«, bestätigte Ardent. »Ich wollte sie eigentlich lange vor ihm finden, aber er hat rasch aufgeholt.«

»Und wo soll die Karte ihn hinbringen?«, fragte Fin.

»Gute Frage.« Ardent stand auf, verschränkte die Hände auf dem Rücken und begann auf und ab zu gehen, wie er es immer tat, wenn er zu einer Geschichte ausholte. »Wenn ihr die Antwort darauf verstehen wollt, müsst ihr mehr über die Geschichte des großen

Stroms wissen. Es gibt viele Legenden über ihn – so viele, dass sogar ich nur die wenigsten kenne. Aus der Zeit vor dem Piratenstrom gibt es dagegen nur eine einzige.«

Er fuhr mit der Hand durch die Luft, und seine Finger hinterließen eine silberne Spur wie damals, als er Marrill den Piratenstrom erklärt hatte. »Der Schöpfungsfluss strömt seit Menschengedenken träge dahin. Doch einst war er schnell und lebhaft und gebar unterwegs ständig neue Welten.«

Auf ein Fingerschnippen Ardents leuchteten um den silbernen Strom kleine Lichtpünktchen auf. Marrill musste an Staubkörner in einem Sonnenstrahl denken.

»Man sagt, damals hätten hunderttausend Sterne genauso viele verschiedene Welten angezeigt.« Ardent zeigte auf ein Lichtpünktchen, das sich plötzlich rot verfärbte und anschwoll. »Doch einer von ihnen zerstörte die anderen.«

Marrill sah erschrocken zu, wie der Stern andere Pünktchen verschlang und alles auslöschte, was mit ihm in Berührung kam. »Wie schrecklich!«

»Ich stimme dir zu. Auch die meisten Varianten der Legende stimmen darin überein.« Ardent ließ die Hand fallen, und der rote Punkt und der silberne Strom verschwanden. »Die Dzane, die ersten Menschen und Gestalter dieser frühen Welten, hatten eine ungeheure Macht. Sie sperrten den Stern hinter eine Art Tor, damit er nie mehr mit dem Schöpfungsfluss oder dem Piratenstrom in Berührung kommen konnte. Seitdem heißt dieser Stern die verlorene Sonne von Dzannin. Doch laut der meressianischen Prophezeiung wird dieses Tor einst wieder aufgehen. Serth will das ermöglichen. Da niemand weiß, wo das Tor liegt und worum es sich dabei überhaupt handelt, braucht er die Überallkarte, um es zu finden.«

»Den Schlüssel zum Öffnen des Tors«, stöhnte Fin. »Die Karte für den Weg.« Er fuhr sich mit der Hand durch die Haare. »Davon hat das Orakel, also Serth, ständig gesprochen, als ich ihm begegnet bin.«

Ardent nickte. »Davon spricht die Prophezeiung.«

Marrill bekam eine Gänsehaut und drückte Karnelius fest an sich. Karnelius schnurrte. »Heißt das, wenn er das Tor öffnet, verschwindet der Strom einfach?«

Ardent breitete die Hände aus. »Vielleicht. Ich weiß nicht, wie so etwas abläuft. Zum Glück haben wir noch keine Katastrophe dieser Größenordnung erlebt.«

»Aber was geschieht mit den Welten, die der Strom nur berührt? Sie sind davon doch nicht betroffen, oder?« Marrill sah ihre Eltern am Küchentisch sitzen.

»Alle Welten, in denen wir waren, würden mit ziemlicher Sicherheit zerstört werden und ihre Bevölkerungen vernichtet. Wir selbst vermutlich auch.«

Marrill versuchte, sich das vorzustellen, und sackte auf ihrem Stuhl zusammen. Jetzt musste sie die Karte auf einmal nicht nur finden, damit sie nach Hause zurückkehren konnte, sondern damit es überhaupt noch ein Zuhause gab. Und Serth hatte zur Genüge gezeigt, dass er vor nichts zurückschreckte. Sie dachte an den Plapperhain und Leferia. So unheimlich und sonderbar es dort zugegangen war, handelte es sich doch um einen einzigartigen magischen Ort, sogar gemessen an den Maßstäben eines Flusses aus purer Magie. Doch Serth hätte ihn vernichtet, ohne mit der Wimper zu zucken.

»Aber käme er selbst nicht auch um?«, fragte sie. »Wenn er dieses Tor öffnet?« Ardent nickte. »Warum lässt er es dann nicht einfach zu? Wäre das nicht die beste Lösung? Er bräuchte nicht zu sterben, und der Piratenstrom würde weiter existieren.«

»Ich glaube, daran denkt er nicht«, sagte Ardent.

Fin schnaubte. »Nein? Warum nicht?«

»Um das zu verstehen, musst du dich in den Kopf eines Verrückten hineinversetzen.« Ardent seufzte und breitete die Hände aus. »Ich will es dir so erklären. Magie ist wie Phantasie. Sie spielt mit allen Möglichkeiten. So wie du dir vorstellen kannst, was in der Zukunft vielleicht passiert, enthält die Magie des Piratenstroms diese mögliche Zukunft. Serth hat das magische Wasser getrunken, und es zeigte ihm nur eine mögliche Zukunft. Er betrachtet sie allerdings als die einzige.«

Fin schüttelte den Kopf. »Das verstehe ich nicht.«

»Gratuliere«, sagte Ardent, »du bist nicht verrückt.« Er trat an ein Regal und zog eine lange, schmale Röhre heraus. »Vielleicht kann ich es euch verdeutlichen.« Er nahm aus einem Korb eine Kugel und hielt sie an das eine Ende der Röhre. Das andere Ende richtete er auf den Tisch.

»Stellt euch vor, ihr seid diese Kugel«, sagte er. »Ihr könnt aus eurer Perspektive nur nach vorn rollen, die Kugel muss also auf den Tisch fallen.« Er ließ die Kugel los, und sie rollte klappernd durch die Röhre. »Das muss aber nicht so sein.« Er zerbrach die Röhre, und die Kugel flog durch das Zimmer. Karnelius sprang von Marrills Schoß auf und rannte ihr nach.

»Serths Verstand ist wie die Kugel in der Röhre – er blickt nur in eine Richtung.«

Marrill schöpfte wieder ein wenig Hoffnung. »Für Serth ist die Prophezeiung also eine Art Gebrauchsanleitung. Er tut alles, was sie sagt, auch wenn das bedeutet, dass er den Strom zerstört. Könnten wir uns nicht ein Exemplar davon beschaffen und ihn damit irgendwie aufhalten?«

Fin hob zustimmend die Hand, und sie wollte ihn schon abklatschen, doch Ardent schüttelte den Kopf. »Leider ist das nicht so hilfreich, wie ihr vielleicht denkt.« Er hob die Hand und winkte. Eine Schranktür flog auf, und ein großes Buch fiel heraus und hüpfte auf den unteren Ecken des Einbands über den Boden. Am Schreibtisch angekommen, sprang es mit einem schwerfälligen Flattern in die Höhe. Marrill kicherte. Es sah aus wie ein dicker Truthahn, der zu fliegen versuchte.

Polternd landete es auf dem Schreibtisch und klappte auf. Von den brüchigen Seiten stieg eine Staubwolke auf. »Das, meine jungen Freunde, ist die meressianische Prophezeiung.«

»Das ganze Buch?«, fragte Fin. Auch Marrill konnte es nicht glauben. Das Buch war riesig.

»Nein«, erwiderte Ardent und lachte. »Das ist nur ein Band, es gibt noch einige weitere genauso dicke. Leider ist die Prophezeiung ähnlich wirr wie Serths Verstand, wie ein Regal voller einzelner Blätter, aus denen man nur willkürlich welche herausziehen kann. Die Seiten sind nicht geordnet und haben keinerlei Zusammenhang. Niemand kann sagen, was wann passiert.«

Der Zauberer blätterte durch die mit Tinte beschriebenen Seiten. Auf der letzten Seite unten war ein gewaltiges Tor abgebildet. Hinter kunstvoll verzierten Gitterstäben war eine stilisierte Sonne mit schwarzen Strahlen zu sehen.

»Klar ist nur das Ende.« Ardent legte den Finger auf die Zeichnung, deren Tinte daraufhin noch schwärzer zu werden schien. »Das waren Serths erste Worte von der verlorenen Sonne.«

Kapitel 31

Eine Wüste aus Eis und Schatten

Fin betrachtete die Zeichnung, während Marrill die letzte Strophe der Prophezeiung vorlas:

Gefunden ist die verlorene Sonnen,
Und alles endet, wie's hat begonnen.

Es sinkt in der Bucht das Schiff,
Die für treu gehaltenen Führer sind es nicht.

Die Stadt rutscht ab, es treibt mit Wut
Schiff gegen Schiff die eiserne Flut!

Es öffnet der Schlüssel das Tor,
Die Karte weiset den Weg davor.

Und wenn Karte und Schlüssel mit mir sind vereint,
Ist das Ende da, und die Sonne erscheint!

»Das klingt ja düster.« Marrill blätterte durch das dicke Buch, und Karnelius sprang auf die Tischplatte und schlug mit der Pfote nach den Seiten.

Fin unterdrückte die Panik, die in ihm aufsteigen wollte. »Das wäre also das Ende? Serth kennt die Zukunft, und sie endet damit, dass er das Tor öffnet und alles vernichtet, ohne dass wir etwas dagegen tun können?«

Ihm fiel ein, was Serth ihm versprochen hatte: dass man sich nämlich auf ewig an ihn erinnern würde. *Das hier endet, wenn du mir den Schlüssel gibst,* hatte das Orakel gesagt. Fin schüttelte den Kopf. Man hätte sich an ihn erinnert, zugegeben, aber als den, der den Piratenstrom vernichtet hatte! Wenn dann überhaupt noch jemand übrig war, der sich erinnern konnte ...

Der Strom war seine Heimat, seine Welt. Auf keinen Fall wollte er dazu beitragen, sie zu vernichten!

Aber wenn er andererseits keine andere Wahl hatte? Wenn er der Zukunft nicht ausweichen konnte? Fin blickte zu Boden. In der Pastetenbäckerei hatte er sich nicht mit diesem Schicksal abfinden wollen, deshalb durfte er auch jetzt nicht klein beigeben.

Ardent legte ihm die Hand auf die Schulter. »Serth hat nur *eine* mögliche Zukunft gesehen«, sagte er. »Es gibt unzählig viele weitere Möglichkeiten.« Auf ein Schnippen seiner Finger hin flog die Kugel, der Karnelius nachgesprungen war, durch das Zimmer und kam vor Fin zum Halten. »Wenn diese Kugel deine Zukunft ist, muss sie nicht dort landen, wo die Röhre sie hinschickt. Du kannst die Richtung bestimmen, die sie nimmt.«

Ein energisches Klopfen unterbrach ihn, und die Kugel fiel auf den Tisch. Coll trat ein, und mit ihm kam die Sonne ins Zimmer. »Das Unwetter hat sich verzogen«, sagte er und lehnte sich an ein Stück freie Wand zwischen den Regalen. »Von Serth ist nichts zu sehen.«

Fin tat einen Seufzer der Erleichterung. Zwar war es nur eine Frage der Zeit, bis das Orakel sie wieder fand, aber wenigstens waren sie vorerst in Sicherheit.

»Wenn wir Serth also besiegen wollen, müssen wir verhindern, dass er das Tor findet und öffnet«, fuhr Ardent fort.

»Mehr nicht?«, fragte Coll. Marrill sah Fin lächelnd an, und er spürte, wie seine Lippen sich ebenfalls zu einem Lächeln verzogen.

»Wenigstens sind wir dem einen Schritt näher gekommen, nicht wahr, Fin?«, sagte sie.

Coll und Ardent sahen Fin erstaunt an, und der Blick des Zauberers hellte sich auf. »Wie ich sehe, hast du vom Plapperhain Gesellschaft mitgebracht, Marrill. Du lernst wirklich überall Leute kennen – eine bewundernswerte Fähigkeit für ein so junges Mädchen!«

»Na großartig«, brummte Coll. »Jetzt müssen die Piratten noch ein Zimmer herrichten.«

Marrill zwinkerte Fin zu. »Wir finden bestimmt eins.

Denn mein neuer Freund ist zufällig im Besitz eines weiteren Teils der Karte!«

Fin zog das zusammengerollte Pergament aus dem Hemd. »Tata!«, rief er und hob es hoch. »Das Kartenfeld der Überallkarte!«

»Ausgezeichnet!« Ardent klatschte in die Hände. Dann schnippte er mit den Fingern, und das Buch mit der Prophezeiung sprang vom Tisch auf einen Stuhl daneben. Er zeigte auf die frei gewordene Fläche. »Werfen wir einen Blick darauf!«

Das ließ Fin sich nicht zweimal sagen. Er genoss den Moment in vollen Zügen. Mit einer ausholenden Handbewegung entrollte er die Karte.

Kaum berührte sie den Tisch, war sie auch schon mit Bildern bedeckt. Inseln, Kontinente und ganze Welten wanderten in Wellenbewegungen über ihre Oberfläche.

Und fielen an den Enden hinunter. Da die Bäume des Plapperhains nichts mehr auffingen, landete alles auf dem Boden.

Immer schneller zogen die Umrisse vorüber, eine Sturzflut aus Tinte. Wälder und Berge und Städte quollen aus der Karte, liefen an den Rändern über und spritzten auf dem Boden in alle Richtungen.

Fin wusste nicht, wie er die Flut aufhalten sollte, und griff blind hinein. Als ein besonders spitzer Kontinent auf Karnelius zuschlitterte, stürzte der sich darauf, schlug ihn weg, sprang ihm nach und packte ihn mit dem Maul.

»Nicht, Karni!«, rief Marrill und rannte ihm nach. »Lass das sofort los!«

Ardent versuchte, den endlosen Fluss mit den Händen einzudämmen, hatte damit aber genauso wenig Erfolg wie Fin. Tisch und Boden waren mit Kartenbildern bedeckt.

»Räumt das auf!«, brüllte Coll. »Ich will das nicht auf meinem Schiff haben.« Er drückte sich von der Wand ab, trat jedoch auf eine Insel, die über den Boden wanderte, und schlug unsanft hin.

»Ich versuche es ja!«, rief Fin zurück. Er hielt in der einen Hand zwei Burgen und in der anderen ein Bauernhaus auf einem schneebedeckten Berggipfel. Die Bilder kamen so schnell, dass er sie unmöglich alle auffangen konnte. Andererseits kam es ihm herzlos vor, sie einfach auf den Boden fallen zu lassen. Schließlich handelte es sich um wirkliche Orte. Oder wenigstens um Zeichnungen davon.

Marrill jagte den Kater um den Tisch. »Lass das, Karni«, brüllte sie. »Lass das!« Von der Tür her kam ein dumpfer Knall, denn ein rauchender Vulkan flog aus der Kajüte zum Deck hinaus. Gleichzeitig verschwand eine hügelige Landschaft unter dem Bett.

Das Schiff ertrank in Kartenbildern! Fin hielt gerade einen Berg in den Händen, setzte ihn auf einen Stuhl ab und eilte zur Karte.

»Wir müssen sie einrollen«, rief Ardent und griff nach ihr. Fin packte das andere Ende und begann, sie zusammenzurollen. Ein Geysir spritzte dem Zauberer ins Gesicht.

»Au, ist das heiß!« Ardent blinzelte und schlug nach seinem Bart. Er ließ sein Ende der Karte los, und es flog zu Fin und spuckte noch ein letztes, rundes Atoll aus, bevor Fin die Karte schließen konnte.

Mit offenem Mund starrte er auf die Rolle in seinen Händen. Er hatte in seinem Leben schon viele erstaunliche Dinge erlebt (eine nicht unerhebliche Menge davon allein in den vergangenen vierundzwanzig Stunden), aber so etwas noch nie. Auch der Anblick der Karte im Plapperhain hatte ihn nicht darauf vorbereitet. Die ganze Welt war soeben von einem Blatt Papier geflossen und hatte die *Krake* überschwemmt!

»Ich meine, erwähnt zu haben, dass die Randlinie eine wichtige Funktion hat«, sagte Ardent.

Überall waren Landschaftsteile über den Boden verstreut oder hingen schlaff an den Regalen. Marrill hielt den Kater auf dem Schoß. Er kaute auf den Überresten eines kleinen Bauernhauses herum. Coll schob einen von drei Ringen umgebenen Mond zur Seite und rieb sich das aufgeschürfte Bein. Fin hockte an der offenen Tür und versuchte, eine Elefantenherde daran zu hindern, auf das Deck hinauszustürmen. Der Vulkan dort rauchte inzwischen nicht mehr.

»Als Nächstes sollten wir die Randlinie suchen«, überlegte Ardent und berührte mit den Zehen ein schon leicht zerfleddertes Riff.

»Hat jemand eine Idee, wo die sein könnte?«, fragte Fin. Wie lange würde es wohl dauern, sie zu suchen?

Coll zeigte nach oben. »Frag den Vogel«, sagte er und gähnte. Abwesend kratzte er sich an einer Stelle unterhalb des Schlüsselbeins, an der sein Tattoo unter dem Hemd hervorlugte.

Ardent räusperte sich und betrachtete Coll mit zusammengekniffenen Augen. Etwas hatte seine Aufmerksamkeit erregt, aber Fin wusste nicht, was.

Coll hörte auf, sich zu kratzen, hielt die Finger aber weiter über das Tattoo. Er presste die Lippen zusammen.

»Warum geht ihr beide nicht draußen spielen, während Coll und ich hier aufräumen?« Ardent war bemüht, munter und unbekümmert zu klingen, was ihm aber nicht ganz gelang.

Marrill befand sich schon auf dem Weg zur Tür und konnte selbst kaum ein Gähnen unterdrücken. »Ich glaube, ich lege mich hin«, murmelte sie.

Fin wollte protestieren, änderte seine Meinung aber nach einem Blick auf Coll. Der Captain stand steif an der Wand und hatte die Arme fest verschränkt. »Träum was Schönes«, sagte er noch und sah Fin unverwandt an, ein deutliches Zeichen, dass er gehen sollte.

Fin nickte und stieg hinter Marrill die Wendeltreppe zu ihren Kabinen hinunter. Als sein Kopf auf das Kissen sank, dachte er schon längst nicht mehr an Coll. Er schlief sofort ein.

Fin gähnte und rieb sich die Augen. Es schien wieder Nacht zu sein, denn in der Kabine war es kalt und dunkel. Die Wände bewegten sich wellenförmig. Drei sahen aus wie endlose Wasserflächen, die vierte erinnerte ihn an die fernen Lichter von Khaznot Quay bei Nacht, genau wie damals bei seiner Ankunft. Die Decke war mit funkelnden Sternen übersät, von denen einer heller leuchtete als der andere. Er hatte wieder von seiner Mutter geträumt.

Fin streckte sich unter der Decke. Hatte er wirklich den ganzen Tag verschlafen?

Durch ein hoch an der Wand sitzendes Bullauge fiel ein merkwürdig flirrendes Licht, das sich deutlich vom goldenen Leuchten des Piratenstroms unterschied. Es war grün. Oder blau? Oder vielleicht orange? Er kniff die Augen zusammen. Wo waren sie?

Kälte schlug ihm entgegen, als er die Decke zurückschlug. Es war nicht nur kühl wie bei Sonnenuntergang oder wenn es in Khaznot Quay windete, sondern beißend kalt. Eine solche Kälte fiel einen ohne Vorwarnung an, und man spürte sie nicht gleich körperlich, weil sie selbst wie gefroren war. Fin bewegte die Finger. Sie waren steif und gehorchten ihm nur widerwillig.

Er schlüpfte aus dem bequemen Bett und steckte die Hände unter die Achseln, um sie zu wärmen. Bei jedem Atemzug kam eine dicke Wolke aus seinem Mund. Einen Moment lang fürchtete er, er könnte erfrieren. Also schnappte er die Decke vom Bett und wickelte sie sich fest um die Schultern.

Eine dünne Reifschicht überzog das lackierte Holz des Türrahmens. Und ein seltsam klickendes Geräusch war zu hören. Auf dem Weg zur Wendeltreppe knirschte der Reif unter seinen Füßen. Die Decke schleifte hinter ihm über den Boden. Er kam an den anderen Türen vorbei und merkte schnell, woher das Klicken kam – von den wie Gesichter geformten Türklopfern, deren Zähne klappernd gegen die Messingringe in ihren Mündern schlugen.

An der großen Treppe und ihrem goldenen Geländer hingen Eiszapfen. Fin klopfte vorsichtig gegen einen davon, dann stieg er hinauf und öffnete die Luke zum Hauptdeck.

In der Kabine war es kalt gewesen, beim Hinaustreten hier auf Deck hatte er das Gefühl, gegen eine Wand zu laufen. Er wich zurück und hätte fast das Gleichgewicht verloren. Aber es war nicht nur kalt. Der Himmel über ihm stand in Flammen.

Es war Nacht, so viel war klar, aber über den schwarzen Himmel war ein Lichtschleier ausgebreitet. Fin vergaß darüber fast die schneidende Kälte. Farben tanzten, leuchtendes Grün knickste vor tiefem Violett, und Blau paradierte vor Orange. Offenbar hatte er dieses Licht durch das Bullauge gesehen.

»Fin!«, rief Marrill. Er riss sich mühsam von dem Anblick los, und Marrill kam in einen dicken Wollmantel eingemummt auf ihn zu. Sie lächelte, aber ihre Augen waren rot. An ihrer Wange hing eine gefrorene Träne. »Schöner Mantel«, sagte sie und zeigte auf seine Decke.

Er blickte an sich hinunter. »Ach das? Ist für besondere Anlässe.« Sie lächelte, aber ihre Augen blickten traurig. »Was ist los?«, fragte er.

Marrill rieb sich mit einem fellgefütterten Fäustling die Nase. »Nichts«, sagte sie. »Ich mache mir nur Sorgen um meine Mom. Vor allem jetzt, wo die Welt vielleicht bald untergeht.« Sie schnaubte und versuchte ein Lachen, aber es misslang.

Fin hob die Hand und ließ sie wieder fallen. Er wusste immer noch nicht so genau, wie man andere tröstete. »Also, wenn die Welt sowieso bald untergeht, könnten wir ja mal nachsehen, was sich hinter der Tür zum Kielraum befindet.« Er wackelte einladend mit den Augenbrauen. Marrills Mundwinkel zuckten.

»Außerdem gibt es da noch diesen saftigen Tentalo, den ich mir aufgespart habe.« Er holte die Frucht, die er der Schielenden Jenny geklaut hatte, aus seiner Diebestasche. »Er ist zwar immer noch nicht reif, aber wenn wir ihn über Bord werfen, gibt es sicher eine Mordsexplosion.«

Diesmal lachte Marrill richtig. Fin wurde warm ums Herz. »Schreckliche Vorstellung!« Sie wurde wieder ernst. »Danke, Fin.«

Er nickte. »Es wird schon alles gut, Marrill, ich versprecheesdir.« Er verstaute den Tentalo wieder in der Tasche, schwieg kurz und sagte dann: »Also noch mal wegen des Kielraums …«

Marrill schlug nach ihm, und er duckte sich weg. Lachend rannten sie zur Reling. Ardent war ebenfalls dort, und Coll saß natürlich am Steuer. Sie blieben stehen und starrten auf die endlose Weite. »Wow«, flüsterte Fin andächtig.

Eisberge trieben an der *Krake* vorbei, von denen einige größer waren als das ganze Schiff. Sie leuchteten in den Farben der mitternächtlichen Lichterspiele. Die ganze Welt schien zu leuchten. Hin und wieder ertönte ein leises Knarren und Quietschen, und von einem Eisberg brach ein Stück ab und stürzte ins Wasser.

Der Piratenstrom war an dieser Stelle wirklich ein Fluss, der schäumend durch eine vereiste Landschaft strömte. Auf die Eisberge folgten eisbedeckte Klippen, die aus dem Schnee aufragten. Das Quietschen und die dumpfen Schläge des brechenden Eises waren immer häufiger zu hören.

Unweit vor ihnen beschrieb Rose einen weiten Bogen. »Wo sind wir überhaupt?«, fragte Fin.

Ardent räusperte sich. »In der Wüste aus Eis und Schatten, wenn ich mich nicht irre. Und ich irre mich übrigens nicht. Hierher kommen nur selten Schiffe. Die meisten frieren vorher fest. Oder sie werden vom Eis zerquetscht und geschluckt.«

Auf die besorgten Blicke der beiden hin machte er

eine wegwerfende Handbewegung. »Keine Sorge, ich komme mit Hitze und Kälte gleich gut zurecht. Was auch gar keine Kunst ist, im Unterschied zu einigen anderen Elementen, die ich hier nennen könnte. Beides erfordert natürlich einen ganz unterschiedlichen Umgang, aber alles durchaus im Rahmen.«

»Was Ardent damit sagen will, ist, dass wir nicht zu frieren brauchen«, rief Coll von seinem Platz am Steuer.

Fin zitterte, seine Finger waren taub, und an seiner Nase hing vermutlich Eis. Für sein Gefühl kam das dem Frieren ziemlich nahe. »Und wurde Serth wieder gesichtet?«, fragte er.

»Nein«, beruhigte Coll ihn. »Die Piratten haben scharfe Augen, deshalb habe ich den Ausguck mit ihnen besetzt.«

»Offenbar konnten wir uns diesmal wirklich einen Vorsprung verschaffen«, fügte Ardent hinzu.

»Festhalten!«, rief Coll. Fin blickte zum Bug. Vor ihnen wurde die Wasserrinne immer schmaler und flacher, bis nur noch Eis und Schnee zu sehen waren. Der Strom endete! Fin machte sich auf den Aufprall gefasst, aber das Knirschen von Holz auf Eis blieb aus.

»Unmöglich!«, rief Marrill. Von Coll kam ein triumphierender Schrei. Ardent legte die Hände aneinander und lächelte zufrieden. Das Schiff glitt weiter.

Fin beugte sich über die Reling und spähte hinunter. Marrills Kopf tauchte neben ihm auf. Der Bug schob sich durch Schneeflocken, die um den Rumpf wirbelten. Sie fuhren immer noch. Auf *Schnee!* »Wow!«, sagte er leise. »Wie geht das?«

»Ich wusste, dass wir das richtige Schiff für die Reise haben«, sagte Ardent und strahlte. »Ein richtiger Stromklipper folgt dem Strom überallhin, egal, ob er zugefroren ist oder nicht!«

Kapitel 32

Eis auf der Zunge

Im bunten Zwielicht fing es an zu donnern, und Eis zerbrach überall um sie herum. Marrill konnte wie bei einem Gewitter mit Blitz und Donner die Sekunden zählen, nur dass das Eis zuerst donnerte und dann brach. Gewaltige Brocken stürzten in die Tiefe, Spalten von enormer Tiefe breiteten sich wie Spinnennetze über die Ebene aus, neue Klippen entstanden in überraschenden Formen, und Schleifen wuchsen aus dem Boden. Alles war in ständiger, gewaltsamer Bewegung.

Wie das Leben selbst, dachte Marrill. Erst vor kurzem hatte sie noch überlegt, zu welchem Abenteuer sie mit ihren Eltern von Arizona aus als Nächstes aufbrechen wollte. Dann war ihre Mom krank geworden, und die Ereignisse hatten sich überschlagen. Und jetzt suchte sie nicht mehr nur nach einer Möglichkeit, nach Hause zurückzukehren, sondern lieferte sich ein Wettrennen mit einem Verrückten, der die ganze Welt vernichten wollte.

Wieder knallte das Eis, und Marrill schlang die Arme fester um den Oberkörper. Neben ihr brach eine glatte Schneefläche in der Mitte auseinander. Die eine Hälfte sank in die Tiefe, die andere hob sich in einem merkwürdig schiefen Winkel in die Luft. Nur eine schneebedeckte Anhöhe in einiger Entfernung blieb von dem Chaos verschont.

»Gut, dass dir nichts passiert ist«, flüsterte Marrill Karnelius ins Ohr. Er legte den Kopf schräg und drückte ihn gegen ihre Wange. Sie fühlte sich seltsam getröstet.

Im selben Augenblick fiel die bereits eisige Temperatur weiter ab. Marrills Gesicht fühlte sich an, als hätte jemand es in Eiswasser getaucht, und sie begann trotz der dicken Kleider zu frieren.

»Wie k-k-k-kalt es ist«, stotterte sie.

Sogar ihr Atem gefror zu Eis, kaum hatten die Wörter ihren Mund verlassen. Die Buchstaben blieben noch einen Moment lang in der Luft stehen, dann fielen sie auf den Boden. Ein *K* schlitterte über die Planken, und Karnelius sprang hinunter und jagte ihm hinterher.

Marrill erschrak so sehr, dass sie aufschrie. Doch statt eines Schreis war nur ein Knirschen zu hören. Einige Buchstaben blieben an ihrer Zungenspitze hängen.

»Gchchch«, würgte sie und klaubte die Stücke aus dem Mund.

Ardent kam lautlos näher, und sie zuckte erschrocken zusammen, als er plötzlich neben ihr stand.

Grinsend hielt er eine Reihe von Buchstaben hoch, die er wie Anhänger eines Armbands auf eine Schnur aufgefädelt hatte.

IOHATNORFTLAK

Marrill wollte schon fragen, was das bedeutete, da fiel ihr ein, dass sie ja nicht sprechen konnte. Fragend runzelte sie die Stirn.

Ardents blickte auf die Buchstaben hinunter, nickte, vertauschte die Schnurenden in den Händen und hielt die Schnur wieder hoch. Diesmal ergaben die Buchstaben zwei Wörter:

KALTFRONTAHOI

Aha, dachte Marrill, Kaltfront ahoi! Sie nickte. Das erklärte ja wirklich alles.

Fin tauchte aus dem Bauch des Schiffes auf. Karnelius nutzte die Gelegenheit, ein wärmeres Quartier aufzusuchen, und rannte zwischen seinen Beinen hindurch, worauf Fin fast hingefallen wäre.

Eine Folge gefrorener Buchstaben quoll aus seinem Mund, und Marrill musste ein Lachen unterdrücken. Fin riss die Augen auf, und weitere gefrorene Buchstaben folgten. Ardent kicherte in sich hinein und hielt wieder die Buchstabenschnur in die Höhe.

Fin sah sich mit wehrhaft ausgestreckten Armen um.

Dann öffnete er ganz kurz den Mund, und die Buchstaben WAS purzelten heraus. Es folgte IST. Er überlegte. HIE … das abschließende R blieb an seiner Unterlippe hängen. Er zog daran und verzog schmerzerfüllt das Gesicht.

Diesmal konnte Marrill ihr Lachen nicht unterdrücken. Anschließend war auch sie damit beschäftigt, gefrorene Buchstaben von der Zungenspitze zu lösen.

Ardent senkte die Schnur und hob resigniert die Arme. Im nächsten Moment züngelten Flammen aus seinen Fingern und vereinigten sich zu einer leuchtenden Feuerkugel. Schon bald schmolzen die um ihre Füße verstreuten gefrorenen Wörter, und die Laute ihrer eigenen, lachenden und durcheinanderredenden Stimmen hüllten sie ein.

»Tja, so was passiert«, sagte Ardent. »Wir sind auf eine Kaltfront gestoßen.« Als sei damit alles erklärt.

Marrill seufzte. »Das haben wir inzwischen kapiert. Aber was ist das für eine Kaltfront, bei der sogar Wörter gefrieren?«

Ardent schien die Frage nicht zu verstehen. »Na, diese eben. Und sie kann vermutlich noch viel mehr einfrieren als Wörter. Wenn ich nicht so viele Wärmezauber auf dem Schiff verteilt hätte, wären wir bestimmt alle schon zu Eis erstarrt. Trotzdem empfehle ich, nicht zu angestrengt an etwas Bestimmtes zu denken oder zu intensive Gefühle zu haben. Gedanken und Gefühle würden wahrscheinlich auch gefrieren, und es könnte aufwendig sein, sie wieder aufzutauen.«

»Gefühle?«, fragte Marrill skeptisch.

»Ja, klar«, sagte Fin. Sie sah ihn verdutzt an, und er hob die Schultern. »Ich habe gehört, dass im Hafen von Khaznot Quay welche verkauft wurden«, fuhr er fort. »Sie sind sehr selten, aber Gefühle wie zum Beispiel Angst schmelzen angeblich überhaupt nicht.«

»So ist es«, stimmte Ardent zu. Er musterte Fin mit schräggelegtem Kopf. »Kennen wir uns?«

Marrill ging nicht darauf ein. Sie war viel zu sehr mit ihrer vollkommen unerklärlichen Situation beschäftigt. »Aber wie bleibt man warm, wenn es so kalt ist, dass Wörter und Gefühle gefrieren?«

»Durch Magie!«, rief Ardent stolz. »Obwohl ich zugeben muss, dass diese Wüste kein besonders … lebensfreundlicher Ort zu sein scheint. Man weiß nicht viel über sie, weil nur wenige Forscher von hier zurückkehren.«

Diese Vorstellung konnte Marrill nicht beruhigen. Das wird hier immer verrückter, dachte sie.

»Ich schlage vor, dass ihr euch möglichst in meiner Nähe aufhaltet«, fuhr Ardent unbekümmert fort. »Wärme kühlt hier schnell ab, und ich weiß nicht, ob ich noch mehr davon hinkriege.« Er wandte sich um und ging weg.

Fröstelnd beobachtete Marrill, wie die Feuerkugel zwischen ihnen schrumpfte und erlosch. »Wahrscheinlich brauchen wir eine Art Zeichensprache«, meinte sie. Und sie hatte Glück, dass sie ihre Bemerkung noch zu Ende sprechen konnte. Fins Antwort fiel bereits gefroren auf die Planken und zersplitterte.

Stundenlang glitt das Schiff über die weiße Ebene, und unter dem Kiel knirschte der Schnee. Die Wüste um sie hob sich und brach ein, und das laute Knallen des berstenden Eises war das einzige Geräusch in einer ansonsten überirdischen Stille, die vielleicht zu gewaltig war, um einzufrieren.

Marrill und Fin saßen im Schneidersitz auf Deck, dachten sich abwechselnd Handzeichen aus und brachten sie einander bei. Wenn sie etwas erklären wollten, spuckten sie eine kurze Buchstabenfolge aus und ordneten die Buchstaben dann zu den entsprechenden Wörtern. Oder sie bildeten aus bereits vorhandenen Buchstaben neue Wörter.

Die gängigen Handzeichen hatten sie bereits alle durch. Notwendig waren natürlich »Lauf schnell!« (zwei Finger nach unten, die sich wie laufende Beine bewegten) oder »Mach dich zum Kämpfen fertig« (Ringfinger über Daumen wie zwei gekreuzte Schwerter). Anschließend legte Marrill ein neues Wort auf dem Deck aus und drückte den Daumen an die Stelle über ihrem Herzen. »Freund«, formte sie stumm mit den Lippen.

Sie sah, wie Fin schluckte. Mit einem breiten Lächeln

drückte er den Daumen ebenfalls ans Herz und nickte. Doch dann wanderte sein Blick über ihre Schulter, und er berührte mit dem rechten Daumen den linken Ellbogen. Marrill sollte den Kopf heben.

Vor ihnen ragte etwas Neues aus der Ebene zum Himmel auf, sie veränderte sich ständig. Diesmal war es ein schiefer Turm, der sich deutlich abhob. Er sah nicht aus wie der Schiefe Turm von Pisa auf jenem Foto, auf dem ihr Vater so getan hatte, als müsste er den Turm stützen. Ihre Mutter hatte das Bild auf einer Fotoreise durch Italien gemacht, für einen Artikel über die schönsten Türme der Toskana. Dieser Turm hier glich eher einem aus Bauklötzchen kurz vor dem Einstürzen. Das untere Viertel lehnte in die eine Richtung, das nächste in eine andere. Die Spitze machte einen scharfen Knick in eine dritte Richtung und hing so weit über, dass der Turm eigentlich gar nicht stehen konnte.

Zuerst glaubte Marrill, dass er aus Eis bestand. Denn seine Oberfläche sah aus wie Glas, und die farbigen Schlieren des Himmels spiegelten sich darin. Doch da mussten auch andere Materialien im Spiel sein. Bei genauerem Hinsehen bemerkte Marrill weitere Farben und auch Formen unter der glänzenden Oberfläche.

Während das Schiff weiter durch das Eis pflügte, wurde Marrill klar, was an dem Turm besonders seltsam war: Er schien das einzig Stabile zu sein in einer Wüste, die sich ständig veränderte.

Sie atmete scharf ein. Die Kälte brannte in ihren Lungen, und eine dünne Reifschicht legte sich auf ihre Zunge. Sie malte ein Fragezeichen in die Luft, was so viel bedeutete wie: »Was ist das?«

Fin zuckte mit den Schultern, das weltweite Zeichen für »Ich weiß nicht«.

Marrill betrachtete wieder den Turm. Hoch über ihm kreiste ein kaum sichtbarer dunkler Punkt: Rose. Der geheimnisvolle Turm war ihr Ziel!

Eine Stunde später hielt die *Krake* knirschend an. Den Rest konnten sie laufen. Marrill machte das Handzeichen für »Wir sind da« (beide Hände mit den Handflächen nach unten ausgestreckt, dann die Finger zu Fäusten geballt). Fin musste zuerst kurz überlegen, dann nickte er.

Coll sprang zum Hauptdeck hinunter und kam zu ihnen. Neben seinem Gesicht schwebte eine von Ardents Wärmekugeln.

»Offenbar sind wir da«, sagte er.

»Genau das habe ich gerade auch gesagt!«, rief Marrill triumphierend.

Coll schien davon nicht beeindruckt. »Klar«, sagte er. »Macht euch für einen Fußmarsch bereit. Und viel Spaß, ich bleibe auf der *Krake.*«

»O nein!«, sagte Ardent, der hinter ihn getreten war. »Wenn wir den nächsten Teil der Karte holen, brauche ich alle Mann an Deck oder wie das heißt. Natürlich nicht im wörtlichen Sinn. Also, alle Mann von Deck!«

Coll seufzte tief und ging zur Strickleiter. Fin schnappte sich seinen Mantel. Marrill musste kichern, als er sich im Kreis drehte und gewaltsam versuchte, den Mantel über die dicke Kleiderschicht zu ziehen, die er schon anhatte. Mit einem Seufzer nahm er schließlich einige Gegenstände aus verschiedenen Geheimtaschen und verstaute sie in seiner dicken Jacke. Dann hängte er den Mantel an einen Haken am Besanmast.

»Vorsorge ist besser als Nachsorge«, bemerkte er grinsend.

»Ich weiß nicht, wie man auf dem Strom überhaupt vorsorgen kann«, sagte Marrill. Sie kletterte ebenfalls die Leiter hinunter, sprang neben Coll auf den Boden und sank bis zu den Knöcheln in den Schnee ein. Fin landete neben ihr, gefolgt von Ardent.

Marrill sah sich ihre Umgebung genauer an. Auf dem Eis um den Turm bewegte sich nichts – keine einzige Schneeflocke trieb im Wind. In scharfem Kontrast dazu standen die Berge dahinter mit ihren tiefen Gletscherspalten und steilen Verwehungen. Hier war wie überall sonst in dieser Ödnis alles in ständiger Bewegung.

»Diese Linie markiert vermutlich die Grenze des Turmgeländes«, erklärte Ardent und zeigte auf den Boden einige Schritte hinter ihnen. Ein dicker, schwarzer, tief in das Eis eingefrorener Streifen erstreckte sich in einem weiten Bogen in beiden Richtungen und bildete einen perfekten Kreis um den Turm. Er wirkte geradezu wie eine physische Grenze.

»Merkwürdig«, murmelte Marrill. Wenigstens brauchten sie sich beim Gehen keine Sorgen zu machen, dass sich ein Abgrund unter ihnen öffnete und sie verschluckte.

Sie stapften gute zwanzig Minuten durch den Schnee, dann standen sie am Fuß des Turms. Beleuchtet von den farbigen Schlieren des nächtlichen Himmels, ragte er mit seinen schiefen Winkeln über ihnen auf. Von nahem handelte es sich mehr um einen spitz zulaufenden, vereisten Haufen Gerümpel als um einen Turm aus Eis. Das Ganze sah aus, als hätte im winterlichen Minnesota jemand den Trödel eines Garagenflohmarkts aufeinandergestapelt und anschließend mit einem Gartenschlauch getränkt. Außenherum wand sich in endlosen Spiralen eine schmale, extrem steile Treppe. Daran hingen verschiedene Schilder, die meisten tief in das Eis eingefroren und mit Eiszapfen behangen.

VERSCHWINDE, stand auf dem ersten.
DU BIST HIER NICHT ERWÜNSCHT auf dem zweiten.
IM ERNST, KANNST DU NICHT LESEN? auf dem dritten.

Die Inschrift des nächsten Schilds konnte Marrill nur mit Mühe entziffern:

KEHR UM UND LIES DAS ERSTE SCHILD, ES IST WIRKLICH WICHTIG.

Sie waren hier offensichtlich nicht willkommen. Was ihr nur recht war, denn die Beine taten ihr schon beim Gedanken an die vielen Treppenstufen weh, die noch vor ihr lagen. »Kannst du uns nicht einfach dort hinaufzaubern?«, fragte sie Ardent und zeigte nach oben.

Ardent straffte sich und setzte zu einer Antwort an, doch Coll fiel ihm ins Wort: »Du willst dein Leben doch nicht den Winden anvertrauen«, sagte er. »Wenigstens nicht, wenn Ardent sie befehligt.« Er senkte die Stimme. »Ich sage nur, sie und er sind sich spinnefeind.«

»Ich habe den Streit nicht angefangen«, protestierte Ardent.

Ein ungutes Gefühl beschlich Marrill. »Ich glaube, wir gehen doch lieber zu Fuß«, sagte sie schließlich.

Kapitel 33

Der Griesgram

BETRETEN VERBOTEN stand auf dem Schild an der Tür. Fin wollte etwas sagen, überlegte es sich dann aber anders. Er hatte von der letzten witzigen Bemerkung, die an seiner Zunge festgefroren war, noch eine wunde Stelle und brauchte keine zweite.

Doch er klopfte Marrill auf die Schulter und zeigte auf das Schild. Sie schlug die Hand vor den Mund, und zwischen ihren Fingern erschienen zu Eis gefrorene gekräuselte Kicherlaute. Sie schluckte und beruhigte sich wieder, kratzte die Späne mit dem Handschuh ab und ließ sie auf die schiefen Treppenstufen fallen.

Das Schild hing an einer ansonsten leeren Türplatte. Sie hatte weder Griff noch Schloss, und auch sonst wies nichts darauf hin, dass man sie öffnen konnte. Coll bückte sich an ihrem Rand und tastete nach Angeln, Ardent fuchtelte mit den Händen herum. Beide wirkten sie ratlos.

Wenigstens waren sie am Ende der Treppe angelangt.

Sie hatte über Spalten geführt, die das Gewicht der Stufen unmöglich tragen konnten, und klebte an Stellen, von denen sie eigentlich hätte abrutschen müssen. Sie schwang sich sogar in einem Bogen über den Knick, an dem der ganze Turm hätte einstürzen müssen. Fin wusste nicht, wie sie es überhaupt bis nach oben geschafft hatten. Dabei waren die Stufen nie unstabil oder rutschig gewesen, egal, wie sie aussahen und wie dick die Eisschicht auf ihnen war.

Fin blickte auf die gefrorene Landschaft hinaus. Die *Krake* lag tief unter ihnen. Die farbigen Schleier in der Luft tauchten das Deck in zarte Orange- und Blautöne. Dahinter formte sich die Landschaft unter dem nächtlichen Himmel beständig neu.

Versunken starrte er auf die bizarre Schönheit der Eiswüste, da traf ihn etwas Kaltes am Hinterkopf. Er fuhr herum und streifte das Eis ab, das an seinem Hals hinunterrutschte. Sollte das eine Schneeballschlacht werden? Waren die anderen verrückt geworden?

Doch seine Hände wischten nicht Schnee weg, sondern Buchstaben. Einige waren zu einem Klumpen zusammengebacken. Häh! Er drehte sich zu Marrill um, die ihn ansah. An ihren Lippen hingen noch einige gekräuselte Späne vom Kichern. Die Tür hinter ihr hatte sich einen Spalt geöffnet, daneben standen ein verblüffter Coll und ein kleinlauter Ardent.

»Auf was warten wirchch!«, brachte Fin heraus, bevor das *R* an seiner Zunge festfror.

»… chnoch!«, rief er, als er den Turm betrat. Wärme schlug ihm entgegen, und seine von der Kälte taube Haut begann zu kribbeln. Sie standen in einem niedrigen Raum, der an einen dämmrigen Tunnel erinnerte. Sowohl Ardent wie Coll mussten die Köpfe einziehen. In der Dunkelheit konnte er das Zimmer am Ende nicht genau erkennen, sondern nur den orangefarben flackernden Schein eines Feuers, das dort offenbar brannte. Zugleich stach ihm ein salzig-muffiger Geruch in die Nase.

»Wir können wieder sprechen!«, rief Marrill.

»Aber offenbar nicht klopfen«, antwortete eine mürrische Stimme aus dem Inneren des Turms.

Coll hob die Hand zum Zeichen, dass sie nicht sprechen sollten, und duckte sich kampfbereit.

»Hallo?«, rief Ardent.

»Und auch nicht lesen.« Vor der Wand am anderen Ende des Gangs tauchte ein massiger Schatten auf. »Ihr seid auf dem Weg nach oben nicht zufällig an dreihundertzweiundvierzig Schilder vorbeigekommen?«

»Hallo?«, rief Ardent wieder. Fin schluckte. Obwohl sich alles in ihm sträubte, folgte er den anderen langsam in Richtung des hellen Scheins.

Er dachte schon, das Wesen hätte sich aus dem Staub gemacht, da schoss ein großer, ledriger Kopf um die Ecke. Er war blauviolett und flach wie der Kopf eines Salamanders, mit schwarzen, runden, misstrauisch zusammengekniffenen Augen. Vom Hinterkopf hingen einige blonde Haarsträhnen in den Nacken. In dem großen Maul hätte Fins ganzer Arm Platz gehabt. Sogar Coll zuckte zusammen.

»Mannomann!«, sagte das Wesen. »Worauf wartet ihr noch, auf eine gedruckte Einladung? Auf den vielen Schildern war sicher eine dabei!« Er verschwand wieder im Zimmer hinter dem Gang.

»Ich glaube, wir sollen reinkommen«, sagte Marrill.

»Keineswegs«, rief die barsche Stimme. »Das müssten die Schilder doch eigentlich klargemacht haben. Nicht zu fassen! Da ziehe ich ans Ende der Welt und friere mir einen ab und bekomme trotzdem Besuch, und ausgerechnet von den dümmsten Bewohnern des ganzen Stroms. Versperrt bitte nicht den Gang. Wenn ihr schon nicht verschwindet, wie höfliche Dingsbums es tun, könnt ihr genauso gut reinkommen, damit ihr anschließend wieder gehen könnt.«

Die anderen sahen einander besorgt an. Fin zuckte nur mit den Schultern. So seltsam der Empfang war, er selbst war von allen Wesen, die ihm je auch nur die geringste Beachtung geschenkt hatten, immer bedroht worden, und dieses hier war noch nicht mal das Schlimmste.

Außerdem fiel es ihm leicht, von Leuten, die einen nicht bemerken wollten, nicht bemerkt zu werden. Er schob sich an den anderen vorbei und betrat das Zimmer.

Erstaunt sah er sich um. Sie standen in einem großen, runden Raum, dessen Wände mit Ausnahme des Eingangs und je eines offenen Fensters rechts und links vom Boden bis zur Decke mit Regalen bedeckt waren. Am anderen Ende brannte ein loderndes Feuer und beleuchtete jede nur denkbare Art von Trödel. Ein gebrauchtes Spray gegen Zwickerlinge, staubige Geldbörsen, leicht angezauberte Würfelbecher und sogar ein altes Paar Himmelssegel. Das Zimmer sah aus wie eine Mischung aus Ardents Kajüte und Fins Dachkammer, nur doppelt so groß und wesentlich sauberer.

Ihr Gastgeber durchsuchte gerade einen Haufen blau leuchtender Kristalle neben dem Feuer. Vier lange Arme hantierten unter einem stämmigen Rumpf mit einem Buckel, Stummelbeinen und einem Schwanz. Die Kreatur sah aus wie ein Wal auf zwei Beinen, den man in einer Welt ohne Wasser ausgesetzt hatte.

Sie legte einen Kristall auf das Feuer, das sofort lichterloh brannte. Fin war auf einmal nicht nur warm – er fühlte neues Selbstvertrauen, Mut ... und Hoffnung. Egal, was passierte, dachte er, es würde alles gut ausgehen.

»Wer sind Sie denn?«, fragte er.

Das Geschöpf drehte sich um. Es hielt einen zweiten Kristall in der Hand. »Ah, das magst du also?«, sagte es und legte den Kristall ebenfalls ins Feuer. »Habe ich mir gedacht. Loser.«

Fin öffnete den Mund und schloss ihn wieder. Auf einmal war ihm gar nicht mehr so warm.

Inzwischen waren auch die anderen aus dem Gang

aufgetaucht. Ardent marschierte mit auf- und abhüpfender Zaubermütze gleich in die Mitte des Zimmers. »Ich grüße Sie, edler Herr. Ich bin der große Zauberer Ardent. Sie haben vielleicht von mir gehört?«

Er stützte die Hände in die Hüften und warf sich in die Brust. Es hätte eine heroische Geste sein sollen, allerdings hätte er dafür einige Kilos mehr auf die Waage bringen müssen.

Das Geschöpf zuckte mit den massigen Schultern. »Ardent, ja? Doch, sagt mir was.«

Auf dem Gesicht des Zauberers erschien ein stolzes Lächeln. »Wirklich?«

»Nein, doch nicht.« Das Geschöpf wandte sich ab. Ardents Lächeln erlosch, und seine Schultern sackten nach unten.

Coll beugte sich an Marrills Ohr. »Scheint mir ein ziemlicher Griesgram zu sein«, sagte er gerade so laut, dass auch Fin ihn hören konnte.

Das Geschöpf rückte mit seinen unteren Armen einige Gegenstände zurecht und bohrte zugleich mit dem Finger eines oberen Arms im Ohr. »Und du siehst aus, als hätte Daddy dir seine Schiffermütze geliehen, Käpt'n«, sagte er unwirsch. »Natürlich fährst du ein großes, altes Segelschiff, stimmt's, Käpt'n?«

Fin sah, wie Coll die Lippen zusammenpresste. »Stimmt tatsächlich«, sagte Coll.

Der Griesgram zuckte zuerst mit dem einen Schulterpaar, dann mit dem anderen. Dann sah er Marrill an.

»Und du bist bestimmt die nette Assistentin. Ich wette, deine Eltern wissen nicht mal, dass du nachts noch unterwegs bist.«

Marrill bekam große Augen, aber der Griesgram ignorierte es. Es schien ihn jedenfalls nicht zu kümmern. »Dann kennen wir uns jetzt ja alle. Hat mich gefreut und auf Wiedersehen.« Er wandte sich wieder ab und machte sich an einem Haufen halbfertiger Traumwürfel zu schaffen, der kunstvoll aufgeschichtet in einem Korb neben dem Kamin lag.

Fin, selbst ein Schlitzohr erster Güte, bewunderte unwillkürlich die Schlagfertigkeit des Geschöpfs. Den anderen schien es nicht so zu gehen. Sie blickten eher finster und empört drein.

Marrill warf Ardent einen Blick zu, und der Zauberer hob die Hände. »A-also, verehrtes Monster«, stotterte er. Der Griesgram fixierte ihn mit einem schwarzen, runden Auge. Ardent räusperte sich. »Wir sind wegen einer Karte gekommen. Wir brauchen sie unbedingt. Das Schicksal der ganzen Welt hängt davon ab.«

»Karten hab ich viele«, sagte der Griesgram. Ardent sah ihn hoffnungsvoll an. »Aber du kriegst keine«, fügte er unwirsch hinzu.

Ardent kicherte nervös. »Es geht im Grunde nur um den Teil einer Karte«, sagte er. »Lassen Sie mich überlegen, was wir noch brauchen … einmal natürlich den Maßstab für die richtige Größe … dann die Legende … einen interessanten Teil, der alles verbindet …«

»Hab weder das eine noch das andere«, beschied der Griesgram dem Zauberer. »Falscher Turm, versucht es im nächsten, sechstausend Kilometer in dieser Richtung.« Er zeigte in vier verschiedene Richtungen.

Fin folgte der Unterhaltung nur mit einem Ohr und spazierte dabei durch das Zimmer, um die sonderbaren Dinge in den Regalen zu bestaunen. Neben Käfigen mit Gaumenstechern standen Wunschgeneratoren, Kerzenhalter und ein Gerät mit Kugeln, die sich um eine große goldene Kugel in der Mitte drehten.

Alles nur Erdenkliche war ordentlich aufgereiht oder aufeinandergestapelt. Fin fühlte sich an seine Dachkammer erinnert, auch die etwas schiefen Wände passten. Sogar ein Wolkenfängernetz entdeckte er und in der Ecke einen Haufen Bälle, die, wenn man sie wegrollte, von selbst zurückkehrten.

Rose kam durch ein offenes Fenster geflogen. Sie kreiste und schien keinen Landeplatz zu finden. Schließlich machte sie es sich auf einem Haufen Schleudern bequem. Fin kniete sich daneben, nahm eine in die Hand und testete die Stärke des Gummis.

Der Vogel sträubte die Schwanzfedern, flog mit einem empörten Krächzen wieder auf und landete auf dem Korb mit den blauen Kristallen neben dem Feuer. »Tut mir leid«, sagte Fin entschuldigend. Rose ignorierte ihn und begann, sich das Gefieder zu putzen.

»Vergessen Sie nicht den Teil, der verhindert, dass alles auseinanderfällt«, sagte Marrill.

»Die Randlinie«, brummte Coll.

Fin steckte die Schleuder in die Gesäßtasche und nahm einen Angstschalter in die Hand. Vollautomatisch und noch in der Originalverpackung. Unglaublich! Dieser Kerl hatte alles. »Woher haben sie das viele Zeug?«, fragte er.

Der Griesgram sah ihn an. »Großartig, noch ein Kind. Ich muss wirklich Fallen aufstellen.« Fin unterdrückte ein Lächeln und wiederholte seine Frage.

»Das meiste habe ich geklaut«, antwortete der Griesgram ungerührt. Die anderen sahen sich erschrocken an, aber das schien ihn nur anzufeuern. »Von nichtsnutzigen Leuten, die in meine Wüste kommen und so tun, als gehöre ihnen hier alles. Von Leuten wie euch«, fügte er hinzu.

Er stapfte zu einem Haufen fellgefütterter Stiefel und hob ein Paar auf. »Alle Jubeljahre kommen Dumpfbacken wie ihr hierher, um die Wüste zu erforschen oder andere blödsinnige Ideen abzulassen. Dann gehe ich raus und fordere meinen Tribut, wenn ihr versteht.«

Marrill verschränkte die Arme. »Sie meinen, Sie nehmen ihnen das weg, was sie zum Überleben brauchen.« Die Empörung war ihr deutlich anzuhören.

Der Griesgram ließ ein tiefes Grunzen hören. »Ziemlich frech für einen Eindringling«, sagte er. »Ich erinnere mich nicht, dich etwas gefragt zu haben. Verpiss dich!«

Sogar Fin war jetzt unbehaglich zumute. Dabei hatte

er gerade angefangen, das Geschöpf zu mögen, schließlich war es ein Dieb wie er. Bis auf die beiden überzähligen Arme hätte der Griesgram sein älterer Bruder sein können!

Aber die Vorstellung, der Griesgram könnte anderen die warmen Stiefel weggenommen haben, gefiel ihm auch nicht. »Sie haben denen doch nicht wirklich Dinge geklaut, die sie zum Überleben brauchten, oder?«

Der Griesgram seufzte und legte noch einen blauen Kristall auf das Feuer. »Nein«, sagte er widerwillig. »Ich sammle nur ein, was übrig ist, wenn die Wüste sie geholt hat. Das friert nach einer Weile alles fest. Die Ausrüstung, der ganze Schrott ... die Hoffnungen.« Das Feuer knackte und knisterte. Fin war auf einmal wieder schön warm. Seine Ängste ließen nach, und neue Zuversicht erfüllte ihn.

»Nein, so was aber auch!«, rief Ardent, »Das verbrennen Sie also, um es warm zu haben, ja? Hoffnungen?«

Der Griesgram schnaubte. Ardent schüttelte den Kopf. »So viele gefrorene Hoffnungen. Und die dazugehörigen Leute sind wahrscheinlich auch gefroren.« Er legte Marrill die Hand auf die Schulter und lächelte. »Keine Sorge, meine Liebe, bei diesen Temperaturen vermutlich schockgefroren. Sie liegen wahrscheinlich irgendwo da draußen im Eis und warten darauf, dass jemand vorbeikommt und sie auftaut.«

»Es ist kalt draußen, alles gefriert ... doch, jetzt merke ich den großen Zauberer«, sagte der Griesgram.

»Ihr seid ja alle so furchtbar schlau und voller Mitgefühl und …« Sein Blick blieb an Fin hängen. »Bleibt nicht im Gedächtnis haften. Klingt, als hättet ihr alles bestens geplant. Aber wenn ihr diese Leute auftauen wollt, solltet ihr jetzt besser aufbrechen. Passt auf, dass ihr keinen vergesst. Danke für das Gespräch und auf Wiedersehen!« Er machte mit seinen vier Armen eine scheuchende Bewegung.

»Oh, wir haben zu danken«, sagte Ardent und wurde rot. »Das mit dem Talent war ja wirklich …«

Fin verdrehte die Augen. Er hatte den falschen Komplimenten keinen Augenblick geglaubt. Zwar war ihm noch warm, aber das Gefühl des Behagens schwand schon wieder. Er ließ den Blick durch das Zimmer wandern. Überall lagen wirklich coole Sachen, der ganze Turm war damit gebaut. Aber Menschen sah er nirgends. Wer hierherkam, erfror, oder wenn er es bis zum Turm schaffte, erledigte der Griesgram ihn. Und er selbst saß hier in diesem Turm aus Diebesgut und wärmte sich an den Hoffnungen anderer die Hände. Auf einmal fand Fin den Turm gar nicht mehr so toll.

Aber trotzdem irgendwie vertraut.

Widerstrebend legte er den Angstschalter auf das Regal zurück. Der Schalter stieß gegen einen Stapel ähnlicher Schalter, aber zu seiner Überraschung kippte der Stapel nicht um. Stattdessen sprang der Schalter, den er herausgenommen hatte, an seinen Platz zurück, und alles war wieder perfekt geordnet.

Der Turm war wie seine Kammer zu Hause, dachte Fin noch einmal. Nur viel besser aufgeräumt.

Da kam ihm eine Idee. Er trat ans Fenster und blickte auf die glatte Schneefläche hinunter. Sie war von der Wüste, die sich ständig veränderte, sauber abgetrennt durch die schwarze Linie.

»Wer hat da eben von der Randlinie gesprochen?«, sagte er. »Denn ich glaube, ich weiß jetzt, was diesen Turm aus Trödel überhaupt zusammenhält.«

Vom Griesgram kam ein unnatürlich hohes, nervöses Kichern. »Sind sie nicht niedlich, diese Kinder? Mit ihrer blühenden Phantasie?«

Das triumphierende Grinsen auf Fins Gesicht verschwand. Sein Blick war auf ein zweites Schiff gefallen, das unweit der *Krake* im Schnee wartete.

Der *Schwarze Drache*. Er hatte sie also doch eingeholt!

Fin suchte nach Serth, und tatsächlich, da stand er im Schatten der *Krake* unmittelbar jenseits der geschwungenen Randlinie. Er hatte die zitternden Hände ausgestreckt, und sein Gewand hob sich schwarz vom weißen Schnee ab.

»Leute, wir müssen gehen«, sagte Fin aufgeregt.

Serth bewegte die Hände nach oben. Das Eis über der Randlinie zerbrach, und von irgendwo tief unter ihnen kam ein tiefes Rumpeln.

Der Griesgram schluckte.

Dann begann der Turm zu beben und zu schwanken.

Kapitel 34

Dinge fallen auseinander

Eben hatte der Boden des sonderbaren Turms sich unter Marrills Füßen noch fest wie Stein angefühlt. Dann hob er sich, als wollte er sie abwerfen.

Die Dielen knarrten, die Wände krümmten sich, und auf den Regalen klapperte der Trödel. Behälter kippten um, und Unmengen von kleinen Glaskugeln fielen heraus und zerbrachen beim Aufprall auf dem Boden. Ein Quaken wie von Fröschen erfüllte den Raum, ebenso der Geruch von heißem Asphalt nach einem Sommerregen.

»Seht doch, was ihr getan habt!«, schrie der Griesgram und eilte durch das Zimmer, um die Gegenstände aufzufangen, bevor sie auf den Boden krachten. Doch selbst mit vier Armen hatte er nicht genug Hände, um alles zu retten.

»Was ist denn los?«, rief Marrill. Ein großer, schwerer Gegenstand fiel neben ihr herunter und brach durch die Dielen. Mit einem Aufschrei sprang sie zurück. Um ein Haar hätte wäre sie getroffen worden.

»Die Randlinie!«, brüllte Fin. Seine Stimme ging in dem lauten Quaken, Klappern und Poltern und dem wütenden Geschrei des Griesgrams fast unter. »Sie hat den Turm zusammengehalten, und jetzt klaut Serth sie!«

»Was? Serth ist hier?«, rief Ardent erschrocken. »Wie ist das möglich?«

Ein ohrenbetäubendes Kreischen zerriss die Luft. Der Griesgram erstarrte. »Nein, das klingt nicht gut«, sagte er. Und dann kippte das ganze Zimmer zur Seite.

»Alle raus!«, brüllte Coll und scheuchte sie zur Tür. Der Boden war bereits von Trümmern übersät. Marrill sprang wie bei einem Hindernislauf von einer freien Stelle zur anderen.

Hinter ihr stritten sich Ardent und der Griesgram. »Wir müssen gehen!«, rief Ardent.

»Habt ihr das endlich kapiert?«, schimpfte der Griesgram. »Geht ihr voraus, ich muss noch packen.« Hastig sammelte er einige Gegenstände vom Boden und aus den wenigen noch intakten Regalen.

Marrill blickte zu den beiden zurück, doch Fin packte sie an der Hand und zog sie weiter. »Hier lang!«

Er zog sie durch das Chaos, als wäre er wieder in Khaznot Quay und müsste sich den Weg durch das Gedränge auf den Straßen bahnen.

Doch Marrill sträubte sich. »Wir müssen ihn retten!«

Sie riss sich los und rannte zu dem schwerfälligen Griesgram zurück. Ardent hatte bereits einen geschuppten Arm ergriffen. Marrill packte den anderen und wich zugleich einer großen, bunten Prismenkugel aus, die von der Decke herunterfiel.

Coll und Fin eilten den beiden zu Hilfe, und gemeinsam zerrten sie den Koloss zur Tür, während er noch verschiedene Dinge aus den Regalen holte.

Wieder ertönte ein Kreischen, dass es Marrill durch Mark und Bein ging. Der Boden neigte sich noch steiler, und eine gefährlich aussehende Kugel rollte auf sie zu. Drei Zukunftsprognostiker hüpften an ihnen vorbei und fielen durch das nach unten gekippte Fenster. Marrill sah noch, wie sie sich in der Luft überschlugen.

»Jetzt bin ich bereit!«, rief der Griesgram. »Gehen wir!«

Allesamt eilten sie durch den Gang nach draußen. Die eisige Luft schlug Marrill wie eine Wand entgegen. Augenblicklich war sie bis aufs Mark durchgefroren. Aber nicht nur deshalb stockte ihr der Atem. Unter ihnen knackte und ächzte der eisverkrustete Turm. Die schon vorher klapprige Treppe war zu einer tödlichen Falle geworden. Große Teile von ihr fehlten inzwischen ganz.

Durch eine Lücke konnte Marrill den dicken, schwarzen Strang der Randlinie sehen, die auf Serths Befehl gerade aus dem Eis nach oben kam. Sie löste sich vom Eis, schnellte unter dem Turm hindurch wie eine Tischdecke, die von einem Zauberer weggezogen wird, und flog wie ein überdehntes Gummiband auf Serth zu. Der

Zauberer wirbelte sie zweimal im Kreis herum, und jedes Mal schrumpfte sie weiter zusammen, bis sie ihm zuletzt um das Handgelenk passte.

Marrill schluckte. Die Randlinie war verschwunden, und deshalb musste der Turm demnächst einstürzen. Und sie hatten nicht die geringste Chance, zuvor noch die Treppe hinunterzukommen. Panik stieg in ihr auf.

Da drückte Fin ihr etwas in die Hand, etwas Breites und Flaches, das ihr bekannt vorkam. Tatsächlich, es handelte sich um ein Backblech. Sie sah Fin fragend an. Er lächelte, und seine Augen blitzten spitzbübisch.

Auch er hielt ein Backblech in den Händen. Er legte es auf den Boden, setzte sich darauf und raste wie auf einem Schlitten die vereiste Treppe hinunter. Dann bog er um eine enge Kurve und einige gefrorene Ws und Os fielen klappernd hinter ihm auf die Stufen.

Marrill hatte keine Zeit, lange zu überlegen. Die Schlittenfahrt mochte gefährlich sein, aber stehen zu bleiben bedeutete den sicheren Tod. Also sprang sie mit klopfendem Herzen auf das kleine Blech und rutschte los.

Im nächsten Moment flog sie.

Das Blech wurde immer schneller, während zugleich auf allen Seiten Trümmer herunterkrachten. Marrill klammerte sich am vorderen Rand des Schlittens so fest, dass ihre Knöchel weiß hervortraten. Dabei dankte sie ihrer Mutter in Gedanken, dass sie sie vor einigen Jahren in den Anden gezwungen hatte, mit einem Schlitten einen steilen Berg hinunterzuschießen. Nach und nach bekam sie wieder ein Gefühl dafür.

Sie erinnerte sich, wie sie sich mit dem Körper hatte seitlich in die Kurve hinauslehnen müssen, wie sie hatte balancieren müssen, um nicht umzukippen.

Aber hier gab es keine seitliche Begrenzung, die sie gehalten hätte. Die Treppe verschwand im Zickzack unter ihr.

Der Schlitten schoss über Lücken und sauste um scharfe Ecken.

Sie fuhr rasend schnell, konnte jederzeit die Kontrolle verlieren, ein Gefühl, das sie ängstigte und zugleich berauschte.

Durch eine Lücke sah sie Fin, der schon halb unten war, gegen den Wind geduckt, die Arme gestreckt und den Kopf gesenkt. In diesem Augenblick ertönte über ihr ein Krachen, so laut wie das Krachen der berstenden Eisberge, und der Turm erzitterte. Marrill riskierte einen Blick zurück, vorsichtig, damit sie nicht das Gleichgewicht verlor.

Unweit hinter ihr fuhr Coll ebenfalls auf einem Schlitten, einer runden Messingschale, auf der er kaum Platz fand. Er presste konzentriert die Lippen zusammen, und aus seinem Mund kam eine Masse aus unverständlichen Zeichen.

Mit deutlichem Abstand folgten Ardent und der Griesgram. Sie saßen gemeinsam auf einer Platte, die vielleicht einmal eine Tür gewesen war. Ardents Mütze flatterte wie ein Windsack, der Griesgram verlor ständig irgendwelche Gegenstände aus den Armen.

Hinter ihnen brach die Spitze des Turms ab, des so unmöglich schief abgeknickten Turms, und stürzte in die Ebene hinab.

Nur ein paar Momente später – und sie wären mit abgestürzt, dachte Marrill.

Sie biss sich auf die Lippen und konzentrierte sich wieder. Der Turm neben ihr brach auseinander. Die Treppe sackte plötzlich nach unten. Marrill schrie auf, und sofort gefror der Schrei. Die Treppe fing sich wieder. Marrills Puls raste.

Noch eine Drehung, noch eine Kurve. Neben ihr fiel ein Konzertflügel durch die Luft wie in einem alten Zeichentrickfilm. Noch eine letzte Kurve, eine letzte Abfahrt. Scheinbar aus dem Nichts tauchte der Boden vor ihr auf. Sie raste darüber, den Mund fest geschlossen, damit ihm kein Schrei entwich.

Der Schwung trug sie hinter Fin her über das Eisfeld. Alles um sie herum war in Bewegung, und es knallte und krachte in einem fort. Unmittelbar vor ihnen öffnete sich eine gewaltige Spalte im Eis. Fin riss die Vorderseite seines provisorischen Schlittens in die Höhe und hatte gerade noch genügend Schwung, um über die Spalte zu fliegen.

Doch die Spalte wurde rasch breiter, deshalb konnte Marrill ihm nicht folgen. Sie bog scharf nach links ab, stemmte die Fersen in den Schnee, um zu bremsen, warf sich seitlich in den Schnee und ließ das Blech allein weiterfahren. Coll kam rutschend neben ihr zum Stehen. Seine Schale drehte sich wie ein Kreisel.

Dann flogen Ardent und der Griesgram an ihnen vorbei, die offenbar überhaupt nicht bremsten. Marrill wollte sie vor der Spalte warnen, aber die Worte gefroren sofort und fielen wie Eisblöcke auf den Boden. Ardent konnte von der Tür rollen, das geschuppte Wesen raste dagegen weiter auf den klaffenden Abgrund zu. An der Kante wurde es in die Luft geschleudert, die Tür folgte ihm mit einigem Abstand.

Marrill hatte noch nie ein Wesen gesehen, das sich so unbeholfen bewegte. Der Griesgram ruderte mit seinen vier Armen und verlor ständig Dinge, die er aus dem Turm gerettet hatte. Sein dicker Schwanz schwang hin und her wie bei Karnelius, wenn er sich im Fallen aufrichtete.

Er konnte es unmöglich schaffen. In Marrill krampfte sich alles zusammen, sie konnte sich aber nicht von dem Anblick losreißen. Gleich würde er in die Spalte fallen. Doch da stürzte mit ohrenbetäubendem Lärm der ganze Turm ein. Eine Druckwelle rollte an Marrill vorbei.

Das Eis erzitterte, die beiden Ränder der Spalte schwankten vor und zurück, und der Griesgram bekam gerade noch die andere Kante zu fassen. Marrill sprang auf und sah, wie Fin ihn in Sicherheit zog. Sobald die beiden wieder auf festem Eis standen, winkte er ihr zu, zum Zeichen, dass ihm nichts passiert war. Sie wollte zurückwinken, doch dann hielt sie inne.

Über Fins Schulter sah sie, dass ein schlanker Kutter neben der *Krake* festgemacht hatte. Auf dem Deck stand ein schwarzgekleideter Mann. Sein Gesicht war so weiß wie der Schnee, und sogar aus der Entfernung konnte Marrill erkennen, dass ihm schwarze Tränen über die Wangen liefen.

Ihr Herz setzte vor Schreck einen Schlag aus. »Serth«, flüsterte sie. Das Wort gefror augenblicklich, und die kleinen Buchstaben blieben an ihren tauben Lippen hängen. Wie als Antwort hob der Zauberer die Hand und winkte.

Marrill gestikulierte aufgeregt, um Fin zu warnen, aber der schien sie nicht zu verstehen. Hilfesuchend drehte sie sich zu Ardent um.

Doch der Zauberer hatte andere Probleme. Unmittelbar über ihm kreiste Rose und krächzte, und diese krächzenden Laute lösten sich von ihrem Schnabel und regneten wie kleine Dolche auf seinen Kopf hinunter.

Der Zauberer schlug nach ihr, aber sie krächzte nur noch lauter. Wild fuchtelnd zog der Zauberer das Pergament heraus, dem Marrill durch Khaznot Quay gefolgt war und aus dem der Vogel herausgeflogen war. Er wollte den Vogel wieder auf die Seite bannen, aber der kreiste immer schneller und krächzte noch lauter.

Bevor Marrill oder Coll ihm zu Hilfe eilen konnten, ging Rose im Sturzflug auf Ardent nieder und schlug ihm mit ihren gekritzelten Flügeln wütend ins Gesicht. Von dem unerwarteten Angriff überrascht, hob Ardent schützend die Hände und stolperte. Er war so damit beschäftigt, sich gegen die scharfen Krallen zu verteidigen, dass ihm das Pergament aus den Fingern glitt.

Blitzschnell, noch bevor es auf den Boden fallen konnte, hatte Rose es geschnappt. Ardent rannte hinter ihr her und Marrill und Coll ebenfalls, aber Rose war zu schnell. Mit einer raschen Bewegung ihres spitzen Schnabels riss sie noch die linke Schulternaht von Ardents Gewand auf. Darunter kam eine Geheimtasche zum Vorschein.

Allerlei Krimskrams fiel heraus, darunter auch das zusammengerollte Kartenfeld.

Marrill hatte es schon geahnt. Mit ausgestreckten Armen hechtete sie darauf zu. Doch sie landete unsanft auf dem Boden. Den Mund voller Schnee, japste sie nach Luft, blieb liegen und starrte auf ihre Hände. Sie waren leer!

In hilfloser Panik musste sie zusehen, wie Rose mit ihrem Pergament und dem Kartenfeld in den Krallen über die Eiswüste flog und geradewegs auf den gefrorenen Strom zuhielt.

Wo Serth sie erwartete.

Kapitel 35

Eine Frage des Maßstabs

Fin schüttelte ungläubig den Kopf. Rose hatte sie verraten!? Serth hatte nun drei Teile der Landkarte und war damit als Einziger in der Lage, den Maßstab und die Legende zu finden. Und sobald er die hatte, würde er den Strom zerstören. Er war nicht mehr aufzuhalten.

»Hmph!«, schnaubte der Griesgram. »Hoffentlich habt ihr diesen Schrott nicht gebraucht.«

»Halten Sie die Klappe«, murmelte Fin. Seine Hand wanderte zu seiner Diebestasche. Wenigstens hatte er den Schlüssel noch. Solange der in Sicherheit war, gab es Hoffnung.

Doch seine Hand griff ins Leere. »Wa–?« Die Tasche war fort! Sie musste sich bei der Landung gelöst haben und weggeflogen sein.

Er ließ den Blick über das Eis wandern. Und tatsächlich, da war sie, am Ende des Eisfelds. Sie hing baumelnd an Staviks Hand.

Aus dem Auge des Piratenkönigs rollte eine Träne,

die sofort in den Falten zwischen seinen Narben gefror. Stavik öffnete und schloss den Mund, und ein Wust von Buchstaben landete im Schnee zu seinen Füßen. Dann drehte er sich um und ging auf den *Schwarzen Drachen* zu.

»Er hat den Schlüssel!«, rief Finn und packte den Griesgram am Arm. Seine Worte verwandelten sich in halbgefrorenen Eismatsch. »Wir müssen ihn Stavik abnehmen!«

Der Griesgram zuckte mit seinen vier Schultern. »Sprich für dich selbsch…« Er spuckte die gefrorenen Buchstaben aus, holte eine Handvoll kieselgroße Kristalle aus seiner Tasche und brach einen auseinander. Einen zweiten warf er Fin zu. Sofort wurde Fin wärmer, innerlich und äußerlich. »… selbst«, beendete der Griesgram den Satz. »Ich bleibe hier und kümmere mich um nichts.«

Fin verschwendete keinen weiteren Blick auf den alten Miesepeter. Der Hoffnungskristall hatte ihn wiederbelebt, und er blickte zu Marrill hinüber, die auf der anderen Seite der Spalte stand und aufgeregt winkte. »Ich laufe ihm nach!«, rief er ihr zu. Er eilte über das Eis, hinter Stavik her. Bei all den Buchstaben, die im Schnee verstreut lagen, hielt er einen Augenblick inne.

HE, KAMERAD stand dort. SCHADE, DASS DU HIER BIST. WIRKLICH SCHADE. Fin erschauerte. Das war also nötig gewesen, damit der Piratenkönig sich an ihn erinnerte – schwarze Magie in einer zerfallenden Welt.

»Egal«, murmelte er und riss sich zusammen. »Ich bleibe an ihm dran.« Er knackte mit den Knöcheln und wollte in Richtung *Drache* weiterlaufen.

Da ertönte ringsum das ohrenbetäubende Krachen von berstendem Eis. Der Boden unter Fins Füßen geriet in Bewegung, und er verlor das Gleichgewicht. »Nicht schon wieder«, jammerte er. In der Nähe brach ein gewaltiger Berg auseinander, und im Eis öffneten sich tiefe Spalten. Unmittelbar neben ihm gähnte plötzlich ein Abgrund.

»Mannomann!«, stöhnte der Griesgram hinter ihm. Fin ruderte mit den Armen, um das Gleichgewicht zu halten. Ohne die Randlinie, die das kleine Reich des Griesgrams zusammengehalten hatte, drang das Chaos der Wüste aus Eis und Schatten unaufhaltsam weiter vor.

Vor ihnen war Stavik beinahe bei seinem Schiff angelangt. Fin durfte keine Sekunde mehr verlieren. Er rannte los. Der Boden bebte, und er musste Spalten und Zacken ausweichen, die aus dem Nichts vor ihm auftauchten. Gerade als er glaubte, er hätte es geschafft, wuchs vor ihm ein Eisbrett in die Höhe. Er blieb mit dem Fuß daran hängen und stürzte. Der Hoffnungskristall flog durch die Luft.

Fin richtete sich auf die Knie auf. Stavik war bereits beim *Drachen* angelangt. Der Piratenkönig drehte sich noch einmal um, und ihre Blicke trafen sich für einen kurzen Moment.

»Ich habe verloren«, flüsterte Fin fassungslos. Die Worte gefroren sofort und fielen als lose Buchstaben vor ihm in den Schnee.

Da durchströmte ihn unvermutet neue Hoffnung. »Welcher vermaledeite Tauge-aber-auch-gar-nichts klaut einem Mann die Randlinie und lässt ihn dann erfrieren?«, schimpfte der Griesgram neben ihm. Ein blauer Hoffnungskristall leuchtete wie eine Fackel in seinen Händen.

»Wie haben Sie mich eingeholt?«, keuchte Fin.

Der Griesgram drehte sich überrascht zu ihm um. »Ach«, murmelte er. »Na toll. Jetzt müllen sie meinen schönen, sauberen Schnee auch noch mit kleinen Rotznasen zu.«

Neben ihnen stürzte donnernd ein Berg ein. Der Boden erzitterte, und Fin wäre fast umgekippt. Das Donnern wurde lauter und immer lauter, der Boden bebte noch heftiger. Risse liefen wie ein Spinnennetz durch das Eis und verbreiterten sich zu riesigen, bodenlosen Spalten.

Fin sprang auf. »Im Ernst, wie hast du mich so schnell eingeholt?«

Das geschuppte Monster hob ein Holzbrett hoch, das es hinter sich hergezogen hatte. »Mit meinem Türschlitten«, sagte es. »Und nein, du darfst ihn dir nicht ausleihen.«

Und dann schien mit ohrenbetäubendem Lärm die ganze Welt einzustürzen. Hinter ihnen hob sich das Eis, vor ihnen sackte es ab, und aus der Ebene wurde plötzlich ein steiler Hang.

Fin taumelte und kämpfte um das Gleichgewicht. Sein Keuchen gefror und traf ihn schmerzhaft ins Gesicht. Auch der Griesgram schwankte und wedelte mit den Armen. Die Tür fiel zu Boden und begann zu rutschen. »Na gut, dann steig eben auf!«, schrie der Koloss und ließ sich darauf fallen.

Fin sprang auf, bekam den Rücken des Griesgrams zu fassen und klammerte sich daran fest. Den durchdringenden, muffigen Geruch des Alten ignorierte er.

Mit halsbrecherischer Geschwindigkeit rasten sie den neugeformten Hang hinunter und auf den *Drachen* zu. Durch Verlagerung seines Gewichts lenkte der Griesgram sie zwischen den Spalten hindurch. Ihr improvisierter Schlitten wurde immer schneller, bis der eisige Wind Fin ins Gesicht peitschte und seine Haare in Eiszapfen verwandelte.

»Na, besten Dank für euren Besuch«, brummte der Griesgram. »Mir war ja schon fast langweilig. Aber ich mache euch keine Vorwürfe. Rückblickend findet man sich hier wirklich nicht leicht zurecht.«

Während er so vor sich hin brummte, spürte Fin wieder die Wärme seines Hoffnungskristalls. Und auf einmal waren der Verlust der Diebestasche, die einstürzende Wüste und die Kartenteile, die Rose geklaut und zu Serth gebracht hatte, nicht mehr ganz so schlimm. Er lachte übermütig. Es würde alles gut werden!

Vor ihnen legte der *Drache* ab. Er hinterließ eine Fahrrinne aus matschigem Schnee und Eis. Dahinter ragte wie eine Rampe die gezackte Kante des Eisfeldes auf. »Festhalten!«, brüllte der Griesgram. Fin schluckte.

Sie schossen die Rampe hinauf, hoben ab und flogen durch die Luft. Die Tür fiel hinunter, und vor ihnen ragte die Schiffswand auf. Fin hörte sich und den Griesgram gleichzeitig schreien.

Dann prallte er gegen die Wand. Ihm blieb die Luft weg, aber er klammerte sich instinktiv an die Holzplanken und suchte Halt. Mit einer Hand bekam er den Rand eines Bullauges zu fassen, mit dem Fuß stieß er gegen etwas Raues und zugleich Schwammiges.

»Vorsicht, Freundchen«, schimpfte der Griesgram.

»Entschuldigung«, murmelte Fin und nahm den Fuß vom Kopf der Echse.

Der Griesgram klebte wie eine Riesenschnecke unter ihm am Schiffsrumpf. Er hielt sich mit drei Händen fest, mit der vierten umklammerte er noch immer den Hoffnungskristall. Der Trödel, mit dem er sich die Taschen vollgestopft hatte, hing baumelnd heraus und klirrte schief.

Fin kletterte an der Schiffswand hinauf und vergewisserte sich wiederholt durch Blicke nach unten, dass der Griesgram nachkam. Das Klettern bereitete ihm keine Schwierigkeiten. Er bekam allmählich Übung darin, Schiffswände hinaufzuklettern.

Oben angekommen, zog er sich über die Reling auf das Hauptdeck. Um ihn herum waren Piraten damit beschäftigt, Segel zu setzen. Er blickte sich nach Stavik um. Am Bug glänzte etwas in den nächtlichen Lichtschlieren auf: Drachenleder.

Augenblicke später war Fin unbemerkt nach vorn geeilt und stand hinter dem Piratenkönig. Er holte tief Luft und streckte die Diebesfinger. Mit einer raschen Bewegung riss er Stavik die Tasche aus den Händen.

»Nein«, murmelte Stavik apathisch und drehte sich um. »Nein, Kamerad.«

Fin lächelte. »Keine Angst«, sagte er. »Ich sorge dafür, dass du am Ende deinen Anteil erhältst.« Er lief los.

Da stand plötzlich ein anderer Pirat vor ihm. »Tut mir leid, Junge«, sagte er. Es war der alte Knollenbilly mit seiner vom vielen Schnäuzen knallroten Nase. Die anderen Piraten ließen wie auf ein Stichwort alles stehen und liegen und kamen ebenfalls näher.

Einen kurzen Moment lang geriet Fin in Panik und sah sich hilfesuchend nach Marrill, Ardent und sogar dem Griesgram um. Doch dann schüttelte er energisch den Kopf. Er konnte das allein schaffen!

Es war wie früher. Er hatte einen Auftrag übernommen und musste ihn jetzt auch zu Ende führen. Also setzte er ein freches Grinsen auf und schlüpfte zwischen den Piraten hindurch.

Die erste Reihe Piraten hatte er bereits hinter sich gelassen, als der Kummer ihn körperlich traf wie das Grollen des Donners oder der peitschende Wind. Er hatte schon ganz vergessen, wie stark der Kummer war. Fast wäre er darunter zusammengebrochen. Tränen traten ihm in die Augen.

»Bald ist es so weit.«

Fin kannte die schreckliche Stimme. Er holte tief Luft und drehte sich danach um. Am Bug des Schiffs, unmittelbar hinter Stavik, stand das meressianische Orakel. Serth. Der Wind spielte mit dem Saum seines Gewands. »Bald erscheint die verlorene Sonne.«

Um Fin herum begannen die Piraten, laut zu weinen. Auch ihm selbst liefen schon die Tränen übers Gesicht. Er schluckte.

»Du bist gekommen, um mir den Schlüssel zu geben«, sagte Serth. Er wischte sich eine schwarze Träne ab. »Ich wusste, dass du kommen würdest.« Fin wollte den Kopf schütteln, aber auf einmal kam ihm das viel zu anstrengend vor.

»Aber wo ist das Mädchen mit den Flügeln?«, fragte der Zauberer den Himmel. »Nein, warte, noch nicht, falsche Reihenfolge! Noch nicht.« Er biss die Zähne zusammen, schürzte die Lippen und holte tief Luft, wie um den Wahnsinn zu zügeln, der ganz offensichtlich von ihm Besitz ergriffen hatte.

»Geschafft!«, verkündete der Griesgram. Fin drehte sich um und sah, wie er seinen massigen Leib über die

Reling hievte. Eine lange Reihe von Schwertern richtete sich auf ihn. »Ach du liebes bisschen«, seufzte der Griesgram und hob seine vier Hände. Die Diebe umzingelten ihn und holten den Trödel aus seinen Taschen.

Fin wandte sich wieder Serth zu. »Nein«, sagte er. »Ich gebe Ihnen den Schlüssel nicht.«

Serth legte den Kopf schräg. »Nein?« Er hob die Hände. »Ach Fin, Fin, Fin. Ich bewundere deinen Mut, wirklich. Aber du hast nicht die Kraft, mir zu widerstehen.«

Eine neue Welle des Kummers traf Fin, und er ging in die Knie. Mühsam hob er den Kopf und blickte auf die Wüste hinaus, die sich aufzulösen begann. Türme aus Eis zerbarsten und zerfielen zu Nichts. Spalten öffneten sich und verschluckten ganze Berge.

Und inmitten der Zerstörung lag die *Krake*. Sie blieb hinter ihnen zurück, aber er konnte den Tauknochenmann erkennen und über Deck eilende Gestalten, die hektisch alles für den Aufbruch vorbereiteten.

»Sie werden nicht weit kommen, Serth«, sagte er mit zusammengebissenen Zähnen. »Die *Krake* ist Ihnen auf den Fersen, und wenn sie uns einholt, bekommen Sie es mit einem wütenden Zauberer zu tun, den Sie fürchten. Und wenn er erfährt, dass Sie ein Mitglied seiner Mannschaft entführt haben, werden Sie ihn erst richtig kennenlernen.«

Serth schüttelte den Kopf, und aus seiner Brust stieg

Schluchzen auf. »Ach Fin«, sagte er. »Im Unterschied zu mir hat er dich doch schon längst vergessen.«

Verzweiflung breitete sich in Fin aus. Alles wäre halb so schlimm gewesen, wenn Serth nicht recht gehabt hätte.

Er zwang sich, ruhig zu bleiben. Marrill würde ihn nicht vergessen, das wusste er. Und solange es sie gab, konnte er auf Hilfe zählen.

»Aber zu deiner Drohung«, fuhr Serth fort. Er schob die Hand in sein Gewand und zog ein metallisch glänzendes Instrument heraus. Fin kannte es. Es handelte sich um einen Stechzirkel. Im Hafen von Khaznot Quay hatte er gesehen, wie Seeleute damit auf ihren Karten Entfernungen maßen.

»Deine Freunde werden uns nicht finden!« Serth hielt den Zirkel hoch und zog die beiden Arme so weit auseinander, dass sie die Entfernung zwischen den beiden Schiffen erfassten. Dann zog er sie ganz auf, und die Krake und mit ihr die gesamte Wüste aus Eis und Schatten verschwanden.

Fin sah ihn fassungslos an. Sie waren gerade im Bruchteil einer Sekunde kilometerweit auf den offenen Strom hinausgefahren. Auf einmal begriff er, wie der *Drache* es geschafft hatte, ihnen die ganze Zeit auf den Fersen zu bleiben.

»Hast du geglaubt, ich hätte selbst noch keine Kartenteile gesammelt?«, fragte Serth und sah ihn voller Mitgefühl an. »Und der Maßstab ist wirklich der nützlichste Teil einer Karte. Was nützt es, zu wissen, wo man hinwill, wenn man nicht weiß, wie weit es ist?«

Fin schluckte. Serth besaß mehr von der Karte, als sie gedacht hatten. Und mit dem Schlüssel in Fins Diebestasche war er nur noch ein Kartenteil davon entfernt, die Welt untergehen zu lassen.

Kapitel 36

Ein Schiff aus Eisen mit einer Mannschaft aus Schatten

Marrill stand wie erstarrt auf dem Deck der *Krake* und hatte Augen und Mund weit aufgerissen. Sie hatten den *Schwarzen Drachen* schon fast eingeholt, doch dann war Serths Schiff verschwunden, und vor ihnen lag nur noch der eisige Strom.

Es dauerte kurz, bis ihr die volle Tragweite dessen bewusst wurde, was soeben geschehen war. Dann traf es sie wie ein Blitzschlag, und Tränen brannten ihr in den Augen. Serth hatte jetzt alles: Windrose, Randlinie und Kartenfeld. Sogar den Griesgram hatte er in seiner Gewalt.

Und außerdem natürlich Fin. Serth hatte ihr nicht nur die einzige Chance genommen, jemals wieder nach Hause zu gelangen, sondern er hatte auch ihren besten Freund entführt.

Obwohl die anderen Besatzungsmitglieder in ihrer Nähe waren, fühlte Marrill sich plötzlich sehr, sehr allein. Ihr war, als sei die Kälte der Wüste in ihr Inneres gedrungen und habe sie betäubt.

Alles kam ihr hoffnungslos vor. Doch dann spürte sie, wie ihr etwas kalt und weich auf Wangen und Schultern fiel. Sie hob den Kopf und sah Karnelius auf einer Rah sitzen und zu ihr herunterblicken. Sein gefrorenes Schnurren rieselte wie Schnee auf sie herab. Ein seltsames und wunderbares, ein magisches Gefühl. Es war ja auch Magie im Spiel.

Wenn Serth den Rest der Karte fand und das Tor öffnete, war alles aus. Dann würde es den Strom nicht mehr geben. Sie würde ihre Eltern nicht mehr sehen und Ardent, Coll und Fin verlieren – für immer.

Das durfte sie nicht zulassen. Entschlossen schob sie mit der Fußspitze einige gefrorene Schnurrlaute aus dem Weg und ging nach achtern.

Coll stand an dem riesigen Steuerrad, die Lippen zu einer grimmigen Linie zusammengepresst. Neben ihm vollführte Ardent mit einem Fingerschnippen einen Wärmezauber. »Coll«, befahl er, sobald er sprechen konnte, »folge diesem Schiff!« Er zeigte auf eine Stelle, an der der Strom sich verengte und sich zwischen zwei hohen Klippen hindurchzwängte, die bereits anfingen zu bröckeln. Marrill kniff die Augen zusammen. Der *Drache* war nirgends zu sehen.

»Tu ich doch schon«, rief der Kapitän.

Ardent hob genervt die Hände. »Dann lichtet die Segel und hisst den Anker, oder was ihr Seeleute eben so tut.«

»Wie bitte?« Coll zog die Augenbrauen hoch.

»Mach einfach, dass wir schneller fahren!« Ardent schwenkte die Arme, um den Wind anzufachen. »Der Strom ist in Gefahr! Serth hat bereits den vierten Teil der Karte. Dies ist unsere letzte Chance. Wir müssen ihn einholen, bevor er die Legende findet und das Tor öffnet!«

Die Segel blähten sich. Der Tauknochenmann dehnte und streckte sich und straffte die Taue. Piratten kletterten durch die Takelage und überprüften die Knoten.

Die *Krake* nahm Geschwindigkeit auf und fuhr auf die schmale Lücke zwischen den Klippen zu, an der die Wüste aus Eis und Schatten endete. Halb Eis und halb Wasser, zwängte der Strom sich brodelnd und schäumend hindurch.

Panik stieg in Marrill auf, als sie in Gedanken die Teile der Karte zählte. Kompassrose, Kartenfeld, Randlinie und Legende. Blieb noch ... »Woher wissen Sie, dass er auch den Maßstab hat?«, fragte sie.

Ardent zögerte und betrachtete nachdenklich die Takelage. »Ich habe es daraus geschlossen, dass Rose uns verraten hat. Ich hätte es auch schon früher wissen können, aber ich war zu sehr davon überzeugt, dass wir einen großen Vorsprung hätten.«

Er leckte sich die Lippen und machte mit den Händen unermüdlich schaufelnde Bewegungen durch die Luft. Wind füllte die Segel. »Rose will die Landkarte wieder vereinen«, erklärte er. »Warum hat sie uns also verlassen und unser Kartenteil mitgenommen? Wohl nur aus einem Grund: dass Serth dem Ziel schon näher war als wir. Und das bedeutet natürlich, dass er mehr Teile haben musste als nur die Randlinie! Er hatte also offenbar zwei und wir nur eins, wenn man Rose nicht mitzählt, die offenbar jederzeit die Seite wechseln kann.«

Er sah Marrill ernst an. Sein Bart war eisverkrustet. »Mit dem Maßstab kontrolliert er die Entfernungen. Was erklärt, warum er so schnell ist. Aber den holen wir, keine Angst.« Seine Worte sollten beruhigend klingen, aber seine Stimme wirkte keineswegs sicher.

Verstört blickte Marrill auf die Buchstaben, die auf dem Deck verstreut lagen. Überbleibsel von Gesprächen, die sie vor kurzem mit Fin geführt hatte. Wie konnten seine Worte zu Eis erstarrt noch hier herumliegen, wenn er selbst – und die Erinnerungen der anderen an ihn – nicht mehr da war?

Coll riss sie aus ihren Gedanken. »Festhalten!«, schrie er. Marrill lief zur Reling und umschlang sie mit den Armen.

Das Schiff schlingerte heftig, beinahe außer Kontrolle. Vor ihnen neigten sich die Klippen am Ende der Wüste aus Eis und Schatten immer stärker aufeinander zu, und die Lücke zwischen ihnen wurde von Sekunde zu Sekunde schmaler.

»Das schaffen wir nicht!«, schrie Marrill.

»Papperlapapp!«, erwiderte Ardent tadelnd. Er richtete die Hand auf ein überhängendes Eisbrett hinter ihnen, das mindestens viermal so groß war wie die *Krake*. Mit ohrenbetäubendem Krachen löste es sich und stürzte in den halbgefrorenen Strom.

Eismatsch spritzte auf, und eine gewaltige Flutwelle, die höher war als der höchste Mast der *Krake*, rollte tosend auf das Schiff zu. Marrill schrie. Aber Coll war bereit. Er riss das Steuerrad herum, bis der Wind direkt von hinten in die Segel blies. Die *Krake* schoss vorwärts.

Sie ritten auf der Welle und fuhren schneller, als sie jemals gefahren waren. Gefrorene Buchstaben flogen über das Deck.

In letzter Sekunde raste die *Krake* durch die Lücke. Mit der Reling streifte sie schon das Eis. Hinter ihnen stürzten die Klippen vollends ein.

Die Macht der Flutwelle warf das Schiff über das Wasser wie einen über die Wasseroberfläche hüpfenden flachen Stein.

Aber Marrill hatte keine Zeit, erleichtert zu sein, denn vor ihnen drohte bereits die nächste Gefahr: das Unwetter, dem sie vorher ausgewichen waren – vielleicht dasselbe, das sie schon seit Marrills Ankunft auf dem Strom verfolgte. Und egal, wie tödlich es sein mochte, diesmal gab es kein Entrinnen.

Dunkle Wolken waren am Himmel aufgezogen, und gezackte Blitze gingen auf das Wasser nieder. In einiger Entfernung vor ihnen fuhr der *Schwarze Drache* mitten ins Herz des Unwetters hinein.

Sie hatten schon so weit aufgeholt, dass Marrill Gestalten an Deck erkennen konnte. Serth stand am Bug. Er war leicht an seinem schwarzen Gewand zu erkennen, das sich um ihn blähte. Auch der Griesgram war nicht schwer zu finden: Er war der dicke, blaue Klumpen, der gerade in einem Fangnetz nach oben gehievt wurde.

Es dauerte einen Moment, bis Marrill die kleine Gestalt entdeckte, die vor Serth stand und von einer Horde bewaffneter Piraten umzingelt wurde.

Fin!

In Marrill zog sich alles zusammen. »Fin lebt noch«, schrie sie. »Wir müssen ihn retten.«

Ardent kniff die Augen zusammen. »Sie haben ihn in einem Netz gefangen.«

»Ich meine nicht den Griesgram«, erwiderte Marrill. »Obwohl wir den auch gleich retten können. Kannst du sie einholen, Coll?« Ihre Haut begann zu kribbeln.

Sturmwind peitschte über das Deck. Coll versuchte, die Entfernung zwischen ihnen und dem Unwetter einzuschätzen. »Es wird auf jeden Fall knapp ...«

Ein Blitz schlug in den Mast ein, überzog den Himmel mit einem Funkenregen und schnitt ihm das Wort ab. Marrill zuckte zusammen, ihr Herz setzte eine Schrecksekunde aus und klopfte dann wie wild. Über ihr öffneten sich schwarze Wolken wie der Schlund eines gigantischen Monsters, das sie mit Haut und Haaren zu verschlingen drohte.

»Der Blitz war rot«, rief Coll. Marrill sah den Blick, den er Ardent zuwarf. Der runzelte die Stirn.

»Das Eiserne Schiff«, flüsterte Marrill. Sie erinnerte sich daran, wie Coll gezittert hatte, als sie das letzte Mal so nah an dem Unwetter vorbeigefahren waren. Und wenn sogar Coll das Eiserne Schiff fürchtete, galt das erst recht für sie. »Wenigstens hat Serth auch davor Angst«, sagte sie.

»Weil er nicht dumm ist«, antwortete Coll knapp.

Marrill schluckte und spürte einen Knoten im Magen. Sie hatte erlebt, wie Coll Gewittern, Stürmen und zuletzt einer Flutwelle getrotzt hatte, ohne mit der Wimper zu zucken. Doch jetzt hatte er die Lippen fest zusammengepresst, und sein Gesicht war zu einer Maske erstarrt.

Er zeigte mit der freien Hand nach vorn. »Da kommt es.«

Marrill folgte seinem Finger. Von Backbord näherte sich ein drittes Schiff – ein Schiff, wie Marrill noch nie eins gesehen hatte. Es fuhr schnell, lag tief im Wasser und steuerte geradewegs auf sie zu. Die Segel bestanden aus einem grauen Drahtgeflecht, das sich kaum von den Wolken abhob. Der Rumpf war bauchig und schwarz. Und knapp über der Wasserlinie zog sich ein scharlachroter Seitenstreifen entlang wie Blut aus einer Wunde, die das Schiff dem Wasser mit seinem Kiel zugefügt hatte.

Aus dieser Entfernung waren die Männer an der Reling nur dunkle Schemen auf einem Klotz aus Metall. Alle außer einem, der allein am Bug stand. Dem Kapitän des Eisernen Schiffes. Breitbeinig stand er da und stemmte sich den Wellen entgegen. Er war von Kopf bis Fuß in eine eiserne Rüstung gehüllt, mattschwarz mit glänzenden Kanten. Allein sein Anblick ließ Marrill vor Angst zittern.

Wieder zuckte ein scharlachroter Blitz über den Himmel, so nahe, dass sie schon meinte, einen metallenen Geschmack im Mund zu schmecken. Ihr Herz begann zu hämmern.

»Sieht so aus, als wollten sie uns den Weg abschneiden«, rief sie.

»Oder uns rammen.« Coll hob die Schulter. »Ardent«, rief er, »wie wäre es mit ein bisschen Hilfe?«

Der Zauberer trat vor und fuhr mit der Hand in Richtung des Eisernen Schiffs durch die Luft. »Mal sehen, wie sie ohne Segel zurechtkommen.« Kaum hatte er die Worte ausgesprochen, da lösten sich die Segel des anderen Schiffs in einen Konfettiregen auf, und es begann zu schlingern.

Ardent drehte sich um. »Voller Erfolg, was?«

Da er dem anderen Schiff den Rücken zukehrte, sah er nicht, dass das Konfetti wie eine Windhose im Kreis zu wirbeln begann. Sekundenbruchteile später hatten die Schnipsel sich wieder zu dem Maschenstoff der Segel zusammengefügt. Das Eiserne Schiff nahm erneut Fahrt auf und kam näher, diesmal noch schneller als zuvor.

An seinem Bug leuchtete zwischen den ausgestreckten Händen des Kapitäns ein roter Nebel auf. Der Sturmwind zerrte daran, und dunkle Wolken ballten sich darüber zusammen. Ein Geruch nach Schwefel erfüllte die Luft. Sogar Marrill spürte auf der *Krake* die knisternde Energie.

»Äh, Ardent?« Sie zeigte auf das andere Schiff.

Ardents Lächeln erstarb.

Mit einem Donnerschlag ballte der Kapitän den Nebel zu einer festen Kugel und warf ihn hoch. Rote Blitze zuckten aus der Kugel und entzündeten die Sturmwolken. Flammen tanzten über den Himmel, und es regnete Funken statt Tropfen.

Wirbelnd kamen die Funken näher und steckten das Marssegel der *Krake* in Brand. Marrill stockte der Atem. Ardent breitete beide Arme aus. Sein Bart wehte im Sturmwind. Der Saum seines Gewandes kräuselte sich und entsandte eine Energiewelle, die alle Funken umschloss und in kleine Dampfwölkchen verwandelte.

Marrill holte erleichtert Luft. Aus Ardents Fingerspitzen schossen zwei Ströme gefrorenen weißen Lichtes. Ein breiter Graben öffnete sich im Wasser, und das gleißende Licht raste durch ihn hindurch auf das Eiserne Schiff zu. Es sah so heiß aus, als könnte es alles schmelzen, doch als es den Meister traf, verpuffte es zu einem harmlosen Funkenregen.

»Vor dem Wind abfallen!«, befahl Coll. Es klang dringend. Der Tauknochenmann zog an den Tauen und trimmte die Segel, das Schiff drehte nach rechts ab und pflügte durch die starken Wellen. Sie folgten dem *Drachen* nicht länger.

»Was ist los?«, schrie Marrill über dem ohrenbetäubenden Lärm des Donners.

Coll umklammerte das Steuerrad und versuchte mit aller Kraft, den Kurs zu halten. Die *Krake* erzitterte jedes Mal, wenn Ardent einen Angriff des fremden Kapitäns abwehrte. Sie bäumte sich auf, und Marrill musste sich an der Reling festhalten, um nicht umzufallen.

»Wir fahren zu schnell!« Coll musste schreien, die anderen hätten ihn sonst nicht gehört. »Wir müssen Abstand halten ... und hoffen, dass Ardent gewinnt.«

»Und Fin?«, flüsterte Marrill und schaute dem verschwindenden *Drachen* hinterher. Über seinen Masten hing ein schwarzer Fleck, der vor den dunklen Gewitterwolken kaum zu erkennen war. Rose. Sie ließ sich vom Wind tragen, klappte die gekritzelten Flügel ein und schoss nur Zentimeter über dem Wasser in Richtung *Krake*. Kurz vor dem Bug stieg sie auf und flog über das Deck und durch die Takelage. Dabei streifte sie Fins Mantel, der noch am Besanmast hing. Er fiel zu Boden.

Wütend zog Marrill eine der Eicheln aus der Tasche, die sie aus dem Plapperhain mitgebracht hatte, und warf sie nach dem Vogel. »Verräter«, schrie sie. Heiße Tränen brannten ihr in den Augen. Sie hob Fins Mantel auf und drückte ihn fest an sich.

Doch ihr ersticktes Schluchzen verstummte abrupt, als ihre Finger die Schnur berührten, die aus einem Ärmel hing. Natürlich!

Ohne nachzudenken, entledigte sie sich ihrer eigenen schweren Jacke und schlüpfte in Fins Mantel. »Ich hole Fin!«, rief sie, stieg zum Vorderschiff hinauf und rannte in Richtung Bug.

Sie kletterte über die Reling und lief den schmalen Bugspriet hinaus. An der Spitze angelangt, zog sie an den Schnüren, aktivierte die Flügel des Mantels und drückte sich mit aller Kraft ab.

Die Wellen des Piratenstroms streckten sich hungrig nach ihr und fielen wieder zurück. Regen klatschte ihr die Haare an die Wangen, und der Sturm heulte ihr in den Ohren. Einen Moment lang fürchtete sie, sie könnte zu schwer sein und ins Wasser stürzen. Sie dachte an die Gegenstände, die sie in den Strom geworfen hatte. Eine grausige Folge von Bildern lief vor ihrem inneren Auge ab. Jeder Gegenstand hatte sich in etwas Schreckliches verwandelt oder war in Flammen aufgegangen.

Da hob ein Windstoß sie vom Wasser weg und trug sie nach oben. Marrill schrie erschrocken auf. Zugleich erfüllte sie eine wilde Freude. Sie flog! Sie wurde nicht nur vom Wind getragen wie in Khaznot Quay, sondern flog richtig. Sie hatte Flügel, ein unbeschreibliches Gefühl.

Aber natürlich wusste sie deshalb noch nicht, wie

man lenkte. Ein Regenschauer drängte sie zur Seite, sie geriet ins Trudeln und stürzte beinahe ab. Mühsam fing sie sich wieder und steuerte in einer scharfen Kurve auf den *Drachen* zu, gegen den Wind, wie sie es Fin hatte tun sehen.

Serths Schiff kam zwar näher, aber Marrill verlor schnell an Höhe. Wenn sie zu langsam war, würde sie gegen den Rumpf knallen!

In letzter Minute konnte sie noch etwas aufsteigen und schaffte es mit knapper Not über die Reling. Unsanft stürzte sie auf das Deck und überschlug sich gleich mehrfach.

Wie betäubt blieb sie liegen. Dann hob sie den Kopf und sah vor sich ein Gewand, das wie der Nachthimmel mit Sternen übersät war. Im nächsten Moment schnürte ihr unermesslicher Kummer die Kehle zu und raubte ihr jede Kraft.

Sie kämpfte dagegen an und richtete sich mühsam auf. Der Mann, der vor ihr stand, weinte. Schwarze Tränen liefen ihm über die Wangen.

»Hallo, Marrill«, sagte Serth. »Du kannst dir nicht vorstellen, wie lange ich schon auf dich warte.«

Kapitel 37

Die Karte zeigt den Weg

Fin rannte auf Marrill zu, doch die Piraten waren schneller. Grobe Hände packten ihn, und kalter Stahl drückte sich in seinen Rücken. Wenn er sich wehrte, machte er alles nur noch schlimmer. Die Piraten waren zwar keine Mörder, aber deshalb würden sie ihre Dolche trotzdem einsetzen, wenn er sie dazu zwang.

Nur wenige Meter vor ihm saß Marrill geduckt in Serths Schatten. Tränen standen ihr in den Augen und drohten überzulaufen. Ein roter Blitz fuhr über den Himmel, sie zuckte zusammen. Das Gewitter stand genau über ihnen.

Suchend sah Fin sich nach der *Krake* um, doch der Strom war leer. Und von Ardent keine Spur. Sie waren auf sich allein gestellt.

Die Hoffnung, mit der er sich gegen die Trauer Serths gepanzert hatte, bekam Risse, Verzweiflung sickerte hindurch. Er biss die Zähne zusammen.

»Das Mädchen mit den Flügeln«, murmelte Serth und

blickte mit schräggelegtem Kopf auf Marrill hinab. Sie wollte auf allen vieren wegkriechen, aber ein Pirat zog sie unsanft hoch und drückte ihr ein Messer an die Kehle.

»Lass sie los!«, rief Fin.

»Meinen Schlüssel«, sagte Serth und streckte die Hand aus. Marrill wand sich in den Armen des Piraten, woraufhin der sein Messer noch fester an ihre Kehle drückte. Fin griff nach seiner Tasche. Seine Gedanken rasten.

»Also gut!«, sagte er schließlich. »Aber lass Marrill gehen!«

Mit einem Seufzer warf er die Tasche Serth zu, der sie mit einer Hand auffing. Der Pirat senkte sein Messer und stieß Marrill zu Fin hinüber. Sie prallte mit der Schulter gegen ihn. Dann spürte Fin plötzlich einen merkwürdigen Zug am Arm. Es dauerte einen Moment, bis er begriff, dass Marrill ihre Finger durch seine geschoben hatte. Sie hielt seine Hand! Das hatte noch niemand getan.

»Danke«, sagte sie leise. Ihm wurde ganz warm ums Herz, und neues Selbstvertrauen erfüllte ihn, drängte den Kummer zurück.

»Keine Sorge«, sagte er. »Serth braucht noch die Legende, vorher kann er die Karte nicht verwenden.«

»Der Schlüssel *ist* die Legende, du Schlaukopf«, sagte der Griesgram in seinem Netz über ihnen. »Trotzdem gut gemacht.«

Fin sah Marrill entgeistert an, und sie erwiderte seinen Blick genauso erschrocken. Wenn der Schlüssel und die Legende ein und dasselbe waren, hatte Serth alles, um das Ende der Welt herbeizuführen!

Der schwarzgewandete Zauberer lächelte. »Endlich sind alle Teile vereint«, murmelte er und zog aus seinem schwarzen Gewand eine Pergamentrolle.

Fin erkannte sie sofort und holte scharf Luft.

»Das Kartenfeld«, flüsterte Marrill.

Fin wollte sich von den Piraten, die ihn festhielten, losreißen, aber sofort spürte er wieder ihre Dolche im Rücken. So konnte er nur entsetzt zusehen, wie Serth das Pergament mit der ausgestreckten Hand vor sich hielt und das Kartenfeld aufrollte.

»Die Karte wird uns den Weg zeigen!«, rief er. »Und der Schlüssel das Tor öffnen! Dann wird die verlorene Sonne von Dzannin wieder aufgehen!«

Auf dem Kartenfeld erwachten Kontinente und Inseln zum Leben, und Ströme von Tinte flossen über das Blatt. »Gib der Karte die richtige Form!«, rief Serth, bevor sie hinunterfließen konnten. Er zog eine Art Gummiband von seinem Handgelenk und hakte es an den vier Ecken des Kartenfelds ein.

Das Feld leuchtete für einen kurzen Moment grellweiß auf, dann hing es, ordentlich gesäumt von der dicken, schwarzen Randlinie, in der Luft. Irgendwo über ihren Köpfen flog Rose heiser krächzend durch die schwarzen Gewitterwolken.

Ihr Krächzen klang fast wie ein Schrei.

»Wir müssen Serth aufhalten«, rief Fin erregt. »Er hat jetzt alle Teile. Wenn er die Karte zusammensetzt, findet er den Weg zum Tor!«

Auch Marrill war einer Panik nahe. »Ich weiß doch! Aber was sollen wir tun?«

Fin kaute verzweifelt auf den Lippen.

Serth hörte die beiden nicht, oder es war ihm egal. Er zog den Stechzirkel aus seinem Gewand und hielt in hoch. »Gib der Karte die richtige Größe!«, rief er. Er berührte die Ecken des Kartenfelds mit den Zirkelspitzen, und wieder leuchtete das Feld grellweiß auf.

Die Karte bog und verformte sich, drehte sich und wuchs, bis sie doppelt so breit war wie Serths ausgestreckte Arme und drei Mal so hoch. Nacheinander stiegen die Welten zur Oberfläche der Karte auf, breiteten sich aus und vergingen wieder wie Blasen in einem Topf kochenden Wassers.

Marrill packte Fin am Arm. »Das muss der Maßstab gewesen sein. Fehlen nur noch die Windrose und die Legende!«

Fin überlegte fieberhaft. »Gut, unsere Chancen stehen schlecht. Aber er muss immer noch zu dem Tor hinfahren. Wenn wir herausfinden, wo es ist, können wir vielleicht vor ihm dort sein!«

Serth hob die Arme zum Himmel. Ein roter Blitz zuckte durch die schwarzen Wolken. »Richte die Karte aus!«, befahl er. Über ihren Köpfen schrie Rose durchdringend. Dann schlug sie heftig mit ihren gekritzelten Flügeln, um sich gegen eine Bö zu behaupten, kreiste zwei Mal über dem *Drachen* und ging im Sturzflug auf die Karte nieder.

»Nein, Rose!«, schrie Marrill.

Obwohl Rose sie betrogen hatte, hatte Fin auf einmal um sie Angst und hoffte, dass sie keinen Schaden nahm.

Rose traf mit einem grellen Blitz auf die Karte auf, und die Piraten wichen taumelnd zurück. Als Fin wieder normal sehen konnte, war Rose verschwunden.

Er verdrängte seine Gefühle und befreite sich aus dem Griff der scheinbar betäubten Piraten. Doch wohin sollten sie fliehen? Dort, wo eben noch die Karte gehangen hatte, ragte ein gewaltiges Tor auf, dessen Flügel pulsierten und leuchteten und summten wie aufgeladen mit einer geheimnisvollen Kraft. Fin erstarrte, und Marrills Hand löste sich von seiner.

»Geschafft!«, kreischte Serth, und aus seinen Augen strömten schwarze Tränen. »Es ist so weit!« Ein Blitz schlug in den Bug des Schiffes ein, und Regen prasselte aus den Wolken und ging in eisigen Schauern auf sie nieder.

»O nein!«, schrie Marrill inmitten des Lärms. Fin spürte ihre Verzweiflung. »Die Karte zeigt Serth nicht den Weg zum Tor …« Die Stimme versagte ihr.

Fin begriff plötzlich, was er da vor sich sah, und der Mut verließ ihn. »Sondern sie *ist* selbst das Tor«, vollendete er den Satz.

Ihm war, als hätte er jeden Boden unter den Füßen verloren. Serth hatte das Tor also schon gefunden. Die Lage war noch viel schlimmer, als sie angenommen hatten.

»Lasst euch ruhig Zeit, Kinder«, rief der Griesgram über ihnen. »Ich hänge hier in aller Ruhe rum und freue mich einfach schon mal auf das Ende.«

Fin schüttelte den Kopf und versuchte, seine Gedanken zu ordnen. »Wir holen Sie gleich runter!«, rief er zum Griesgram hoch. »Einen Moment noch.«

Denn noch waren die Würfel nicht gefallen. Ein guter Dieb hatte schließlich immer einen Plan B in der Hinterhand.

»Gebt mir nur rechtzeitig Bescheid«, brummte der Griesgram. »Ich habe hier mit Hängen und Auf-den-Tod-Warten alle Hände voll zu tun.«

Marrill sah Fin fragend an. »Vertrau mir«, sagte er und ging, ohne eine Antwort abzuwarten, einen Schritt auf Serth zu.

»He, Serth!«, rief er. Ein Lächeln breitete sich auf seinem Gesicht aus, und er langte in seine Hosentasche und zog den rubinroten Schlüssel heraus. Er leuchtete im Schein der Blitze auf und sog das rote Licht förmlich ein. »Suchen Sie den?«

Die Piraten machten ihm erschrocken Platz, und Marrill starrte ihn entgeistert an. Fin zwinkerte ihr zu. »Das Gute an einer Diebestasche ist, dass man ganz schnell Sachen daraus hervorholen kann«, sagte er.

Serth drehte sich langsam zu ihnen um und fixierte den Schlüssel. Fin wurde aus seiner Miene nicht schlau, aber eins stand fest: Erfreut war der schwarze Zauberer nicht.

Dann setzte er sich in Bewegung und kam näher. Wieder drohte Kummer Fin zu überwältigen, aber er beherrschte sich eisern. Neben ihm begann Marrill zu wimmern. Fin trat an die Reling.

Serth blieb stehen. Seine Finger zuckten, und seine Lippen bewegten sich stumm. »Stimmt«, sagte er schließlich, »du hast natürlich recht. Da bin ich wieder vorausgeeilt. Aber wir sind noch nicht am Ziel, noch nicht ganz. Ich darf nicht vorauseilen.«

»Der ist wirklich komplett durchgedreht«, flüsterte Marrill.

Fin nickte und streckte den Arm über dem Strom aus.

Serth schrie spitz auf. »Ist das alles, was dir einfällt?«, rief er. »Soll damit alles zu Ende sein? Nein, das glaube ich nicht, Fin, das kann ich nicht glauben.«

Fin holte tief Luft. Wenn er Serth daran hindern wollte, das Tor zu öffnen, musste er den Schlüssel wegwerfen. Andererseits wusste er inzwischen, dass der Schlüssel mit der Legende identisch und damit ein Teil der Karte war. Wenn er ihn wegwarf, konnte er die Karte nicht mehr verwenden und würde seine Mutter nie finden. Seine Hände begannen zu zittern, während er noch mit einer Entscheidung rang.

Und Marrill würde noch viel mehr verlieren. Er sah sie an. »Marrill, es ist genauso gut deine Entscheidung wie meine. Ich kann sie nicht allein treffen.«

Kapitel 38

Der Schlüssel öffnet das Tor

Marrill starrte den roten Schlüssel an. Er schien von einer merkwürdig vibrierenden Energie erfüllt. Wenn Fin ihn losließ, würde er über Bord und in den Piratenstrom fallen. Dann war er für immer verloren, und sie konnte nie mehr nach Hause zurückkehren.

Sie schloss die Augen und beschwor das Bild ihrer Eltern herauf. Dann stellte sie sich vor, wie es wäre, sie wiederzusehen, ihre Umarmung zu spüren. Sie wollte doch so dringend an ein Wiedersehen glauben, sie konnte gar nicht anders!

Sie holte tief Luft und öffnete die Augen. »Ich weiß nicht, was ich tun soll!«, sagte sie, und ihr Kinn zitterte. Sein Gesicht verriet, dass er genauso ratlos war.

»Lass ihn nicht fallen«, sagte Serth. Seine Stimme hatte jeden Ausdruck verloren. »Der Schlüssel gehört zu meinem Lieblingsschrank.«

»Was?«, fragten Marrill und Fin gleichzeitig.

Serth hob Fins Diebestasche hoch und steckte mit

einem schrecklichen Lächeln die Hand hinein. Dann zog er einen handtellergroßen Stern aus Kristall heraus, eine Art Sonne mit gewellten Strahlen. Marrill kannte sie. Sie sah genauso aus wie die Sonne in den Händen der Galionsfigur des seltsamen Schiffes, das bei ihrer Ankunft in Khaznot Quay gesunken war.

»Der Schlüssel für das Tor!«, rief Serth.

»O je!«, stöhnte Fin neben ihr. »Der Türknauf.« Wütend bohrte er den rubinroten Schlüssel in eine Planke.

»Moment«, rief Marill, »was tust du da?«

»›Zerbrich den Safe, um an den Schlüssel zu kommen‹, hat Serth in seinem Brief an mich geschrieben. Als ich den Knauf von dem Safe auf dem meressianischen Schiff abgerissen habe, fiel das ganze Schiff auseinander. Ich dachte damals, es liege daran, dass ich den Schlüssel geklaut hatte …«

Marrill ließ die Schultern hängen. »Während in Wirklichkeit der Knauf der Schlüssel war«, sprach sie den Satz zu Ende.

»Tja, böser Fehler, Junge«, seufzte der Griesgram in seinem Netz. Marrill war sich ausnahmsweise einmal nicht sicher, ob er es ironisch meinte.

Serth ließ Fins Tasche fallen und hielt den Kristallstern in die Höhe. »Seht!«, rief er nach oben gewandt. Wieder zuckte ein roter Blitz über den Himmel. Marrills Brust schmerzte so heftig, dass sie kaum Luft bekam. Die Piraten fielen schluchzend und jammernd auf die Knie.

»Die Karte zeigt den Weg, der Schlüssel öffnet das Tor!« Serth drehte sich zu dem leuchtenden Tor um. »Die verlorene Sonne von Dzannin wird noch heute aufgehen!«

Fin schluckte.

Kummer drohte Marrill zu zerreißen, und sie fasste Fin an der Hand. Ihm schien es nicht besser zu gehen. Vor ihrem inneren Auge sah sie ihre Mutter und ihren Vater, außerdem Karnelius, die Hatch-Jungs, Ardent, Coll und alle möglichen anderen Leute – sogar den bekloppten Griesgram.

Gleich war alles aus.

Serth trat vor das Tor und steckte den wie eine Sonne geformten Schlüssel in das Schloss. Aus den leuchtenden Strahlen wurden Griffe. Serth packte sie und zog.

Ein ohrenbetäubendes Knirschen ähnlich dem Scharren zweier Steinplatten aufeinander übertönte den Donner. Das Tor – die Karte – öffnete sich einen Spalt.

»Seht, wie die verlorene Sonne von Dzannin abermals aufgeht!«, schrie Serth, während er die Türflügel Zentimeter für Zentimeter weiter aufstemmte. Strahlen gleißenden Lichts fielen durch den breiter werdenden Spalt, schnitten sengend durch die Luft und zerstörten alles in ihrer Bahn. Ein Strahl traf den Großmast des *Drachen* und zersplitterte ihn. Ein anderer bohrte ein Loch durch den Rumpf, ein dritter riss die Backbord-Reling ab.

Das Schiff erzitterte unter ihrer Wucht, und Trümmer

regneten von überall herunter. Marrill hielt sich schützend einen Arm über den Kopf und rannte geduckt nach achtern. »Die Strahlen reißen das Schiff auseinander!«, rief sie. Fin rannte neben ihr her und versuchte im Zickzack, den heißen Strahlen auszuweichen.

Serth stand bewegungslos an seinem Platz. Licht hüllte ihn ein, doch er schien es nicht zu bemerken, oder es kümmerte ihn nicht. »Seht das erste Licht des Morgens!«, kreischte er. »Seht das letzte Licht des Abends!«

Verzweifelt hielt Marrill über den Strom Ausschau nach Ardent. Vielleicht kam er ihnen ja in letzter Minute zu Hilfe und rettete sie. Doch er war nirgends zu sehen. Womöglich hatte ja das Eiserne Schiff die *Krake* inzwischen eingeholt und versenkt.

»Wir müssen Serth aufhalten!«, rief sie. »Irgendwie muss das doch gehen!« Sie durchsuchte die Taschen von Fins Mantel und zog eine Schleuder, drei Taschenuhren und verschiedene Drähte heraus. »Du hättest wirklich nützlichere Dinge klauen können.«

Fin nahm ihr den Mantel weg und schlüpfte hinein. »Ich hätte die Anleitung, wie man böse Zauberer besiegt, aus dem Turm des Griesgrams mitnehmen sollen«, gab er zurück. Am anderen Ende des Schiffes war Serth ächzend weiter damit beschäftigt, das Tor zu öffnen.

»Es muss etwas geben!« In Panik durchsuchte Marrill ihre eigenen Taschen. Eine Handvoll Eicheln aus dem Plapperhain fiel auf die Planken. Wütend trat sie mit dem Fuß danach. »Die nützen uns jetzt auch nichts.«

»Vorsicht!«, rief Fin und riss sie vor einem gleißenden Lichtstrahl zur Seite. Sie taumelte zurück. Etwas hielt sie am Knöchel fest, und sie fiel hin.

Der Kopf sauste ihr. Verwirrt blickte sie an sich hinunter. Eine dünne grüne Ranke wand sich an ihrem Bein hinauf, Blätter in der Form von Ohren wuchsen heraus. Eine Liane aus dem Plapperhain, die Gerüchte transportierte.

Gerüchte, dachte sie verwirrt. Ardent fiel ihr ein, wie er durch den Plapperhain geirrt und vor lauter Gerüchten so durcheinander gewesen war, dass er kaum noch eine Handvoll Schneeflocken hatte zaubern können. Vielleicht funktionierte das ja auch mit Serth …

Das war die Lösung!

»Fin, die Gerüchte«, rief sie. »Sie verschwirren …« Sie brach ab. »Schwerirren … bringen Zauberer durcheinander!«

Fin sah sie fragend an, dann begann er plötzlich zu grinsen. »Und die Lianen, die sie befördern, wachsen aus den Eicheln! Du bist ein Genie, Marrill! Gib sie mir, schnell!« Er nahm seine Schleuder auf und fing die Eicheln, die Marrill ihm zuwarf. »Ich lenke Serth damit ab, und du holst die Karte!«

Marrill atmete tief ein und machte sich bereit. Serth

war am Bug des *Drachen* weiter mit dem Öffnen des Tors beschäftigt, und auf dem Deck lagen heulende und jammernde Piraten. Die Strahlen der verlorenen Sonne wurden immer stärker. Es war schwierig, sich ihnen zu nähern, ohne verbrannt zu werden. Aber Marrill wollte es wagen. »Ich bin bereit«, sagte sie. Fin hob die Schleuder und legte eine Eichel ein. »Sei vorsichtig«, fügte sie hinzu.

Fin nickte. »Du auch.«

Er schoss die erste Eichel ab. Sie traf das Gewand des Zauberers, fror einen kurzen Moment daran fest und fiel hinunter. Marrill erstarrte mitten im Schritt und schluckte. Serth schien es gar nicht zu bemerken.

Die Eichel platzte auf, und die Spitze einer Liane quoll hervor. Die Liane bohrte sich mit dem einen Ende in das Holz der Planken, mit dem anderen schlang sie sich um den Saum von Serths Gewand. Offenbar konnte dessen Kälte ihr nichts anhaben. Die Eicheln aus dem Plapperhain schienen keine besonderen Anforderungen an ihren Pflanzort zu stellen. Ein gutes Gerücht gedieh überall.

»Es funktioniert. Weiter, weiter!« Fin schoss in rascher Folge drei weitere Eicheln ab. Eine davon traf einen Strahl und verbrannte mit einem Knall, die anderen beiden trafen ihr Ziel und begannen ebenfalls zu wachsen.

Darauf hatte Marrill gewartet. Geduckt eilte sie über

das Deck und zwischen den sengenden Strahlen und panischen Piraten hindurch. Vor ihr trat der böse Zauberer mit den Füßen gegen das Gestrüpp, das um ihn aus dem Boden wuchs, doch ohne das Tor loszulassen.

Die Reihenfolge, dachte Marrill. *Wenn etwas nicht die richtige Reihenfolge hat, kommt Serth durcheinander.* Sie schlüpfte hinter einen Mast und legte die Hände trichterförmig an den Mund. »He!«, schrie sie. »Ich habe gehört, dass zuerst die verlorene Sonne aufgeht und dann das Tor. Und dann bricht das Feuer im Plapperhain aus, aber davor fliegen Fin und ich mit unseren Flügeln noch hierher!« Die Lianen wiederholten ihre Worte flüsternd.

sonnedanntorfeuerhainfliegenmitflügeln

»Nein!«, schrie Serth. »Das ist die falsche Reihenfolge! Kinder, Tor, Hain … nein, Hain, Tor, Kinder … nein! Nein!« Das Flüstern wurde immer lauter, und er heulte vor Wut auf. »Ruhe, ich brauche Ruhe!« Er ließ die Griffe los und zerrte taumelnd an den Ranken.

Sobald die gewaltigen Türflügel nicht mehr von Serth gehalten wurden, begannen sie sich zu schließen, und die tödlichen Strahlen wurden abgeschnitten. Fin lief hinter Marrill her, verschoss dabei weitere Eicheln und rief: »Fängt nicht alles erst an, wenn ich Ihnen den Schlüssel gebe, Serth?«

Es regnete wieder in Strömen, und dort, wo die Tropfen auf die letzten Strahlen der verlorenen Sonne trafen, stieg zischend Dampf auf.

Marrill trat hinter dem Mast hervor und rannte los. Jetzt oder nie! Doch je näher sie Serth kam, desto hoffnungsloser erschien ihr alles. Sie konnte ihn unmöglich besiegen, nicht hier. Sie konnte das Tor nicht aus eigener Kraft schließen.

»Die verlorene Sonne von Dzannin wird aufgehen!«, kreischte der Zauberer und riss an den Lianen, die ihn zu ersticken drohten. »Die falsche Abfolge der Ereignisse wird berichtigt werden!«

Tiefer Schmerz erfüllte Marrill und lähmte sie bis zur Unerträglichkeit. Sie stolperte, sank auf die Knie und fuhr mit den Fingern kratzend über das nasse Deck. Sie musste es schaffen, unbedingt. Aber es fiel ihr so unendlich schwer, weiterzukämpfen ...

»He, Mädel!«, rief eine heisere Stimme hinter ihr. Marrill musste ihren ganzen Willen aufbieten, um sich danach umzudrehen. Sie sah gerade noch, wie der in seinem Netz hin und her schwankende Griesgram etwas in ihre Richtung warf.

Ein blau leuchtender Kristall flog durch die regennasse Luft und landete neben ihr. Augenblicklich erfüllte sie eine angenehme Wärme, und ihre Ängste verschwanden. »Gern geschehen«, rief der Griesgram. »Und jetzt sorge bitte dafür, dass ich hier nicht draufgehe.«

»Wird gemacht!« Von neuer Hoffnung beseelt, sprang Marrill auf. Das Tor hatte sich fast ganz geschlossen, war aber noch von einer pochenden Energie erfüllt, der Quelle eines eigenartigen Summens, das Marrill an den Zähnen spürte, als sie nach den strahlenförmigen Griffen des Türknaufs langte. Die Griffe waren heiß und brannten sich bei der Berührung in ihre Haut. Doch Marrill hörte in Gedanken die Stimme ihrer Mutter, die sagte, sie müsse jetzt tapfer sein, dann werde ihr alles gelingen.

Sie stellte den Fuß gegen das Tor, drückte es zu und versuchte mit aller Kraft, den Kristall abzuziehen. Der Türspalt verschwand flackernd, und die letzten Strahlen erloschen.

Da rief Fin aus einiger Entfernung warnend ihren Namen. Leider zu spät. Eine unerträgliche Kälte ähnlich wie in der Wüste aus Eis und Schatten fiel Marrill von hinten an und durchdrang sie augenblicklich bis aufs Mark. Die Finger einer bleichen Hand hatten sie durch ihre Berührung ausgelöst.

»Lass den Schlüssel los«, fauchte Serth und hielt sie an der Schulter gepackt. Die wenigen Lianen, die noch an seinem Gewand hingen, echoten seine Worte.

lassdenschlüsselloslassdenschlüssellos

Ein Zittern breitete sich in Marrill aus und drängte gewaltsam nach draußen. Sie spürte, wie Leid und Kummer sie erneut zu überwältigen drohten. Über ihnen donnerte es, und der Regen prasselte auf sie nieder.

Fin rief etwas, aber er war zu weit weg.

Sie konnte sich nicht bewegen, nicht um Hilfe rufen, sondern nur hilflos zusehen, wie ihr Körper gefühllos wurde. Zuerst die Lippen, dann die Schultern, die Arme, die Handgelenke. Nur mit Mühe konnte sie den Schlüssel noch mit ihren zitternden Fingern festhalten. Gleich würden sie sich öffnen.

»Lass ihn los, Kind!«, flüsterte Serth und drehte Marrill zu sich um. Seine bebenden Lippen hoben sich rot von der bleichen Haut ab. Seine flackernden Augen glänzten fiebrig, Tränen rannen wie Tinte zum Kinn hinunter.

Aus den Augenwinkeln sah Marrill Fin mit einer Gruppe von Piraten kämpfen, die ihm die Schleuder aus den Händen rissen und ihn festhielten. Er konnte sich nicht mehr bewegen und sie auch nicht.

Nichts konnte Serth jetzt noch aufhalten. Die Prophezeiung würde sich erfüllen. Serth würde das Tor öffnen, und die Welt würde untergehen. Ein Abgrund der Verzweiflung tat sich in ihr auf, und sie konnte nur hilflos starren.

Marrill wollte den Schlüssel schon loslassen, da erregte etwas über Serths Schulter ihre Aufmerksamkeit. Ein großer, dunkler Schatten näherte sich durch das Unwetter – ein Schiff!

Getragen von einer schaumgekrönten Welle, kam die

Krake in Sicht. Unversehens ragte ihr Bug über dem *Drachen* auf, so nah, dass Marrill praktisch die Seepocken auf dem Rumpf zählen konnte, die ihr mit ihren kleinen Federn zuwinkten.

Gleich würde das Schiff sie rammen.

Und an der Spitze des Bugspriets saß zum Sprung geduckt und mit zuckendem Schwanz eine orangefarbene Katze. Marrill riss erschrocken die Augen auf und vergaß ihren Kummer.

Ihre Lippen formten ein stummes *Nein!*

In der letzten Sekunde schwenkte die *Krake* zur Seite. Sie verfehlte den *Drachen* nur um wenige Zentimeter. Im selben Moment sprang Karnelius.

Niemand hatte je gefunden, dass er sich besonders geschmeidig bewegte, doch als er sich an diesem Tag mit ausgefahrenen Krallen vom Bugspriet abdrückte, flog er mit der Eleganz eines Vogels durch die Luft. Er landete auf allen vieren auf Serths Hinterkopf.

Serth schrie und fuchtelte mit den Armen, um das lästige Tier loszuwerden, und auf Karnis dickem Fell bildete sich eine Eiskruste. Der Kater bohrte seine Krallen in die Kopfhaut des Zauberers.

Von Serths froststarrer Hand befreit, holte Marrill keuchend Luft. »Karni!«, rief sie. Dann verschlug es ihr allerdings schon wieder die Sprache. Denn in diesem Augenblick kam auch noch das Eiserne Schiff in Sicht. Und im Unterschied zur *Krake* schwenkte es nicht im letzten Moment zur Seite.

Marrill wusste, was sie zu tun hatte.

Die Zeit schien wie durch Zauberei plötzlich langsamer zu vergehen, Marrill registrierte überdeutlich jedes Ein- und Ausatmen.

Sie drehte sich um und griff erneut nach dem Schlüssel.

Einatmen.

Sie steckte die Finger zwischen die Strahlen der Kristallsonne.

Ausatmen.

Serth brüllte etwas, aber sie hörte es nur wie aus großer Entfernung.

Einatmen.

Das Tor vor ihr begann seine Form zu ändern und zu schrumpfen. Irgendwo hinter ihr schrien Piraten, und Balken erzitterten. Das Eiserne Schiff hatte den *Drachen* gerammt.

Über das leere Pergament der Karte wirbelte eine Spirale aus Tinte. Marrill zog mit aller Kraft an den Griffen. Aus der Tinte wurde eine Folge von Zahlen, die sich unablässig wiederholten und die ganze Seite bedeckten.

Ausatmen.

Mit letzter Kraft drehte Marrill noch einmal an dem Schlüssel und zog ihn ab. Ein lautes Ratschen ertönte, als reiße die Welt auseinander, und Marrill wurde in die Luft geschleudert. Dann senkte sich Nacht über sie.

Kapitel 39

Die Prophezeiung

Grobe Hände packten Fin von allen Seiten. Es war vorbei, die Piraten hatten ihn geschnappt. Sekunden später rammte das Eiserne Schiff den *Drachen.*

Holz splitterte, Metall quietschte, und die Piraten stoben schreiend auseinander. Fin fiel auf die Knie. Das Deck hob und senkte sich unter ihm, er fiel auf den Rücken und knallte unsanft gegen einen Mast. Gegenstände, die nicht festgezurrt waren, flogen durch die Luft, darunter seine Diebestasche. Er bekam sie gerade noch zu fassen.

Stöhnend stützte er sich auf den Ellbogen auf und betrachtete die Verwüstung. Das Eiserne Schiff war geradewegs in das Heck des *Drachen* hineingefahren und hatte es in zwei Teile gespalten. Die beiden Schiffe waren hoffnungslos ineinander verkeilt, der *Drache* leckte und neigte sich immer stärker zur Seite.

Die Schattenmannschaft des Eisernen Schiffes schwärmte über das Deck des *Drachen.* Die Gestalten waren bewaffnet mit Schwertern, Äxten und Keulen, die aus Schatten geformt waren. Ihr Schlachtruf klang wie das Zischen einer Kobra über dem Summen eines Bienenschwarms. Die Piraten formierten sich und stürzten ihnen entgegen.

Im nächsten Moment tobte auf dem Deck des *Drachen* ein erbitterter Kampf. Am Bug des Eisernen Schiffes stand sein Kapitän in seiner Rüstung und schleuderte rote Blitze. Sie trafen auf nicht minder starke weiße, mit denen Ardent den Kapitän beschäftigt hielt. Ardent stand am Bug der *Krake*, die die beiden anderen Schiffe umkreiste.

Fin richtete sich auf und sah sich suchend nach Marrill um. Als er sie schließlich entdeckte, erstarrte er. Sie lehnte an der Bug-Reling und hatte die Augen geschlossen. Ihr Kopf hing schlaff zur Seite. Neben ihr rollte der Kristallschlüssel langsam im Kreis herum.

Er rief ihren Namen, aber sie rührte sich nicht.

Serth hatte bei dem Zusammenstoß das Gleichgewicht verloren, aber er stand schon wieder und riss die letzten Lianen ab, die noch an ihm hingen. In der Hand hielt er die zusammengerollte Karte. Dann entdeckte er den Schlüssel und ging darauf zu.

Zwischen Fin und Marrill kämpften die Piraten und die Schattensoldaten, aber das war egal. Seine Freundin brauchte ihn. Und als Meisterdieb von Khaznot Quay hatte er natürlich gelernt, sich in heiklen Situationen zurechtzufinden.

Er zog seine Messer und machte sich auf den Weg. Plötzlich stand Stavik vor ihm. Seine Augen schwammen in Tränen. Er hob seinen Dolch, und Fin schluckte.

Doch noch bevor er reagieren konnte, ertönte über ihnen ein lautes »Ich komme!«, und ein großer Haufen fiel auf den Piratenkönig und begrub ihn unter sich.

»Ich sagte doch, ich komme. Bist du taub?«, rief der Griesgram barsch. Er bückte sich, nahm Staviks Dolch und schnitt sich von den Überresten des Netzes los.

»Danke«, sagte Fin. »Und danke auch für die Weiterbeförderung!« Er sprang dem Griesgram auf die Schulter, drückte sich wie von einer Abschussrampe ab und flog durch die Luft. Schattensoldaten schlugen nach ihm, aber er wich ihnen mühelos aus.

Unsanft kam er auf dem Deck auf und rutschte mit den Füßen über die regennassen Planken. »Halt dich fest, Marrill!«, schrie er, wusste aber nicht, ob sie ihn überhaupt hörte.

Denn er war immer noch zu weit von ihr entfernt. Serth war schon fast bei dem Schlüssel angekommen. Mit einem triumphierenden Schrei bückte er sich danach.

Doch Karnelius kam ihm zuvor. Wie ein orangefarbener Blitz kam er hinter Marrills Beinen hervorgeschossen und stürzte sich auf den Stern. Sein Jagdinstinkt war geweckt. Mit den Pfoten stieß er den Stern vor sich her.

Serth stimmte ein durchdringendes Geheul an, das

Fin schmerzhaft in den Ohren gellte. Die Piraten fielen in das Geheul ein.

Der Schlüssel leuchtete wie ein Hoffnungskristall oder das Wasser des Piratenstroms durch den Regen. Gefolgt von Karnelius schlitterte er über die Planken und durch Pfützen.

Fin stürzte sich mit der ausgestreckten Hand darauf. Er landete schmerzhaft auf der Hüfte und rutschte über das schräge Deck. Wasser spritzte ihm ins Gesicht. Mit den Fingerspitzen bekam er einen Strahl des Schlüssels zu fassen und schloss die Hand darum.

»Gut gemacht, Karni«, rief er und strich dem Kater über den nassen Kopf. Karnelius fauchte nur und schlug mit der Pfote nach ihm. Sein Schwanz zuckte empört.

Triumphierend sprang Fin auf und hielt den Schlüssel in die Höhe. »Diesmal weiß ich, dass Sie den hier suchen«, rief er. Doch sein Lächeln verflog sofort. Denn Serth stand an der vordersten Spitze des Bugs und hielt Marrill über das Wasser. Marrill zitterte, ihr Gesicht war leichenblass und ihre Lippen furchterregend blau.

Serth grinste höhnisch durch den nachlassenden Regen. Seine langen Fingernägel glänzten schwarz auf Marrills weißer Wange. Der Schlachtlärm der kämpfenden Parteien mischte sich mit dem Donner.

»Du siehst ganz richtig, Fin«, fauchte Serth. »Du hast verloren. Den Schlüssel für das Mädchen! Der einzige Weg führt durch das Tor. So ist es vom Schicksal bestimmt, und du bist dagegen machtlos.«

Marrill wand sich in seinem Griff, sah Fin an und schüttelte den Kopf. »Gib ihm den Schlüssel nicht«, rief sie zähneklappernd. »Verschwinde damit, los!«

Aber Fin war nicht bereit, sie im Stich zu lassen. Der Stoff ihrer Jacke war dort, wo er das eisige Gewand des Zauberers berührte, bereits mit Reif überzogen. Wenn sie nicht noch von der Wüste aus Eis und Schatten warme Kleider angehabt hätte, wäre sie bestimmt schon tot gewesen.

»Sobald du aufgibst und mir den Schlüssel aushändigst, ist alles vorbei«, rief Serth. Die schwarzen Spuren auf seinen weißen Wangen waren fast getrocknet. Nur an einem Augenwinkel hing eine letzte Träne. »Und du wirst aufgeben. So wie du vor Jahren aufgegeben hast, deine Mutter zu suchen.«

Ein kalter Schauer überlief Fin. »Ich habe nicht aufgegeben«, protestierte er. »Ich suche sie auch jetzt noch! Nur deshalb wollte ich doch unbedingt diesen Schlüssel finden!«

»Ach ja?«, rief Serth aufgebracht. »Du bist also deshalb die ganze Zeit in Khaznot Quay geblieben? Und hast dich deshalb nie auf die Suche gemacht?« Er schüttelte den Kopf. »Tief im Innern, Fin, weißt du so gut wie ich, dass ich die Wahrheit sage. Und diese Wahrheit lautet, dass deine Mutter nie zu dir zurückkehren wird. Sie hat dich vergessen.«

Fin schluckte schwer. Die Trauer, die der Zauberer ausstrahlte, drückte ihn nieder und schnürte ihm die

Kehle zu. Doch noch schlimmer als sie und die Worte des Zauberers war der Blick von Serths irre flackernden Augen. In ihm lag Mitgefühl. Aufrichtiges, ehrliches Mitgefühl.

»Sieh der Wahrheit ins Auge, Fin. Unsere Wege sind vorherbestimmt, wir können sie nicht ändern.« Serth streckte die Hand aus, um das einzufordern, was rechtmäßig ihm gehörte. »Niemand erinnert sich an dich«, sagte er, »denn du bist niemand.«

Fins Beine drohten unter ihm nachzugeben. Serth hatte ja recht. Er war es nicht wert, dass man sich an ihn erinnerte. Er verdiente es, von allen für immer vergessen zu werden.

Die Hand, die den Schlüssel hielt, begann zu zittern.

»Hör nicht auf ihn!«, rief Marrill mit vor Kälte brüchiger Stimme.

Doch Serths Worte taten bereits ihre Wirkung und raubten Fin die letzte Widerstandkraft gegen die Trauer. Er fiel auf die Knie. Tief im Innern, an der leeren Stelle, die er schon so lange mit sich herumtrug, spürte er einen namenlosen Schmerz.

Marrill wehrte sich wieder gegen Serth, aber der hielt sie unerbittlich fest. »Er lügt!«, schrie sie. »Du bist nicht niemand! Ich erinnere mich an dich! Mir bist du wichtig!«

»Natürlich, Marrill«, spottete Serth. »Weil du jemand brauchst, an den du dich klammern kannst. Du brauchst doch immer jemand, auf den du dich stützen kannst, selbst wenn dieser Jemand in Wirklichkeit ein Niemand ist.«

»Weißt du was?«, rief Marrill wütend. »Serth hat recht. Ich brauche dich, Fin. Aber nicht nur, damit du mir hilfst. Ich will mit dir zusammen sein, mit dir Handzeichen erfinden, mit dir Gegenstände in den Strom werfen, die explodieren, und mit dir gegen die Monster kämpfen, in die sie sich verwandeln. Ich brauche dich als Freund.«

Die trüben Gedanken, die Fins Bewusstsein erfüllten, lichteten sich für einen kurzen Moment. »Wirklich?«

Marrill begann zu lächeln, als stünden sie nicht umgeben von Piraten und Schattenkriegern auf einem sinkenden Schiff, der Willkür eines bösen Zauberers ausgeliefert, der die Welt vernichten wollte. Sie waren einfach nur zwei gute Freunde.

Serth fauchte wütend und schlug Marrill seine eisige Hand auf den Mund. Doch Marrill, an deren Wange eine gefrorene Träne hing, drückte nur den Daumen an die Brust. Ihr gemeinsames Zeichen für ›Freund‹.

Fin wurde ganz warm. Marrill hatte recht – er war nicht niemand. Sie erinnerte sich an ihn. Auch Serth tat das ja, er musste also jemand sein.

Serth irrte sich. Nichts war vom Schicksal vorherbestimmt. Und jetzt brauchte Marrill seine Hilfe.

»Wenn ich dir den Schlüssel gebe, lässt du sie dann los?«, rief er. Marrill protestierte erstickt, doch Fin legte rasch den Ringfinger über den Daumen zum Zeichen, dass sie sich zum Kämpfen bereitmachen sollte. Sie antwortete mit einer raschen Handbewegung, dass sie verstanden hatte.

»Ich gebe dir mein Wort als Prophet«, sagte Serth. »Betrachte deine Bedingung als erfüllt.« Gierig öffnete und schloss er die ausgestreckte Hand.

Fin stand auf und hielt den wie eine Sonne geformten Kristall hoch. »Dann nimm ihn!«, rief er. Mit seiner freien Hand gab er Marrill zugleich ein weiteres Zeichen. Dann warf er den Schlüssel in einem hohen Bogen Serth zu.

Serth ließ Marrill los und streckte sich danach. Sofort stieß Marrill ihm den Ellbogen mit aller Kraft in den Magen. Der Zeitpunkt war perfekt gewählt. Der schwarze Zauberer taumelte, verfehlte den Kristall und ließ den Rest der Karte fallen.

»Neiiiiin!«, brüllte er. Der Kristall flog in einem Bogen über ihn hinweg und über den Bug. »Die Prophezeiung!«

Dann ging alles blitzschnell. Der Zauberer sprang über die Reling und streckte die Hand nach dem Schlüssel aus. Doch er verfehlte ihn knapp und bekam nur leere Luft zu fassen. Mit einem gellenden Schrei stürzte er in die Tiefe.

Fin und Marrill rannten zur Reling und sahen Serth gerade noch mit dem Kopf voraus in den Piratenstrom eintauchen. Ein markerschütterndes Geheul wie von tausend sterbenden Teufeln zerriss die Luft, und das leuchtende Wasser ging in Flammen auf. Rotes Feuer tanzte über die Wellen und erlosch wieder.

Fin musste wegsehen, ihm war von dem Anblick schon ganz übel. Als er wieder hinsah, schlug das unruhige Wasser wie zuvor gierig gegen den Rumpf.

Von Serth war nichts mehr zu sehen.

Marrill seufzte. In der Hand hielt sie noch den Rest der Karte. Das Kartenfeld war leer, zu nichts mehr nütze. Fin stieß sie mit der Schulter an. »Wenigstens hatten wir endlich eine schöne Explosion«, sagte er.

»Na prima«, sagte eine mürrische Stimme neben ihnen. »Dann kann uns ja nichts mehr passieren.« Der Griesgram war zu ihnen an die Reling getreten. In seiner Armbeuge hatte es sich ein zufriedener, wenngleich nasser Karnelius bequem gemacht. »Solange wir nicht von denen angegriffen werden.«

Er zeigte hinter sie. Marrill und Fin drehten sich um. Die Tränen auf den Wangen der Piraten waren getrocknet. Stumm und mit gezogenen Schwertern blickten sie den Schattensoldaten entgegen, die sie mit ebenfalls gezogenen Waffen erwarteten.

Dahinter stand am Bug des Eisernen Schiffes dessen Kapitän. Sein Schiff sank, doch er schenkte dem immer höher steigenden leuchtenden Wasser des Piratenstroms keine Beachtung. Nur eine Armlänge von ihm entfernt stand Ardent am Bug der *Krake*, mit der Coll in diesem Augenblick so nahe an den *Drachen* heranfuhr, dass man eine Planke hinüberlegen konnte. Die beiden

Zauberer ließen einander keinen Moment aus den Augen. Ein heftig knisternder und flackernder Schein hüllte sie ein.

Der einzige Weg von hier weg, so schien es, führte durch die Schattenarmee.

Marrill seufzte tief. »Schöne Bescherung«, murmelte sie.

Kapitel 40

Die Überallkarte

Marrill sah Fin an. »Müssen wir denn immer noch weiterkämpfen, obwohl wir Serth besiegt haben?«

Doch Fin tat ganz unbesorgt. »Ich habe noch was in petto«, meinte er. Er griff in seinen Mantel und holte ein Glas voller summender Insekten heraus. Mit einem lauten Schlachtruf warf er es auf die Planken.

Das Glas zerbrach, Scherben flogen in alle Richtungen, und ein Schwarm Käfer stieg auf. Marrill wich erschrocken zurück. Das Summen wurde lauter, und der Schwarm vollführte einen Schwenk, dann flog er geradewegs auf die Schattensoldaten zu.

»Sie machen einen hungrigen Eindruck, findest du nicht?«, murmelte Fin.

Marrill sah zu, wie die Käfer über die Schatten herfielen und sich durch sie hindurchfraßen. »Was sind das für Tiere?«

»Glitzerwürmchen«, erklärte Fin, als wäre das die normalste Sache der Welt. »Sie fressen die Dunkelheit.«

Marrill lachte. »Cool, wirklich.« Sie machte eine Pause. »Aber musstest du das Glas kaputtmachen?«

Fin zuckte mit den Schultern. »Sie sind sonst ziemlich träge.«

»Beeilt euch!«, rief Ardent vom Deck der *Krake* herüber. »Ich kann den Kapitän nicht mehr lange aufhalten!« Ein knisternder Lichtstrom fuhr aus seinen Fingern und zum Kapitän des Eisernen Schiffes. Der Kapitän hob den Arm und antwortete mit einem gleißenden Blitz. Die beiden Energieströme trafen sich in der Mitte und verschmolzen zu einem Strudel magischen Feuers.

Der Griesgram setzte sich in Bewegung und eilte schwerfällig durch die Lücke, die die Glitzerwürmchen in die Schattenarmee gefressen hatten. Die Arme hatte er schützend um den orangefarbenen Kater gelegt. »Wir sehen uns auf dem Schiff drüben!«, rief er über die Schulter. Dann blieb er noch kurz stehen, um einige auf das Deck gefallene Gegenstände einzusammeln.

»Zur *Krake,* Leute!«, rief Fin und bedeutete Marrill und den Piraten, ihm zu folgen.

Der Griesgram war an der Planke stehen geblieben und geleitete die anderen hinüber. »Bitte nacheinander, schön im Gänsemarsch«, brummte er. »Benehmt euch. Nicht drängeln.«

Mit einem Seufzer der Erleichterung betrat Marrill die *Krake.* Hier war alles herrlich vertraut, von den Geräuschen des mit den Leinen hantierenden Tauknochenmanns bis zum Anblick der alten, halbgefrorenen Buchstaben aus der Eis- und Schattenwüste. Sie lagen noch auf dem Deck verstreut und schmolzen langsam zu Matsch, eine Art Murmeln erklang dabei.

Coll, der auch dem Achterdeck stand, verlor keine Zeit. Er drehte am Steuer und erteilte den Piratten Befehle. Von heftigen Böen getrieben, legte die *Krake* ab. Das Wasser des Stroms spülte bereits über den Bug des *Drachen.* Ardent straffte sich und war auf einmal größer, als Marrill es aufgrund seiner schmächtigen Gestalt für möglich gehalten hätte. Aus seinen Fingerspitzen schoss ein orangefarbener Feuerstoß. Der Kapitän des Eisernen Schiffes taumelte.

Jetzt blieb der *Drache* hinter ihnen zurück, und Marrill und Fin gingen nach achtern. Gemeinsam beobachteten sie, wie die beiden Schiffe untergingen. Eine letzte große Welle verschluckte den *Schwarzen Drachen.* Auch das vom Zusammenstoß schwer beschädigte Eiserne Schiff hielt sich kaum noch über Wasser.

Sein Kapitän sah der *Krake* vom Bug aus unbewegt nach. Er rührte sich auch nicht, als das Wasser an ihm hinaufstieg.

»Wer war das?«, murmelte Marrill. Ardent war zu ihnen getreten.

Der alte Zauberer erwiderte ihren fragenden Blick. Er wirkte müde, so müde, wie Marrill ihn noch nie gesehen hatte, doch zugleich weise und ernst, wie es sich für einen Zauberer gehörte.

»Früher ein mächtiger Zauberer, doch jetzt nur noch das, was die Legende sagt: ein dunkler Geist des Stroms auf der Suche nach Seelen.« Ardent schüttelte den Kopf.

Marrill hatte eigentlich noch viele weitere Fragen, aber sie spürte, dass Ardent ihr nicht mehr antworten würde. Über ihnen donnerte es nur noch schwach, das Gewitter hatte sich ausgetobt. In der Ferne hinter ihnen verschwand der letzte Rest des Eisernen Schiffes im Wasser.

»Ist jetzt alles vorbei?« Marrill fiel selbst auf, wie schwach ihre Stimme klang. Sie rieb mit dem Daumen über die gerötete Haut ihrer Handinnenfläche, mit der sie den Schlüssel gepackt hatte.

Ardent strich sich über den Bart, und Wassertropfen fielen auf sein purpurrotes Gewand. »Ich glaube, ja.«

Damit war alle Hoffnung dahin, dass sie ihre Eltern je wiedersehen würde. Doch zugleich war sie dankbar, dass ihr Opfer sich wenigstens gelohnt hatte. »Gut.«

Fin sah sie an und runzelte verwirrt die Stirn. »Moment, noch ist nicht alles vorbei. Zuerst müssen wir dich noch nach Hause bringen.«

Sie versuchte ein Lächeln und ein Schulterzucken, als wäre alles in Ordnung. »Ohne den Schlüssel geht das vermutlich nicht.« Sie hielt die Überreste der Karte hoch. »Ohne ihn nützt uns das hier nichts.«

»Aber du hast die Karte doch auf Serths Schiff berührt«, rief Fin. Es klang fast verzweifelt. »Ich dachte, sie hätte dir etwas gezeigt ... eine Art Weg ...«

»Nein«, erwiderte Marrill. Ihre Stimme war kaum mehr als ein Flüstern. »Nur Zahlensalat.« Ihr Kinn zitterte.

Fin verschränkte die Arme, ließ sie wieder fallen und trat von einem Fuß auf den anderen. Er ging ein paar Schritte und trat gegen einige letzte gefrorene Buchstaben. Marrill versuchte ein munteres Lächeln, das aber nur halb gelang.

»Ist schon okay«, sagte sie. »Du musstest den Schlüssel wegwerfen. Es war die richtige Entscheidung, die einzig richtige. Wir mussten beide etwas opfern.« Ihre Stimme brach. »Du die Chance, deine Mutter zu finden«, fuhr sie flüsternd fort. »Ich weiß, wie schwer dir das gefallen ist.«

»Aber ...«

Sie legte ihm die Hand auf den Arm. »Du hast den Piratenstrom gerettet, Fin. Du musstest es tun.«

Er fuhr sich mit den Händen durch die verstrubbelten Haare. »Vielleicht gibt es ja doch irgendeine Möglichkeit ...«

»Natürlich gibt es die«, sagte Ardent. Sie fuhren beide herum.

»Was meinen Sie?«, fragte Marrill. Sie wagte noch gar nicht zu hoffen.

»Ich dachte, ihr hättet das inzwischen selbst herausgefunden«, sagte er mit einem großväterlichen Lächeln.

»Ihr wisst doch, die Überallkarte ist keine normale Karte. Was habe ich dir bei unserem ersten Gespräch über sie erzählt?«

»Dass sie mich nach Hause bringen würde.« Marrill versuchte, nicht daran zu denken, dass ihre Eltern jetzt für immer auf sie warten würden.

»Nein«, verbesserte Ardent. »Ich sagte, sie würde dich dorthin bringen, wo du sein musst. Und hat sie das bisher nicht getan?«

»Nein!«, rief Marrill und warf die nutzlose Karte auf den Boden. Sie war müde, und die Ausweglosigkeit ihrer Situation wurde ihr immer deutlicher bewusst. Jetzt wollte sie sich nur noch in den Schlaf weinen. Sie schloss die Augen, um die Tränen zurückzuhalten.

Es folgte Schweigen. Nur der Donner grollte noch in der Ferne, die Piraten unterhielten sich leise, und der Wind pfiff durch die Takelage. Unbeirrt schnitt der Bug der *Krake* durch das magische Wasser.

Fin brach das Schweigen. »Die Karte hat uns tatsächlich dorthin gebracht, wo wir sein mussten!« Er hob das zusammengerollte Pergament auf und starrte es erstaunt an.

Marrill verschränkte die Arme und hob die Augenbrauen. »Wie kommst du denn darauf?«

»Was hat dich zum Piratenstrom geführt?«, fragte er. Er klang aufgeregt.

Marrill holte tief Luft, um sich zu beruhigen. Sie hatte das alles so satt. »Ich bin mit meiner Katze spazieren gegangen, nachdem ich gerade erfahren hatte, dass meine Mutter vielleicht nicht mehr lange zu leben hat.« Die letzten Worte spuckte sie aus wie Wurfmesser, sie traf damit aber nur sich selbst. Sie musste an die letzten gemeinsamen Momente mit ihrer Mutter denken, als sie sich über ihr langweiliges Leben beklagt hatte.

Vor Scham wäre sie am liebsten im Boden versunken.

Fin legte ihr die Hand auf den Arm. »Aber da war doch noch etwas.«

Marrill erwiderte seinen Blick nicht. Sie wusste nicht, warum sie auf einmal so wütend auf ihn war. Vielleicht weil Wut leichter zu ertragen war als die Schmerzen. »Du meinst, etwas anderes als dieses blöde Schiff auf dem Parkplatz?« Sie seufzte. »Es wäre überhaupt nie so weit gekommen, wenn Karni nicht hinter diesem Blatt Papier hergerannt wäre ...«

Sie verstummte abrupt. Wenn Karni nicht hinter dem Blatt Papier hergerannt wäre ... dem Papier, das sie zum Parkplatz geführt hatte. Wo sie dann die *Krake* gesehen hatte. Das Schiff, dessen Besatzung nach einem Blatt Papier gesucht hatte.

Sie drückte die Finger an die Lippen. Ihre Gedanken rasten. »Richtig, das Blatt Papier war ja Rose!«

»Und wie haben wir beide uns kennengelernt?«, fragte Fin weiter.

Sie kehrte in Gedanken nach Khaznot Quay zurück.

Wie neu alles gewesen war. »Ich habe die Windrose gesehen und bin ihr nachgelaufen. Ich hatte sie gerade gepackt, da riss der Wind mich vom Boden …«

»Und wehte dich zu mir!«, sprach Fin den Satz triumphierend zu Ende. »Im selben Moment, in dem ich vor Serth fliehen musste!«

Marrills Herz hämmerte. Aufgeregt spann sie den Gedanken weiter. »Und im Plapperhain wollte Rose unbedingt, dass ich die Eicheln mitnehme«, sagte sie. »Während ich dachte, sie hätte nur Hunger!«

Fin nickte eifrig. »Und wegen Rose habe ich im Turm des Griesgrams die Schleuder in die Hand genommen! Rose hatte sich daraufgesetzt!« Er schüttelte den Kopf, als könnte er es selbst nicht glauben. »Verstehst du jetzt, Marrill? Die Karte hat uns an all die Orte geführt, die wir aufsuchen mussten. Sie hat uns auf den Kampf gegen Serth vorbereitet!«

Marrill nickte verblüfft. Es stimmte, Fin hatte recht. Doch dann fiel ihr etwas anderes ein. »Aber anschließend hat Rose uns die Kartenteile weggenommen und sie Serth gebracht. Sie hat zugelassen, dass er sie zusammensetzt. Wenn wir ihn nicht aufgehalten hätten, hätte er das Tor geöffnet, und die Welt wäre untergegangen.«

Fin runzelte die Stirn. »Stimmt auch wieder.« Er sah Ardent an.

Der Zauberer strich sich nachdenklich über den Bart. »Vielleicht strebt die Karte nur nach Vollständigkeit, wie alles andere«, sagte er. »Vielleicht hatte sie nur das im Sinn, nicht den Untergang.« Er zuckte mit den Schultern. »Oder auch nicht, wer weiß.«

»Egal, jedenfalls kann sie mich jetzt nicht mehr nach Hause bringen«, sagte Marrill niedergeschlagen.

Ardent sah sie voller Mitgefühl an. »Augenblick«, sagte er. »Als du die Karte auseinandergezogen hast, hast du doch etwas gesehen, stimmt's?« Marrill nickte. Ardent klatschte in die Hände. »Dann wollte die Karte, dass du genau das siehst! Was war das denn?«

Marrill zuckte mit den Schultern. »Nur irgendwelche Zahlen.« Sie schloss die Augen und sah die willkürliche Zahlenfolge wieder vor sich. Sie konnte sich so deutlich daran erinnern, als hätten die Zahlen sich ihr ins Gedächtnis gebrannt. Laut zählte sie sie auf. »Aber was soll das bedeuten …?«

Lautes Lachen unterbrach sie, und sie drehte sich um. Coll stand mit den Schultern an einen Mast gelehnt vor ihr und grinste breit. »Das kann dir jeder gute Seemann sagen«, erklärte er. »Nämlich einen bestimmten Kurs. Sie geben an, wohin du dich auf dem großen Strom wenden musst, um ein bestimmtes Ziel zu erreichen.«

Marrill war nicht sicher, ob sie ihn richtig verstanden hatte, aber ihr Herz setzte eine Schrecksekunde lang aus. »Du meinst, du kannst mich trotzdem nach Hause bringen?«

Sie hielt Coll inzwischen trotz seines jungenhaften

Aussehens für einen Erwachsenen. Doch als er sie jetzt angrinste, sah er auf einmal wieder aus wie ein kleiner Junge. »Klar doch«, sagte er, was den Eindruck noch verstärkte.

Kapitel 41

Ausblick auf künftige Ereignisse

Während Marrill und Coll sich über Kurse und Navigation unterhielten, kehrte Fins Blick immer wieder zu den gefrorenen Buchstaben auf dem Deck der *Krake* zurück. Die meisten waren inzwischen zu Matsch geschmolzen, aber da sie sich immer noch in der Nähe der Wüste aus Eis und Schatten befanden, hatten einige sich gehalten.

Besonders fiel ihm auf, dass es sich insgesamt nur um drei Buchstaben handelte: V, N und U. Und alle waren sie durch schwarze Flecken verunstaltet, als hätte jemand Tinte auf das Eis tropfen lassen. Oder beim Aussprechen der Wörter schwarze Tränen geweint.

Fin schluckte unbehaglich. Vom Turm des Griesgrams aus hatte er Serth in der Nähe der *Krake* stehen sehen. Der Zauberer hätte leicht an Bord gehen und das Schiff durchsuchen können. Womöglich hatte er dabei Spuren hinterlassen.

Aber dass sich nur diese drei Buchstaben wiederholten ... das musste einen Sinn haben. Für einen anderen mochten die mit Tränen befleckten Buchstaben vielleicht wirres Zeug sein, aber nicht für ihn, Fin.

Was Serth natürlich gewusst hätte. Er war schließlich ein Orakel.

Fin ging zum Niedergang und öffnete die Tür. Auf der obersten Stufe lag ein V, auf der nächsten ein N, gefolgt von einem weiteren N. Wie er befürchtet hatte, führte die Spur der gefrorenen Buchstaben in den Bauch des Schiffes hinunter. Er sah sich über die Schulter nach den anderen um. Der Griesgram scheuchte die Piraten gerade zum Vordeck, während Marrill in die Ferne zeigte und lächelte. Gegen ihr Lächeln verblasste sogar das Wasser des Stroms. Coll wies Ardent an, die Segel zu trimmen, und lief rot an, als Ardent mit einer Handbewegung die Ränder des Großsegels beschnitt. Fin spürte, wie seine Lippen sich unwillkürlich zu einem Lächeln verzogen. Den Druck auf seiner Brust konnte das Lächeln allerdings nicht lindern.

Einerseits hätte er am liebsten die Tür zugeschlagen, wäre zu den anderen zurückgekehrt und hätte die Buchstaben zu einem Matsch aus unvollendeten Sätzen und tintenschwarzen Tränen schmelzen lassen. Aber er konnte nicht. Denn tief im Innern wusste er, dass er auf der *Krake* immer fremd bleiben würde – dass sich niemand außer Marrill je an ihn erinnern würde, auch wenn er sich noch so sehr anstrengte.

Und Marrill würde bald in ihre Welt zurückkehren und ihn wahrscheinlich auch vergessen. Dann war er wieder einmal allein.

Es sei denn, er fand seine Mutter.

Zögernd stieg er die enge Wendeltreppe hinunter. Unter Deck war es immer noch kalt, und das Eis auf dem Geländer schmolz nur langsam. Auf der untersten Stufe lag ein elegant geformtes U. Er beförderte es mit dem Fuß zu den anderen Buchstaben in dem Gang mit den vielen Türen. Sie waren alle unterschiedlich groß und gehörten zu verschiedenen Schriften. Einige flüsterten, andere tönten lauter, aber sie waren immer in derselben Reihenfolge angeordnet.

VNuNNuVNuNNuVNUNNu

VN, das klang so ähnlich wie Fin. Sein Name. Und die Buchstaben waren dieselben wie auf dem Formular der Waisenanstalt: VNU NNU. Was hatten sie mit ihm zu tun? Plötzlich wusste er es: Es handelte sich um eine Abkürzung. Vorname unbekannt, Nachname unbekannt. Sogar sein Name hatte ihn vergessen.

Ein Schauer überlief ihn, und seine Nackenhärchen sträubten sich. Der Gang mit den Türen kam ihm diesmal länger und schmäler vor. Alle Türen an Wand, Boden und Decke waren geschlossen. Nicht einmal das Trippeln einer Piratte war zu hören.

Er folgte der Buchstabenspur bis zur Tür des Kartenzimmers am Ende des Gangs. Mit zusammengekniffenen Augen betrachtete er das Gesicht auf dem Türklopfer. Es sah aus, als hätte es geweint. Durch die Messingwangen zogen sich flache Rinnen.

Bevor er den Klopfer ergriff, sah er sich noch einmal um, obwohl er wusste, dass niemand ihm gefolgt war. Macht der Gewohnheit, dachte er. Oder Verfolgungswahn. *Hinter dem, der etwas Falsches tut, lauert immer ein Schatten,* fiel ihm ein.

Doch kein Schatten lauerte zwischen den Türklopfern und geschnitzten Rahmen, kein Gespenst schlüpfte aus einer Tür oder kroch durch ein Schlüsselloch. Langsam drückte er die Tür zum Kartenzimmer auf. Ein kalter Windstoß wehte ihm entgegen und ließ ihn frösteln.

Drinnen waren die Wände noch mit Reif überzogen, und die auf dem Boden verstreuten Buchstaben waren noch nicht geschmolzen. Fin hatte das Gefühl, eine Grabkammer zu betreten. Da der Strom Serth verschluckt hatte, lagen auf dem Boden die letzten Worte eines Toten. Soweit Fin es auf den ersten Blick beurteilen konnte, waren sie allerdings nicht geordnet. Aufgrund der ständigen Bewegung des Schiffes hatten sie sich vor allem entlang der Wände gesammelt.

Wie lange er wohl brauchte, sie zu sortieren?

Über die Schulter blickte er den Gang mit den vielen Türen entlang. Er wusste nicht, wie viel Zeit ihm blieb, bis sie Marrills Welt erreichten. Und Marrill würde ihn bald suchen.

Aber davor musste er noch etwas erledigen, etwas, das noch wichtiger war als die Worte eines toten Zauberers.

Er schloss die Tür hinter sich, schob mit dem Fuß einige gefrorene Worte zur Seite und ging zu dem großen Tisch in der Mitte des Zimmers. Dort holte er tief Luft und zog die Karte aus der Gesäßtasche.

Er breitete sie aus und starrte auf das leere Kartenfeld. Trotz ihrer früheren magischen Fähigkeiten schien die Karte jetzt völlig nutzlos zu sein. Wenigstens ohne ihr letztes Teil, den Schlüssel oder die Legende. Fin steckte die Hand in die Tasche und holte einen Kristall heraus, der wie eine Sonne geformt war und sanft leuchtete.

Es handelte sich um den Schlüssel, den *echten* Schlüssel.

Es war schon lustig, dachte er, und ein Lächeln spielte um seine Lippen, wie sehr der Schlüssel dem unreifen Tentalo in seiner Diebestasche geähnelt hatte, den er damals vor Urzeiten vom Obststand der Schielenden Jenny in Khaznot Quay geklaut hatte. Die Ähnlichkeit war so groß, dass sogar das Orakel sich hatte täuschen lassen.

Es war leicht gewesen, Frucht und Kristall im letzten Moment zu vertauschen, bevor er den Schlüssel ins Meer warf. Ein klassischer Trick, den jeder zweitklassige Taschendieb oder Gaukler beherrschte. Während alle auf den Schlüssel sehen, zieh die Frucht aus der Tasche (und stecke noch schnell einen Hoffnungskristall hinein, damit sie auch schön leuchtet), vertausche sie mit einer schnellen Handbewegung mit dem Schlüssel und stecke den echten Schlüssel ein, während alle den falschen durch die Luft fliegen sehen.

Sinnestäuschung nannte man das, und niemand merkte etwas.

Fin holte tief Luft und hielt den Schlüssel hoch. Er spürte ein Zucken in den Zehen und ein Kribbeln auf der Haut. Endlich war es so weit. Er hatte alles, was er brauchte.

Sobald er den Schlüssel über die Karte hielt, erwachte sie zum Leben, und aus ihren Tiefen stiegen Teiche, Stromschnellen, Sandbänke, Inseln, Türme, Höhlen an die Oberfläche. Alles nahm seinen Platz ein, war begrenzt von der Randlinie und in die richtige Größe versetzt durch den Maßstab und dank Rose oder genauer der Windrose wahrscheinlich sogar korrekt eingenordet.

Die Überallkarte war vollständig.

Fin holte noch einmal tief Luft. Dann berührte er mit dem Schlüssel die Legende die Karte und flüsterte die Worte, die er schon so lange aussprechen wollte: »Zeige mir meine Mutter.«

Die Bilder auf der Karte wirbelten durcheinander. Landschaften, Vulkane, Burgen und Meere zogen so schnell an ihm vorbei, dass ihm davon schwindlig wurde. Immer noch schneller ging die Reise, schmale

Nebenarme des Piratenstroms entlang, Stromschnellen hinunter und über Seen und Sümpfe. Fin musste die Augen schließen, damit ihm nicht übel wurde.

Als er sie wieder öffnete, zeigte die Karte erneut offenes Wasser, zu erkennen an den Wellen, die das Kartenfeld bedeckten. Allerdings sahen diese Wellen anders aus als die stürmischen Wellen, durch die die *Krake* gegenwärtig pflügte. Es handelte sich um sanfte, friedliche Wellen, die sich in einer sommerlichen Brise kräuselten. Wellen, die zum Schwimmen einluden.

Ein Schiff kam in Sicht und fuhr auf ihn zu, eine Galeone, ein Kriegsschiff, groß und prächtig wie das Flaggschiff eines Königs oder einer Armada. An seinem Bug stand eine Frau.

Der Atem stockte ihm. Er erkannte sie sofort. Ihre Gesichtszüge waren schärfer geschnitten als in seinen Träumen, ihre schwarzen Augen blickten nicht so sanft, trotzdem war jeder Zweifel ausgeschlossen. Es handelte sich um dieselbe Frau, die ihm einen Stern als Beschützer mitgegeben und ihn nach Khaznot Quay gebracht hatte.

Seine Mutter.

Fins Kehle war wie zugeschnürt, seine Augen glänzten.

Die Frau wandte sich ab und legte die Hand auf die Schulter eines Jungen, der hinter ihr stand. Gemeinsam gingen die beiden nach achtern. Sie unterhielten sich mit gesenkten Köpfen. Beide trugen einfach geschnittene Kleider, gefertigt aus feinem Tuch in leuchtenden Farben. Fin sah den Jungen zwar nur von hinten, aber seine kohlschwarzen Haare und die olivfarbene Haut kamen ihm nur zu bekannt vor. Der Junge sah genauso aus wie er selbst.

Der Atem stockte ihm. Hatte er einen Bruder? War das möglich? Hatte er am Ende eine ganze Familie, eine Familie nur für sich? Er spürte ein Zittern in der Brust. Unbändige Freude überkam ihn. Er hatte endlich gefunden, was er suchte! Endlich, nachdem er schon fast die Hoffnung verloren hatte, waren da Menschen, zu denen er gehörte!

Im selben Moment brach die *Krake* durch eine besonders große Welle. Die Karte rollte sich zusammen und fiel auf den Boden, Fin selbst musste sich am Tisch festhalten, um nicht umzufallen. Als er sich nach der Karte bückte, blieben seine Augen an drei Wörtern hängen, neben die die Karte gerollt war: »Meister Lieber Dieb.«

Lieber Meisterdieb. So hatte auch Serths Brief damals in Khaznot Quay angefangen. Fins Herz begann zu klopfen. Wieder warf er einen Blick zur Tür. Wie viel Zeit er wohl noch hatte? Hoffentlich genug. Auf dem Boden lagen noch mehr Wörter. Hastig legte er Karte und Legende zur Seite und sammelte sie ein. Die Buchstaben waren durch einen Kleber aus schwarzen Tränen zusammengefroren.

Eine vergisst Prophezeiung Karte schafft
vergisst verlorene Weg Schloss für nicht Rücken
gewinnt bleibt das nicht Kraft bestehen
Der Auf wenn Schloss die die immer den
es sie Schlüssel Drachen neue
Doch den eines Schlüssel Wahrheit Sonne
Zeigt Doch dem das dann

Als er mit Einsammeln fertig war, sortierte er die Wörter nach ihrer Schrift zu Zeilen und schob sie dann innerhalb der Zeilen so lange hin und her, bis sie eine Art Sinn ergaben.

Prophezeiung
Eine Wahrheit bleibt für immer bestehen
Der Schlüssel vergisst nicht das Schloss
Doch das Schloss vergisst den Schlüssel
Auf dem Rücken eines Drachen gewinnt die
verlorene Sonne neue Kraft
Doch wenn sie es dann nicht schafft
Zeigt die Karte den Weg

Die Freude, die Fin eben noch beim Anblick seiner Mutter empfunden hatte, verschwand schlagartig. Wenn seine Mutter auf einem Schiff fuhr, war sie ständig unterwegs. Er konnte sie dann nur finden, indem er die Karte über eine längere Zeit verwendete.

Aber in Serths Brief stand, dass die verlorene Sonne

noch nicht am Ende war, auch wenn sie an Bord des *Drachen* nicht aufgegangen war. Das hieß aber, dass es gefährlich blieb, die Karte zu verwenden. Wenn die falsche Person sie in die Hände bekam, konnte diese Person damit das Tor öffnen, die verlorene Sonne von Dzannin befreien und den Piratenstrom zerstören.

Die Sehnsucht in Fins Brust schmerzte unerträglich. Doch wollte er für die Suche nach seiner Mutter das Schicksal der ganzen Welt aufs Spiel setzen?

Ein gedämpfter Schrei drang durch die offene Luke und riss ihn aus seinen Gedanken. »Land ahoi!« Kleine Türen an den Wänden des Gangs wurden aufgerissen, Piratten trippelten quietschend heraus und eilten auf ihre Plätze.

Das konnte nur bedeuten, dass sie in Marrills Welt angekommen waren. Es war so weit. Er musste sich von seiner Freundin verabschieden.

Und er musste entscheiden, was er mit der Karte tun wollte.

Er hatte sich gerade zur Tür aufgemacht, da ertönte ein ohrenbetäubendes Knirschen. Ein Zittern durchlief die *Krake*, und sie blieb so abrupt stehen, dass Fin nach vorn geworfen wurde. Er hörte, wie die mühsam geordneten Wörter hinter ihm über den Boden schlitterten und zerbrachen. Ächzend neigte der Rumpf sich zur Seite.

Fin steckte die Karte wieder in die Gesäßtasche und

den Schlüssel in die Diebestasche, dann eilte er zur Treppe. Von oben hörte er aufgeregtes Geschrei. Etwas stimmte hier nicht!

Kapitel 42

Wohin du gehen musst

Marrill hatte soeben ihr Zuhause gesichtet, da kam die *Krake* knirschend zum Stehen. Unsanft knallte sie gegen die Reling und bekam keine Luft mehr. Sie war nicht die Einzige, die das Gleichgewicht verlor – überall fielen Piraten übereinander und rappelten sich fluchend und schimpfend wieder auf.

»Der Strom ist hier extrem flach!«, rief Coll, der mit grimmiger Miene das Steuer gepackt hielt. Die *Krake* neigte sich zur Seite.

Auch Marrill rappelte sich auf und blickte über den Strom. Vor ihr flimmerte die heiße Luft wie über Land. Aufgrund des Flimmerns hätte Marrill nicht sagen können, wo das Wasser endete und der Asphalt begann, aber sie sah die vertrauten Markierungen des Parkplatzes und die gedrungenen Gebäude des Einkaufszentrums. Demnach war sie schon fast zu Hause, bei ihren Eltern. Doch noch lag zu viel Wasser dazwischen.

»Segel trimmen, Ardent!«, befahl Coll.

Ardent betrachtete das Großsegel und hielt die Hand mit zwei gespreizten Fingern wie eine Schere hoch.

»Halt!«, schrie Coll. »Nicht abschneiden, straffziehen!«

Der Zauberer tat wie geheißen, doch das Schiff krängte weiter.

Fin tauchte neben Marrill auf. »Was ist passiert?«, rief er außer Atem.

»Keine Ahnung«, antwortete Marrill aufgeregt. »Eben war noch alles gut und dann …«

»Die *Krake* bockt«, erklärte Coll. Er schien Mühe zu haben, das Schiff wieder unter Kontrolle zu bringen. Über ihren Köpfen knallten und schlugen die Segel. »Sorge dafür, dass der Wind sich beruhigt, sonst reißt er die Segel von den Masten!«, rief er Ardent zu.

Doch wie sehr Ardent sich auch abmühte, der Wind hörte nicht auf zu blasen, und das Schiff legte sich mit jeder Bö noch mehr auf die Seite. »Verdammt nochmal!«, rief der Zauberer und drohte dem Wind mit der erhobenen Faust.

»Wir brauchen tieferes Wasser«, sagte Coll. »Fertig machen zum Wenden!« Die Piratten rannten an den Masten entlang und lösten und banden Knoten. Der Tauknochenmann ächzte, und seine Taljen und Blöcke quietschten. Das Schiff protestierte und fuhr ein kleines Stück zurück.

Der Parkplatz entfernte sich von ihnen. Sie fuhren in die falsche Richtung – auf das offene Wasser des Piratenstroms hinaus. Weg von zu Hause. »Halt!«, rief Marrill.

Langsam richtete die *Krake* sich auf. Coll wendete sie, bis die Segel einfielen und das Schiff ruhig auf der Stelle trieb. »Tut mir leid«, sagte er entschuldigend. »Weiter komme ich nicht. Der Strom ist zu flach.«

»Aber letztes Mal hast du es bis zum Ufer geschafft!«, erwiderte Marrill.

Coll warf einen Blick auf die schwarzen Wolken, die sich am Horizont auflösten. »Das muss eine Sturmflut gewesen sein. Sie treibt das Wasser in die Höhe.«

Er wandte sich an Ardent. »Jetzt verstehe ich das erst. Beim ersten Mal hat uns ein Unwetter hergetrieben. Jetzt ist es ähnlich, aber das Unwetter ist nicht so stark, dass wir bis zum Ufer fahren könnten. Hier können wir zwar noch eine Weile liegen, aber« – er zuckte bedauernd mit den Schultern – »leider auch nicht lange.«

Marrill starrte zu dem Parkplatz in der Ferne hinüber. »Und wenn ich schwimme?«, fragte sie hoffnungsvoll.

Ardent hob ein Tauende vom Boden auf und ließ es über die Reling fallen. Beim Auftreffen auf das Wasser begann es zu zappeln und spaltete sich an den Enden auf. »Ausgeschlossen.« Er zupfte an seinem Bart und fügte hinzu: »Wie du siehst, hat das Wasser hier draußen immer noch zu viel magische Kraft.« Er legte ihr die Hand auf die Schulter. »Tut mir leid.«

Marrill biss sich auf die Lippen und sah sich nach etwas um, mit dessen Hilfe sie an Land gehen konnte. Doch da war nichts, was der Magie des Wassers widerstanden hätte. »Aber ich muss unbedingt nach Hause«, flüsterte sie erstickt.

Fin räusperte sich und schlüpfte aus seinem Diebesmantel. »Flieg einfach«, sagte er und drückte ihr den Mantel in die Hand. In seinen Augen glänzte etwas, doch er wandte den Blick sofort wieder ab.

Marrill sah den Mantel an und dann Fin. Hoffnung regte sich in ihr. Als sie zögerte, fügte Fin hinzu: »Es ist nicht so weit. Und ich habe vorhin gesehen, wie gut du sogar bei einem Gewitter fliegst. Du schaffst das.«

»Danke«, sagte sie leise. Sie umarmte ihn und drückte ihn an sich. Zögernd hob auch er die Arme.

Und da wurde ihr erst klar, was ihre Rückkehr nach Hause bedeutete. Dass sie Fin verlassen musste. Und die anderen auch. Dass sie Ardent nicht mitnehmen konnte, damit er ihre Mutter heilte. Sie holte tief Luft. Aber ihre Mutter würde doch auch so gesund werden! Sie hatte sich auch schon früher ohne Magie wieder erholt. Hoffentlich ging das auch diesmal wieder.

Sie drückte Fin noch fester an sich, und er erwiderte die Umarmung. »Ich will nicht von euch weg«, murmelte sie erstickt an seiner Schulter.

Sie machte sich los und sah sich auf dem Schiff um. Einen kurzen Moment lang überlegte sie, wie es wäre, wenn sie bliebe. Gemeinsam mit Fin, Coll und

Ardent würde sie eine Menge Abenteuer erleben. Täglich würde sich ihr eine neue Welt voller Möglichkeiten eröffnen. Aber tief im Herzen wusste sie, dass sie zu ihren Eltern zurückkehren und ihrer Mutter helfen wollte, gesund zu werden.

Und vielleicht war es ja gar kein Abschied für immer. »Sehen wir uns wieder?«, fragte sie.

»Ich fürchte nein«, erwiderte Ardent bedauernd.

Tränen traten Marrill in die Augen.

»Deine Welt ist eine besonders vollständige Welt, vielleicht die vollständigste, die ich kenne«, fuhr Ardent fort. »Vergiss nicht, was ich dir bei unserer ersten Begegnung gesagt habe. Zauberei bedeutet lediglich die Möglichkeit, Dinge zu schaffen. Sie folgt keinen bestimmten Regeln, sondern bricht sie. Eine so komplexe und durch Regeln organisierte Welt wie deine kann davon nicht allzu viel vertragen. Wenn der Schöpfungsfluss träge und langsam dahinströmt und der Piratenstrom schnell und unbändig fließt, dann ist deine Welt wie eine Windmühle am Ufer des langsam dahinströmenden Schöpfungsflusses. Eine schöne Mühle mit einem präzisen Mahlwerk, das sich im Takt der langsamen Strömung dreht und mahlt. Doch wenn das Mühlrad zu lange in reißendes Wasser eintaucht, wird es zertrümmert.«

Coll verschränkte die Arme. »Werden Windmühlen nicht vom Wind angetrieben?«

Ardent machte eine wegwerfende Handbewegung.

»Wie auch immer, eben genauso wie eine Windmühle, nur mit Wasser.«

»Ich glaube, ich habe das verstanden«, sagte Marrill schnell. »Die Magie folgt im Unterschied zu meiner Welt keinen Regeln, der Gebrauch reiner Magie in meiner Welt würde deshalb die Regeln außer Kraft setzen und …«

»… die Welt zerstören«, sprach Ardent den Satz zu Ende. »Glaub mir, der Strom wird deine Welt irgendwann und irgendwo wieder einmal berühren. Deshalb wusste ich ja, dass wir dich nach Hause bringen können. Aber solche Berührungen sind selten. Und sollte der Strom deiner Welt wieder so nahe kommen, dass du praktisch über ihn stolperst, ist offen gesagt etwas ziemlich schiefgegangen.«

Bei diesen Worten überlief Marrill ein Schauer, und sie schluckte die Tränen hinunter, die ihr in der Kehle brannten. Sie war nicht sicher, ob sie alles verstanden hatte, was Ardent gesagt hatte, aber immerhin war klar, dass es sich um einen endgültigen Abschied handelte.

»Es steht also fest, dass niemand vom Strom je Marrills Welt betreten wird?«, sprach Fin ihren Gedanken aus. Er runzelte die Stirn.

»So ist es leider«, antwortete Ardent.

Fin seufzte tief, dann zog er ein fest zusammengerolltes Pergament aus der Gesäßtasche. »Dann solltest du die Karte nehmen«, sagte er und hielt sie ihr hin.

Marrill sah ihn verwirrt an. »Warum? Ohne den Schlüssel ist sie doch nutzlos.«

»Nur damit sie von hier weg ist«, erklärte Ardent an Fins Stelle. »Coll und ich haben bereits darüber gesprochen. Ich bin nicht gerade glücklich darüber, aber in deiner Welt ist die Karte sicherer. Dort kann niemand vom Strom sie in die Hände bekommen.«

Fin lächelte angespannt, wich ihrem Blick aber aus. »Vorsicht ist besser als Nachsicht.«

Marrill nickte, nahm die Karte und steckte sie in eine der vielen Taschen von Fins Diebesmantel. Sie musste sich ein paarmal räuspern, bevor sie wieder sprechen konnte. »Dann also tschüs.«

»Tut mir leid«, sagte Ardent mit einem traurigen Lächeln und breitete die Arme aus. Marrill warf sich an ihn, schloss die Augen, und er umarmte sie fest.

»Ich habe Angst«, flüsterte sie. Sie brauchte nicht zu sagen, wovor: vor dem Abschied, vor der Heimkehr, vor der Krankheit ihrer Mutter und vor dem Leben in einer normalen Welt, nachdem sie so viele erstaunliche Abenteuer erlebt hatte.

»Glaube an dich«, sagte Ardent. »Du bist stärker, als du denkst – schon immer bist du das gewesen.« Er drückte sie noch einmal fest an sich. »Ich werde dich mehr als die meisten anderen vermissen.«

Marrill nickte und nahm sich vor, seinen Rat zu beherzigen. Der Zauberer trat zurück und machte Coll Platz. Coll übergab ihr einen Stapel sorgfältig zusammengebundener Blätter. Marrill erkannte sie auf Anhieb. »Meine Skizzen!«

»Die Piratten haben sie gebunden«, sagte Coll. »Der Einband ist mit echter Zappelfischhaut überzogen.« Nach einer Pause fügte er hinzu: »Ich weiß, wie es ist, einen geliebten Ort verlassen zu müssen, an den man nicht mehr zurückkehren wird.«

Er strich mit dem Daumen über das Tattoo an seinem Unterarm, als sei es ihm peinlich, über etwas so Intimes zu sprechen.

»Jedenfalls …«, sagte er und räusperte sich, »halte die Ohren steif und lass dich nicht unterkriegen.«

»Nein.« Marrill steckte das Büchlein ein und umarmte auch Coll fest. Er erwiderte die Umarmung, auch wenn es gar nicht zu ihm passte.

Dann waren nur noch Marrill und Fin übrig. Fin hüstelte nervös. »Hier«, sagte er und drückte ihr ein Glasfläschchen in die Hand. »Das habe ich damals auf dem meressianischen Tempelschiff im selben Safe gefunden wie den Schlüssel. Jetzt bekommst du es.« Er grinste verlegen. »Damit du dich an mich erinnerst.«

Tränen traten Marrill in die Augen. »Ach Fin, ich würde dich doch nie vergessen!«

Sie suchte in ihren Taschen. »Ich habe auch etwas für dich. Es hat mich einige Mühe gekostet.« Sie holte zwei Stücke Segeltuch heraus. Auf beide hatte sie einen Jungen mit schwarzen Haaren und olivfarbener Haut gemalt. Fin.

Darunter hatte sie in dicken Buchstaben geschrieben:

Ihr kennt diesen Jungen. Er heißt Fin.
Er ist euer blinder Passagier und Freund und
hat geholfen, den Strom zu retten.
Er sucht seine Mutter. Denkt dran!
♥Marrill

»Die sind für Ardent und Coll«, erklärte sie. »Damit sie dich nicht vergessen.« Sie senkte die Stimme. »Ich wollte noch ein drittes Bild für den Griesgram malen, wusste aber nicht, ob du überhaupt willst, dass er sich an dich erinnert.«

Fin lachte, aber es klang nicht fröhlich.

Das Schiff ruckte unter ihnen, denn die Flut hatte sich noch weiter zurückgezogen. »Wenn du gehst, solltest du das jetzt tun!«, mahnte Coll.

Der Griesgram, der in der Nähe stand, hielt in zwei Armen eine große, orangefarbene Katze. Mit den anderen beiden Händen kraulte er Karnelius an den Ohren und im Nacken. Der Kater schnurrte laut und hatte sein eines Auge genießerisch halb geschlossen. »Ich weiß nicht, warum sich alle über ihn beschweren«, brummte der Griesgram. »Auf mich wirkt er sehr umgänglich. Er ist jedenfalls leichter zufriedenzustellen als ein Mensch«, fügte er hinzu und hielt ihn Marrill widerstrebend hin.

Marrill bedankte sich mit einem unsicheren Lächeln,

nahm Karnelius, steckte ihn in die Innentasche von Fins Mantel und machte den Mantel fest zu, damit er nicht entwischen konnte. Der Griesgram brummte etwas und wandte sich ab. Davor sah Marrill noch etwas in seinem Auge glänzen, das verdächtig wie eine Träne aussah.

Fin half ihr, auf die Reling zu steigen. Dann holte er tief und ein wenig zittrig Luft. »Du weißt ja, wie du dich drehen musst, wenn dich eine Bö trifft«, sagte er. Marrill nickte. »Achte darauf, dass du sie nicht von vorn abkriegst.« Sie nickte wieder. »Und noch was.« Er nahm ihre Hand und drückte sie. Doch er konnte sie nur ansehen und verlegen von einem Bein aufs andere treten.

»Ich weiß«, flüsterte sie. »Ich werde dich auch vermissen. Du bist mein bester Freund, Fin.«

Fin nickte. Er brachte kein Wort heraus, aber Marrill wusste, was er sagen wollte. Und dass es ihr viel bedeutete.

Sie drehte sich noch ein letztes Mal zu den anderen um. Kaum zu glauben, dass sie sich erst vor ein paar Tagen kennengelernt hatten. Jetzt waren sie schon wie alte Freunde.

Die sie verlassen musste.

»Wehe in die richtige Richtung, Wind!«, rief Ardent zum Himmel hinauf. »Tu mir wenigstens einmal den Gefallen, dann bitte ich dich nie wieder um etwas!«

Marrill hörte den Wind zuerst. Donnernd wie eine Herde galoppierender Pferde kam er über den Strom und peitschte durch die Takelage. Die Segel flatterten und knallten. Es war genau wie damals am Strand von Oahu, als ihre Mutter ihr das Wellenreiten beigebracht hatte. Entscheidend war immer das Timing.

Die erste, noch schwächere Bö wehte ihr die losen Haare ins Gesicht. Karnelius drückte sich flach an ihren Bauch und wäre anscheinend am liebsten noch tiefer in den Mantel hineingekrochen. Als sie dann die volle Gewalt des Winds spürte, geriet sie nicht in Panik wie früher. Sie gab dem Wind einfach nach, sprang von der Reling und ließ sich von ihm nach Hause tragen.

Das Wasser des Piratenstroms leuchtete golden unter ihr. Als Letztes sah sie noch, wie Fin den Daumen an die Brust drückte, ihr stummes Zeichen für ›Freund‹.

Kapitel 43

Wo du sein musst

Wenig später landete Marrill unsanft auf der Erde. Die Sonne Arizonas knallte heiß auf den verlassenen Parkplatz herunter und brannte auf ihrer Haut. Ohne die wütende Katze auf ihren Armen zu beachten, machte sie sich auf dem Heimweg. In ihren Augen standen Tränen.

Der Gedanke an das, was sie zurückließ, schmerzte sehr, doch jetzt, so kurz vor zu Hause, konnte sie nur noch daran denken, dass sie gleich ihre Mutter wiedersehen würde. »Hoffentlich geht es ihr gut«, flüsterte sie.

Am Ende des Parkplatzes drehte sie sich noch einmal um. Doch dort, wo sich eine golden leuchtende Wasserfläche bis zum Horizont erstreckt hatte, gähnte nur noch eine leere Asphaltfläche, über der die heiße Luft flimmerte. Piratenstrom und *Unternehmungslustige Krake* waren spurlos verschwunden.

Sie spürte einen Stich im Magen. »Ich komme schon darüber hinweg«, sagte sie leise und ging weiter. Sie hoffte nur, dass es tatsächlich so war.

Außer Atem und schweißgebadet erreichte sie schließlich das Viertel, in dem sie wohnte. Sie hatte Seitenstechen, wollte aber keine Pause machen. Nicht jetzt, wo sie fast zu Hause war.

Noch drei Straßen.

Noch zwei.

Noch eine.

Rein aus Gewohnheit wanderte ihr Blick zu der Stelle im Vorgarten, an der das Verkaufsschild gestanden hatte. Natürlich war es verschwunden.

Dafür sah sie dort etwas viel Besseres.

»Mom!«, rief sie.

Ihre Mutter stand vor dem offenen Briefkasten und starrte verloren daran vorbei in die Ferne. Als sie Marrills Stimme hörte, hob sie ruckartig den Kopf. »Marrill?« Sie riss die Augen auf. »Marrill, Schatz?«

Dann gab es kein Halten mehr. Marrill konnte vor lauter Tränen nicht sprechen. Sie rannte die letzten Meter, warf sich an ihre Mutter und schlang die Arme um ihren Hals. Ihre Mutter ließ Briefe und Zeitschriften fallen und hielt sie fest.

»Meine Kleine«, schluchzte sie und zog Marrill an sich. Sie fielen auf die Knie, und Marrill drückte das Gesicht an die Schulter ihrer Mutter.

Sie war wieder zu Hause.

Sie hatte es geschafft.

Zwischen ihnen zappelte etwas, und ein ersticktes *Miau* ertönte. Marrill ließ ihre Mutter los, und ein verärgerter Karnelius schoss heraus und sprang auf den Boden. Mit einem übellaunigen Fauchen stolzierte er zur Haustür, als wäre er nur kurz weggewesen.

Erst jetzt fand Marrill Gelegenheit, ihre Mutter genauer zu betrachten. Sie war schmaler geworden, und unter ihren Augen hingen Tränensäcke. »Alles okay, Mom?«, fragte sie und fürchtete schon die Antwort.

Ihre Mutter lachte, obwohl es eher klang wie Weinen. »Sollte ich das nicht dich fragen?« Sie nahm Marrills Gesicht in die Hände. Ihre Finger zitterten.

In diesem Augenblick hielt auf der Straße quietschend ein Auto. Ihr Vater riss die Tür auf und sprang heraus, ohne den Motor abzustellen. »Marrill!«, rief er und rannte auf sie zu. »Du bist wieder da!«

Er kniete sich vor sie, umarmte sie und drückte sie so fest, dass Marrill unwillkürlich an Gassen-Sally denken musste. Dann lachte sie, so sehr freute sie sich, wieder zu Hause zu sein.

»Wo warst du?«, fragte ihr Vater. »Was ist passiert?«

Marrill log nicht gerne, aber sie wusste, dass niemand ihr die Wahrheit glauben würde. Also erzählte sie eine Geschichte, die sie sich auf dem Heimweg ausgedacht hatte. »Ich habe mich in der Wüste verirrt«, sagte sie ein wenig verlegen. Was auch nicht ganz gelogen war.

»Ach, Schatz!« Ihre Mutter nahm wieder ihr Gesicht in die Hände und sah sie eindringlich an. »Wir haben uns solche Sorgen gemacht.«

Marrill lächelte. »Es geht mir gut, Mom«, sagte sie. Und während sie es aussprach, spürte sie, dass es stimmte.

Zwar war ihre Mutter immer noch krank, und sie wohnten weiterhin in Phoenix, und in ein paar Wochen musste sie zur Schule gehen wie alle anderen Kinder. Aber das machte nichts.

Ein Teil von ihr würde sich immer wünschen, noch auf dem Piratenstrom zu sein, auf dem es so etwas wie »normal« nicht gab. Aber vielleicht hatte ihre Mutter ja recht gehabt. Vielleicht war es auch ein Abenteuer, ein ganz normales Kind zu sein.

Kapitel 44

Das Freundschaftszeichen

»Ein, zwei, drei und drücken!«, rief Fin. Der Griesgram ächzte, an Fins Armen traten die Muskeln hervor, und die schwere Luke fiel zu.

»Was soll das denn!«, rief Stavik von unten. Der Griesgram wischte seine vier Hände aneinander ab und richtete sich auf. Die zusammen mit Stavik im Bauch der *Krake* eingesperrten Piraten liefen schimpfend hin und her.

Fin kniete sich auf das vergitterte Fenster der Luke. »Das geschieht euch nur recht, Leute«, sagte er. »Ihr wolltet meutern und das Schiff übernehmen, wir wissen es alle.«

»Ja, weil wir eben Piraten sind«, erwiderte Stavik. »Aber das heißt doch nicht, dass wir undankbar wären.«

Fin schüttelte den Kopf. »Ich mache euch einen Vorschlag«, sagte er und beugte sich so dicht über das Gitter, dass der Piratenkönig sein Gesicht deutlich sehen konnte. »Sagt mir, wie ich heiße, und wir lassen euch frei.«

Stavik Blick wanderte aufgeregt hin und her. »Ich … äh … hm.« Er überlegte angestrengt, und seine Zunge erschien zwischen den Lippen. »Du kommst mir irgendwie bekannt vor …«

Fin lachte. »Hab ich mir doch gedacht.« Er stand auf und ging. Der Griesgram stieg bereits vor ihm die Treppe hinauf.

»Vielleicht Baby?«, rief Stavik ihm nach. »Oder Cobble? Louis-Josef? Hotz der Klotz?«

Kopfschüttelnd und immer noch lachend ging Fin weiter.

»Komm schon!« Staviks Stimme wurde leiser. »Das sind beliebte Piratennamen!«

An Deck zurückgekehrt, atmete Fin tief die salzige Luft ein und ließ sich den Wind durch die Haare wehen. Die Regenwolken lösten sich auf, und über ihnen war ein Streifen blauer Himmel zu sehen. Der Griesgram ging missmutig murmelnd auf und ab. Coll hing an einem Tau am Kreuzmast und hatte einen Fuß gegen den Mast gestemmt, so dass er den Boden nicht berührte. Ardent stand daneben und unterhielt sich mit ihm. Er wirkte müde und bewegte die Hände beim Reden kaum.

Doch als er Fin näher kommen sah, warf er die Arme in die Luft. »Griesgram!«, rief er. »Da läuft noch ein Pirat frei herum!«

Fin seufzte nur und zeigte auf Ardents Ärmel. Der Zauberer sah ihn empört an, doch dann fiel sein Blick auf das an seinem Ärmel befestigte Stück Segeltuch. Er musste den Kopf schräg legen, um es lesen zu können.

»Name Fin, blinder Passagier, hat geholfen, die Welt zu retten«, murmelte er beim Lesen. Prüfend sah er zwischen Fin und dem Bild hin und her, dann hellte sich seine Miene auf.

»Natürlich!«, rief er. »Ich entschuldige mich, Fin. Schön, dich zu sehen, es ist ja offenbar nicht das erste Mal. Wie kommst du …« Er sah wieder auf seinem Ärmel nach. »… mit der Suche nach deiner Mutter voran? Also das ist doch ein lohnendes Ziel, Coll. Wir sollten ihm dabei helfen!«

»Auf jeden Fall«, meinte Coll gedehnt. »Wir haben ja auch gar nichts anderes zu tun, jetzt, wo die Karte weg ist.«

Ardent blickte vielsagend auf das Tattoo des verknoteten Taus an Colls Unterarm. »Es gibt auch noch andere Möglichkeiten, ein Ziel zu erreichen, als die Überallkarte.«

Coll lachte kurz und fuhr mit dem Daumen über das Tattoo, das sich ständig veränderte. »Sicher, aber hilfreich wäre sie schon gewesen.« Er seufzte. »Gut, dann muss ich eben mit dem zurechtkommen, was ich habe. Zeit habe ich schließlich genug.«

Ardent nickte. »So sehe ich es auch, mein Freund.«

Fin blickte von einem zum anderen, vom faltigen Gesicht des Zauberers zum glatten, jugendlichen Gesicht des Kapitäns. Einen kurzen Moment blitzte in den Augen von beiden die Weisheit des Alters auf, und er fragte sich zum wiederholten Mal, wie alt Coll in Wirklichkeit sein mochte.

»Na gut.« Coll räusperte sich. »Was ist schon ein Eintrag mehr auf der Liste der Dinge, die wir suchen.«

»Richtig!«, bekräftigte Ardent, und seine Miene hellte sich auf. Dann runzelte er die Stirn. »Wonach wollten wir suchen?«

»Nach meiner Mutter«, rief Fin.

»Ach.« Ardent starrte ihn an. »Und wer bist du?«

Die Frage war Fin inzwischen so vertraut, dass sie ihm nichts mehr ausmachte. »Fin«, sagte er und zeigte auf die Ärmel der beiden.

»Richtig.« Ardent klang nicht überzeugt.

Coll sprang auf das Deck und musterte Fin eingehend. »Bist du schon mal mit einem Schiff wie diesem gefahren?«

Fin ließ den Blick über das Schiff wandern, vom Bug zum Heck und zum Tauknochenmann, der droben in der Takelage Leinen anholte und Segel trimmte. Die Kragen der Piratten, die die Rahen entlanghuschten, leuchteten in der Sonne. Schlingernd pflügte das Schiff durch die Wellen, und Fin fing die Bewegung breitbeinig und mit angewinkelten Knien ab.

Er fühlte sich auf der *Krake* inzwischen mehr zu

Hause als in seiner Dachkammer. Demnach waren Ardent, Coll und der Griesgram jetzt seine Familie.

Vielleicht nicht der Griesgram.

»Jawohl, Kapitän«, sagte er mit einem stolzen Lächeln. »Zufällig mit genau so einem Schiff.«

Coll nickte. »Dann willkommen an Bord.«

»Danke!« Fin hätte ihn am liebsten umarmt. »Das … bedeutet mir viel mehr, als ihr euch vorstellen könnt.«

Fin stand am Bug der *Krake* und blickte über das leuchtende Wasser des Piratenstroms. Obwohl er noch viele Fragen hatte, war ihm leichter ums Herz. Endlose Welten mit endlosen Möglichkeiten erstreckten sich vor ihm. Unendlich viele Orte, an denen er seine Mutter suchen konnte. Oder das, was Ardent suchte. Und Coll.

Obwohl sich Coll und Ardent jetzt in gewisser Weise an ihn erinnerten, wünschte er sich doch, Marrill wäre noch da. So nett die beiden waren, sie kannten ihn nicht wirklich.

Die Abendsonne stand über dem Horizont. Der Himmel war inzwischen wolkenlos, die ersten Sterne funkelten bereits. Sein Blick blieb an einem davon hängen – seinem Stern.

Und auf einmal erfüllte ihn eine Hoffnung, die so stark war, dass er sich unwillkürlich nach dem Griesgram umdrehte. Hatte der gerade einen Hoffnungskristall zerbrochen? Doch nein, diesmal handelte es sich nicht um Magie, die Hoffnung war echt. Er mochte ein Niemand sein, aber ein Niemand mit einer Aufgabe.

Dann lächelte Fin. Er war kein Niemand. Marrill hatte sich an ihn erinnert, auch wenn sie weg war. Dort, wo sie jetzt war, erinnerte sie sich immer noch an ihn. Und vor ihr hatte sich Mrs Parsnickle an ihn erinnert, auch wenn sie ihn dann schließlich doch vergessen hatte.

Seine Mutter hatte mit ihrem Versprechen recht behalten. Jemand erinnerte sich an ihn. Man konnte sich an ihn erinnern. Er war jemand. Und es gab Menschen, die ihn vermissten. Er wusste es, weil der Stern immer noch für ihn leuchtete.

Eine massige Gestalt kam watschelnd in Sicht. Der Griesgram schickte sich an, mit einer Schnur Möggelkrabben fürs Abendessen zu fangen. Er wäre fast in Fin hineingerannt.

»Moment«, brummte er, »wer bist du?«

Fin musste zu seiner eigenen Überraschung kichern. Und dann, bevor er wusste, wie ihm geschah, lachte er schon aus vollem Hals. Der Griesgram sah sich um. Spielte ihm jemand einen Streich?

Fin wischte sich die Tränen aus den Augen. Zwar wusste er genauso wenig wie in Khaznot Quay, woher er kam und warum er so war, wie er war, aber er war jetzt unterwegs. Und hatte Freunde, wirkliche Freunde, die ihm helfen würden.

»Gute Frage«, sagte er und schlug der alten Echse auf die schwartige Schulter. »Ich werde es herausfinden.«

Epilog

Endlos wölbte sich der wolkenlos blaue Himmel über dem goldenen Wasser des Piratenstroms. Schnittige Klipper kreuzten auf seinen sonnenbeschienenen Buchten, auf Straßen und auf den Flüssen, Seen, Meeren und Kanälen von tausend Welten. Ein steter Wind blähte die Segel, und von der Ojurdwei-Küste bis Roststadt atmeten Kapitäne, Hexen und Wetterfrösche die frische Luft tief ein und freuten sich auf eine längere Schönwetterperiode.

Doch weit draußen, dort, wo der Strom sehr tief war, behauptete sich hartnäckig eine dunkle Wolke. Seit Tagen hing sie dort, über dem Schauplatz einer großen Schlacht. Kein Schiff war ihr nahe gekommen, seit die Galeone mit dem Zauberer am Steuer und dem wie ein Tintenfisch geformten Anker von einer Sturmflut getragen davongefahren war.

Die Sturmflut hatte sich inzwischen wieder gelegt, die Gewitterwolken hatten sich aufgelöst. Nacheinander hatten sie sich aufgehellt und schließlich aufgelöst, bis nur noch diese eine, letzte übrig war. Blauschwarz wie eine Prellung hing sie am wolkenlosen Himmel, wie ein Grabstein inmitten einer Blumenwiese.

Doch jetzt begann diese Wolke ohne Vorwarnung zu donnern und brodeln. Sie schwoll an und wurde noch dunkler. Die glatte Wasseroberfläche darunter begann sich zu kräuseln, auf den Wellen erschienen Schaumkronen. Ein Beobachter hätte eine Gänsehaut bekommen. Die Haare hätten sich ihm gesträubt, und er hätte verbrannte Luft gerochen.

Zuletzt überschlugen die Wellen sich tosend, und die Wolke verfärbte sich nachtschwarz. Aus ihrem Innern zuckte blutrot ein einzelner Blitz. Flammen tanzten über das Wasser, und ohrenbetäubender Lärm erfüllte die Luft, als sei das Ende der Welt gekommen.

Der Strom unter den Flammen verwandelte sich in geschmolzenes Metall. Und aus diesem Metall wuchs eine eiserne Hand, eine gleißend helle Hand in den Himmel. Sie packte die Luft, wie ein Reiter die Zügel packt, und blitzschnell wuchs neben ihr ein eiserner Schiffsbug aus dem Wasser.

Bäche reiner Magie strömten über Planken und Decks aus kaltem Eisen, auf den Decks erwachten Schatten zum Leben und hissten Segel aus Maschengeflecht, holten Taue aus Stacheldraht an und wendeten das Ruder, das wie ein Rasiermesser durch den Piratenstrom schnitt.

Es hatte nur wenige Augenblicke gedauert, dann war das Eiserne Schiff auf den Strom zurückgekehrt.

Am Steuer stand ruhig und mit ausgestrecktem Arm sein Kapitän. Das Wasser des Stroms floss an ihm hinunter. Jeder andere Mensch hätte sich in einen Käfer verwandelt oder in eine wie eine Drei geformte, nach Chili und Regenwürmern riechende Gaswolke. Oder er wäre explodiert. Doch wenn das Wasser eine Wirkung auf den Kapitän hatte, ließ er es sich jedenfalls nicht anmerken.

Er war von Kopf bis Fuß in Eisen gehüllt. Nur die kalten blauen Augen, die durch den Schlitz in der Maske aus glattem Stahl spähten, und der dicke weiße Bart unter dem Kinn verrieten, dass er überhaupt lebte.

Während die Schatten über Deck eilten und das Eiserne Schiff klarmachten, richtete sein Blick sich auf eine Gestalt, die mit gesenktem Kopf vor ihm auf Deck kniete. Leuchtendes Wasser lief an einer unsichtbaren Kugel hinunter, die die Gestalt umgab und die an den gespreizten Fingern der ausgestreckten Hand des Kapitäns zu hängen schien.

Die Gestalt hustete, spuckte und hustete noch einmal. Der Kapitän des Eisernen Schiffs betrachtete sie kalt, ohne jede Gefühlsregung. Als das letzte Wasser auf die Planken geflossen war, senkte er die Hand. Sofort holte die Gestalt Luft und legte den Arm an die Brust.

»Du hast mich gerettet«, sagte sie, immer noch hustend. Ein schwarzes, mit Sternen gesprenkeltes Gewand lag um sie ausgebreitet. Ihre Haut wirkte im fahlen Schein eines drohenden Unwetters totenbleich. »Ich wusste, dass du es tun würdest.«

Der Kapitän des Eisernen Schiffes schwieg. Donner krachte, und die Segel füllten sich mit Wind. Das Schiff nahm Fahrt auf.

»Ich wusste, dass du mich holen würdest«, fuhr der Mann fort und hob das bleiche Gesicht. Schwarze Tränen standen ihm in den Augen, aber seine Stimme klang seltsam ruhig. »Ich habe es *gesehen.*«

Stumm eilten die Schatten über das Schiff, und krachend schlugen die Wellen gegen den Rumpf. Über ihren Köpfen brach das Gewitter los. Blitze tauchten den Himmel in blutrotes Licht.

Serth stand auf, ohne die grausame eiserne Fratze seines Retters aus den Augen zu lassen. »Es ist lange her, alter Freund«, sagte er.

Danksagung

Wie jeder gute Kapitän einem sagt, sollte man auf dem Piratenstrom nicht allein unterwegs sein – ob es einem gefällt oder nicht. Zum Glück für uns haben uns die vielen wilden und magischen Geschöpfe, die uns auf unserer Reise begegnet sind, geholfen, unsere Träume zu verwirklichen. Fressen wollten uns die meisten nur ganz selten.

Unsere Agentin Merrilee Heifetz hat die Teile der Überallkarte als Erste entdeckt, und ohne ihre Hilfe und die ihrer Assistentin Sarah Nagel hätten wir sie nie zusammenfügen können. Das hochklassige Piratenteam von Writers House – allen voran Cecilia de la Campa, Angharad Kowal und Chelsey Heller – hat geholfen, die Geschichte über die ganze Welt zu verteilen, und wir können kaum glauben, an welche erstaunlichen Orte sie uns gebracht haben.

Kate Sullivan, Lektorin der Extraklasse, war der fähigste Kapitän, den wir uns wünschen konnten, eine echte Bewohnerin des Stroms und ein Wirklichkeit gewordener Traum. Alles Gute, tapfere *Krake*! Und weil auf dem Strom seltsame Dinge passieren, hatten wir das ungewöhnliche Glück eines zweiten kompetenten Steuermanns in Gestalt unserer britischen Lektorin Amber Caraveo. Mit Hilfe der beiden ausgezeichneten Assistenten dieser Lektorinnen, Leslie Shumate und Robin Stevens, haben wir die Fahrt auf dem gefährlichen Gewässer nahezu unversehrt überstanden.

Natürlich braucht ein Schiff eine Besatzung. Wir sind dankbar für das Team von *Little, Brown Books for Young Readers*, das unser Schiff mit so viel Einsatz, Können und Erfahrung manövriert hat: Sasha Illingworth, Christine Ma, Deborah Dwyer, Victoria Stapleton, Andrew Smith, Megan Tingley, Melanie Chang, Adrian Palacios, Ann Dye und Kristina Aven. Wir danken außerdem unserem Chef-Kartographen Todd Harris, der den Strom für uns mit seiner grenzenlosen und begeisternden Phantasie ins Bild gesetzt hat.

Diese Liste wäre schmerzhaft unvollständig ohne einen ganz besonderen Dank an die großartige, verwegene Deidre Jones, die uns mit dem Schwert zwischen den Zähnen im letzten Moment zu Hilfe eilte und das Schiff in den sicheren Hafen brachte. Als wir schon glaubten, die Wunder seien uns ausgegangen, tauchte sie mit einem ganzen Füllhorn davon auf.

Unterwegs haben uns viele weitere Freunde geholfen. Sie haben Wasser aus dem Kielraum geschöpft und die Piranhas eingesammelt, die überall auf den Decks zappelten. Tausend Dank an Melissa Marr, Holly Black, Sarah MacLean, Ally Carter, Alan Gratz, Kristin Tubb (und die anderen Gruftis), Beth Revis, Margie Stohl, Kami Garcia, Natalie Parker, Nancy Kreml und Phillip Lewis. Vielen Dank auch an Victoria Schwab für den entscheidenden Rat zum richtigen Zeitpunkt, an Debs für ihre unermüdliche Hilfe, an Diana Peterfreund, unseren standhaften Ersten Offizier, an Shveta Thakrar, Ken Schneyer und Gary Cuba für unbeirrte Ermutigung und an das gastfreundliche Red@28th, die beste Kneipe von Khaznot Quay, in der ein großer Teil dieses Buches geschrieben wurde.

Natürlich hätten wir die Reise nicht ohne die unerschütterliche Liebe und Unterstützung unserer Familien machen können. Worte des Dankes können nicht beschreiben, was ihr für uns getan habt! Unser Dank gilt Tony Ryan und Sally Green, Bobby Kidd, Christ und Andrew Warnick und ihren Kindern Ryan, Jamie und Audrey als ersten Lesern, Jenny und Jeff Sell und ihren Kindern Corey, Robbie und besonders Alex, dem jungen Leser der *Überallkarte*, und dem kleinen Fin, der das Manuskript am letzten Ferientag heimlich stibitzt hat, um es vor der Abreise noch rasch zu lesen. Außerdem John und Jane Davis für ihren ständigen Einsatz und die Bereitschaft, in den Ferien so viel zu arbeiten, und Jason Davis, der den richtigen Wind für den Beginn der Reise geschickt hat, und seiner reizenden Frau

Sarah, die dafür gesorgt hat, dass dieser Wind weiterhin blies.

Und schließlich den Lesern, die uns als blinde Passagiere auf dieser Reise begleitet haben. Die *Überallkarte* zu schreiben war ein unglaubliches Abenteuer, und wir können euch allen nicht genug dafür danken, dass ihr es mit uns geteilt habt!

***

Fins und Marrills Abenteuer auf dem magischen
Strom ist noch nicht vorbei.
Halte Ausschau nach Band 2!

Spannung und Magie ohne Ende

Band 1: 978-3-7335-0018-4

Band 2: 978-3-7335-0019-1

Band 3: 978-3-7335-0020-7

Band 4: 978-3-7335-0021-4

Ruby Redfort – Die jüngste Geheimagentin der Welt

Ruby Redfort ist ein ganz normales Mädchen. Das denkt jeder, der sie das erste Mal sieht. Viel entscheidender ist, was man nicht sofort erkennt: Ruby ist ein Rätselgenie. Aber wir sprechen hier nicht von Kreuzworträtseln oder Sudoku. Wir sprechen von der jüngsten Codeknackerin, die je für den Geheimdienst gearbeitet hat. Wir sprechen von Ruby Redfort. Frech, clever und mutig kommt sie einer gefährlichen Verbrecherbande auf die Spur.

Super-intelligent, super-clever, super-sympathisch ...
Super-Ruby löst ihren ersten Fall!

Lauren Child
Ruby Redfort – Gefährlicher als Gold
Aus dem Englischen
von Anne Braun
Band 81172

Das gesamte Programm gibt es unter
www.fischerverlage.de

fi 81172 / 1

Der Welterfolg: 146 Millionen Menschen spielen ›Assassin's Creed®‹!

New York im Jahre 1863: Nach der Einführung der Wehrpflicht können reiche Bürger sich davon freikaufen, gegen die Südstaaten zu kämpfen, wer arm ist, muss in die Schlacht ziehen. Der wütende Mob startet eine blutige Revolte – mittendrin der fünfzehnjährige Owen. Der Junge kommt aus der Gegenwart. Und schon ist er in der seit Jahrtausenden währenden Fehde zwischen dem Geheimbund der Assassinen und dem mächtigen Templerorden verwickelt – und ist auf der Jagd nach einem der berüchtigten Edensplitter.

Band 1 der Trilogie!

Matthew J. Kirby
An Assassin's Creed® Series
Last Descendants
Aufstand in New York
Aus dem Englischen
von Achim Stanislawski
Band 0330

Das gesamte Programm gibt es unter
www.fischerverlage.de

fi 8-0330 / 3